Fantasy

Herausgegeben von Friedel Wahren

Von **Andrew Harman** erschienen in der Reihe
HEYNE SCIENCE FICTION & FANTASY:

Der Appendix des Zauberers · 06/5394
Die Frösche des Krieges · 06/5395
Das Wurmloch ins Biblioversums · 06/5489
Hundstage · 06/5534
Fahrenheit 666 · 06/5633 (in Vorb.)
Fort Knumm · 06/5908 (in Vorb.)

Weitere Romane in Vorbereitung

ANDREW HARMAN

HUNDSTAGE

Roman

Aus dem Englischen übersetzt
von
RONALD M. HAHN

Deutsche Erstausgabe

WILHELM HEYNE VERLAG
MÜNCHEN

HEYNE SCIENCE FICTION & FANTASY
Band 06/5534

Titel der Originalausgabe
101 DAMNATIONS
Aus dem Englischen übersetzt von
RONALD M. HAHN
Das Umschlagbild malte KRZYSZTOF WLODKOWSKI

Umwelthinweis:
Dieses Buch wurde auf
chlor- und säurefreiem Papier gedruckt.

Redaktion: F. Stanya

Erstausgabe bei Legend Books, Random House, UK, London

Printed in Germany 1997
Umschlaggestaltung: Atelier Ingrid Schütz, München
Technische Betreuung: M. Spinola
Satz: Schaber Satz- und Datentechnik, Wels
Druck und Bindung: Elsnerdruck, Berlin

ISBN 3-453-10976-7

INHALT

Juhuuu, eins für die ganze Familie!
Ein großes, lautes, alle umarmendes ›Halloooo‹
für Nicola und Andy, Stephen, Trish und Charlotte,
Beryl und Roy
sowie
Mandy, Paul, Peter und Samuel.
Nicht zu vergessen Charles Bernard Harman,
der auf ein Schwätzchen rausgegangen ist.

»MACHT IHR AUCH GÜRTELTIERE?«

In rechtem Licht besehen, war an dem Leguan nichts auszusetzen.

Er hockte auf der Werkbank und strahlte in seiner eng geschuppten Haut in aufsehenerregend wasserdichtem Schick, musterte selbstgefällig seine makellosen Krallen, rieb sie nacheinander an seiner Brust und polierte sie zu schillernder reptilischer Vollkommenheit. Vor Eitelkeit triefend wanderte ein stolzer Blick über seinen vollkommenen Leib, der an Muskeln haften blieb, die zur höchsten Vollkommenheit schlanker, kaltblütiger Evolution ausgefeilt waren. Kurzum, er war ein ruhmreiches, strahlendes Beispiel unlegierten technischen Echsentums. Allerdings nur für unheilbar Farbenblinde.

Schnucki, der senfgelbe Leguan, ließ lässig seinen peitschenartigen Schwanz schnacken und rollte sich auf die Seite, um sich mit narzißtischer Inbrunst in einer polierten Messingplatte zu bewundern. Jetzt erst fiel ihm auf, daß nirgendwo sein Lieblingskuschelkissen aus aufgerauhtem karmesinroten Samt zu sehen war. Plötzlich war er verstört und verspürte das Verlangen nach einer Scheibe angedünsteter ammorettischer Todesechse auf einem Bett gewürfelten cranachischen Salats, die seine aufgeriebenen Nerven beruhigt hätten. Er spähte um sich und runzelte mit dem zunehmenden Gefühl ängstlicher Gereiztheit die Stirn. Wo waren denn die ganzen Lakaien? Und *was* war aus den erhabenen blaßblauen Stuckdekorationen an den Wänden geworden?

Unter einer gefältelten Stirn und einem ungekämmten Wust drahtiger grauer Haare betrachteten zwei Augen von der Farbe aufgewühlten Schlamms in einer mondhellen Nacht das hochmütige Reptil mit dem Ausdruck zunehmenden Ekels.

»Eindeutig ein Freßsack«, brummte der düster dreinblickende Alchimist verächtlich. »Und ich wette, Gicht hatte er auch. *Gewissen* Leuten müßte es einfach verboten sein, Schoßtiere zu halten!« Die Baroneß eingeschlossen, fügte er im stillen hinzu.

Irgendwo aus der Nähe sickerte ein dumpfes Rumpeln durch die dünnen Wände der Hütte.

»Es erfordert eine Menge Arbeit, dieses Geschöpf erbärmlich und hungrig aussehen zu lassen. Es wird sie mindestens fünf Kröten kosten... falls ich die richtige Farbe hinkriege.« Während vor lukrativem Entzücken ein Grinsen aufblitzte, riß er einen langen Bambusschraubenzieher aus einem unordentlichen Haufen von Gerätschaften, trat vor und putzte sich die Hände an seinem Umhang ab. »Für einen so umfangreichen Körperumbau sollte ich ihr noch eine Zusatzrechnung aufbrummen!« murmelte er. Der Hüttenboden schüttelte sich seismisch, was dazu führte, daß mehrere große Schachteln und ein halbes Dutzend schwarzer Taschen mit grauenvollem Klatschen aus den wackligen Regalen purzelten. Den Schraubenzieher griffbereit, fluchte der Alchimist wortreich vor sich hin. Dann hustete er, als im Kielwasser eines dröhnenden Vierzigtonner-Fuhrwerks ein Schwall von Staub durch das Fenster zu ihm hereinstob.

Der Leguan blinzelte hilflos zu der Silhouette hinauf, torkelte durch rote Staubschwaden, rülpste tief, um die Lakaien zu grüßen, und würgte und zuckte, als kein Laut aus seinem Maul drang.

Der Schraubenzieher fiel in weitem Bogen durch die Strudel der wirbelnden Staubteilchen am Boden, sprang auf die verzierte Holzfußleiste zu und durchbohrte unaufhaltsam die Seite der Kunstechse.

Genau vor der Hütte kauerte ein drahtiger kleiner Bursche auf den Fersen, rückte das Schultertuch vor dem Gesicht zurecht und wartete, bis der Staub sich legte. Knapp suchte den grob gefurchten Boden von Rittersbrück* wie üblich eifrig nach neuen Opfern der Trans-Talpino-Handelsstraße ab.

Mit einem boshaften Kichern machte er ein schwarzweißes Gürteltier aus, das sich langsam auf der anderen Fahrbahnspur dahinschleppte, und sein Grinsen wurde noch breiter, als er es gleich darauf als weiteren Bewohner des schlecht erzogenen Privatzoos der Baroneß Eglantine erkannte. Das Vieh ist bestimmt ein paar Kröten wert, wenn ich es zurückbringe, dachte er wohlgefällig und durchwühlte seinen Sack nach schmackhaften Leckereien. Was konnte wohl die Aufmerksamkeit eines Gürteltiers erregen? Räucherlachs? Kaviar? Wahrscheinlich beides, wenn das Tier Baroneß Eglantine gehörte. Achselzuckend durchstöberte Knapp die Taschen seines vollgestopften Beutels nach etwas Passendem, traf grinsend seine Wahl und schnippte in einer tadellosen verlockenden Linie drei Maden und einen Blutwurm über die gefurchte Straße. Dann setzte er sich hin und wartete.

Der Alchimist Cheiro Mancini, der offenbar bis zum Handgelenk in dem Leguan steckte, drehte den Schraubenzieher und fluchte und zischte mißbilligend, als der Chrominenzfilter aus der senfgelben Echse eine himmelblaue Echse machte, die dann zu einem geschmackvollen Kirschrot und schließlich zu einem entschieden normalen Grüngrau mit leichtem Braunanflug wechselte. Er zog den verbeulten Wasserfarbkasten zu Rate, erkannte zufrieden, daß das Ergebnis für die alte Schachtel ausreichte, zog die Hände wieder hervor und bewunderte das Endprodukt der Arbeit der letzten drei Tage.

---

* Bzw. den des ›Todestals‹, wie man die Schlucht mit den steil abfallenden Hängen im allgemeinen nannte.

Die Echse leckte verdutzt versuchsweise an ihrer völlig überarbeiteten Seite, warf dem Alchimisten mit dem geübten Ausdruck äußersten Ekels einen finsteren Blick zu und entschwand flackernd in die Nichtexistenz. Schon wieder.

Es war zuviel für Mancini. Wie konnte sie es wagen zu verschwinden? Welches Recht hatte sie, ihn um seinen Zusammensetzerlohn von fünf Kröten zu bringen? Fünf ganze Kröten! Während er seinem Zorn und seiner Enttäuschung mit einem unmenschlichen Wutschrei Luft machte, warf er sich zu Boden und bearbeitete die staubbedeckten Regalbretter mit wütenden Fausthieben und stampfenden Fußtritten.

»Schnucki!« blökte eine voluminöse, in Pelz gekleidete Frau, deren gespannte und sorgenvolle Wartezimmermiene von schwarzem, gliederlähmendem Ärger umwölkt war. »Was *macht* er denn da mit meinem armen Schnucki?« fragte sie und stampfte auf die Sprechstundenhilfe zu.

»Ach, nur was Technisches«, erwiderte die Sprechstundenhilfe gelangweilt hinter einem wachsenden Berg von Nagelspänen hervor, während sie ihre scharlachroten Krallen noch spitzer anspitzte.

»Ist das Geschrei denn *wirklich* nötig?«

»Lebenswichtig«, murmelte die Sprechstundenhilfe mit triefendem Desinteresse.

In der ›Praxis‹ zupfte Cheiro Mancini höchst ärgerlich an seinem Bart und starrte mit rot umrandeten Augen auf einen winzigen durchsichtigen rosafarbenen Kristall, der matt unter einem Haufen verzwirbelter Drähte und Kreidepentagrammen schimmerte. Wie konnte das höllische Geschöpf es wagen, einfach so zu verschwinden? Verdammte Echse! Verdammtes Weib!

Er konnte nie ordentlich arbeiten, wenn die Besitzer draußen warteten. Es war schrecklich störend. Als hauche einem jemand über die Schulter oder bisse einem ins Ohr.

Übelgelaunt hob er den geschmackvoll geschnitzten Sockel hoch, auf dem der empathische Transmissionsprojektor stand, und stieß den Schraubenzieher hinein. Muß ein wackliger Chrominenzverstärker sein, dachte er, als er den durchsichtigen psychoterrinen Kristall behutsam wieder einsetzte und die Kartoffel anschloß. Ein Mikrovolt-Schub ließ den Kristall heller leuchten. Die Echse flackerte, schillerte und tauchte mit einem leisen »Puff« wieder auf.

Wo ist mein Kuschelkissen? dachte sie mit einstudierter Arroganz. Was ist mit meinem schönen gemütlichen Vivarium passiert? Wer grinst mich da so an? Wieso liegen meine Gedärme nicht mehr neben mir?

Schnucki der Leguan verschwand erneut mit einem leisen Knistern in der Nichtexistenz. Diesem Un-Geschehen folgte mehr oder weniger sofort ein heftiges Wackelgefecht, als die Drähte aus der Kartoffel flutschten und ein erneuter Schwall von Schimpfworten die Ungenauigkeit der Wissenschaft der Projektierten empathischen Systematik verfluchte.

Eineinhalb Sekunden später brach der riesige Trumm einer pelzbekleideten Frau in den Raum hinein und rollte wie eine Lawine auf den Alchimisten zu. Der Leguan auf dem Sockel puffte indessen zögernd ins ›Leben‹ zurück.

»Schnucki, ich habe dir dein Lieblingskuschelkissen mitgebracht«, säuselte Baroneß Eglantine, die bei diesen Worten in einer hochflüchtigen Mischung aus Entzücken und höchstem Argwohn zitterte. Mit ausgebreiteten Armen und vorgeschobenen Lippen griff sie mit der übermäßigen Begeisterung einer längst verloren geglaubten Großtante nach der Echse. »Schnucki?« schrie sie plötzlich aufgeschreckt, als ihre fleischigen Arme geradewegs durch das hingeschiedene Reptil fuhren und es schon wieder verschwand. »Schnucki!« kreischte sie und wandte sich zu Mancini um. »Was habt Ihr mit meinem Schnucki gemacht?« wollte sie wissen, wobei sie die Hände wütend zu Fäusten ballte und kampfbereit in die Hüften stemmte. Ihr Gesicht machte eine gefährliche Wandlung durch und wurde vor Zorn dunkelrot. Sie war mißmutig, gereizt und aufbrausend …

Die Hütte bebte. Mancini wußte nicht genau, ob es an den Auswirkungen eines weiteren zum Hügelgipfel emporschnaufenden Vierzigtonners oder am ausufernden Zorn der Baroneß Eglantine lag.

Draußen vor der Hütte grinste Knapp verstohlen hinter seinem Tuch, während das Gürteltier an der Made schnupperte, die Richtung änderte und in glückseliger Mißachtung des gewaltigen über den Horizont kriechenden Fuhrwerks über die Straße trottete. Mit der Fanfare von Peitschengeknalle, Geschrei und Gebrüll trieb der Fuhrmann seine Zugviecher zum Galopp an und donnerte in unbeherrschbarem, schubsteigerndem Schwung die halbe Meile hinunter.

»Ich habe alles in meiner Macht Stehende getan …«, sagte Mancini weinerlich.

Das Gesicht der Baroneß Eglantine verzog sich plötzlich zu einem Bild schreienden Entsetzens, denn nun fiel ihr Blick auf einen vertrautfarbenen Leguanhautberg. Mancini drehte sich um und erblickte den aus dem Regal gefallenen schwarzen Sack. »Nein, Nein! Schaut nicht hin!« rief er. »Es ist besser, wenn Ihr Euren Schnucki so in Erinnerung behaltet, wie er …«

Doch zu spät.

»Mein Schnucki!« kreischte die Baroneß und stierte die am Boden liegende, äußerst reale Ex-Echse an. »Ihr habt ihn umgebracht!« schrillte sie mit einer Stimme, die auf drei Meter Entfernung Glas verätzt hätte. Das Beben nahm an Heftigkeit zu.

Unbemerkt flackerte der leguanoide Doppelgänger wieder ins Leben zurück, und sein Maul klaffte ungläubig auf. Was sollte denn der ganze Tumult? Es ging ihm doch gut! Er war zwar leicht benebelt, aber sonst … Ein paar saftige Lachssteaks, und er war wieder voll da.

»Baroneß Egla ...«, setzte Mancini an, überzeugt davon, daß seine Ohren bluteten.

»Mörder! Ich habe ihn mit einer winzigen Schramme hergebracht, und Ihr habt ...«

»Mit einer winzigen Schramme? Er ist im Todest ... äh, in Rittersbrück von einem Fuhrwerk überrollt worden.«

Jetzt fällt es mir wieder ein, dachte Schnucki. Und er erinnerte sich an das freudige Gefühl der Freiheit, das eigenartige Rumpeln und die riesigen Räder, die in horizontausfüllendem Schrecken auf ihn zugedonnert waren ... Sie hatten sein Zwerchfell zerquetscht und wohl damit gerechnet, daß er zusammenzuckte. Hatte er aber nicht getan. Er spürte eigentlich gar nichts. War alles gut verheilt.

Draußen vor der Hütte war eine zweite Made im Begriff, von einem wählerischen Gürteltier verschlungen zu werden. Knapps Blick huschte nervös zwischen ihm und dem ratternden Fuhrwerk hin und her, das ins Tal hinabdonnerte. Das Gürteltier wäre gut beraten, wenn es sich beeilen würde ...

»Wärt Ihr nur ein besserer KUT ...!« schrie die Baroneß.

»Hättet Ihr seine *gesamten* Gedärme mitgebracht, statt nur ...«, entgegnete Mancini.

»Wie bitte? Das ganze ekelhafte Zeug? Wie könnt Ihr es wagen, mir vorzuschlagen, ich soll meine Hermelinhandschuhe beschmutzen ...!«

»Im Gegensatz zur allgemeinen Auffassung«, schrie Mancini mit rot angelaufenem Gesicht, »*brauchen* Leguane ihre Gedärme! Die Natur hat sie ihnen doch nicht einfach in den Bauch gelegt, damit etwas drin ist!«

Schnucki nickte verständig. Man benötigte sie zur vollständigen Verdauung von Beluga-Kaviar aus dem Lauwarmen Meer.

»Ich *weiß*, was Schnucki braucht! Aber es ist eindeutig, daß das bedauernswerte Geschöpf es hier nicht findet!« Das Gesicht der Baroneß kündete einen stürmischen Wutanfall an.

Das Gürteltier watschelte indessen über die Trans-Talpino-Handelsstraße und legte ein Päuschen ein, um die Made zu verzehren. Der Vierzigtonner und die stampfenden Hufe der Zugnashörner donnerten unaufhaltsam näher.

»Das einzige, wozu Euer geliebter Schnucki noch dienen konnte«, fuhr Mancini fort, solange er sich noch Gehör verschaffen konnte, »war eine Verwendung als Handtasche.«

Der Leguan zog den Kopf ein. *Das* hätte er wirklich nicht sagen dürfen.

»Handtasche?« kreischte die Baroneß, während der Zorn ihr Gesicht puterrot anlaufen ließ. »Handtasche?!« Der Tisch wackelte. »Wie könnt Ihr es wagen zu behaupten, mein geliebter Schnucki könnte allenfalls als Modeartikel herhalten? Er war ein lebendiges, atmendes...«

»Bis zu seiner Begegnung mit einem Vierzig-Tonnen-Fuhrwerk«, warf die Sprechstundenhilfe ein. Sie lugte um den Türrahmen herum und feilte ihre Nägel noch spitzer.

Aus jeder Pore Wut versprühend, machte die Bepelzte plötzlich auf dem Absatz kehrt. »Noch nie hat man mich *so* beleidigt!« brüllte sie und stürmte in einer Dampfschwade von Vitriolmißbrauch hinaus.

»Was ist mit meinem Honorar? Ich bin nämlich kein Wohltätigkeitsverein!« rief Mancini mit klagender Stimme. Er erhielt mehrere Vorschläge zur Antwort, die nicht alle brauchbar waren und man aus dem Munde einer Baroneß wirklich nicht erwartet hätte.

Als wäre es normal, verschwand der Leguan erneut. Und mit ihm schwand auch Mancinis letzte Hoffnung, jemals die fünf Kröten zu sehen, die er für eine so aufwendige Leguanreparatur hätte verlangen können.

»Fünf Kröten!« jammerte er. Bilder von in der Finsternis lauernden Schuldeneintreibern huschten durch seinen Geist. Wenn er nicht bald etwas Bares auftrieb, standen ihm Probleme ins Haus. Er hatte die Sprechstundenhilfe seit Monaten nicht bezahlt. Es war wohl am besten, nicht darüber nachzudenken, welche körperlichen Schäden sie mit ihren Nägeln anrichten konnte.

Plötzlich wurde die Tür aufgestoßen, und ein kleiner, drahtiger Bursche torkelte herein, der eine schwarze Tasche umklammert hielt. Er ließ sie schlingernd zu Boden fallen und grinste.

»Macht Ihr auch Gürteltiere?« fragte Knapp und unterdrückte ein Kichern.

Schieben wir, wenn's genehm ist, die Nebel der Zeit einmal beiseite und schauen durch die Wolken der Chronologie. Blinzeln wir durch die wattige Trübnis der *Kumulus Tempus* und werfen einen Blick auf die nie geschaute Welt der Geschichte, die vor der Überlieferung war ...

Im sandigen Bett des warmen, seichten Meeres wimmelt urzeitliches Leben. Ein Trilobit krabbelt vorbei. Uralte Bivalvia schlürfen das sie umgebende Urstärkungsmittel, das sie nährt und für die nächste beschwerliche Stufe auf der unendlichen Leiter der Evolution fit macht. Die Fühler des Trilobiten richten sich ruckartig auf, sind sich plötzlich irgendwie bewußt, daß vor ihnen was zu fressen ist. Er baggert vorwärts, gesteuert vom telepathischen Jagdgeschick eines Wesens, das einige Zoll unter uraltem Sand vergraben ist.

Der zahllose Jahrhunderte vor der Erfindung der Taxonomie geborene uralte Krakenvorfahr verharrt unsichtbar in Deckung, wartet geduldig ab, legt seinen telepathischen Köder aus, harrt einfach der kommenden Dinge. Kolbenbeine treiben unseren Trilobiten widerstandslos, arglos an. In einer wirbelnden Sandfontäne schlägt der rechteckige Jäger zu. Indem er sich wie eine wütende Badematte in seinem Meeresbett aufbäumt, schnappt er unseren Trilobiten und zieht ihn in die Tiefe.

Aber heute ist der Jäger der Gejagte.

Ein wartender Urmagier sieht das Aufwirbeln des Sandes, und seine verzweifelten Augen fixieren den Hinterhalt. Er korrigiert die Parallaxe und taucht die Hände in das salzige Urmeer. Er schnappt sich die flache, rechteckige Molluske und zwingt sie, den benommenen Trilobiten fallen zu lassen. Er reißt sie in die fremde Welt der Luft, hebt die sich windende Badematte hoch, fängt an zu reden, singt ihr mit schwindendem Zwielicht-Atem Geheimnisse vor. Indem er ihrem schwammartigen Geist detaillierte Tatsachen eintrichtert, beschreibt er einen fossilen Speicher und füllt in kürzester Zeit das Weichtierhirn. Dann schnippt er den uralten Jäger auf einen bereitstehenden Grill, und die geheimen Tatsachen werden für immer im Inneren der toten Molluske versiegelt.

Mit letzter Verzweiflung verschließt er – der letzte von Kampfesnarben zerfurchte, von thaumischen Lanzenhieben durchsiebte Urmagier – den Deckel eines bereitstehenden Terrakottagefäßes, schlingt ein Etikett um dessen Hals, auf dem »Bitte, nehmt Euch dieser Gefäße an, danke« steht und zieht das an seinem Gürtel baumelnde Messer. Die Klinge blitzt schwach in der fahlen Sonne auf, als er in seinen Daumenballen schneidet und zum letzten Mal wimmert.

»Geht«, hört man ihn flüstern, als sich die Blutkörperchen im Lauwarmen Meer auflösen, von denen jedes den lebenswichtigen Kode des Lebens mit sich führt. Mit einem letzten Röcheln bricht der Magier zusammen, sicher in dem Wissen, daß jeder lebende Organismus im Umkreis einer Meile eine Kopie des Kodes erhält. Die Evolution möchte ihn zwar gerne ausrotten, doch wenn die richtige Zeit gekommen ist, wird ein Wächter da sein. Es kann nicht anders sein. Um der Zukunft willen.

Und unser Trilobit trudelt einem weiteren Tag im Urmeer entgegen.

Über der einst belebten Kutschenstation von Venasht ging spät die Sonne auf. So war es immer. Jeden Tag kämpfte sie sich gerade rechtzeitig zum Mittagessen mühsam über den Horizont, strahlte einige Stunden lang ins Tal und verschwand dann hinter der westlichen Wand der eine halbe Meile tiefen Rinne.

Früher war Venasht ein blühender Ort gewesen. Er hatte von den vorbeiziehenden Fuhrleuten gelebt, die hier ihre Rösser gefüttert und getränkt hatten, bevor sie das Tal wieder verließen. Doch seit der Einführung der zugstarken Nashorn-Sextette und der Erfindung des Mampf-unterwegs-Freßbeutels mit langsamer Nahrungszufuhr konnten Fuhrwerke das Talpa-Gebirge ohne Rast überqueren. Und das taten sie auch – indem sie in einer wilden, ihnen immer mehr Schwung verleihenden Sturzfahrt knallhart durch das Tal donnerten, unaufhaltsam durch Venasht dröhnten und sich an der gegenüberliegenden Seite hinaufhangelten.

Aber es gelang ihnen nicht immer. Manchmal erreichte ein Fuhrwerk nicht die nötige Fluchtgeschwindigkeit. Dann kam ein halbes Dutzend ausgebüchster Wagen mit großem Gepolter zum Anhalten, indem es sich in die Seite eines Gebäudes bettete. Vor einigen Jahren war dergleichen mehr als einmal im Monat geschehen. Tonnen von Bauschutt hatten regelmäßig das teilweise wieder aufgebaute Herrschaftshaus der Baroneß Eglantine dem Erdboden gleichgemacht. Warum genau irgend jemand Interesse daran hatte, Bauschutt übers Talpa-Gebirge zu befördern und wieso immer nur das Herrschaftshaus der Baroneß dem Ritual der Zerstörung anheimfiel, waren zwei große unbeantwortete Fragen. Zum Glück waren es für die Baroneß Fragen, die zu stellen die fünfundfünfzig verschiedenen Gesellschaften, bei denen sie versichert war, sich scheuten.

Mit der daraus resultierenden finanziellen Regelung bestritt sie ihren Lebensunterhalt und erkaufte sich das fortwährende Schweigen eines gewissen engen Freundes, der zufällig auf Bauschutttransporte spezialisiert war.

Zum gegenwärtigen Zeitpunkt war Schweigen freilich das letzte, was ein gewisser Alchimist im Sinn hatte. Cheiro Mancini schlug den Kopf gegen den Boden seiner Hütte und stieß einen Schwall der übelsten Flüche aus. Was nahm er für Rücksicht auf seine Kunden! Dabei gab es doch so vieles, das er gestern über Projektierte empathische Systematik hätte sagen können – und sagen sollen.

»Euer Hausleguan ist tot, lang lebe Euer PET-Leguan. Ja, Baroneß Eglantine, eine naturgetreue, thaumisch verstärkte Kopie Eures liebsten Gesellschafters mit all seinen liebenswerten Eigenschaften. Sehet mit Schaudern, daß es ebenso wie das echte Geschöpf Fliegen fängt! Spendet ihm Beifall, wenn es all die Kunststücke vorführt, die Ihr kennt und so liebt. Ebenso liebevoll wie das Original, und doppelt so leicht zu halten. Ein kurzes Abstauben und eine neue Kartoffel pro Monat genügt! So wird Euer PET für immer in neuwertigem Zustand bleiben.«

Mußte dieses dämliche Weib unbedingt versuchen, das blöde Ding zu umarmen? Na ja, eines Tages würden die Viecher auch Masse haben.

Draußen raste ein Wagen ins Tal; seine Handbremse qualmte, als der Fuhrmann die Geschwindigkeit drosselte.

»Wer möchte da noch KUT sein?« stöhnte Mancini. Kunst-Umwelt-Techniker zu sein ist ein undankbarer Job, dachte er trübsinnig. Warum wollten die Leute einfach nicht begreifen, daß es, wenn die Eingeweide eines Leguans über die ganze Fahrbahn der Könige verstreut waren, keinen anderen Weg gab, als einen Pakt mit dem Teufel zu schließen, um ihn wieder zusammenzusetzen? Die Leute müßten ihm eigentlich dankbar sein. Na schön, das projizierte Bild eines geliebten Tiers war zwar nicht so gut wie das echte undankbare Geschöpf bei blühender Gesundheit, aber immerhin wirkt es auf dem Kaminsims nicht übel. Einige seiner besten Arbeiten waren reptilischer Natur. Welch eine Art, seinen Lebensunterhalt zu bestreiten!

Lebensunterhalt? Es ist zum Lachen, dachte Mancini düster. Existenzminimum, kurz vor dem Verhungern, das traf die Sache wohl besser. Sein finanzieller Magen knurrte, als er im Geiste die fünf Kröten abschrieb, die er für eine umfangreiche Leguanreparatur in Rechnung gestellt hätte.

Mit dem Quietschen stahlbeschlagener Räder und dem Geruch brennender Bremsbeläge kam die Kutsche zum Stillstand, und eine stämmige Gestalt sprang heraus.

Mancini betrachtete unglücklich das Namensschild des eben erst plattgefahrenen Gürteltiers. »Na, dann mal los, Alter«, sagte er zu dem Haufen gepanzerter Gliedmaßen. »Es ist Zeit für ein neues Leben als Kaminsimsschmuck.«

Er krempelte die weiten Ärmel des Umhangs hoch, warf sein drahtiges Haar zurück, riß das Skalpell aus dem Türrahmen und hielt inne. Laute Stimmen, die eine hitzige Diskussion führten, schallten durch die Tür.

»Versteht doch, *ich* mache die Regeln nicht! Er macht nämlich gar keine Hausbesuche!« schrie die Sprechstundenhilfe, die ebenso wütend wie gelangweilt klang.

Mancini schauderte. Die Baroneß war wieder da. Sie *mußte* es einfach sein. Schließlich war sie seine einzige Kundin und der einzige Mensch in ganz Venasht, der reich genug war, sich Haustiere zu halten. Und sie war als einzige blöd genug, um ein Katzentörchen zu haben, das so groß war wie ein Scheunentor.

»Ich habe eine lange Reise gemacht, um Herrn Mancini zu sprechen«, sagte eine tiefe, volltönende Stimme.

Männlich. Sie hatte einen eigenartig klimpernden Beiklang. Mancinis Interesse stieg um ein Grad an, sein Ohr zuckte in Richtung Tür.

»Ich habe viel über Herrn Mancinis Fähigkeiten gehört«, fuhr die Stimme fort. »Ich möchte wirklich gern kurz mit ihm sprechen.«

Es klang nicht gut. Er vernahm Redewendungen, wie sie im allgemeinen nur Steuerprüfer verwendeten. Mancini warf einen Blick auf das Gürteltier auf der Werkbank und sah in seinem Inneren ein Häuflein glitzernder Münzen.

»Tut mir leid, er ist gerade im Operationssaal«, sagte die Sprechstundenhilfe. Sie unterstrich ihre Worte mit dem kurzen Kratzen einer Nagelfeile.

»Ich möchte über die Zukunft sprechen«, sagte der Mann.

Damit hat sich die Sache erledigt, dachte Mancini. Reden zahlt sich nicht aus. Schon gar nicht über die Zukunft und den unsinnigen alchimistischen Kram. Wenn er so viel von mir gehört hat, müßte er doch *wissen*, daß ich mich zu sowas nicht mehr hergebe. Jedenfalls nicht mehr seit dem ›Schwarzen Dienstag‹.

Mancini brüllte aus dem ›Operationssaal‹: »Sag ihm, er soll abhauen. Ich bin fürs Handlesen zu sehr beschäftigt. Er soll im nächsten Jahrhundert wiederkommen.«

»Herr Mancini, seid Ihr es?« fragte die Stimme mit einem leisen Klimpern.

»Ja, und ich bin sehr beschäftigt. Meine Kristallkugel ist beim Pfandleiher! Hinterlaßt alle Angaben zum Patienten, ich befasse mich damit, sobald ich Gelegenheit dazu habe.«

»Es gibt keinen Patienten. Mir geht es nicht ums Handlesen, Séancen oder so etwas«, antwortete der Fremde und äußerte schon wieder einen klimpernden Laut. Irgendwie metallisch. Weiches Gelbmetall ... Mancini stellte plötzlich fest, daß sein Interesse an dem toten Gürteltier auf unerklärliche Weise geschwunden war ...

Viele kleine, runde Scheiben aus weichem Gelbmetall … »Ich möchte lediglich mit dem besten Kunst-Umwelt-Techniker im Schatten der Talpa-Berge sprechen!« fuhr der Fremde im Tonfall eines Menschen fort, dessen Liste akzeptabler Antworten auf gestellte Forderungen keine Negativformen enthielt. Ein Mann, dem es ums Geschäft ging. Und ein Mann, der wußte, wovon er sprach.

Noch bevor Cheiro Mancini richtig wußte, was geschah, war er auf den Beinen und strebte zur Tür. Der Wohlklang klimpernder Karat zog ihn gierig vorwärts. Seine Sicht bewölkte sich gelb, als sei hinter seinen Augen plötzlich die Sonne aufgegangen.

Sekunden später wurde die Tür des ›Operationssaals‹ aufgestoßen, Hände schossen heraus, griffen eifrig zu und schlossen fast ebenso schnell das Portal. Eine alte Farbflocke flatterte ins Wartezimmer hinab, das nun plötzlich des Goldes, des Muffenstocks und des großen Mannes entleert war.

»Cheiro Mancini, Alchimist und KUT?« fragte der Fremde und schwenkte einen Beutel, um seinen Worten Nachdruck zu verleihen.

Mancinis Blicke fuhren, so wie sich der Beutel bewegte, auf und nieder, und seine Aufmerksamkeit war gebannter als die eines hungrigen Hühnerhundes, der nach einem gut abgehangenen Fasanenpaar geifert. »Der bin ich. Aber weniger Alchimist, wenn Ihr gestattet«, sagte er geistesabwesend, während er hemmungslos versuchte, den Inhalt des Beutels abzuschätzen, das Ergebnis durch die Dichte von Gold teilte, die Zahl mit der Unterhaltung zu Karat multiplizierte, dies wiederum in Kröten wechselte und auf eine Ziffer kam, hinter der eine wohltuend große Anzahl von Nullen standen.

Er hüstelte verlegen und wetzte zur Tür hinaus.

»Schon gut, meine Liebe«, sagte er und schaute die Sprechstundenhilfe mit giererfüllten Augen an.

»Aber er hat doch keinen Termin ...«

»Es ist *gut.*«

»... und auch keinen Patienten ...«

»Geh nach Hause.«

»Aber es ist noch zu früh.«

»Nach Hause!« brüllte Mancini skalpellschwenkend und deutete zur Tür.

Als die kurzberockte Sprechstundenhilfe weg war – zuvor hatte sie die Nagelfeilen und verschiedene Kosmetikartikel, die ihren Schreibtisch bedeckten, in einer Tasche verstaut, die aus einem kleinen Lurch der Baroneß gefertigt worden war –, verriegelte Mancini die Tür und wandte sich wieder dem geheimnisvoll klimpernden Fremden zu.

»Tja, die Domestiken ...«, sagte der Mann, der einen teuren Muffenstock in der einen Hand und eine kleine Samtbörse in der anderen hielt. »Gefällt mir, wie Ihr mit ihnen umgeht«, fügte er hinzu und überreichte Mancini eine Geschäftskarte.

Mancini rieb sich die Hände, verbeugte sich und fragte sich, ob er dem Besucher die Stirn bieten sollte, als er ihn musterte. Er entschied sich dagegen. Statt dessen machte er auf Kriecher und gab sich unterwürfig. »Die Worte, die ich vorhin sprach, mein Herr, waren an einen anderen gerichtet.« Seine Augen schätzten den Gesamtwert der Kleidung seines Gegenübers ab und bewölkten sich mit weiterer monetärer Bewunderung. »Vergebt meine Ungeduld, hoher Herr. Welchen Auftrag darf meiner Wenigkeit gestattet sein, für Euch auszuführen?«

Der Fremde schenkte dem kriecherischen Alchimisten keine Beachtung, sondern betrachtete einen Apparat aus Drähten und Fäden, der bedrohlich auf dem Tisch schwankte. »Benutzt Ihr so etwas?«

»Ist der hohe Herr an einem PET interessiert?« setzte Mancini an und rieb sich gierig die Hände. »Geisterheuschrecken sind zur Zeit sehr beliebt. Nur zwölf ...«

»Ich hatte eigentlich auf etwas Größeres gehofft«, lautete die Antwort. »Am liebsten etwas mit Zähnen.« Der Fremde schlenderte zum Regal.

»Eine Ratte, Herr?« bot Mancini an und kroch hinter ihm her.

»O nein. Etwas Boshafteres!«

»Ein Wiesel? Wiesel kann ich zu besonders günstigen Bedingungen anbieten, hoher Herr.«

»Vielleicht gibt es etwas Avantgardistischeres?«

»Ach, das hätte ich mir gleich denken können! Ein scharfsinniger Edelmann wie Ihr braucht natürlich etwas mehr … Vielleicht einen Greifen?« Mancini scharwenzelte, rieb sich die Hände und sprang auf die Beine.

Der Fremde schüttelte den Kopf.

»Einen Phönix? Wahlweise mit Einäscherungsprogramm?«

»Macht Ihr auch Drachen?«

Mancinis Kinnlade sackte herunter. Nicht einmal Baroneß Eglantine konnte sich leisten, Drachen zu halten. »Dr … Dr … Basilisken, kein Problem«, stotterte er ausweichend.

»Drachen.«

Mancini schluckte und sah, daß der Fremde den klimpernden Samtbeutel auf den Tisch legte, knapp außerhalb seiner Reichweite. »Dr … Drachen. Nun ja, laßt mich überlegen … Hah! Es besteht in dieser Gegend keine große Nachfrage nach ihnen. Nur Fuhrwerke schneiden noch schlechter ab. Versteht Ihr?«

»Könnt Ihr Drachen machen oder nicht?« raunzte der Fremde.

Mancini nickte schuldbewußt, stupste verstohlen den sturerweise unbrauchbaren PET-Leguan, betrachtete den Beutel und ließ eine schamlose Lüge vom Stapel. »Ach, Drachen! Natürlich. Wie dumm von mir, wo war nur mein Verstand …«

»Ich erwarte seine Fertigstellung innerhalb einer Woche. Ebenso wie diese Kleinigkeiten«, sagte der

Fremde und reichte Mancini mit einem gezierten Schwenk seines teuren Ärmels eine auf Pergament geschriebene Liste.

»Eine Woche?« schrie Mancini. »Für Drachen brauche ich einen Malpin-Empathie-Motor... Mindestens einen der sechsten Klasse. Und wenn Ihr ihn in 3-D haben möchtet, ein passendes Paar psychoterrine Kristalle.«

»Nun, wenn Ihr *das* hier nicht wollt...«, sagte der Fremde und stieß gegen den Beutel.

»Oh! Nein! Ich meine, ja. Ja, ich möchte es!« flehte der verarmte KUT.

»Eine Woche?«

»Zehn Tage. Ich muß mich dafür nach Wollwott begeben.«

Der Fremde griff nach dem Beutel und machte Anstalten zu gehen.

»Also gut, einverstanden, eine Woche!« schrie Mancini, dem das Gold zu entgleiten drohte.

»Wohl gehandelt!« sagte der Thaumaturgiephysiker und warf den großen Beutel voll klimpernder gelber Münzen mit einer graziösen Bewegung seines Stockes in die Luft.

Während Mancini ihn aus seiner bogenförmigen Parabel auffing und gebannt das Gold anstarrte, öffnete der Fremde Schloß und Riegel der Tür und verschwand.

»Wir sehen uns in einer Woche in Losa Llamas«, rief er über die Schulter zurück, als er die Treppe hinabhuschte. »Draußen steht eine Kutsche. Verfügt darüber. Ach, und auf der Rückseite der Karte findet Ihr einen Lageplan. Prägt ihn Euch ins Gedächtnis ein. Er wird sich in fünfzehn Sekunden selbst vernichten.«

Mancini blickte in schuldbewußter, vom Gold verursachter Benommenheit auf, nahm die Karte in die Hand und drehte sie um. Während er sie betrachtete, schimmerten die Linien auf der Oberfläche und entzündeten sich plötzlich in einem Magnesiumblitz, der den Lageplan in seine Netzhaut einbrannte, an sein Kurzzeitgedächtnis weiterreichte und die Karte in ein Häuflein Asche verwandelte.

Einen Drachen? Mancini krümmte sich und blinzelte. Noch nie in der kurzen Geschichte der Kunst-Umwelt-Technik hatte jemand einen PET-Drachen zusammenmontiert. Der Leguan blinkte an und aus. Ein vollständiger Drache!

Er schluckte nervös. Drachen waren auch nichts anderes als Echsen – nur viel größer.

Nicht wahr?

Ach! Und wenn schon! dachte er, als er den Beutel auf den Boden entleerte und sich fieberhaft ans Zählen machte.

Auf einer Zehe der Ausläufer der Kholan-Höhen, fünfzehnhundert Fuß unter dem Gipfel des Berges Kützelmütz schwebte ein Fluch in der warmen Nachmittagssonne eines Frühlingstages. Er summte, hallte wider und spukte kurz über dem Blöken einer kleinen Herde grauweißer Ziegen, dann verschwand er in einem höhergelegenen Tal, um sich zu den anderen zu gesellen.

»Das Gebimmel!« brüllte eine einsam zuckende Gestalt. »Das Gebimmel! Es macht mich verrückt!« Ein kleiner Junge, der mit etwas bekleidet war, das mehreren Säcken ähnelte, die unordentlich um ihn herumhingen, musterte vorwurfsvoll die Ziegenherde und warf einen Stein auf das Tier mit der gesprungenen Glocke, die unaufhörlich an seinen Nerven kratzte. Ein wiederholt in eine alte Blechbüchse tauchender Käfer hätte einen melodischeren Klang erzeugt.

»Steht doch mal still!« brüllte er. »Wie soll ich euch zählen, wenn ihr ständig um die Felsen hüpft? Wenn ihr euch noch einmal bewegt, endet ihr als Schaschlik!« Zum fünfhundertsten Mal an diesem Morgen ballte der bayufarische Ziegenhirte Pepperl die Hände zu Fäusten, fletschte die Zähne, stieß einen Fluch aus und fing wieder an zu zählen. Und zum fünfhundertsten Mal an diesem Tag wünschte er sich, nie Ziegenhirte geworden zu sein. Besonders nicht in Zeiten wie diesen.

Er sprang über das Geröllfeld, packte eine Ziege am Hals, sah in ihre blöden Augen und brüllte: »Wo ist die alte Git? Los, sag's! Wo ist die alte Git jetzt schon wieder?«

Die Ziege erwiderte den Blick mit einem gelangweilten Ausdruck tiefsten Unverständnisses, und ihre gelben Zähne mahlten ungerührt weiter. Pepperl stieß das Vieh wütend zur Seite und rannte, diverse Mißhandlungsformen im Sinn, um einen Felsvorsprung herum.

Pepperl, so muß gerechterweise gesagt werden, empfand bei seiner Tätigkeit keinen hohen Grad an Befriedigung. Er sehnte den Tag herbei, an dem er frohgemut allen blökenden Ziegenstämmen mit zwei Fingern zuwinken würde, um mit seiner Zeit etwas Lohnenderes anzufangen. Zum Beispiel den ganzen Tag in der Sonne liegen, saufen und Ziegenkäse essen.

Er umrundete den Felsen, blickte zum Vorsprung hinauf und war den Tränen nahe.

»Nein! Nicht da oben! *Nicht* da!« schrie er, aber im Inneren *wußte* er, daß die etwa hundert Fuß über ihm liegende winzige schwarze Öffnung die Stelle sein *mußte.* Eins hatte er in seiner Zeit als Ziegenhirte gelernt: Man durfte nie einen Ort als zu unzugänglich oder zu abgelegen abtun, wenn es galt, eine entlaufene Ziege zu finden. Wenn sich irgendwo auch nur die geringste Hoffnung auf etwas Eßbares auftat, waren die Ziegen weg wie der Blitz. Welch unerklärliche Eigenschaft der Ziegenexistenz sie immer wieder veranlaßte, senkrechte Felswände hinaufzuklettern oder für eine halbe Handvoll Heidekraut über nur zollbreite Simse zu rennen, entzog sich gänzlich Pepperls Verständnis. Die Erfahrung hatte ihm die unermeßliche Dummheit gezeigt, die allen Ziegen innewohnte.

Die alte Git war *bestimmt* in der Höhle dort. Da oben!

Pepperl der Ziegenhirte gelobte, das blökende Vieh den hundert Fuß hohen Vorsprung hinabzustoßen, dann spuckte er in die Hände, stieß einen Schwall von Verwünschungen aus, die die Ohren eines Geistlichen zum Klingen gebracht hätten, und machte sich an den Aufstieg.

Obwohl sich das landumschlossene Reich Murrha an seiner schmalsten Stelle über achttausend Ellen der Wüste Ghuppi erstreckte, gab es einen Punkt, der nie weit entfernt war: die Spitze der glänzenden Klinge des Lieblingskatana der Kaiserin Tau. Ein Ausrutscher, der kleinste Fauxpas, nur eine sekundenlange Gunsteinbuße, und man konnte seinen Kopf in einem Sack nach Hause tragen.

Man hätte völlig hirnverbrannt, hoffnungslos optimistisch oder unverhohlen pervers sein müssen, um zu erwägen, der Kaiserin zu widersprechen. Leider verfügte Wampert, der 533. Tierimage-Berater am Kaiserhof, über alle drei Eigenschaften zugleich – eine Folge seines Lebens am Modekolleg.

»Nein, nein, nein!« schrie Kaiserin Tau, schlug mit der Faust auf die Armlehne des Obsidianthrons und löste bei den beiden hockenden Gestalten – General Zakkik und Admiral Trillefitz – ein heftiges Atemholen aus.

»Aber, aber, Eure Wahrhaftige Exzellenz, er sieht doch gar *so* niedlich aus«, verteidigte sich Wampert, während er das riesige rosafarbene Band an dem winzigen Hund zurechtrückte. »*Außerdem* er ist völlig palastrein.« Er fummelte am Spitzenkragen des Hundes herum. Dann zupfte er an seinem eigenen Kragen.

»Ich will nichts *Niedliches*«, nörgelte die Kaiserin mit quietschendem Gebiß, weil die Karamelbonbons an ihren Backenzähnen klebten.

»Ach, Eure Vortreffliche Tyrannität, *niedlich* ist doch zur Zeit große Mode. Seht ihn Euch an!« Der Image-Berater des Kaiserhofes klatschte geziert in die blassen Hände. Er strahlte, als der Terrier auf die Hinterläufe sprang und eine anmutige Pirouette auf den Krallenspitzen drehte. Die einzigen Laute in dem riesigen Saal waren das Trippeln von Krallen auf poliertem Marmor, das helle Klingeln der Glöckchen an den Terrierknöcheln und das Knirschen von Taus Zähnen.

General Zakkik scharrte unbehaglich in seiner feierlichen Bambusrüstung, denn die Sehnen am Handrücken der Kaiserin knarrten vor Anspannung, als sie versuchte, die Armlehne des Throns abzureißen. »Ich möchte etwas Bösartiges und Widerwärtiges! Ich möchte Reißzähne und Krallen! Ich möchte dreihundert Pfund zornige Muskulatur, die von einem Alligatoren-Schultergeschirr und roher Gewalt im Zaum gehalten werden!« kreischte Kaiserin Tau, und ihre Augen blitzten in aufbrausender modebewußter Wut rot auf.

Wampert rückte seinen nasenfarbenen Zwicker zurecht und tupfte sich mit einem kleinen seidenen Rechteck den Mund ab. »Aber Alligatoren sind doch so *entsetzlich* plump, Eure Drakonität. Bösartig und widerwärtig ist passé. Terrier sind bei den niedrigen Angehörigen des Hofes *überaus* beliebt ...«

Admiral Trillefitz zog den Kopf ein.

»Und eben *deswegen* will ich keinen in meinem Palast haben, es sei denn, aus ihm werden kaiserliche Pantoffeln gemacht. Diese dressierten Nager erhöhen den kaiserlichen Status weniger als Mundgeruch. Nehmt ihn weg!« schnaubte Tau und spielte am Griff ihres Lieblingskatana herum.

»Wie Ihr wünscht«, sagte Wampert. »Aber Terrier sind *wirklich* der Renner der Saison.« Er fummelte am Rand seines gelben Baretts herum und gab dem Hund mit einer schlaffen Bewegung ein Zeichen. Mit klingenden Glöckchen sprang der Terrier auf die Vorderpfoten und trabte, den Kopf nach unten, auf die wutschnaubende Kaiserin zu.

»*Weg* damit, habe ich gesagt!« brüllte Tau, wobei sich die achtzöllige Veranda ihrer gestärkten Augenbrauen zu einem V unbändigen Zorns furchte.

Wamperts Augen funkelten vor Entsetzen, als sie aus dem Obsidianthron hochschnellte, auf die Beine sprang und mit einem tödlichen Fußschlenker sowie einem Blitz aus glitzerndem Metall und Bambus um die eigene Achse wirbelte. Mit einem wilden Schrei schlug sie einen Purzelbaum über den kurzbeinigen, mit Teeutensilien gedeckten Tisch und ließ die gebogene Katanaklinge mit einer geschmeidigen Bewegung auf den dressierten Köter hinabsausen. Ein überraschtes Bellen ertönte, dann schwebten ein paar weiße Fellsträhnen sanft auf den polierten Marmorboden hinab. Dann herrschte tödliche Stille.

Die Hände des Image-Beraters am Kaiserhof steckten bis zu den Gelenken in seinem Mund, denn er versuchte verzweifelt, die hysterischen Schreie zu unterdrücken, die heftigst in der Kehle aufstiegen und ins Freie drängten.

Langsam erhob sich die Kaiserin, hinter ihrem feierlichen Schnurrbart bedrohlich knurrend, und näherte sich Wampert. Ihre Bambusrüstung knirschte boshaft, und das kaiserliche Katana war, ohne zu schwanken, auf die Kehle des Beraters gerichtet. An der Klingenspitze baumelte ein kleines Büschel weißen Fells, geschmückt mit einem breiten rosafarbenen Band. »Wenn ich *weg damit* sage«, knurrte Tau in einem mißmutigen Flüsterton, der aus fünf Meilen Entfernung Stickstoff hätte gefrieren lassen, »meine ich damit *nicht,* daß er *noch* einen Trick zum Besten geben soll.«

»Ahhh ...«, winselte Wampert und stierte den zuckenden Leib an, der auf groteske Weise an der sich nähernden Waffe baumelte.

Die Kaiserin beschrieb mit ihrem scheinbar zarten Handgelenk eine Reihe komplizierter Kurven, durchtrennte das Halsband und schleuderte den Terrier in die

Luft. Bebend vor Entsetzen beobachtete Wampert, wie das Tier fiepend am Boden aufprallte und – von einem einzelnen, glattrasierten Ohr geziert – flach ausgebreitet aus der kaiserlichen Gegenwart trudelte.

»Lebt Ihr *gern*?« knurrte Tau, packte den silbernen Kragen von Wamperts batikbedrucktem Kimono und zog den Mann vom Boden hoch. Mit der anderen Hand steckte sie das Katana lässig wieder in die Rückenscheide.

»Urgghhhh...«, antwortete Wampert, dessen Zehen, die in Pantoffeln aus gestriegeltem Hermelin steckten, sechs Zoll über den Bodenfliesen baumelten. Angst hallte im Gemüt des Beraters wider. Ihre Nägel! schrie es im Inneren seines geistigen Musterbuches. Mein Kragen! Wie soll ich die Falten je wieder rauskriegen?

»Achtzehn Kostproben, aus dem Bodensatz des evolutionären Fasses der Natur gekratzt, habt Ihr mir nun vorgeführt«, schnaubte Tau, wobei ihr Atem die Spitzen ihres dünnen schwarzen zeremoniellen Bartes bei jedem explodierenden Konsonanten zittern ließ. »Achtzehn! Gestern waren es fünfundvierzig!«

Wampert wollte törichterweise zustimmend nicken, aber er hätte sich dabei beinahe selbst stranguliert.

»Sogar von Euch hätte ich erwartet, daß Ihr in der Lage seid, meine Anweisungen zu verstehen. Aber nein! Die Rotationskaiser von Froul werden wie üblich mit ihrer wachsenden Albino-Elefantenherde aufwarten. Der Häuptling der Bootpiepel aus dem Östlichen Lauwarmen Meer wird seinen buntgescheckten Höllenoktopus vorführen, der sich daran ergötzt, alle Welt mit einem Schwall klebriger Tinte zu bespritzen. Und was bietet Ihr mir an, der großen Kaiserin Tau, der drakonischen Herrscherin über das Murrhanische Reich, deren Schwertarm schneller flitzt als ein Gecko auf Kohlen? Hmmmm? Welche imageaufbauenden Geschöpfe bietet Ihr mir an?« Sie schüttelte Wampert – für den Fall, daß er vergessen hatte, daß ihre Worte ihm galten.

»Geisterheuschrecken und weiße Mäuse«, schrie die Kaiserin, die gar keine Antwort von ihm hören wollte. »Habt Ihr ernsthaft erwartet, ich komme als Gastgeberin der jährlichen Wohltätigkeitshaustierparty der Tyrannenvereinigung mit weißen Mäusen und Geisterheuschrecken im Schlepptau daher? Ich würde mich zum allgemeinen Gespött machen. Mein Ansehen wäre *ruiniert*.«

»Ich dachte nur...«

»Ihr dachtet! Geistige Aktivität ist bei dieser jämmerlichen Auswahl nicht zu erkennen! Könnt Ihr Euch die Zeremonienbanner *vorstellen*? Eine auf den Hinterbeinen stehende weiße Maus über gekreuzten hüpfenden Geisterheuschrecken, eingerahmt von einer Zickzackleiste aus Hermelin? Es würde sich abscheulich mit den Servietten beißen!« jammerte sie, während sich ihre roten Nägel fester um Wamperts Kehle schlossen. »Ich glaube, ich muß mir einen neuen Imageberater suchen. – Auf die Knie!« befahl Tau, ließ den von einem Hustenanfall geschüttelten Wampert fallen und riß ihr Katana wieder aus der Scheide.

»Wenn ein Kopf dich beleidigt«, zitierte die Kaiserin mürrisch eins der Verankerten Gesetze Murrhas, »dann schneide ihn ab.«

»Wartet, Exzellenz!« rief die kniende Gestalt und fuchtelte verzweifelt mit den Armen. Glitzernde Schweißperlen standen auf Wamperts geröteter Stirn. »Bitte, nicht meinen Kopf...«

»Habt Ihr je ein Katana gebraucht?« fragte Tau Wampert, ohne auf sein Flehen einzugehen. »Sie sind hervorragend ausgewogen und zu beißender Schärfe gespitzt. Man kann sich mit ihnen böse Kerben zufügen, wenn man nicht aufpaßt. Euer Kopf könnte in einem Sack sein, bevor Ihr überhaupt etwas davon merkt.« Sie grinste gnadenlos, betrachtete den Hals des Imageberaters und malte im Geiste eine gepunktete Linie.

»Bitte! Nicht meinen Kopf!« brachte Wampert röchelnd hervor, dessen übertriebenes Flehen aus jeder Pore troff. »Habe ich Euch früher nicht immer zufriedengestellt, Exzellenz? W-wie wäre es mit einer schillernden ammorettischen Todesechse? Mit passendem Gürtel und Zierbesätzen? Es stand Euch doch ausgezeichnet!«

»Das war letztes Jahr. Ich will etwas *Neues.* Etwas noch nie Dagewesenes. Etwas Einzigartiges! Ich will, daß allen das Kinn bis zum Boden sackt. – Ist das zuviel verlangt für Kaiserin Tau?« fragte sie und ließ das Katana wenige Zoll von der Nase ihres Beraters herumwirbeln.

»Äh ... nein«, gab Wampert zu.

»Also? Welche Pläne hat Euer Kopf ausgebrütet? Soll ich ihn abschlagen und nachsehen?« schrie Tau und schüttelte wütend ihren Berater. General Zakkik betastete nervös den Kragen seiner Bambusrüstung.

»Bitte! *Nicht* meinen Kopf! Noch nicht!« winselte Wampert.

»Nennt mir *einen* Grund, warum ich Euch verschonen soll.«

»Exzellenz ... Ich ... In drei Tagen trifft die Lieferung *des* Stars der Gu-Tschi-Barett-Herbstkollektion ein.«

Für den Bruchteil einer Sekunde zuckten die Nerven der Kaiserin, als sich der Stachel des Neides in ihr Inneres bohrte. *Das* Barett hatte alles andere in den Schatten gestellt. Keine andere Kopfbedeckung auf dem Laufsteg konnte es an Pfiffigkeit und Keßheit mit ihr aufnehmen. Sogar Tscha-Nells spiegelseidener Schlapphut wirkte schlaff daneben. Das Gu-Tschi-Barett war das *hübscheste* Putzmacherstück, das je diesseits der strahlenden kaiserlichen Tiaras der Thing-Dynastie aufgetaucht war. Manche Leute begehrten ein solches Stück inbrünstiger als ... hm, als das Leben ...

»Ach, warum habt Ihr es nicht früher gesagt?« hauchte die Kaiserin. Ihre gestärkten Augenbrauen waren den Bruchteil eines Zolls von Wamperts zitternder Stirn entfernt. Plötzlich war sie ruhig, plötzlich war sie freundlich, plötzlich war sie sogar noch entnervend schrecklicher.

Admiral Trillefitz musterte Zakkik mit einem verdrossenen Blick.

Die Oberlippe der Kaiserin kräuselte sich langsam, und sie packte Wamperts rechtes Ohrläppchen. »Nun gut. Ihr könnt Euren Kopf behalten.«

»Mögen die Götter Euch segnen, Exzellenz, und Euer ganzes Gefolge!« säuselte Wampert und bedeckte die stählernen Zehenkappen von Taus Sandalen mit Küssen.

»Allerdings ...«, raunzte die Kaiserin und setzte die Zunge des überschwenglichen Beraters mit einer geschickten Drehung des Fußgelenks in einer Falle fest. »Wenn es Euch nicht gelingt, mir einen Begleiter für die Tyrannenparty zu beschaffen, sollt Ihr die Ohren verlieren ...«

Ein entsetzter Aufschrei stieg aus der Gegend von Taus Absatz auf. Welchen Sinn hatte ein Gu-Tschi-Barett ohne Ohrläppchen? Das war doch ein Stilbruch!

»Dann verliert Ihr *wirklich* den Kopf. Habe ich mich klar ausgedrückt?«

Wampert versuchte ein zustimmendes Nicken.

»Dann macht Euch also an die Beschaffung. Ihr habt drei Tage Zeit.« Mit einem fast lässigen Fußtritt stieß Kaiserin Tau den Berater dem immer noch fiependen Hund hinterher, schob die Klinge ihres Vertrauens in die Scheide zurück und stapfte zwischen den reglosen Gestalten von General Zakkik und Admiral Trillefitz auf ihren Thron zu.

Nachdem der Ziegenhirte Pepperl mit einem letzten gegrunzten Fluch seinen schweißüberströmten Körper mühsam über den Rand des winzigen Höhleneingangs gezogen hatte, kroch er durch Düsternis. Momentan war das Wichtigste in seinem Leben, die alte Git aufzustöbern. Ah, die Ziege würde etwas zu spüren kriegen, wenn er ihr die Hände um den Hals legte! Einhundert Fuß an einem senkrechten Sandsteinfelsen hinaufzuklettern, war schließlich kein Picknickausflug. Er hatte längst den Überblick verloren, wie oft ihm der Gedanke durch den Kopf gegangen war, das verdammte Vieh einfach in die Luft zu treten und sich kaputtzulachen, wenn es geröllwärts raste. Es war bestimmt eine zweistellige Zahl … wenn nicht gar zehn.

Seine Knie rutschten über den Felsboden, als er sich durch den klaustrophobisch engen Gang quetschte, und fast wäre er von dem Schrei, den er ausstieß, als er die Hand ausstreckte und in schwarzes Nichts tastete, taub geworden. Der Boden des Ganges war verschwunden. Er lag auf dem Bauch und starrte ungeduldig wartend in die samtene Schwärze, und die Rhodopsin-Verstärker seines Netzhauthintergrundes bemühten sich, die in der Dunkelheit untergetauchten Bilder zu erfassen.

Das dunstige Bild nicht sehr ziegenartiger Steingefäße, die ordentlich auf einem Steinregal aufgereiht waren, flutete zögernd in sein Blickfeld. Pepperl gaffte es äußerst verwirrt an.

Wer mochte versehentlich eine Reihe von Steingefäßen in den Tiefen einer Höhle verloren haben, die hundert Fuß hoch an einer steilen Klippe lag, irgendwo mitten in der Einöde? Wer immer es gewesen war, würde er wohl Finderlohn zahlen?

Es war die letztere Überlegung, die Pepperl veranlaßte, in die Dunkelheit zu tasten und nach dem ersten Gefäß zu greifen. Mit leisen Flüchen, die diesmal ausnahmsweise nicht den Ziegen galten, zog er es in den Gang und schlängelte sich in die Helligkeit hinaus. So neugierig er auch war, er wollte auf keinen Fall die Hand in den Terrakotta-Behälter schieben, ohne zuvor hineingeschaut zu haben. Man konnte nie wissen, was die Leute alles in Gefäßen verstauten!

Nach ein paar Minuten hatte er den Eingang erreicht. Vielleicht hatte man die Gefäße absichtlich versteckt? Vielleicht enthielten sie etwas Wertvolles? Gold und Juwelen, die ihn steinreich machten? Pepperl holte aufgeregt Luft, entfernte den Deckel und spähte erwartungsvoll hinein. Lichtstrahlen, die in den Facetten eines faustgroßen Diamanten funkelten; Aureolen betäubenden Reichtums, die hypnotisch über einem Münzenmeer aufblitzten; das saphirblaue Glitzern unvorstellbaren Reichtums … All dies und mehr war dort nicht zu sehen. Nur eine alte zerknitterte Pergamentrolle.

Die anderen vier Gefäße enthielten dasselbe: Bögen aus dickem, vergilbtem Pergament, mit willkürlichen Kritzeleien und mißratenen Darstellungen bedeckt, die nicht das geringste Gefühl für den richtigen Maßstab aufwiesen: Männer mit langen Hörnern und mickrigen Schwänzen ragten vor Hunderten rennender Strichmännchen auf. Pepperl musterte die Schriftstücke voller Verwirrung, schnalzte ratlos mit der Zunge, faltete sie zusammen und steckte sie in sein Hemd, ohne im entferntesten zu ahnen, daß sie Geheimnisse enthielten, die eigentlich kein sterbliches Wesen je schauen durfte. Kamen sie in die falschen Hände, konnten die Folgen katastrophal sein.

Doch zum Glück für die Welt im ganzen gehörte zu den vielen lebensbereichernden Fähigkeiten, die der bayufarische Ziegenhirte zu erlangen versäumt hatte, die Kunst des Lesens.

Wahrscheinlich war dies mehr als alles andere der Grund, warum Pepperl dem verblaßten Etikett keinerlei Beachtung schenkte, auf dem die wehmütige Bitte stand, jemand – irgend jemand – möge sich doch »bitte dieser Gefäße annehmen, danke«.

Das einzige, das fehlte, war der Geruch.

Cheiro Mancini war jedesmal überwältigt, wenn er die Schuppen- und Krallenabteilung von Hagen Böcks

Pelz- und Federviehmarkt besuchte. Heute war es nicht anders. So viele Tiere, so wenig Geruch. Sein Kinn sank vor Staunen herab, als er die Regale und Ständer der Fertigtierwelt musterte, die um Aufmerksamkeit bellte und verzweifelt jemandem zumiaute, der dafür blechte, sie mit nach Hause zu nehmen. Hier war alles unter einem Dach zusammengepfercht, was sich ein Kunst-Umwelt-Techniker mit einem gewissen Maß an Selbstachtung wünschte. Von fertig zusammengesetzten Erdferkeln bis zu Salonlöwen; von Hasen-Fix-Bausätzen bis zu Wassermolchen aus der Dose für gestreßte Manager. Die Auswahl an Formen, Farben und Hauttypen, die man in ein projiziertes empathisches Tier einbauen konnte, war schier grenzenlos. Und Böck nutzte sie allesamt voll aus.

Seit dem Tag, an dem er im zarten Alter von zweidreiviertel Jahren das Schoßtier seiner Schwester Lotte – eine talpinische Steinmaus – für eineinhalb Scheiben ammorettisches Karamel verkauft hatte, war Hagen Böck von Tieren aller Art fasziniert. Oder genauer ausgedrückt, ihn faszinierte, daß andere Leute von allen möglichen Tieren fasziniert waren. Es waren im allgemeinen Geldtypen. Mit einem für einen so jungen Mann ungewöhnlich scharfen Durchblick hatte Böck erkannt, daß sich das reiche Füllhorn der Natur in Bares umwandeln ließ. Daß man sozusagen mit Mäusen Mäuse machen konnte.

Ungefähr ein Jahrzehnt später hatte sich der Lauf der Dinge verändert. Böck hatte sich von talpinischen Steinmäusen weiterentwickelt, und nun konnte man ihn überall antreffen: Er war mühsam durch die unwirtliche Gegend der Angstarktik gestapft, wo er nach seltener Jagdbeute wie dem legendären katanaklauigen Vielfraß von Obergulpingen suchte, und hatte das östliche Lauwarme Meer auf der Suche nach doppelhörnigen Narwalen und dekanternasigen Delphinen durchstreift, um sie in Netzen zu fangen und an den Meistbietenden zu verticken. Und dabei war ihm ein gesundes Vermögen ins Netz gegangen.

Erst nachdem er wegen Verstößen gegen die Import-Export-Bestimmungen, Mißachtung der Versandbestimmungen und dem Zuwiderhandeln gegen unzählige Quarantäneverordnungen in verschiedenen Königreichen Gefängnisstrafen verbüßt hatte, hatte er eingesehen, daß seine Vorgehensweise falsch war. Die Tierbranche war ein hartes Geschäft. Da gab es nur eine Lösung: Kunst-Umwelt – jene Fähigkeit, den Geist und die äußere Erscheinungsform jedes einzelnen Organismus thaumisch zu konservieren, und zwar innerhalb weniger Tage nach seinem Dahinscheiden.

Für Hagen Böck war dies die Verwirklichung all seiner Träume gewesen. Tote Dinge erforderten nicht halb so viel Pergamentkram – und sie waren entschieden besser zu lagern. Auch wenn es vielleicht nicht umweltfreundlich war... Aber die Gewinnspannen, Mann!

Böck war inzwischen der unumstrittene König der Kunst-Umwelt. Er hatte fünfzehntausend Kreaturpatente im Sack und hielt ständig nach neuen Ausschau. Hier ein kleiner Kniff bezüglich der Farbe einer Echse, einen Elefantenrüssel da ein wenig frisiert, und schon hatte man einen Tapir. Es konnte nur noch eine Sache weniger Monate sein, dann hatte Böck den Aal neu erfunden.

»Wie ich sehe, bewundert Ihr unsere neuen Kreationen«, sagte ein teuer khakigekleideter Mann, der auf die von Ehrfurcht ergriffenen Gestalten Cheiro Mancinis und Knapps zuschlenderte, die die Reihen der Todesechsen begafften. »Ihr könnt sie in jeder Farbe haben, solange es nur schwarz ist«, sagte er lächelnd. »Sehr umgänglich, ideal für Kinderparties, Karneval und so weiter. Auf Wunsch mit Brüll- oder Brumm-o-matic-Stimme und wirklichkeitsgetreuer Flugsimulation. Zur Zeit im Sonderangebot...«

»Es sind PETs?« platzte Mancini fassungslos heraus, als eins der Viecher brüllte. Knapp versteckte sich wimmernd hinter seinem Umhang.

»Aber ja! Sie erfreuen sich wachsender Beliebtheit«, antwortete Hagen Böck, der in die prüfende Betrachtung seiner Reitgerte versunken war. »Ein echtes Schnäppchen für lumpige dreitausend Kröten.«

»Aber sie sind so ...«

»Realistisch? Ja, nicht wahr?« Böck legte Mancini kameradschaftlich den Arm um die Schulter. »Ich gebe es zwar nur ungern zu, aber ich habe selbst Schiß vor ihnen. Es ist ganz anders als damals in der Anfangsphase, nicht wahr? Wie ich einige der ersten Versionen überhaupt ungestraft verkaufen konnte, ist mir bis heute noch nicht ganz klar.«

Mancini grinste. »Wie zum Beispiel die Königspinguine?«

»Genau! Die Felspinguine waren die schlimmsten. Immer wieder sind ganze Reihen von ihnen durch die Spalten im Treibeis geplumpst. Und die Farbanpassung war grauenvoll! Die billigen Grünzeugventile sind wirklich *unmöglich*.«

Knapp quietschte erneut vor Schreck, als eine Todesechse sich vorbeugte, ihn direkt anstarrte und durch ein winziges Gitter in ihrem Bodensockel brüllte.

»Ist schon gut, mein Freund, sie beißen nicht. Seht!« Böck streckte die Hand aus und schwenkte sie mitten durch das schuppige Geschöpf. Die Todesechse flakkerte, schüttelte den Kopf und riß sich zusammen. »Eines Tages haben sie auch Masse. Größere psychoterrine Kristalle und zwei geringfügig verstellte Empathiefelder, und schon funktioniert's. Es muß einfach gehen! Wie der Markt es verlangt. Man braucht sich nur die Masse nutzbar machen, dann können sie wirklich brüllen. Es hat etwas mit der Luft und festen Vokalakkorden zu tun. Technisch gesehen ...«

»Spucken sie auch Feuer?« erkundigte sich Mancini,

den Blick gebannt auf die Geschöpfe gerichtet war und dessen Kinn sich beim Sprechen kaum bewegte.

»O nein, mein Herr, kein echtes Feuer. Ich fürchte, im Bereich der empathischen Transmission ist der Einsatz entflammbarer Stoffe streng verboten«, antwortete Böck. Er klang leicht enttäuscht. »Für einen Aufpreis von zweihundertsechsundachtzig Kröten liefern wir jedoch einen Hilfsgenerator für empathische Scheinflammen. Bei freiem Einbau, solange der gegenwärtige Vorrat reicht.«

»Ich nehme sechs. – Gibt es bei Barzahlung Rabatt?« fragte Mancini und lächelte Böck an. Mit gerötetem Gesicht zog er eine lange Einkaufsliste aus der Tasche und schwenkte einen kleinen Samtbeutel hin und her.

»Kommt bitte mit in mein Büro, Herr«, säuselte Böck, dem fast die Augen übergingen, als sich die Liste vor ihm entfaltete. »Wir können Euch bestimmt entgegenkommen.«

Während Knapp ihnen durch die geräuschvolle künstliche Menagerie folgte und einen pergamentenen Hochglanzprospekt aus einem Regal nahm, um ihn in seinem Sack zu verstauen, hüpfte Mancinis Herz vor Freude. Ein Besuch bei Böcks Pelz- und Federviehmarkt – und endlich konnte er sich einmal mehr leisten als nur einen Sack Nieten für seine wachsende Froschsammlung.

»Tut mir leid, Herr, Vorschrift ist Vorschrift«, sagte der murrhanische Polizeibeamte und blickte Wampert gelangweilt über den Pergamentstapel auf seinem Schreibtisch hinweg an.

»Aber es ist ein Mordkomplott!« schrie der Imageberater des Kaiserhofes und hüpfte wirkungslos auf und ab.

»Das habt Ihr schon gesagt, mein Herr. Aber ohne Leiche ...«

»Das hatten wir doch alles schon mal. Hört Ihr denn

gar nicht zu?« schrie Wampert und schlug mit fest geballter Faust auf den Schreibtisch.

»Ich bin ganz Ohr, Herr«, entgegnete der Uniformierte, der sich kaum die Mühe machte, ein Gähnen müder Gleichgültigkeit zu unterdrücken.

»Also? Was werdet Ihr in der Sache unternehmen?« schrie der rotgesichtige Wampert, in dessen Kurzzeitgedächtnis die Drohung der Kaiserin laut nachhallte.

»Unternehmen, Herr?«

»Ja. Aktiv werden, Schutzmaßnahmen ergreifen, Verhaftungen vornehmen! Solche Dinge. – Ihr *nehmt* doch Verhaftungen vor?« schnauzte der Berater, der vor Wut kochte, wobei der Bommel seines gelben Baretts bebte.

»Ich habe alles aufgeschrieben«, erklärte Wachtmeister Poh und deutete stolz auf das große Buch.

»Und?« drängte Wampert weiter.

»Und was, Herr?« fragte der Wachtmeister verdutzt.

»Was werdet Ihr als nächstes tun? Die Angelegenheit ist dringend.«

Wachtmeister Poh dachte angestrengt nach, wobei er die Augen schloß, um zu zeigen, wie angestrengt er nachdachte. »O ja, Herr. Ihr habt recht.« Ein Ausdruck von Dringlichkeit überzog plötzlich sein Gesicht, als ihm die Erkenntnis dämmerte. »Stimmt genau. Irgend etwas sollte tatsächlich unternommen werden. Dringend, wie Ihr sagtet.«

»Endlich!«

»Ich hätte schon früher darauf kommen sollen«, fuhr Poh fort. »Es hilft nichts, wenn ich alles nur *aufschreibe.* Hier sind Aktivitäten gefragt.« Er streckte die Hand aus, griff nach einem großen rosafarbenen Blatt Löschpergament und tupfte das Buch gründlich ab. »So. Danke, daß Ihr mich daran erinnert habt.« Ein Anflug von Erleichterung huschte über sein Gesicht. »Sonst wäre vielleicht alles verwischt und unleserlich geworden.«

Wampert schlug seine Stirn auf die Schreibtischplatte.

Er dachte schon gar nicht mehr daran, daß er womöglich eine Prellung davontragen könnte und Purpur und Gelb in dieser Saison out waren.

»Die Tinte färbt schrecklich ab, wenn man sie nicht sofort löscht«, fuhr Poh fort, ohne dem schreienden Wampert Beachtung zu schenken. Sein Verhalten war nämlich nicht ungewöhnlich. Nach Pohs Erfahrung reagierten die Leute häufig so: Wenn sie ins Polizeirevier kamen, brüllten sie ständig und schlugen mit irgend etwas irgendwohin. Es war komisch. Wachtmeister Poh blätterte um und betrachtete die nächste Seite. »Seht Ihr? Sie schlägt schon durch. Es hätte eine echte Sauerei gegeben. Ich weiß nicht, warum wir immer diese billige Tinte anschaffen. Ich weiß es wirklich nicht.«

»Ich bin nicht hergekommen, um meine Zeit mit einem Gespräch über Tintenkleckse zu vergeuden!« schrie Wampert, in dessen Innerem Angst aufbrodelte, denn er sah eine imaginäre Katanaklinge in hohem Bogen vom Himmel herabfahren und auf seinen Hals zielen. »Was ist mit dem Mord? *Ich* bin das Opfer.«

»Nun, das läßt keine allzu deutlichen Rückschlüsse zu, Herr. Da liegt nämlich das Problem, versteht Ihr?« Wachtmeister Poh musterte Wampert finster und nahm seine Gestalt eingehend in Augenschein.

»Nein, ich verstehe nicht!«

»Beweise, Herr. Zeugen … Es handelt sich um Eure Leiche!«

»Wie könnt Ihr es wagen!« schrie Wampert und ließ verdrießlich den batikbedruckten Kimono wallen. »Mit meiner Leiche ist alles in Ordnung!«

»Eben. Ich habe in meiner Laufbahn schon einige Mordopfer gesehen, und … Nun ja, Ihr seht einfach ein kleines bißchen zu lebendig aus, versteht Ihr?«

»Es liegt daran, daß es noch nicht geschehen ist! Aber in drei Tagen wird die Kaiserin mich umbringen!«

Ein kleinwüchsiger junger Bursche zog schnell das Ohr von der Tür weg und trat in den Schatten.

»Ach, so ist das«, grunzte Poh, legte den Federkiel aus der Hand und verschränkte die Arme. »Hättet Ihr das nicht früher sagen können? Dann hätten wir ein ganzes Pergament gespart. Das Zeug wächst nämlich nicht auf Bäumen«, fügte er hinzu und nahm einen Bleistift zu Hand. »Hört zu, am besten kommt Ihr in drei Tagen mit allen Einzelheiten wieder. Dann befassen wir uns mit der Sache. Wenn Ihr die Mordwaffe und einen Hauptverdächtigen beibringen könnt, wird es die Ermittlungen beschleunigen. Würde Euch und der Kaiserin zwölf Uhr dreißig passen, Herr? Sprecht Ihr von der Kaiserin Tau, Herr? Herr?«

Wachtmeister Poh hob den Blick, als die Tür mit einem lauten Knall hinter Wamperts quietschenden Absätzen zufiel und selbiger auf die belebte Straße hinausstürmte.

»Die stehlen einem nur die Zeit«, brummte Poh mit einem mißbilligenden Zungenschnalzen, nahm den Federkiel wieder auf und strich die letzte Eintragung in seinem Buch. »Manche Leute lernen's einfach nie! Man sollte es nicht für möglich halten! Weiß er denn nicht, daß wir in einer Tyrannei leben?«

Wampert rannte blindlings dahin und wich ständig imaginären Katanas aus, die rechts und links vom Himmel herabsausten, um ihn in Stücke zu schneiden.

Drei Tage! dachte er in panischer Angst, als er geduckt um eine Kutsche herumhuschte. Drei Tage, um *den* Star des Balles der Tyrannenvereinigung aufzutreiben. Sonst …

Als er wie ein verzagtes Nagetier, das um sein Leben rannte, in eine dunkle Gasse abbog, schlug noch eine rasiermesserscharfe Klinge aus der wildesten Ecke seiner verängstigten Phantasie auf ihn ein. Verschiedene Möglichkeiten flackerten in seinem Hirn auf und wurden verworfen: Wenn er sich versteckte, war der, der ihm Unterschlupf gewährte, dazu verurteilt, das kaiserliche Katana in die Kehle zu kriegen. Wenn er auswanderte, würde es nur wenige Stunden dauern, bis einer der zahllosen verdeckten kaiserlichen Spitzel ihn ausfindig machte. Wenn er aufgab, war er tot. Letzten Endes lief alles auf dasselbe hinaus.

Als er an einer Seitengasse vorbeihastete, zuckte plötzlich eine Hand auf ihn zu, tippte ihm auf die Schulter und zog sich schnell wieder zurück. Wampert wirbelte hastig herum, das linke Bein um den rechten Knöchel geklemmt, prallte gegen die gegenüberliegende Mauer und sank zu Boden. Die Hand, dicht gefolgt vom Rest eines schmächtigen Körpers, sauste aus der Seitengasse hervor, stürzte sich auf die lang und breit ausgestreckte Gestalt, zückte ein Messer und hielt es drohend an Wamperts Hals.

»Hab, was du brauchst«, flüsterte das kleine Wesen mit rauher Stimme, das aufgrund seiner Lauschaktion mit Wamperts Bedürfnissen wohlvertraut war.

»Du bist zu früh dran«, wimmerte Wampert, der vor Angst und Verwirrung zitterte und versuchte, sich die imaginären Katanas vom Hals zu schaffen. »Ich habe noch drei Tage Zeit.«

»Hab, was du brauchst.« Das Messer drückte fester zu.

»Nicht! Ich bin zwar nicht wählerisch, aber ...«

»Komm, nimm's mit.«

»Nein, danke. Du bist bestimmt ein ausgezeichneter Meuchler, aber ...«

Die Gestalt mit dem Messer stierte Wampert vorübergehend verwirrt an, schüttelte dann den Kopf und blökte: »Zahl mir 'n guten Preis. Dann lebst du lange!«

»Ich ... Ich ...«

Das Gewicht auf Wamperts Brust nahm ab, als der junge Bursche mit einem Satz aufsprang und ihn hochriß, wobei es ihm irgendwie gelang, das Messer die ganze Zeit über an seiner Kehle zu belassen.

»Hast keine Wahl«, beharrte die Silhouette mit dem gezückten Messer. »Komm mit Itto.«

Wampert hatte keine Wahl.

Er ging mit und bemerkte stirnrunzelnd einen Dreckspritzer auf seinem Kimono. Was für ein Tag!

Es dauerte zwar eine Weile, aber schließlich fand Pepperl der Bayufaren-Ziegenhirte die alte Git. Sie gab sich in einem schmalen Felsspalt mit einem wilden Steinbock, der nicht mal halb so alt war wie sie, verschiedenen unerlaubten fleischlichen Genüssen hin. Nachdem Pepperl die widerspenstige Ziege mit einem dicken Knüppel und viel Hebelkraft ausgehoben hatte, trieb er den Rest der Herde zusammen, band die Tiere an einer kleinen Baumgruppe fest und eilte in die Stadt Khomun. Heute war Markttag, und wenn er sich nicht *sehr* täuschte, würde es ihm gelingen, Sham, dem ›echten‹ Cantrip, einem Lieferanten alter Artefakte, Schätze und exquisiter Fälschungen ein paar Schekel abzuschwatzen.

In einem Gewusel dunkler Nebenstraßen duckte sich Hunderte Fuß unter den sandgestrahlten Spitzen zahlloser uralter Minarette das von Teppichen wimmelnde Chaos des Khomuner Marktes. Seit Jahrhunderten feilschten und hökerten hier im Dunst von allerlei Räucherdüften lautstark Händler, während die Kamele hinter ihnen müßig Tabak kauten. Und seit offenbar ebenso langer Zeit verlieh Sham Cantrip mit Bedacht einer unerschöpflichen Flut echte dreitausend Jahre alter Wunderlampen den letzten Schliff. Auch heute war es nicht anders. Um ihn herum lagen Stapel nagelneuer altertümlicher Manuskripte, Kisten mit behauenen Marmorfriesen (aus feinstem Kalkstein, grobem Sand und Wasser gearbeitet) und Säcke frischgebackenen Mannas, das direkt aus dem Himmel kam. Cantrips Zunge fuhr zwischen seine Lippen, als er die nächste Wunderlampe durch die winzige, vollgestopfte Werkstatt warf, sie wieder aufhob, kritisch grunzte und den Vorgang wiederholte. Den richtigen Grad ›antiken‹ Aussehens zu erhalten, war ein schwieriges Unterfangen und erforderte höchstes Geschick.

Pepperl schlich, vom schilfröhrigen Quietschen einer kleinen Pfeife gefesselt, um den schwankenden Kopf einer kapuzenbedeckten Schlange herum und drückte sich durch eine winzige Lücke in die schwatzende Meute schwerttragender Händler, die sich über die Asche eines verdächtig verkohlten Teppichs stritten. Nachdem er mit Mühe und Not einem Berg gefährlich schwankender Körbe ausgewichen war, kroch er schließlich zwischen den Beinen einer Marktbude hindurch, schob einen prächtigen bunten Vorhang beiseite und betrat die Welt des echten Sham Cantrip. Und fast im gleichen Augenblick wünschte er sich, er hätte es nicht getan.

Bevor seine Reflexe wußten, daß eine Reaktion erforderlich gewesen wäre, flog eine Wunderlampe pfeifend aus der Dunkelheit heran und prallte mit einem dumpfen Knall an seinem Kopf ab. Eine bucklige, wild dreinblickende Gestalt in authentischer Bayufaren-Wüstenkleidung trat aus der dunstigen Düsternis und stürzte sich darauf. Sham Cantrip drehte die Lampe bedächtig, nur wenige Zoll von der Spitze seiner Hakennase entfernt, und seine Augen, die hinter der dicken Glaslupe glubschig wirkten, unterzogen sie einer überkritischen Prüfung.

»Hervorragend!« befand er das Ergebnis und rieb sich begeistert die Hände. »Eine hübsche Delle. Wie mysteriös, wie authentisch! Wie *gut* verkäuflich! Sie bringt mindestens acht Schekel mehr!« Er drehte sich flink um, riß eine zweite Lampe aus dem hinter ihm befindlichen Gestell und setzte begierig zu einer weiteren wertsteigernden Delle an. »Bleib einfach so stehen«, sagte er, als er den Blick auf das entscheidende Werkzeug – Pepperls Stirn – richtete und mit dem Arm ausholte, um einen zweiten pfeifenden Wurf zu machen.

Er schleuderte die Lampe ohne Vorwarnung und grinste, als sie einen Bogen in Richtung ihres Ziels beschrieb. Pepperl schrie auf, sprang seitlich in Deckung und landete auf einem Haufen schwarzen Pergaments. Die Lampe zischte dicht an seinem Ohr vorbei, traf die kleine Statue einer kauernden Sphinx und zertrümmerte ihre Nase.

»Was *macht* Ihr denn?« schrie Pepperl. »Erkennt Ihr mich denn nicht? Hört auf, Ihr bringt mich um!« Sham sauste durch die kleine Werkstatt, betrachtete die Lampe, dann die Sphinx, und fluchte.

»Sieh dir das an!« schimpfte der Besitzer der Marktbude, schwenkte ärgerlich die Statue und spähte über den gehakten Horizont seiner Nase. »Jetzt sieh dir das bloß an! Kaputt! Vier Tage Arbeit für die Affen.« Er warf sie über seine Schulter und griff nach der Lampe.

»Ihr solltet etwas vorsichtiger sein«, raunzte Pepperl, während Cantrip erfolglos versuchte, die übel zugerichtete Wunderlampe in etwas zurückzuverwandeln, das zumindest theoretisch dazu geeignet war, Dschinne auszuspeien.

»Was willst du?« schnarrte er unwirsch und musterte Pepperl düster mit seinem durchbohrenden Blick, um seine Aufmerksamkeit gleich darauf wieder der Lampe zuzuwenden. In diesem Augenblick war Pepperl davon überzeugt, daß der Standbesitzer ihn einer Schätzung unterzogen, die geringste Spur irgendeines Wertes an ihm gesucht hatte und schließlich zu dem Ergebnis gekommen war, daß er als *Schrott* einzustufen sei.

Im allgemeinen wäre es zutreffend gewesen. Heute jedoch nicht.

»Ich habe etwas für Euch«, fing der Ziegenhirte an, knöpfte eifrig sein Hemd auf und blickte Cantrip eindringlich an, der unterdessen mit der Wunderlampe kämpfte und murrte, als sie seiner Hand zu entgleiten drohte.

»Sie ist kaputt!« klagte er. »Warum bist du nicht stehengeblieben?«

»Vergeßt die Lampe, das hier ist viel besser.« Pepperl schwenkte ungeduldig ein Schriftstück.

»Jetzt kann ich sie nicht mehr verkaufen«, jammerte Sham. »Nie mehr! Eine wertvolle Antiquität – für immer zerstört. Für immer verloren!«

»In diesem Fall seid Ihr gewiß an einem wertvollen antiken *Fund* interessiert«, sagte Pepperl und schwenkte mehrere Schriftrollen vor der adlerhaften Hakennase des Standbesitzers.

»Höre ich richtig? *Du* willst mir etwas verkaufen?« fragte Cantrip mißtrauisch. »Ein Wunder!«

Pepperl schwenkte das Bündel der fünf Pergamentrollen und hielt sie ausgestreckt vor sich hin. Ein Ausdruck heftigsten Interesses huschte über Shams berechnendes Gesicht. Reflexartig griff seine Hand nach dem Bündel. Pepperl entfernte die Rollen schnell aus seiner Reichweite und feixte. »Nicht so schnell«, sagte er. »Ich möchte fünf Schekel dafür.«

Der Standbesitzer gab sich alle schauspielerische Mühe, das Pergament argwöhnisch zu beäugen. Innerlich war er sicher, daß es sich in diesem Fall nicht um gewöhnliche lumpige Pergamentfetzen handelte. Es waren *alte* lumpige Pergamentfetzen. Und das bedeutete Geld. »Für alle?« fragte er.

»Für jedes einzelne«, verlangte Pepperl.

Cantrip sog scharf die Luft ein, grunzte und entrollte eine der bademattengroßen Schriftrollen. Er musterte kritisch den beleuchteten Text, prüfte die Konsistenz der vergilbten Oberfläche, stellte erregt fest, daß sie sich antik anfühlte, und seine Hakennase erschnüffelte zukkend den Geruch muffiger Zeiten. Es war ein wahrhaft von der Zeit gewaschenes Manuskript. Seine Fingerspitzen bebten, während die gefangenen Jahrhunderte sich nach Freilassung sehnten.

»Eine Fälschung«, brummte er und gab sie dem Ziegenhirten zurück.

»Was?« brauste Pepperl ehrlich erschüttert auf. »Aber seht Euch doch nur die Farbe an. Sie sind uralt!«

»Zitronensaft«, entgegnete der Standbesitzer und

wandte seine Aufmerksamkeit wieder der Lampe zu. »Man weicht das Zeug vierundzwanzig Stunden lang ein und trocknet es bei schwacher Hitze zwei Tage in einem Backofen. Es klappt garantiert. Fälschungen, allesamt.«

»Aber warum lagen sie dann in Behältern in einer Höhle?«

Behälter in einer Höhle? dachte Cantrip, der innerlich vor Neugier platzte. Was für eine Höhle?

»Vielleicht, damit sie den richtigen Geruch kriegen, was weiß ich denn«, brummte er in meisterhafter Darstellung völliger Gleichgültigkeit. Mit einem Achselzucken vertiefte er sich erneut in die Betrachtung der Lampe – von der unbändigen Neugier zerfressen, wieso das Pergament so fischig roch.

»Aber, ich dachte ...«

»Tut mir leid, Pepperl. Es sind Fälschungen. Man hat dich reingelegt.« Tief im Inneren zitterte der Standbesitzer. Fünf echte Antiquitäten! »Ich sehe dir an, daß du enttäuscht bist. Ich sag dir was: Weil ich dich schon so lange kenne, gebe ich dir drei Schekel dafür.«

»Fürs Stück?« fragte Pepperl mit Hoffnungsfunken, der kurz aus dem Gestein der Enttäuschung hochzuckte.

»Für alle«, grunzte Sham und richtete den Blick geflissentlich auf die Lampe. Doch innerlich schätzte er Pepperls Reaktion aufmerksam ab.

»Drei?« quiekte der Ziegenhirte ungläubig.

»Ja, weil du es bist.«

»Aber ich bin hundert Fuß an einem steilen Felsen raufgeklettert, um sie zu finden!«

»Ja. Aber du hast sie *gefunden*«, erwiderte Cantrip. *Gefunden?* rief er innerlich und focht einen Kampf mit sich aus. Er empfand zwar einerseits Gier nach weiteren Informationen, war aber andererseits auch vom monetären Verlangen des Geizhalses nach einem Schnäppchen besessen.

»Ähm ... Du hattest keine Aufwendungen, für die du entschädigt werden müßtest. Wir leben nämlich in einer kommerziellen Welt. Drei Schekel sind für etwas, das man einfach so nebenbei gefunden hat, ein *sehr* guter Preis. Wenn du mir noch mal erlaubst, deinen Kopf in Anspruch zu nehmen ...«, sagte er in einem krassen Themenwechsel, wog die Lampe in der Hand und betrachtete Pepperls sich rötende Stirn. »Ich bin sicher, *dann* könnten wir einen besseren Preis erzielen.«

»Ahh ... Nein, auf keinen Fall!« antwortete Pepperl, warf die Schriftrollen zu Boden und streckte die Hand aus. »Drei Schekel«, verlangte er.

Blitzartig, bevor der Ziegenhirte auch nur auf den Gedanken kam, es sich anders zu überlegen, hatte Sham drei verborgene Münzen aus den Falten seines bunten Gewandes hervorgewühlt, ließ sie in die wartende Hand fallen und ergriff eilends die Schriftrollen.

Ebenso schnell hörte der Ziegenhirte auf, in seinem berechnenden Gehirn zu existieren. Cantrips Geist war schon in habgieriger Freude am Werk. Fünf *echte* Antiquitäten, und alle gehörten ihm! Betrübt wandte Pepperl sich um und ging.

Für Sham hätten es auch Packzettel sein können. Wichtig war, daß sie alt waren, *wirklich* alt. Es bedeutete, daß er so einen besseren Preis erzielen konnte.

Fröhlich schleuderte er die nächste Lampe an die Wand, huschte beschwingt durch den Vorhang, ordnete die Schriftrollen sorgsam in ein Regal ein und wartete auf den ersten Kunden dieses Tages.

In einer tödlichen Mischung aus geblökten Anweisungen und schmerzhaften Stößen mit der blitzenden Messerklinge gegen seine linke und rechte Niere wurde Wampert fachmännisch durch die pulsierende Enge der murrhanischen Seitenstraßen geführt.

Gespeist vom nahrhaften Kompost purer Angst tobten die Gedanken durch seinen Kopf. Wohin wurde er geführt? Warum hatte der Meuchler ihn nicht gleich an Ort und Stelle umgebracht? Und warum hatte er sich vorgestellt?

Wampert war sicher, daß Meuchler in der Regel ihren Namen nicht mit so unbekümmerter Offenheit preisgaben.

Schließlich veranlaßte ihn ein kräftiger Stoß in die rechte Seite, nach links in eine schmale Gasse abzubiegen, die durch die Kisten, Schachteln und Säcke, die sich aus den Fronten von etwas ergossen, das man in dieser alles andere als wohlhabenden Gegend Murrhas als Läden durchgehen lassen konnte, noch enger wurde. Wampert stieß einen entsetzten Schrei aus – einen Schritt dorthin, und seine Gu-Tschi-Pantoffeln aus gestriegeltem Hermelin waren im Eimer. Undefinierbares Gemüse wetteiferte mit den getrockneten Überresten von Enten, in schwimmendem Fett gebackenen Aalen und einer Unmenge faserigen, knorpeligen Fleisches (bei der Vorstellung, jemand könne es essen, schauderte ihn) um Wamperts Aufmerksamkeit. Er schluckte nervös. Ob dies sein Schicksal war? Tod durch getrockneten Tintenfisch?

In der linken Nierengegend verspürte er einen kräftigen Knuff mit der Messerklinge, dann beugte sich Itto der Messerheld zur Seite, packte einen Griff, der zwischen einer Kiste mit langem grünem Gemüse und mehreren Reissäcken herausragte, und zog fest daran. Wampert schnappte nach Luft und begaffte die endlosen Treppenstufen, die nun enthüllt wurden. Er konnte nicht dort hinuntersteigen! Sein batikbedruckter Kimono würde sich auf unerträgliche Weise mit der rosagelben Paisley-Tapete beißen. Ittos Messerklinge machte ihm erschreckend deutlich, daß ihm nichts anderes übrigblieb: Er mußte entweder seinen ausgefeilten Geschmackssinn über Bord werfen oder ein paar Finger einbüßen...

Wie viele Treppen sie hinabstiegen, hätte er nicht zu

sagen vermocht (nach einigen Minuten war er beim Zählen durcheinandergeraten), und die Augen zu öffnen, wagte er nicht. Doch angespornt von einem Schwall scharfer Flüstertöne und kurzer Knüffe trat er auf etwas hinaus, das wohl ein größerer Platz war. Es war in Wahrheit ein großer Raum, allerdings vollgestopft mit gefährlich aufgestapelten undefinierbaren Gegenständen, die vom Boden bis zur bröckelnden Decke reichten – die Verwirklichung eines klaustrophobischen Alptraums. Es war zu eng, um sich zu bewegen. Und zu eng, um zu atmen. Die Luft war unverkennbar von Mäusemief erfüllt.

Angst nagte nervös an Wamperts Fingernägeln, als hinter ihm Füße unsichtbar hin und her eilten, davonhasteten, sich hierhin und dorthin wandten und sich fachmännisch um Stapel von Weidenkörben und Käfigen herumschlängelten. Es herrschte das Geräusch fieberhafter Geschäftigkeit. Kisten krachten zu Boden, wenn sie durchsucht, geschüttelt und von Itto zurückgewiesen wurden.

Wären ihm einige Millionen Lumen zum Sehen und ein flüchtiger Hinweis auf seinen derzeitigen Aufenthaltsort vergönnt gewesen, wäre Wampert schneller durch die Tür und die Stufen hinauf gewesen, als eine Ratte durch ein Fallrohr. Statt dessen blickte sich der kaiserliche Berater hilflos und völlig verwirrt nach allen Seiten um, unfähig, weiter als einige Zoll weit zu sehen, was der Ausgestaltung der Treppe nach zu urteilen wahrscheinlich nur zu seinem Besten war.

Plötzlich war ein schnarrendes Geräusch zu hören, gefolgt von einem zufriedenen Grunzen und sich eilig nähernder Schritte. Die kalten Zähne der Angst kauten an seinen zitternden Händen herum.

»Hier! Sehr wertvoll!« flüsterte Itto Wampert schroff ins Ohr, während er ein Streichholz entzündete und eine Kerze ansteckte. Wampert wimmerte, als das Licht erstrahlte, ihn blendete, in seinen Augen grüne Kreise entstehen ließ und er die Nachbilder zunehmenden Entsetzens erblinzelte. »Gutes Geld, langes Leben!« krächzte der Messerheld rauh, hob eine Kiste hoch und hielt sie ihm hin. »Brauchst du. Gefällt dir. Gefällt Tau. Sehr wertvoll«, stieß Itto in Pitschin-Murrhanisch hervor.

Wamperts Barett zitterte und telegraphierte seine angstgeladene Verwirrung. Indessen sackte seine Panik in die Ellbogen hinab.

»Gefällt nich?« flüsterte Itto und schwenkte vielsagend das Messer.

»Haha! Nein, äh … Ja. Ich nix versteh«, sagte Wampert.

»Verdammnis«, schnaubte der Bursche und bemühte sich um eine gedämpfte Stimme, während er sich ständig nervös umsah.

»Genau der wollte ich entgehen«, gestand Wampert und starrte die im Kerzenlicht funkelnde Messerspitze an.

»Verdammnis? Nicht gefällt? Tau gefällt!«

Das Scharren war erneut zu hören, diesmal näher. Genauer gesagt: direkt vor Wamperts Nase. Er blickte sich furchtsam um, und die Dunkelheit verlieh seiner Phantasie Krallen und Zähne. Es wäre nicht nötig gewesen.

»Verdammnis!« wiederholte Itto drängend, schüttelte die Kiste und öffnete sie direkt unter Wamperts bebender Nase. Wampert stieß einen Schrei aus, als sein Blick auf einen Dschungel aus um sich schlagendem schwarzweißem Fell und feuerroten Augen fiel. Neunzöllige Zähne und unzählige Krallen kämpften unter einem Eisenmaschengeflecht, das plötzlich viel zu schwach wirkte, um Freiheit. Der Berater wimmerte jämmerlich, wich zurück, fuchtelte mit den Händen herum und stieß ein Gestell mit Räucherstäbchen um.

Seine von der Realität in der Kiste geschlagene Phantasie machte sich schleunigst aus dem Staub und überließ ihn seinem privaten Grips. Wie hätte sie es auch *damit* aufnehmen können?

Plötzlich schwappte eine Woge der Neugier über das Meer des Wampertschen Selbsterhaltungstriebes, der berauschende Schaum des Verstehens blubberte über seine Leitplanke. Er hielt den Atem an, krümmte sich und warf einen weiteren Blick in die Kiste.

Eine der Gaben, derer Wampert sich stolz rühmte, war seine Fähigkeit, ein Naturgeschöpf zu sehen und es nicht nur sofort erkennen und benennen zu können, sondern auch zu klassifizieren, seine Verwandten aufzuzählen, seinen imagesteigernden Quotienten zu bestimmen, eine Liste all seiner bisherigen privaten und öffentlichen Auftritte zu erstellen und die Gebühr für seine Anmietung zu veranschlagen. Aus diesem Grund war er zutiefst bestürzt, als er das Geschöpf in der Kiste erblickte und nur mit blankem Nichts aufwarten konnte. Erschüttert stellte er fest, daß er sich einem Wesen gegenübersah, das er von der Nase bis zur Schnauze noch nie zuvor erblickt hatte. Und wenn *er* es noch nie erblickt hatte (plötzlich füllte sich eine Stelle im blanken Nichts seines Verstandes), war das, was den Imagesteigerungsquotienten eines noch nie zuvor erblickten Geschöpfes betraf ... riesig!

Ein imaginäres Katana wurde kleinlaut in die Scheide zurückgeschoben.

Was immer dieses Ding auch war – Wampert mußte es haben. Es war eine Sache von Leben und Tod.

»Gefällt dir?« flüsterte Itto und blickte eindringlich in Wamperts ehrfürchtig und weit aufgerissene Augen. »Guter Preis.«

»Wieviel?« fragte Wampert flehentlich.

Bevor Itto den Mund öffnen konnte, ertönte in Hörweite eine Schnellfeuersalve in wütendem einheimischen Dialekt. Silben und Konsonanten trudelten so rasch und schwer akzentuiert daher, daß Wampert etwa eins von drei Worten verstand. Trotzdem kam die Botschaft deutlich herüber. Itto antwortete in fließendem protestierendem Kauderwelsch und wurde in einwandfreiem Schimpf gemaßregelt. Er verfiel ins Schwatzen, wurde unterbrochen und verschwand schmollend mit der Kiste in der Dunkelheit.

»Ich fürchte, Eure Reise war reine Zeitverschwendung«, sagte die altersbrüchige Stimme, die nun mühelos zu einer tadellosen kaiserlichen Aussprache überging. Ein gebrechlich wirkender Mann trat hinter einer Säule aus Weidenkörben hervor. »Wir haben wegen Renovierung geschlossen.« Die Augen des Alten blickten Wampert aus Jahrhunderten grauen Stars an.

»Das war auch nötig! Wa … Wann werdet Ihr wieder öffnen?« stotterte Wampert und sah sich suchend nach dem jungen Burschen um.

»Demnächst«, antwortete der papierdünne Mann. »Wir haben Schwierigkeiten, uns für ein Farbschema zu entscheiden.«

»Ich könnte behilflich sein.«

»Das wäre keine gute Idee.«

»Aber das Tier …«

»… sind unverkäuflich. So, nun geht!«

»Ich zahle einen guten Preis«, sagte Wampert, durch dessen Kopf gleichzeitig mehrere Gedanken rasten. *Sind* unverkäuflich? Dann gab es also mehr als eins!

»Geht!«

»Wie wär's mit mieten?« versuchte Wampert den Alten zu beschwatzen.

»Sie sind nicht zu vermieten. Zu bösartig und widerwärtig! – Ihr habt ja keine Ahnung«, schimpfte der Mann, die Hände in die Ärmel seines Gewandes geschoben.

Das Gesicht von Kaiserin Tau huschte durch Wamperts Hirn. »Bösartig und widerwärtig! Ich will etwas Bösartiges und Widerwärtiges! – Widerwärtig! – Widerwärtig!«

»Wenn Ihr sie mir nicht gebt, bin ich in drei Tagen tot!« platzte Wampert aufgeregt heraus.

»Ein geringer Preis. Geht!« Die Augen des Alten funkelten wütend.

»Nennt mir Euren Preis ...«, bat Wampert unterwürfig.

Der gebrechliche Mann stieß eine Reihe von polternden Befehlen in kehligem Dialekt aus, und ein Schatten, den Wampert für einen ziemlich großen und übertrieben prächtigen Kleiderschrank gehalten hatte, bewegte sich. Der Lichtpegel schien sich zu senken. Eine riesige Hand packte Wamperts Arm, wirbelte ihn mühelos herum, riß ihn am Rücken hoch und hob seine Hermelinpantoffeln vom Boden.

»He! Ich wollte sowieso gerade gehen«, sagte er weinerlich und zuckte zusammen, als sein Schultergelenk ein Geräusch von sich gab, das bestimmt nicht normal war. Schwerfällig und mit der unvermeidlichen Unaufhaltsamkeit eines kalbenden Gletschers öffnete der ›Schrank‹ die Tür zur Treppe und warf Wampert mit dem nötigen Schwung, um ihn durch die Falltür krachen und im hohen Bogen über die Straße fliegen zu lassen, bevor er unfeierlich zwischen verschiedenen Kisten mit geheimnisvollen und übelriechenden stacheligen Früchten landete.

Das imaginäre Katana der Kaiserin glitt langsam aus der Scheide und wedelte mit der Spitze genüßlich vor ihm herum.

Durch das verästelte Unterholz eines dichten Waldes weit im Süden des Talpa-Gebirges brausten zwei kaltgrüne Etwas. Sie prallten mit einem ohrenbetäubenden Knall zusammen, und eins machte einen Satz von einhundertundfünfzig Fuß bis zu einer Klippe, wo es, wie schon seit unzähligen Jahrhunderten, in einem reißenden Strom spuckender, schäumender Raserei landete.

Hätte der spektakuläre Zusammenfluß der Flüsse Gharial und Caman an einem weniger unzugänglichen Ort als inmitten eines ausgedehnten und unerforschten subtropischen Waldes gelegen, hätte er als Besichtigungsmuß für eifrige Touristen bestimmt einen oberen Platz in der Top-Ten-Liste der Naturwunder eingenommen. Wie die Dinge aber nun mal liegen, waren – abgesehen von absonderlichen heimischen Tieren der Wildnis und dem üblichen verrückten Waldmenschen – die einzigen Augen, die den riesigen Wasserfall je erblickt hatten, die jener Unternehmer gewesen, die das drei Meilen entfernte Dorf gebaut hatten. Und das war *lange* her.

Man war nie dahintergekommen, warum sie zahllose Meilen blindlings vorwärtsstrebend durch den unerforschten Dschungel gewandert waren, um die kleine Ansammlung schlecht zusammenpassender Behausungen zu erbauen, die sich um einen hübschen schachbrettartigen Rasen drängten. Sie hatten mit keiner Wimper des kollektiven Auges gezuckt, als die Klinkerfurniere in Grellrosa, Himmelblau und Senfgelb gestrichen wurden. Und es war ihnen nicht im entferntesten eingefallen, sich am kollektiven Kopf zu kratzen und die Frage zu stellen, wozu eine solche Gemeinde ein so riesiges unterirdisches System höhlenartiger Abflußgewölbe und Verbindungsgänge brauchte. Nun, warum sollten sie auch – ein jeder von ihnen hatte einen Bonus von zweihundert Kröten erhalten, um *nicht* dahinterzukommen, sich *nicht* am Kopf zu kratzen und keine Fragen zu stellen.

Die wahren Gründe für den Bau des Dörfchens Losa Llamas verloren sich irgendwo in einem muffigen Haufen längst abgelegter Bürokratie und dem feingesponnenen Geflüster einer eilends zum Schweigen gebrachten Verschwörung. Es hatte etwas mit ultimater Abschreckung zu tun – doch warum der König von Rhyngill jemanden ultimat hatte abschrecken wollen, hatte sich ebenfalls im uralten Gewimmel undurchschaubarer Vorwände verloren.

Die Leute, die zweifellos am meisten über das Wirken von Losa Llamas und von der Hochleistungs-Thaumaturgie wußten, befanden sich gegenwärtig viereinhalb Meilen vom Brüllenden Wasserfall entfernt, annähernd zweihundert Fuß tief in einer riesigen Höhle begraben. Und einige von ihnen fluchten. Überschwenglich.

»Es haut nicht hin!« brüllte der hemmungslos schwitzende Thurgia, der sich mit dem Ende einer komplizierten Flaschenzugkonstruktion abmühte. Ein lebenslanges Studium, um Leiter der Abteilung Dämonische Besessenheit zu werden, sowie seine starke Vorliebe für Fleischpasteten hatten ihn nicht darauf vorbereitet, etwa zwanzig Tonnen hochempfindlicher thaumischer Gerätschaften an Ort und Stelle zu schaukeln. Und er wollte, daß alle in der thaumatronischen Abteilung es mitbekamen. »Habt Ihr nicht irgendeinen schlauen Zauberspruch auf Lager, der es von allein macht?« beschwerte er sich, während er mit der gleichen Begeisterung am Seil zog wie ein Amateurglöckner mit einem Bandscheibenvorfall.

»Doch«, antwortete Cheftechniker Wat, der wild mit etwas herumfuchtelte, das zwei gelben Tischtennisschlägern ähnelte und seine Antwort in einen Hagel gebrüllter Befehle einschob. »Los! Ein bißchen höher! Ein Dädalus-Hebegeschirr von fünfzehn Kilothaum könnte die Sache in wenigen Minuten erledigen.«

»Und warum plage ich mich dann an diesem … diesem *Ding* wie ein Galeerensklave ab? Sagt bloß nicht, man nimmt dabei ab!« keuchte Thurgia, über dessen Stirn gerade wieder ein Schweißsturzbach rann.

»Links. Links! – Thurgia, ich habe es Euch doch erklärt!« sagte Wat stur. »Das *Ding* ist eine Stabbremse. Links, habe ich gesagt! Sobald es an seinem Platz verankert ist, können wir das Thaumatron wieder in Betrieb nehmen.«

»Das *weiß* ich. Ich bin kein Dreijähriger!« zischte Thurgia und ruckte an einem dicken Hanfseil.

»Zu weit. Laßt es nach rechts schwingen. – Also, wo ist das Problem?«

»Ach! Verschont mich! *Warum* könnt Ihr kein Dädalus-Hebegeschirr einsetzen, um dieses Ding zu bewegen?«

»Langsam!« schnauzte Wat und schwenkte mit verschnörkelten Bewegungen die Tischtennisschläger. »Laßt es nicht schaukeln! Weil es zu schwer ist, deshalb. Habt Ihr mir nicht zugehört? Ein Fünfzehn-*Kilo*thaum-Geschirr! Könnt Ihr soviel Kraft aufbringen? Ich kann es jedenfalls nicht.«

Thurgia errötete. Er war sich seines Unvermögens ebenso bewußt wie alle anderen Thaumaturgiephysiker, wie wenig Magie er zur Zeit aufbringen konnte. Oh, man brauchte ihm nur ein paar Dutzend Kilothaum zur Verfügung zu stellen, dann konnte er eine beliebige Zahl von Kaninchen aus jeder beliebigen Lieblingskopfbedeckung ziehen. Er konnte in wenigen Sekunden dampfend heißes Essen herbeischaffen, indem er den Daumen in eine Steckdose schob und mit den Fingern schnippte. Doch wenn man von ihm verlangte, dies innerhalb der Reichweite eines Thaumatron-Zugangspunktes zu tun, mußte man lange aufs Kaninchenragout warten. In der gesamten Ausdehnung des unterirdischen Labyrinths von Losa Llamas hatte sich auf schädliche Weise ein Bequemlichkeitsschwund breitgemacht. Nun ja, warum sollte man sich die Mühe machen, drei Tage in der Woche ein Mahl aus Spinat, Leber und Sprossen zu sich zu nehmen, um die nötigen Thaumoglobinwerte zu erhalten, wenn gleich am Ende des Ganges ein großes magikinetisches Feld und ein summender Beschleunigungspartikelfluß alle Thaumen produzieren konnten, die man brauchte? Thaumaturgiephysiker waren magisch ungeeignete Stubenhocker.

Es war unvermeidlich. Es war so, als gäbe man einem Anfänger der Computerprogrammierung uneingeschränkten Zugriff auf die höchsten verfügbaren Zahlenzermalmer, versorgte ihn Jahr für Jahr mit der neuesten Version und baue ihm automatische Unterprogramme, Parallelprozessoren und Netzwerkerweiterungen ein… Und dann nahm man sie ihm weg und verlangte, er solle Pi nach dem ersten Lehrsatz ausrechnen. Im Kopf.

Plötzlich hatte Thurgia eine Idee. »Was ist mit dem Rucksack-Thaumatron, von dem Ihr dauernd schwafelt, he? Ich dachte, es sei in einem überall einsatzfähigen Rückengeschirr völlig unabhängig. Könnte es keine fünfzehn Kilothaum produzieren?«

»Mehr nach rechts! – Doch, ja«, fügte Wat herablassend hinzu, während er an die Fortschritte dachte, die er und Phlim gemacht hatten. »Ich habe fast zwanzig rausgeholt.«

»Nun, warum ist es nicht statt meiner hier?«

»So halten! Nein, *haltet* es so! Zieht an dem anderen! – Der Rucksack ist ein Prototyp, manchmal noch etwas instabil«, erklärte Wat genervt. »Ich würde es nie wagen, ihn bei etwas so Empfindlichem wie der Stabbremse einzusetzen. Ihr wißt so gut wie ich, wie anfällig diese Dinge sind. Ich habe Wochen gebraucht, um es zu kalibrieren. Ein Stoß, und das Dämpfungsfeld ist kaputt. Dann könnten wir den thaumatronischen Rückkopplungsgenerator nie mehr richtig steuern. – *Vorsicht!*«

»Huch!« keuchte Thurgia entsetzt, als der technische Zauberkrapfen geradewegs eineinhalb Fuß auf das klaffende Loch im gedrungenen Toroid des Thaumatrons zuschwenkte. Hypermagieverstärkte Dampfrohre zogen sich kreuz und quer über seine massige Silhouette, so daß es fast wie ein Treibnetz aus Altmetall aussah, das aus einem Flußbett gezogen wurde. Bemerkenswerterweise gab es auch Teile, die alten Reifen und Einkaufswagen überraschend ähnlich sahen.

»Behutsam senken!« sagte Wat und fuchtelte wild mit den Schlägern herum. »Behutsam!« Die Stabbremse schwankte erneut und rutschte dann mit einem leisen Scheppern und Knarren von aneinanderreibendem Metall und Nerven in den Schlitz.

»Rutger!« brüllte Wat, als die Seile erschlafften und Thurgia zutiefst erleichtert die Luft ausstieß. »Löst Ihr bitte die Haken?« Eine kleine, fast zwergenhafte Gestalt in einem Laborumhang huschte über das Thaumatron und kämpfte mit dem komplizierten Gewirr eines sehr festen Halbhakens. Thurgia setzte sich mit einem Plumps. Die größte nervliche und körperliche Belastung der vergangenen sechs Jahre forderten fröhlich ihren Tribut.

Wat rannte zum Thaumatron, zog zwei Drahtschlaufen aus einer kleinen Prüfluke und schob sie in die entsprechenden Steckdosen. Mit einem flackernden Knistern erwachte das Dämpfungsfeld der Stabbremse blitzend zum Leben – das magische Asbestpolster, das in der Lage war, durchgehende Thaumatrone aufzuhalten.

Vor zwei Monaten, nach Phlims Alptraumerkenntnis, daß gewöhnliche Dämpfungsseile aus Graphit nie genügend geladene Teilchen hervorbringen könnten, um das Schmelzen eines durchgehenden Thaumatrons zu verhindern, hatte er die Zauberstabbremse erfunden. Durch die Adaption einfacher magikinetischer Felder, die als Teilchenbeschleuniger dienten, sowie durch das Frisieren des Phasenwinkels und des Ausprobierens mit einer Unmenge sonstigen Hokuspokus hatte er ein unabhängiges magisches Tourniquet geschaffen, das Terrathaume brüllender magischer Energie steuern konnte. Jedenfalls theoretisch.

Wat steckte einige weitere Drähte in die Löcher und zog an einem gezahnten Sperrhebel. Unter scharfem, lauter werdendem Brummen sprang die Stabbremse in die volle glühende Aura beruhigender Sicherheit. Sie sah aus, als sei sie funktionsfähig.

»Klasse!« schrie Wat aufgeregt und rieb sich freudig

die Hände. »Also gut, Thurgia, Zeit für die nächste Stabbremse.«

Der rundliche Leiter der Dämonischen Besessenheit stieß einen leidvoll wimmernden Einwand aus und sehnte sich verzweifelt nach einem kleinen Steakpudding. Das konnte Wat doch nicht ernst meinen! Noch eine!

»Rutger, seid bitte so lieb und befestigt Nummer zwei an der Zugvorrichtung!« brüllte Wat. Thurgia zuckte zusammen. Er meinte es tatsächlich ernst.

Rutgers zwergenhafte Gestalt vollführte quietschvergnügt eine salutierende Geste, flitzte über den geschwungenen Bogen des Thaumatrons davon, schnappte sich das Seil und schwang sich auf die Stabbremse. Einen Augenblick lang kam er sich vor wie Clint Umleger, der schnauzbärtige Held der Laterna-Magica-Sendungen: Er schwebte in 80-mm-Superthaumination elegant über eine tiefe Schlucht, um die Heldin zu retten – das Schwert mit starkem Arm gezückt, um jede Widrigkeit aus dem Weg zu räumen, die es wagte, ihm in die Quere zu kommen.

Unten erhob sich Thurgia mürrisch und mühsam, als knarrend eine zolldicke eichenholzverkleidete Tür aufging und eine stämmige Gestalt, die Fußknöchel von einem bauschigen Umhang umwallt, gebieterisch hereinstapfte. »Wer hat meine Lieblingstischtennisschläger geklaut?« rief Practz, das selbsternannte Oberhaupt von Losa Llamas.

Wat zuckte die Achseln. Ihm fiel ein, daß er etwas überaus Wichtiges unter dem Prüfdeckel einstellen mußte – in der Hoffnung, daß Practz ging, bevor er die zweite Stabbremse an Ort und Stelle dirigierte.

»Ho, Käpt'n, Hauptsegel zum Einholen gehißt«, rief Rutger von der Oberkante der zweiten Stabbremse herunter, wobei er sich lebhaft in die Ausstrahlung der gestrigen Folge von *Mit Enterbeil und Degen* hineinfühlte.

»Rutger! Wieso seid Ihr noch hier?« brüllte Practz. Seine buschigen Augenbrauen zogen sich struppig zusammen, und er warf einen finsteren Blick auf die gyroskopisch montierte, wie die Zahl Acht geformte Röhre an seinem Handgelenk. Mit einem Grunzen musterte er den Sand, der in die untere Hälfte rieselte, und schnalzte mehrmals mißbilligend mit der Zunge, da er über den dritten Strich hinausreichte. »Es ist schon nach drei. Ihr müßtet längst weg sein. Man läßt Gäste nicht warten.«

»Aye, Käpt'n ... Äh, ja«, stammelte Rutger, während sich der fahle, windgepeitschte Horizont des östlichen Lauwarmen Meers wieder in eine Höhlenwand verwandelte. »Dann mache ich mich am besten auf den Weg«, brummte er, und jede Spur von Clint Umleger schwand, als er vom Thaumatron herunterrutschte und zur Tür hinaushastete.

»Der Junge hat zuviel Zeit im Laterna-Magica-Palast verbracht«, schimpfte Practz. »Er kriegt noch viereckige Augen. Es wird allmählich Zeit, daß er erwachsen wird. Den ganzen Tag im Dunkeln herumzusitzen, ist doch nicht normal!«

Wat ließ den Blick durch die Höhle schweifen und schüttelte den Kopf.

»Also, dann los!« rief Practz. »Ich kann nicht den ganzen Tag mit Quatschen vergeuden! Ist die Stabbremse zum Einpassen fertig oder nicht?«

»Fertig«, sagte Wat.

»Also, dann los!« brüllte Practz, die Hände in die Hüften gestemmt und die Beine gespreizt. »Hurtig ans Werk! Bemannt die Seile!«

Wat schüttelte den Kopf und fragte sich nicht zum ersten Mal, ob Practz oder Rutger viereckige Augen zu kriegen drohte.

»Meine Tischtennisschläger!« schrillte Practz, als Wat eine Reihe gebrüllter Befehle erteilte und damit anfing, zwanzig weitere Tonnen scharfkantiger Thaumatechnik an Ort und Stelle zu dirigieren. »Gebt sie mir zurück!«

»Und rechts seht Ihr eine der traditionellen Marktbuden, die jahrhundertelang dem Gewerbe auf dem Khomuner Markt gedient haben«, rief die Reiseführerin dem Menschenknäuel zu, das im qualmigen Wirrwarr der Seitengassen hinter ihr herwuselte. »Das leuchtend blaue Muster auf den Steingutbehältern ist für diese Gegend typisch, und es geht die Legende, daß während der Herrschaft von …«

Hinter der Reisegruppe, die sich alle Mühe gab, sich gegenseitig über die Schulter zu spähen, um einen Blick auf die farbenprächtige Ansammlung von Töpfen und Vasen zu erhaschen, mit denen der Stand bestückt war, schnalzte eine gelangweilt aussehende Gestalt mißmutig mit der Zunge und strich sich eine Strähne braunen Haars aus den Augen.

»Traditionelle Gefäße, typisch für diese Gegend«, brummte Phlim übelgelaunt. »Blödsinn!« Wie viele Märkte, dachte er verzweifelt, können wir schlimmstenfalls in den nächsten drei Tagen noch besichtigen? Die dunklen Gänge und vertrauten Gesichter von Losa Llamas kamen ihm allmählich immer verlockender vor, und er fragte sich beiläufig, wie wohl die Instandsetzung des Thaumatrons voranging.

Doch die vertrauten Geräusche sich lauthals zankender Menschen richteten seine Aufmerksamkeit ruckartig auf die Szene, die sich vor ihm abspielte. Eine Horde ergrauender Mitreisender stritt sich um einen Gelegenheitskauf, den sie ihren schon jetzt ausgebeulten Taschen zusätzlich einverleiben wollten. Phlim ging blitzartig auf, warum man solche Ausflüge Butterfahrten nannte. Die Reisenden schleppten Hunderte von Taschen mit sich herum. Ausnahmslos. Ein Ehepaar hatte sich sogar einen eigenen Träger gemietet, der sich unter einem immer größer werdenden Berg grellbunter Geschenke und dämlicher Andenken, von denen jedes einzelne separat für die Heimreise verpackt war, mühsam dahinschleppte.

Wenn Phlim wirklich eine vierzehntägige Einkaufsreise hätte machen wollen, bei der man von einem schweißtreibenden Markt zum nächsten, endlosen Brechreiz erzeugenden Viehmarkt latschte, bei dem er, um Meuten von Bettlern zu entgehen so tun mußte, als ob er die Sprache nicht verstünde, und endlose Darbietungen flink erfundener ›traditioneller‹ rhythmischer Rituale von ›Tänzerinnen‹ über sich ergehen lassen mußte, deren Ausbildung zwei Minuten gedauert hatte, hätte sich er auch zur Feier des St.-Schwindler-Tages in einer Frühstückspension in Wollwott einmieten können. Aber das hatte er nicht gewollt, und eben dies machte ihn immer ärgerlicher.

Er hatte gutes Geld für eine Gelegenheit zur Ruhe und Erholung ausgegeben, die er sehr nötig hatte. Die Erfindung der Zauberstabbremse hatte stark an seinen Kräften gezehrt. Ruhe? Es war ein Witz. Er war heute schon fast drei Meilen über kotzwiderliche, ätzende Märkte geschlurft und *zahlte* auch noch für das Vorrecht, Unmengen an Geld auszugeben, das er mit verdammt harter Arbeit verdient hatte. Das kurzfristige Auftun neuer Quellen für nötige Bleirohrlieferungen und die richtige Zeit für die Bereitschaft des Thaumatrons, es in Gold zu verwandeln, konnte ein äußerst heikles Unterfangen sein. Es war zwar nicht so, daß man als Thaumaturgiephysiker automatisch eine Berechtigung zum Goldmachen hatte, aber es war immerhin recht hilfreich, das mußte er sich insgeheim eingestehen.

Er hatte wirklich Urlaub gebraucht. Irgendeine Art Urlaub. Nach all den Schwierigkeiten während der letzten paar Monate in Losa Llamas überraschte es ihn, daß nicht der gesamte Ort von den Leuten verlassen war, die hier und dort jede Gelegenheit einer wohlverdienten

Unterbrechung nutzten. Man mußte nach einer so umfassenden Instandsetzung wirklich etwas ausspannen. Sie hatten nicht nur das Thaumatron zerlegt und neu zusammengesetzt: Nach der Entdeckung eines halben Dutzends heimischer baumbewohnender Fische, die sich in der Bibliothek eingenistet hatten – ihr sechster Laich litt an Kinderkrankheiten –, hatte Practz eine Bestandsaufnahme der Sicherheitssysteme gemacht und beschlossen, sie auf den neuesten Stand zu bringen. Onomatopede und Gerundien reichten heutzutage einfach nicht mehr aus.* Die siebente Fischgeneration lebte nun glücklich auf dem zwölften Regalbrett in Practz' Arbeitszimmer.

»Kommen Sie!« schrie die Reiseführerin und schwenkte ihr Firmenfähnchen. »Wir haben nicht den ganzen Tag Zeit.«

---

* Zwei Zweige der Hochleistungssprachforschung hatten das Onomatoped und das Gerundium hervorgebracht.

Das zehn Fuß lange, drei Fuß hohe, von einem harten Exoskelett umhüllte und mit der kompliziertesten Anordnung von funkelnd tödlichen Mandibeln aller Zeiten ausgestattete Onomatoped konnte mit seinen tödlichen und treffsicheren Klangeffektgeschossen auch die hartgesottensten Eindringlinge in Angst und Schrecken versetzen. Onomatopede konnten bellen, schreien, kreischen, brüllen und im Nu eine Million weitere Laute erzeugen, die einem das Blut in den Adern gerinnen ließen. Leider waren sie gegen eine Angreiferstreitmacht mit Ohrenstöpseln völlig nutzlos.

Gerundien waren völlig andere Bestien. Entstanden aus umfassenden Verb- und Substantiv-Zuchtprogrammen hatten sie die Fähigkeit, sich an der substantivischen Wurzel von Objekten festzukrallen und sie zu zwingen, sich wie ein Adjektiv zu gebärden. Je stärker eine Angreiferstreitmacht bewaffnet war, desto wirkungsvoller war das Gerundium. Leider verlangte es Gerundien aus unerklärlichen Gründen unstillbar nach der einzigen weichen Frucht, die nicht im Forst von Losa Llamas wuchs. Gerundien taten für Bananen alles.

Practz ging davon aus, daß es nur eine Frage der Zeit war, bis sich dieser Umstand bei der Bruderschaft der Kriminellen herumgesprochen hatte.

Gehorsam schlurfte Phlim hinter dem sich abmühenden Träger her, der sich mit verbissener Kraftanstrengung bemühte, mit dem zusätzlichen Gewicht eines großen blauweißen Topfes und drei Messingtürstoppern in der Form zischender Vipern fertig zu werden. Wie üblich wies die Reiseführerin auf zahllose Gegenstände von faszinierend typischem Charakter für diese Gegend hin und plapperte in einer unaufhörlichen verbalen Flut über den Torbogen vor ihnen, den man einst hatte anheben müssen, und zwar im Jahre... Blablabla... aufgrund eines Dekrets von König... Blabla... dessen Kamel geringfügig größer gewesen war als die anderen. Und erst die fesselnde Inschrift an der Ecke von... Blabla... den Treffpunkt der schurkischen Mönche der prä-emptischen Ära der post-sympathischen Epoche... Bla... Bla.

Phlim ließ den ständigen Wortschwall durch seine Ohren fluten, lauschte den winzigen Unterbrechungen, wenn die Dame Luft holte, und machte einen müßigen Versuch, ihre Lungenkapazität zu berechnen. Er kam zu dem Schluß, daß sie mit an Sicherheit grenzender Wahrscheinlichkeit keine anhaltenden Schäden davontrug, wenn man sie sechs Fuß tief in ein Wasserbecken eintauchte und dort für zwölfeinhalb Minuten festhielt. Er fragte sich geistesabwesend, ob es wohl irgendwo in der Nähe ein Becken gab, um den Versuch zu machen. Zwölfeinhalb Minuten Stille wären ein großer Segen gewesen.

Er war gerade im Begriff, einen am Boden kauernden Fakir nach dem Weg zum örtlichen Freibad zu fragen, als die Katastrophe zuschlug. Die Knie des stark überladenen Trägers, die während der letzten fünf Stunden hart an der Grenze des Zusammenbruchs gezittert hatten, gaben endlich nach, und zwar auf eine spektakuläre Weise: Messingschlangen zuckten in die Freiheit, als der Gepäckturm wackelte, schwankte, zusammenbrach und einen Hagel von Strohhüten, Schalentieren und einheimischen ›Spezialitäten‹ auslöste, die aus den Teilen bestimmter Pflanzenfresser hergestellt wurden, die zu verzehren die Einheimischen entschieden zu wählerisch waren. Pakete hüpften in alle Richtungen, trudelten und kullerten in erlesenem Überfluß in die räumliche Freiheit. Schreie des Entsetzens brachen aus dem Paar hervor, dessen Besitz all dies war, und ein Gebrüll des Entzückens erblühte hysterisch in der wogenden einheimischen Menge. Einschließlich Phlim. Na ja, er konnte einfach nicht anders.

Dem Anschein nach blitzartig tauchten Hunderte von Gestalten auf, stürzten sich vergnügt auf den Haufen und verschwanden fast ebenso schnell wieder; jeder mit einem Gegenstand bepackt, auf den sein besonderes Augenmerk gefallen war und den er möglicherweise zuvor verkauft hatte. Innerhalb weniger Sekunden war das gesamte einst bewegliche Gebirgsmassiv aus Andenken nicht mehr vorhanden, augenblicklich verteilt unter den Armen von Khomun.

Das mittelalte Paar starrte in rotgesichtiger Fassungslosigkeit auf die Stelle, ihre Kinnladen hingen in starrem Schreck schlaff herab. Phlim mußte sich abwenden, denn Gluckser kaum verhohlener Heiterkeit entwichen seinen Lippen. Er glaubte nicht, daß es ihre Laune verbessert hätte, wenn er sich in Anfällen hilflosen Grölens vornüber gebeugt hätte.

Just in diesem Augenblick spürte der Thaumaturgiephysiker, daß jemand an seinem Ärmel zupfte. »Kommt näher, Herr, kommt näher!« beschwor ihn ein Marktbudenbesitzer, der mit etwas bekleidet war, das wie ein weißer Rupfensack und Riemensandalen aussah. »Echte Antiquitäten, alte Schätze, niedrigste Preise! Alle bekannten Währungen werden angenommen. Gold, Weihrauch und Möhren.«

Da es ihm nicht möglich war, sich zu den Touristen umzudrehen, schaute Phlim sich um.

»Wie ich sehe, bewundert der Herr die antike Lampe.

Ein Stück von unschätzbarem Wert, angespült an der Nordküste des östlichen Lauwarmen Meeres«, fing Sham der ›echte‹ Cantrip an. »Absolut einzigartig«, sagte er und schob dabei mit dem Fuß einen Karton mit den gleichen Lampen unter den Stand. »Sie wurde in einer Ausstellung im Nationalen Kunstmuseum von Kheiro gezeigt. Fünfzehn Schekel?«

Phlim schmunzelte und erlaubte seinem Blick, müßig über den Stand zu schweifen.

»Dreizehn? Dann packe ich sie Euch persönlich als Geschenk ein, Herr«, plapperte Cantrip weiter. »Sie ist ein *sehr* beliebtes Mitbringsel.«

Phlim grinste. »Ich dachte, sie wäre einzigartig.«

»Ah! Ahaha… Es kommen viele Leute, um… äh… sie anzuschauen. Ja, zum Schauen. Sie ist berühmt. Kann Glatzköpfigkeit heilen.«

»Was kann sie gegen Lügen tun?« fragte Phlim bissig und ließ den Blick kurz von dem beturbanten Kopf zu der Kante der Kiste mit den ›einzigartigen‹ Lampen schweifen.

»Herr, ich bin ein ehrlicher Händler mit einer großen Auswahl an neuen und gebrauchten Antiquitäten. Ihr beleidigt mich!« protestierte der Marktbudenbesitzer und zückte ein Messer mit scharfer, geschwungener Klinge und einem dicht mit Juwelen besetzten Griff. »Ich verlange Genugtuung.«

»He! Das war doch nur ein Scherz!« rief Phlim und wich zurück.

Cantrip schwang das Messer mit übertriebenem Gehabe. »Ihr betrübt mich. Nur zwei Dinge können mich aufheitern, wenn ich betrübt bin. – Blut!« schnarrte er und vollführte wenige Zoll von Phlims Milz entfernt Schnittbewegungen in der Luft. Dann grinste er breit. »Oder Geld. Kauft das Messer – mit den dazu passenden Pantoffeln achtzehn Schekel. Echte Diamanten und Rubin-Imitationen. Ich packe alles für Euch ein.«

»Nein, nein!«

»Ihr werdet kaufen. Ihr habt mich beleidigt.«

Phlim musterte die Auswahl des Händlers und suchte nach etwas Harmlosem.

Sein Blick blieb an fünf Pergamentrollen haften. »Also gut. Ich nehme die da.« Er deutete auf sie.

»Eine kluge Entscheidung, mein Herr. Wunderbare Qualität. Zwanzig Schekel.«

Die Reiseleiterin schaute auf den ungebrochenen Kreis plappernder Markthändler und Halsabschneider, die sie umringten, und gelangte schnell zu der Entscheidung, daß der Markt von Khomun seinen drolligen ethnischen Charme zweifellos eingebüßt hatte. Sie schwenkte ihr Fähnchen, blökte laut, machte auf dem Absatz kehrt und trabte mit doppelter Geschwindigkeit davon.

Phlim knurrte, wühlte in seiner Tasche, warf Cantrip zwanzig Schekel hin, schnappte sich die Pergamentrollen und rannte los.

»He! Nein, Herr!« schrie der beturbante Händler und sprang auf und ab. »Zwanzig Schekel *pro Stück!*«

Während er hilflos zusah, wie Phlims Rücken in der Menge verschwand, verfluchte Sham Cantrip die Sprößlinge aller Kamele, die der Thaumaturgiephysiker je besitzen würde. Zweimal! Nicht nur, daß er ihm die fünf Pergamentrollen für zwanzig Schekel sozusagen gestohlen hatte – er hatte nicht einmal darum *gefeilscht!*

Touristen! Keinen Sinn fürs Geschäftemachen!

Cheiro Mancinis Lider flatterten, als die hinter ihnen befindlichen Pupillen hin- und herzuckten. In seinem Geist wirbelte alles durcheinander. Während die Rösser die Kutsche wild voranzogen, träumte er vom Schwarzen Dienstag.

»Tut mir leid, Kleine«, grunzte er und blickte auf den bräunlichen Matsch, der auf dem Boden des alchimistischen Brenners lag. »Es sah wirklich wie Philosophen-Quecksilber aus. Ich wäre fast selbst darauf hereingefallen.« Er warf dem zwölfjährigen Mädchen, das ihn erwartungsvoll anschaute, einen Blick zu. »Bezahle, wenn du gehst, und schick den nächsten rein.« Er streichelte freundlich ihren Kopf.

Mancini zuckte im Schlaf zusammen, als er sich mit der knusprigen Klarheit des gestrigen Frühstücks an den Tag vor vier Jahren erinnerte.

Sie war eine gute Kundin gewesen. Sie tauchte stets mit irgendeinem seltsamen Erz auf, das sie in der Mine ihres Vaters gefunden hatte, und bezahlte ihn, weil sie voller nervöser Erwartung damit rechnete, daß es *diesmal* das richtige war: Philosophen-Quecksilber. Die lebenswichtige Zutat, mit der man Blei in Gold verwandeln konnte. Das seltenste Element der Welt. Natürlich war es seiner Ansicht nach nicht unmöglich gewesen, Blei ohne Philosophen-Quecksilber in Gold zu verwandeln. Alle Alchimisten wußten, daß ein paar Tonnen Blei, erhitzte man es lange genug, schmolz und schließlich kochte. Man fing den Dunst in einem Gefäß ein, hielt ihn in einer Temperatur, die in etwa der eines kleinen Sterns nahekam, beballerte ihn in mondloser Nacht mit dem Sechzehntausend-Kilovoltstich eines Blitzes und – Volltreffer! Gold. Na schön, die Heißschmelze war knifflig und schmutzig, und der mickrige Goldklumpen, der am Ende dabei rauskam, war so unrein, daß man mit ihm nicht mal die Stromrechnung bezahlen konnte. Aber es war Gold. Unmöglich war es nicht. Mit ein paar Säcken Philosophen-Quecksilber konnte man es vielleicht sogar bei Zimmertemperatur herstellen. Der Haken bestand in der Regel darin, einen Flöz von diesem Zeug zu finden. Und ein Flöz war sein Gewicht in Gold zehnmal wert. Sogar Zehntausendmal, wenn er *tatsächlich* aus Blei Gold machte.

In Mancinis Traumwelt ging knarrend die Tür auf, und der nächste Kunde schlenderte herein. Er hielt begierig Säcke voller Erz vor sich hin.

Plötzlich wurden draußen die Geräusche eines Tumults hörbar. Ein riesiger Prospektor stürmte durch die Tür und warf den Kunden und seine mit unbekannten Erzen gefüllten Säcke im hohen Bogen durch den Raum.

»Scharlatan! Lügner!« schrie der Prospektor und schwenkte eine eselsohrige Ausgabe der *Trends der alchimistischen Wissenschaft* unter Mancinis Nase. »Was sagt Ihr dazu?« schrie er und knallte ihm die Nachrichtenbulle auf den Schreibtisch.

Der Mancini auf dem hopsenden Karren zuckte und ruckte, als er die Erinnerung an den Dienstag noch einmal durchlebte. Die Schlagzeile! Die katastrophale Schlagzeile!

PHILOSOPHEN-QUECKSILBER: EIN ULK!

Professor Flyshmanan Pohns, der hochgeschätzte – und bemerkenswert eloquente – murrhanische Hofalchimist, hatte schon wieder einen Artikel publiziert. In einer massiven Veränderung seines normalen Standorts hatte er Zahlentabellen produziert, die dem uralten Alchimistentraum vom Philosophen-Quecksilber den Garaus machten. Er hatte sargzunagelnde Theorien erstellt und Schlüsse gezogen, die außerdem fröhlich mehrere Tonnen Erde auf den Sarg warfen. Die Zimmertemperaturversion des Blei-in-Gold-Verwandelns war nun ›offiziell unmöglich‹: die ›Kaltschmelze‹ war tot.

Mit dieser Schlagzeile war alles, wonach Mancini strebte, seit er groß genug war, den Junior-Kessel seines ersten Alchimistenbaukastens umzurühren, in einem Windbeutel der Wahrheit untergegangen. Er hatte den Traum des Unmöglichen geträumt, den Bottich des Unwahrscheinlichen umgerührt und den ungewinnbaren Kampf gegen die Realität verloren. Blei ist Blei, Eisen ist Eisen, und Quecksilber ist ein gefrorener Steinklumpen am fernen Ende des Weltraums. Und niemand, niemand kann es ändern. Tja, wenigstens nicht bei Zimmertemperatur.

An diesem ›Schwarzen Dienstag‹ hatte sich Mancinis gesamte Hunderte von Kröten teure alchimistische Ausrüstung in Regale voller deformierter Töpfe verwandelt. Sein patentierter Philosophen-Schornstein hatte sich vor seinen Augen in schmutziges Glas verwandelt. Sein aschmoleanischer Reynbrenn-Athanor war plötzlich zu einem verbeulten, nichtssagenden Ätherbrenner geworden, den man in jedem Hintergassencampingladen kriegen konnte, und das Schlimmste überhaupt: sein hochgeschätzter feuerfester und unzerbrechlicher Ludeldudel war fast heiter zu einer Terrakotta-Suppenschale mutiert, die man bei Hunderten von Marktbudenbesitzern in Wollwott kriegte – aber nicht für die sechzehn Kröten, die er dafür geblecht hatte, und auch nicht für acht oder fünf … Man verlangte nicht mal drei dafür … drei …

Der donnernde Fortschritt der großen Kutsche und das von ihm bewirkte Dösen seiner beiden Passagiere wurde plötzlich rüde unterbrochen, als das Hinterrad über einen losen Stein fuhr und zur Seite rutschte. Cheiro Mancini setzte sich schlagartig aufrecht hin und fluchte. Er war absolut nicht in der Lage zu erkennen, wo er war. Knapp schaute sich verwirrt um, während die Szenerie an ihnen vorbeilief.

Das letzte, woran Mancini sich erinnerte, war: Er grinste Hagen Böck vor dessen Pelz- und Federviehmarkt stolz an, ließ seine Peitsche über den Roßköpfen knallen und war aufbruchsbereit. Wohin? Nun, jetzt, wo er darüber nachdachte, hatte er keine Ahnung.

»Sind wir schon da?« fragte Knapp und musterte die dichten Flecke zahlloser Laubhaufen am Wegesrand. Millionen Blätter färbten das helle Grün und erfüllten die Luft mit dem modrigen Geruch von Jahrzehnten nicht in Frage gestellter Herrschaft des Laubes.

»'türlich nicht!« bellte Mancini und zwickte sich, als die Rösser eine Gabelung erreichten und unfehlbar um die nicht markierte Linksabbiegung schwenkten.

»Ist es noch weit?«

»Frag die Gäule, ich hab keine Ahnung!« grunzte Mancini, der sich rings um den Mantelkragen leicht unbehaglich fühlte. Im Inneren seines Schädels fing das feine Läuten von Alarmglöckchen an zu scheppern. Als die Panik in ihm aufstieg, zerrte er fest an den Zügeln, riß die Trensen fest ins Maul der Gäule und schrie nach einem sofortigen quietschenden Halt. Die Gäule husteten ihm eins. Knapp schaute in blöder Verwirrung zu, als Mancini quiekend von der Kutsche sprang. Als er neben ihnen her rannte, überholte er ihn beinahe.

»Halt!« schrie er, lief wieder zurück und winkte den gnadenlos weitertrabenden Viechern zu. »Halt! Stehenbleiben! Hüh!« Wäre er nicht flugs in einen günstig plazierten Rhododendronbusch gehüpft, trüge er fortan eine Reihe geschmackvoller, schlammfarbener Hufeisenmuster auf dem Wams.

Knapp packte seinen Sack, sprang von Bord, half Mancini auf und zog Zweige aus seinem Umhang, als sie Hals über Kopf hinter der verschwindenden Kutsche herliefen. Eine kleine Gestalt sprang vom Ende einer Liane ungesehen von einem Baum herab und landete auf ihr.

Mancini griff mit einem Grunzen schwitzenden Frustes nach dem Rand der holpernden Kutsche und hechtete sich hinein. Er wäre beinahe vor Schreck wieder hinausgefallen.

»Oh, Verzeihung. Habe ich Euch erschreckt?« fragte die kleine Gestalt in der Kutsche. »Ihr fuhrt ohnehin in meine Richtung, da dachte ich, spring rein und laß dich mitnehmen. Ihr habt doch nichts dagegen? Ich heiße übrigens Rutger.«

»Wer, zum ...? Wo, zum ...?«

»Wir haben alle gedacht, Ihr kämt nicht mehr«, fuhr der solide gebaute, doch untergroße Anhalter fort. »Ihr habt Euch nämlich um fast einen halben Tag verspätet. Aber nun seid Ihr da; das ist das wichtigste. Ich bin so froh, daß Ihr da seid. Also hier, meine ich. Nach Losa Llamas müssen wir Meilen zurück, und das ist für meine Beine Schwerarbeit.« Er bewegte seine kurzen, stämmigen Beine, die in allem, außer in der groben Muskulatur und dem dicht wachsenden roten Haar, die eines Kindes waren.

»Kommt zurück!« schrie die leiser werdende Stimme Knapps hinter ihnen.

»Oh«, sagte Rutger. »Festhalten.« Er ergriff die Zügel und zerrte fest daran. Die Rösser hielten auf der Stelle an.

»Wie habt Ihr das gemacht?« keifte Mancini. »Ich habe doch auch... Habt Ihr Losa Llamas gesagt? Aber... Ich wollte doch nach Venasht, um meine Zahnbürste zu holen. Was soll diese Entführung bedeuten?«

»O nein. Es ist nichts derart Sinisteres«, sagte Rutger, als Knapp sich japsend auf den Karren schwang. »*Ihr* seid selbst hierhergefahren.« Dann brüllte er den Viechern auf gekonnteste Clint-Umleger-Manier zu »Heiho! Jetzt aber dalli!« Und ließ die Zügel knallen.

»Wie kann *ich* denn hierhergefahren sein?« sagte Mancini protestierend, ohne den grinsenden Techniker anzusehen. »Ich habe doch geschlafen!«

»Hmmm, ja. Ich fürchte, Practz hat es ein bißchen weit getrieben. Er hätte den GGM wirklich nicht bei Euch einsetzen sollen, aber unsere Zeit war knapp.«

»Den was?«

»Den GGM. Den Geheimen Geistesmanipulator. Eine neue Erfindung. Eine Methode, jemanden hierherkommen zu lassen, ohne daß er erfährt, wo *hier* ist! Er versorgt das Unterbewußtsein mit einem Bild der Richtung und wird aktiv, wenn wir es wollen. Wenn die Werbefritzen davon wüßten, stünde das Ende der Welt bevor. Die Leute würden alles kaufen, was man ihnen verkaufen will. Da wir gerade beim Thema sind, haben Sie alles bekommen?« Rutger deutete mit einem Finger über die Schulter auf die aufgeblähte Plane. Knapp nickte und schnappte nach Luft.

»Ja, ich glaube schon«, sagte Mancini, der in jeglicher Hinsicht ziemlich unsicher klang.

»Preisgünstig?«

»Dreiundfünfzigtausendachthundertneunundsechzig Kröten«, erwiderte Mancini, noch immer äußerst baff, da er sich wunderte, wieso er alles bekommen hatte. Um die Wahrheit zu sagen, er wußte nicht einmal genau, *was* er gekauft hatte.

Rutger stieß einen anerkennenden Pfiff aus. »Ich hab ja gesagt, daß es mehr als dreißig Mille kostet. – Tja, dann gibt's eben noch achtzehn Bidets weniger«, fügte er nachdenklich hinzu. Seine Wurstfinger rieben sich aneinander, als er die Umtauschrate berechnete.

Mancini schüttelte den Kopf. »Bidets?« wiederholte er und stierte den Fremden an, als hätte er acht Nasenlöcher. »Was haben denn Bidets damit zu tun?«

»Klempnerei.«

»Wie?«

»Bleiklempnerei«, erwiderte Rutger ausgelassen. »Dreiundfünfzigtausendachthundertneunundsechzig Kröten entsprechen in etwa zwölf Ellen halbzölligen Bleirohrs, und die reichen wiederum aus, um achtzehn Bidets anzuschließen.« Knapp kratzte sich am Kopf.

»Das ist ein sehr guter Schrottpreis«, sagte Mancini argwöhnisch, wobei seine Augenbrauen zu verwirrten Fragezeichen mutierten. Wie lange hatte er geschlafen? War die Inflation *so* gestiegen?

»Nein, nein!« sagte Rutger grinsend. »Ich würde keinen Bruchteil davon als Schrott bezeichnen. Ich rede von Gold!«

Mancinis und Knapps Blicke erhellten sich. Hatten sie richtig gehört? Hatte er Gold gesagt? Obwohl Mancini schwitzte und noch immer mehrere Fuß Rhododendron aus seiner Umhangtasche aufragten, war er sicher, daß er noch träumte. Die beinahe zwergenhafte Gestalt, die da neben ihm saß, kannte doch wohl nicht das Geheimnis der wildesten Gier eines jeden Alchimisten? Ja, war das denn möglich?!

»Ihr könnt Blei ... Blei ...«, rasselte Mancini, wobei ihm die Zunge gierig aus dem Maul heraushing.

»... in Gold verwandeln?« sagte Rutger. »Aber klar! Das ist doch 'ne Kleinigkeit!«

Mancinis Gesicht wurde grün, als der Neid mit seiner Hautfarbe rang.

»*Ihr* etwa nicht?« fragte Rutger und schluckte nervös.

Mancini schüttelte lahm den Kopf. Sein Kinn zitterte leicht. Knapp unterdrückte ein Kichern und fing jedes Wort auf, das Rutgers Mund verließ.

»Wollt Ihr mich verarschen? So was lernt man doch schon im ersten Semester beim Transmogrifikationseinführungskurs. Wenn Ihr es nicht könnt, verdient Ihr es nicht, Euch Thaumaturgiephysiker zu nennen.«

Mancini schaute Rutger verdutzt an. Die Bäume und das Unterholz fegten ungesehen an ihm vorbei. »Ein was?« krächzte er.

»Hoppla! Dann seid Ihr kein Thaumaturgie ...?« Rutger grinste nun wie jemand, der auf einer frisch gestrichenen Parkbank sitzt. »Ähm, hört mir zu. Vergeßt einfach alles, in Ordnung? Sagt nichts Practz ... Hah! Ich dachte, jeder wüßte ... Ähem. Schönes Wetter heute, nicht? Genau richtig für die Dahlien ...«

Mancinis Verstand war ein Kaleidoskop wirbelnder, glitzernder Gier. Blei in Gold verwandeln! Rohre in Barren! *'ne Kleinigkeit*, hatte er gesagt. Kaltschmelze war also *doch* möglich. Und er war im Begriff, den Ort zu sehen, an dem man das Geheimnis bewahrte!

Er sah ein Bild von sich: Er lag auf seidenen Laken und war von Scharen nackichter Weyblein, Krügen voller Wein, Tabletts voller exotischer Früchte und leise klimpernden Minnesängern umgeben. Es zuckte durch sein Hirn. Er befeuchtete verträumt seine Lippen. O ja, dachte er, ich will *stinkreich* werden.

Willkommen in der Schatzkammer!

SCHAFFT DEN TOTEN DRACHEN HER

Wampert zuckte in einem panischen Anfall in seinem Zimmer hoch und lugte in das blasse Morgenlicht. Seine Augen weiteten sich zu Alptraumpanikteichen, als eine blitzende Katana aus der Decke hervorstieß. Die zischende Klinge pfiff bis kurz vor sein Kinn, schnitt ein-, zweimal zu und zog sich dann in sein entsetztes Unterbewußtsein zurück. Er betastete nervös seinen Hals und fürchtete das Schlimmste – den tödlichen Strom warmer Klebrigkeit. Dann stieß er erleichtert einen gewaltigen Seufzer aus und ließ sich auf die Matratze zurückfallen. War noch alles da. O Freude, gelobt sei Omo, der strahlend weiße Gott der Vierzig Farben. Blut war doch so *schwer* vom Kragen eines Batikkimonos zu entfernen – das Geschrubbe ließ die Farben immer vorzeitig verblassen.

Plötzlich erblickte er eine Reihe schmutziger Fußabdrücke, die quer über seinen Lieblingsalpacaläufer liefen. Jemand hatte sein Zimmer betreten, *ohne* zuvor die Schuhe auszuziehen! Nun, das heißt, zumindest einen Schuh. *Einen!* Die schlimmste Beleidigung. Der Zorn kochte in Wampert hoch und strömte durch das Geflecht seiner Adern. Sein Alpacaläufer! Vernichtet in einem Akt willkürlichen Vandalismus. Tauche ein beliebiges Stück Alpacaware in die geringste Menge Wasser, und die natürlichen Öle gerinnen zu etwas, das wie ein eine Woche altes Omelett aussieht. Wer hatte es *gewagt?* Er folgte schnaubend der Zickzackfährte und quiekte auf, als er seinen Fuß erblickte, der noch immer Duriansaft, Mangoschalen und Schlamm von fünf Zehen tropfte, und den kaputten Hermelin-Hofpantoffel. Was war passiert ...?

Die Eskapaden der vergangenen Nacht strömten in einer grauenvollen Flut auf ihn ein. Der mäusemiefige Lagerraum, der bewegliche Schrank, der Ausgang, die wahnsinnige Verfolgung durch den keulenschwingenden Ladenbesitzer. Wie war er ihm entwischt? Wie hatte er den Rückweg zum Palast gefunden? Wo war der andere Schuh? Hatte ihn irgend jemand in *diesem* Zustand gesehen?

An der Tür erklang plötzlich ein amtlich klingendes Gedonner, dann rief eine Stimme: »Ihre Exaltiertheit Kaiserin Tau verlangt nach Eurer sofortigen Anwesenheit. Wenn möglich, noch eher!«

Eine Besorgniswelle wogte in Wamperts gefühlsmäßigen Nebenflüssen auf, sprengte alle Dämme und überflutete seine Alarmebenen knietief in blasenwerfender Angst. Er riß den Mund auf, um Antwort zu geben. Zu früh!

Erneut wurde gegen die Tür geschlagen.

»Ja, ja, ich komme schon«, log Wampert, der sich bemühte, mit gleichmäßiger Stimme zu sprechen, während er sich aus seinen zerknitterten Kleidern pellte, wobei er über jeden Dornenfaden klagte und über jeden Fleck weinte.

»Ihr sollt sofort kommen«, ermahnte ihn der Rufer. »Ich habe *sofort* gesagt, oder nicht? Es bedeutet *jetzt*.«

»Ein Momentchen noch ...«, ertönte die gequäkte Antwort, als ein Hemdknopf sich starrsinnig weigerte, sich öffnen zu lassen.

»Sofort!«

»Ich kann nicht ... Ich bin noch nicht fertig!« Der Knopf segelte quer durch den Raum, als Wampert an ihm zerrte. »Ich ... Ich ...« Sein Geist suchte krampfhaft nach einer Ausrede. »Ich bin ... in einer Konferenz!«

stieß er hervor, krümmte sich und griff nach einem Satz frischer Kleider. Seine Beinkleider hingen an seinen Knöcheln. Würde man ihm die Lüge glauben?

Eine Pause trat ein.

»Soll ich Ihre Exaltiertheit von dieser Tatsache in Kenntnis setzen?« drängte die Stimme aus dem Korridor.

»Nein! Ich...« Urplötzlich gebar die Asche der Verzweiflung eine Idee, den Schatten eines Plans, der – vorausgesetzt, man fand einen Haufen Leichtgläubige, die ihn beschleunigten, und einen tropischen Sturm aus verlegtem Glauben und einem Erdbeben reinen Glücks, um ihn in die Tat umzusetzen – *eventuell* funktionieren würde. Wampert räusperte sich und zerrte an einem Socken. »Ja! Sagt ihr, ich bin in Kürze da. Mit Neuigkeiten!«

Jetzt hast du es gesagt, dachte er grimmig. Er stierte fragend die Wand an und sagte: »So, Ihr könnt also zwei von diesen Geschöpfen besorgen? Und man hat sie noch nie zuvor bei irgendwelchen öffentlichen oder privaten Veranstaltungen zu Gesicht bekommen? Oh, sie sind sogar schon draußen? Ich *brenne* darauf, sie mir anzusehen!« Und Wampert sah sich, wie er einem imaginären Tierhändler über einen Tisch hinweg die Hand schüttelte.

Der Kurier auf der anderen Seite der Tür, der der Konferenz lauschte, schüttelte zweifelnd den Kopf, wandte sich um und machte einen Abgang, um die Kaiserin zu informieren.

Wampert warf sich eilig in den Rest seiner Kleider, gestattete sich eine Schweigeminute für den Alpacaläufer und die Hofpantoffeln und wartete jene Zeitperiode ab, die er für passend hielt, um in den Hofgarten zu gehen und mit dem imaginären Tierhändler um bessere Verkaufsbedingungen zu feilschen. Dann marschierte er zur Tür, warf einen letzten Blick in die Runde und trat in den Korridor hinaus, während hinter ihm der Geruch verbrannter Brücken auf das Innere seiner vor Furcht panischen Nase einwirkte.

Er konnte selbst nicht glauben, daß er im Begriff war, einen solch unglaublichen Akt an den Haaren herbeigezogener Blufferei zu begehen.

Aber hatte er denn eine andere Wahl?

»Noch nicht fertig?« fragte Practz. Er schloß die dreilagige Eichentür hinter sich und trat in den Thaumatronraum.

»Wir sind gleich mit dem zweiten Stabbremsen-Verbindungsnetz fertig«, erwiderte Wat und unterdrückte ein Gähnen.

»Äh?« grunzte Practz.

»Haben's fast eingestöpselt«, erklärte der Cheftechniker mit einem Ächzen und rieb sich den Nacken. Er hatte einen verdammt harten Tag hinter sich; er würde schlafen wie ein Ratz.

»Und warum ist sie noch nicht fertig?« erkundigte sich Practz dienstbeflissen.

»Da ist noch ein offener Schaltkreis im sekundären Hypertaurus-Subkomplex aufgetaucht«, murmelte Wat.

Practz schaute ihn starr an. »Ist es ernst?«

»Wenn man den Schein da oben und das Einschieben von Kabelgewirr in eine Steckdose für ernst hält, dann ja«, grunzte Wat und deutete auf eine schwingende Reihe bunter Multikerne. »Da drüben ist eine Leiter ...«

»Oooh, nein«, sagte Practz ängstlich. »Das ist was für Techniker. Ich würde es nicht wagen.« Es lief ihm eiskalt über den Rücken, als er sich vorstellte, die zwanzig Fuß zur Inspektionsluke hochzuklettern. Ihm schwindelte schon, wenn er nur daran dachte, die dünne Leiter hinaufzusteigen, deren Sprößchen das einzige waren, das ihn davon abhielt, zwanzig Fuß geradewegs in die Tiefe zu stürzen ...

Über dem Horizont des Thaumatrons tauchte eine Hand auf, und ein Techniker kam in sein Blickfeld.

Practz reckte den Hals und schaute weg. Wie konnte man sich nur so weit vom Boden entfernt aufhalten? Es war doch unnatürlich.

»Das hier?« schrie der Techniker und wedelte mit einem Kabelhaufen.

»Schließt sie an, dann sind wir fertig!« rief Wat. Ein Flattern der Erleichterung färbte seine Stimme. Der Techniker grinste, schnappte sich die Leitungen, steckte sie enthusiastisch in die wartende Steckdose, schloß die Inspektionsluke und verschwand wieder hinter dem Horizont.

»Ist er fertig?« fragte Practz und begutachtete seine Füße. »Können wir jetzt anfangen?«

»Warum denn so eilig?« fragte Wat.

»Wir erwarten Gäste«, sagte Practz, »und da möchte ich alles fertig haben ...«

»Damit Ihr etwas habt, womit Ihr sie bezahlen könnt.« Wat warf einen bedeutungsschweren Blick auf den Bleirohrstapel in der Thaumatronecke und dann auf Practz.

Practz grinste verlegen. »Nun, ist alles bereit oder nicht?«

»Wir müssen einen Probelauf machen, um zu sehen, ob alles läuft«, erwiderte Wat. »Und damit wir sehen, ob wir auch alles richtig angeschlossen haben.« Er fuhr auf dem Absatz herum und marschierte durch den Raum auf eine Reihe an der Wand befindlicher kleiner Haken zu. Er öffnete mit einem Schlüssel ein Türchen, entnahm dem Kästchen einen weitaus komplizierteren Schlüssel, kehrte durch die Kammer zurück, schloß eine andere Tür auf, bewegte mehrere Bleiplatten und holte einen kleinen Kasten mit Nano-Kobolden hervor.

Nano-Kobolde, Diagnosewerkzeuge der Thaumaturgiephysik, waren zwar mikroskopische Verwandte von Nixen und Elfen, aber diesen technisch unglaublich überlegen. Während Nixen in murmelnden Waldbächen spielten, tollten Nano-Kobolde in den wogenden Fluten von Multigigathaum-Fluxfeldern herum. Während Nixen im sanften Strom von Flüssen herumtollten, surften Nano-Kobolde auf ungestümen Energieströmen. Sie konnten Materie auf der Mikroquantumebene steuern und neu anordnen, erschöpfte Elektronen aufladen, seltsame Quarks entzücken und falsch befestigte Gluonen ablösen. Kein Thaumaturg mit Selbstachtung hätte sein Haus ohne ein halbes Dutzend in seine Sockenhalter eingenähte Nano-Kobolde verlassen.

Wat saugte eines der leuchtenden Geschöpfe in ein spritzenähnliches Instrument, trat an eine kleine Luke, schob den Kolben hinein und injizierte den Nano-Kobold in die gewaltige Masse des Thaumatrons.

»In etwa einer halben Stunde können wir loslegen«, gab er bekannt – sehr zur Erleichterung von Practz, der ungeduldig von einem Bein aufs andere trat und auf seinen Armzeiter schaute.

»Es wird etwas knapp werden«, sagte er und holte tief Luft. »Die Ehre muß ich Euch überlassen. Muß mich beeilen.« Mit diesen Worten fuhr er auf dem Absatz herum, eilte aus dem Thaumatronraum und strebte den höheren Ebenen entgegen.

Es war keine Überraschung, daß Cheiro Mancini und Knapp noch nie in ihrem Leben etwas wie Losa Llamas gesehen hatten. Weil es eben nichts gab, das mit Losa Llamas vergleichbar gewesen wäre.

Das erste, was Mancini auffiel, als die Kutsche aus dem dichten Grün hervorrollte und die Lichtung erreichte, auf der die Ortschaft stand, war: »Wer könnte wohl in diesen Häusern Hausdrachen halten?« Sie waren so klein!

Er schaute verwirrt auf die willkürliche Ansammlung protzig verzierter Behausungen. Blauweiße Häuser mit Vasen und Kürbissen nisteten rings um einen zentral liegenden Teich, der einst von einer großen Schar einheimischer Fische gewimmelt hatte. Leider waren einige der Spezies Räuber gewesen, so daß nach einer Periode intensiver Magentätigkeit die Anzahl der nun in diesem Teich lebenden Fische aus weniger als einem bestand. Doch da ohnehin niemand je einen Blick in seine dunkelgrünen Tiefen warf, spielte es keine Rolle mehr.

Losa Llamas hatte das Klima eines winterlichen angstarktischen Küstenbades, an dem man vorbeifuhr, das man ignorierte und von der Landkarte der Orte, die man gesehen haben muß, strich. Eine längst vergessene Touristenfalle. Die Thermalquellen rosteten vor sich hin, die Köder verschimmelten, die Drehkreuze – falls es hier je welche gegeben hatte – waren zur Unbeweglichkeit korrodiert.

Mancini blickte sich ungläubig um. Er rechnete mehr oder weniger damit, einen wäßrigen Idioten-Golfplatz oder ein paar rostende, im Wind quietschende Schaukeln zu sehen.

Sein Geist erinnerte sich an den Besuch des wohlhabend gekleideten Mannes mit dem Goldsack und bemühte sich, ihn in diese Szenerie einzupassen. Doch so sehr seine mentalen Fäuste auch gegen das Bild schlugen und den Versuch machten, es in das strudelnde Bilderpuzzle und die ihn umgebenden Gefühle einzufügen, es haute nicht hin.

Rutger spürte die Wolke der wild im Hirn des KUT kreisenden und umherschwirrenden Fragen und ergriff rasch das Wort, um Mancini von seinem irrtümlichen Ausgeplauder abzulenken.

»Wer, glaubt Ihr, wird in diesem Jahr die cranachische Meisterschaft im Kühewerfen gewinnen?« stieß er hervor. »Ich setze auf Bubi Holtz.« Mancini und Knapp waren, wie alle, die mit der Tätigkeit in Losa Llamas nichts zu tun hatten, ein gaffendes Sicherheitsrisiko; eine Katastrophe, die die Krone mit dem Bade ausschüttete, wie einer der rangniedrigeren Techniker gesagt hätte, der ständig irgendwelche Metaphern vertauschte. Je mehr Rutger die beiden Gäste ablenken konnte, desto besser.

»Hast du im Laterna-Magica-Palast schon mal Bello den Wunderhund gesehen?« erkundigte sich Rutger bei Knapp. »Ich finde es toll, wie er mit dem Schwanz wedelt, winselt und immer dafür sorgt, daß alles gut ausgeht. Hast du ihn schon mal gesehen?«

Warum Practz darauf bestanden hatte, einen Helfer von außerhalb zu engagieren, war Rutger völlig schleierhaft. In den 80-mm-Superthauminationen war es nie so kompliziert.

Mancini schaute sich um. Obwohl es ihn schon genügend überraschte, daß man niemanden sah und dem Ort etwas Theaterartiges anhaftete, war er äußerst fasziniert, als die Kutsche wendete und auf eine vor der Straße aufragende Erhöhung aus Gestein zufuhr, die von einem Haufen Bäume gekrönt war. Plötzlich zuckten die scheinbar natürlichen Holundersäulen vor seinen Augen, wankten kurz und teilten sich dann. Es war, als sei irgendein ekelhafter pflanzlicher Streit ausgebrochen, als fände es jede Reihe mit steigenden Säften absolut unerträglich, so nahe an kleingeistigen Exemplaren übergroßer Gebüsche angewurzelt zu sein. Die Bäume klappten auf der Bodenebene um, legten sich flach hin und gestatteten eine deutliche Durchfahrt zu der immensen moosbedeckten Erhebung, die dahinter aus dem Boden ragte. Augenblicke später setzte sich auch das uralte Gestein in Bewegung, als Kräfte, die über Mancinis begrenzten Horizont hinausgingen, anfingen, das metamorphe Gestein zu verformen. Ein gewaltiger Abschnitt polterte seismisch, als er im Boden versank und eine riesige Grotte enthüllte. Rutger grinste, als er die Rösser durch die Einfahrt in einen Raum hineinsteuerte, der nicht nur groß genug für das Gefährt war, sondern auch für mehrere Kathedralen und ein Dutzend Elefanten.

Die Rösser rutschten glatt hinein, und die klaffende

Lücke im Angesicht des Gesteins schloß sich hinter ihnen.

»Willkommen in Losa Llamas«, sagte Rutger und breitete seine kurzen Arme so weit aus, wie es ging. Dann sprang er ab.

»Ah, da seid Ihr ja!« rief eine vertraute Gestalt, die mit entschlossenen Schritten über den Grottenboden kam. Hinter ihr schritt die bullige Gestalt eines Losa Llamasischen Portiers und Teilzeitwachmanns. »Wie ich mich freue, daß Ihr es geschafft habt! War wohl ein schlimmer Verkehr auf der Trans-Talpino-Handelsstraße, wie?« Practz warf einen Blick auf die komplizierte Anordnung der gläsernen, sandgefüllten Gefäße, die an sein Handgelenk gebunden war. »Ihr habt Euch verspätet. Wir haben Euch schon vor fünf Wendungen erwartet.« Während er sprach, drehte er ein kleines Glas und verschob eine Perle auf dem Abakus.

Mancini erkannte den Sprecher auf der Stelle wieder. Eins der Dinge, auf die er stolz war, war seine Fähigkeit, nie ein Gesicht zu vergessen, das jemandem gehörte, der ihm erst kürzlich einen Sack Gold überreicht hatte. Dieses Talent war aus Jahren völliger Armut geboren worden.

Leider hatte er nicht die Bohne Ahnung, wieso er sich verspätet haben sollte. Und da wir schon mal dabei sind: Er hatte auch nicht die Bohne Ahnung, wo er gewesen war und was er vorgehabt hatte... Er rechnete schnell nach. Drei Tage. Er konnte sich an nichts erinnern.

»Seid achtsam mit dem Zeug, Ernstl«, rief Practz dem sich abmühenden Portier-Wachmann über die Schulter zu. »Es hat 'ne Menge gekostet.«

»Einen Sackvoll«, korrigierte Mancini und setzte ein nervöses Grinsen auf. Knapp schaute auf und preßte seinen Sack an sich.

»Wie? O ja, gewiß.« Practz zuckte hinter Mancinis Rücken die Achseln und geleitete den KUT durch eine große Öffnung in der Grottenwand.

Als Cheiro Mancini zwischen dem liebenswürdig redenden Practz und dessen zwergenhaftem Kollegen eine gewaltige, aus massivem Fels herausgehauene Treppenflucht hinabstieg, fragte er sich allmählich, ob er die richtige Entscheidung getroffen hatte.

Außerdem fragte er sich, ob er eigentlich eine andere Wahl gehabt hatte.

Und ein Stimmchen im Inneren seines Schädels wägte die Chancen ab, ob er das Tageslicht je wiedersehen würde.

Mit angespannten Nerven und einem Herzen, das schneller bumste als der Hintern eines sich paarenden Wiesels, schob Wampert zwei Türflügel auseinander, trat auf den großen Hofgarten hinaus und entging im letzten Moment der Möglichkeit, mit dem Hinterteil eines großen Rosses zu kollidieren. Er schaute kopfschüttelnd auf, und obwohl es ihm an jeglicher formellen Qualifikation in Sachen Gynäkologie mangelte, erkannte er, daß das Vieh eindeutig ein Hengst war. Er wandte den Blick schnell ab und hielt nach der Kaiserin Ausschau. Entsetzt machte er mehrere Schritte zurück, denn nun sah er, daß sich im kaiserlichen Palast von Murrha zwei Heere versammelt hatten.

Zwei riesige Bambus-Belagerungstürme waren herangezogen worden und schauten einander über der Arena hinweg an. Jeder Turm erhöhte eine einzelne Gestalt über das darunter stattfindende Geplänkel, und jeder führte ein großes, sanft im Morgenlicht flatterndes Banner. Über den strahlenden grünrot-gedeckten Dächern kräuselte sich träge das gezackte Symbol des kaiserlichen murrhanischen Drachen in der für ihn typischen fauchenden Pose. Wampert musterte den ihm am nächsten stehenden Belagerungsturm und erkannte mit einem verblüfften Keuchen, daß die mit Stahlkappen versehenen Sandalen der Kaiserin über den Rand hingen. Als er sie angaffte, hob die Kaiserin eine große

Tröte an den Mund, deutete nach unten und rief »Springer auf Königsbauer drei!«

Auf der Stelle schwärmten acht kaiserliche Wachen aus dem Nichts hervor, packten das Roß, zwei an jedem Bein, und schleiften das Terrakottavieh zwei Quadrate vorwärts und eins zur Seite. Die Massen drehten durch. Matt in zwei Zügen!

Am anderen Ende des Hofgartens bellte General Zakkik eine Reihe von Befehlen, und eine Schergenschar schleppte einen riesigen Turm auf Taus Terrakotta-Heer zu. Ein unmenschlicher Schrei löste sich fünfzig Fuß über Wamperts Kopf, als die Kaiserin sah, daß einer ihrer zehn Fuß hohen Bauern aus dem Hofgarten geschleppt wurde.

»Bringt ihn wieder her!« quäkte sie wütend. Ihre Stimme warf schrille Echos von den gekrümmten Dächern.

»Es geht nicht. Ich hab ihn eingesackt!« schrie General Zakkik durch sein Megafon.

»Aber ich will ihn zurückhaben!«

»Aber die Regeln besagen ...«

»... daß ich Euch zwischen den Zügen *köpfen* lassen kann, wenn ich will!« schrie Tau und schnitt dem General mitten im Satz das Wort ab. »Würde es Euch *gefallen,* wenn ich Euch zwischen zwei Zügen köpfen lassen würde? Hm?«

Auch wenn General Zakkik eine halbe Meile von ihr entfernt war, er spürte, daß die Kaiserin am Griff ihres Katana herumfummelte.

»Bringt den Bauern zurück«, befahl er kleinlaut.

Kaiserin Taus Adleraugen erspähten nun Wampert, der nervös hinter ihrem zwölf Fuß hohen Terrakotta-Läufer herumscharwenzelte. »Nun?« fragte sie, wobei sich ihre gestärkten Brauen zu ärgerlichen Vs verzogen. »Was gibt's Neues? Soll Kitty heute Euren Hals schmekken?« Ihr Organ klang grollend, sie spielte mit dem Griff ihres Katana.

Wampert schluckte und duckte sich innerlich wie die verkohlten Überreste einer brennenden Brücke, die sich auflöste und zusammenkrachte. Auf geht's! »Ich habe gute Nachrichten, Eure vortreffliche Drakonität! Ich habe zwei ...«

»Was? Ich versteh nichts! Lauter, Mann!«

Wampert schüttelte sich. Es war schon schlimm genug, die Kaiserin belügen zu müssen, aber es auch noch lauthals zu tun ... »Eure vortreffliche Drako ...«

»Ich höre kein Wort!« brüllte Tau.

Wampert wirbelte herum, riß einem kaiserlichen Wächter ein Megafon vom Gürtel und schrie: »Kaiserin, ich habe zwei der schönsten, prächtigsten Kreaturen, die je existiert haben! Ich garantiere, daß man *Euch*, o Schreckliche, als Gastgeberin des diesjährigen Haustierballes der Tyrannenvereinigung mit neidischen Blicken mustern wird, denen nur eines gleichkommt: der Hohn der tyrannischen Macht, den Ihr ausüben könnt. Ihr werdet wahrlich ...«

»Kommt zur Sache!« fauchte Kaiserin Tau. »Um was handelt es sich?«

»Um zwei ...« Konnte er wirklich so weit gehen? Würde es klappen? Erwartungsvolles Gemurmel wurde im Hofgarten laut. Ob es ihm gelang, die Kaiserin zu beeindrucken? Wampert schluckte trotz seiner trockenen Kehle. »Um zwei Faultiere.«

»Faultiere!« kreischte Tau. »Mit Faultieren habt Ihr mich doch schon vor zwei Jahren auftreten lassen! – Sie haben sich ständig unter dem Tisch versteckt und die Party langweilig gemacht. Habt Ihr vergessen, daß ich stinkwütend auf sie war? Ich werde solche jämmerlichen haarigen Faulheitsklumpen nicht akzeptieren!«

Wampert zuckte zusammen, als die Menge ihn verhöhnte. »Diese hier sind ... anders.«

»Ein Faultier ist ein Faultier!«

»Es sind neue Faultiere. Glaubt mir, Eure Gnadenlosigkeit, sie werden Euch gefallen! Sie sind wie Ihr!«

Kaiserin Tau ließ ein schweinisches Grunzen ertönen. Ihre Bambusrüstung knarrte, als sie sich vorbeugte, um ihn aus der Höhe zu mustern. »Na schön, bringt sie her…«, knurrte sie. »… falls Ihr es wagt!« Ihre Finger spielten am Griff des Katana. Es war eine Geste, die Wampert und die ganze versammelte Menge nicht übersehen konnte.

Wampert schluckte und hob eine bebende Hand. »Eure kaiserliche Größe«, sagte er, »bevor ich sie einlasse, muß ich um ein paar winzige Sekunden bitten, um Euch mit *all* ihren Fähigkeiten vertraut zu machen. – Faktoren, von denen ich genau weiß, daß sie einen zum Vergnügen bestimmten Abend in einen Abend von immensem strategischen Nutzen verwandeln werden.«

Die Kaiserin grunzte und lehnte sich in ihren Belagerungsturm zurück. »Na schön«, flötete sie, »dann laßt zuerst Eure Ausreden hören. Aber gut müssen sie sein!«

»Es ist mir zwar schmerzlich bewußt, Eure Herrlichkeit, daß es mir nicht zusteht, Fragen zu stellen, aber habt Ihr Euch je gefragt, ob es anderen Tyrannen überhaupt gebührt, ihre Position zu halten?«

Die Menge holte erschreckt Luft und ruckte auf ihren Sitzen nach vorn. Wampert bewegte sich auf gefährlichem Terrain – und das war natürlich weitaus interessanter.

Wampert sprach weiter. Er hatte keine Wahl. Die Flammen der hinter ihm befindlichen Brücken versengten ihm schon den Nacken. »Habt Ihr je das weibische Schnippen des Handgelenks eines vermeintlichen Kriegers gesehen, der fragend eine Braue hebt? Oder zugeschaut, wenn ein Pfähler, der Königreiche zerschmettert und dessen Siegesliste sich Jahrhunderte vor ihm ausstreckt, zusammenzuckt, wenn gewürzter Wein zu scharf ist? Habt Ihr Euch je gefragt, wie Ihr herausbekommen könnt, ob Eure Rivalen auch den richtigen Mumm für eine Welt der Tyrannei haben?«

General Zakkik stellte die Ohren auf Sturm. Die Stille

im Hofgarten tröpfelte vor gebannter Erwartung. Entweder wurde man hier zum Zeugen einer äußerst undurchsichtigen Angelegenheit, oder die Sache endete mit einer Exekution.

»Was hat das mit den Faultieren zu tun?« fauchte Tau.

»Die Faultiere, die ich Euch vorstellen möchte, wurden mit einer Kost aus reinem Mut aufgezogen, in frühem Alter dem Haß entwöhnt und täglich in Skrupellosigkeit gebadet. Nur der Tyrannischste, Diktatorischste, *Bösartigste,* und dies meine ich auf die netteste Art, wird in der Lage sein, die Geschöpfe zu *sehen,* die ich nun vorstelle.«

Die Augen der Kaiserin brannten vor Neugier und List, als sie diese Vorstellung in ihrem Geist von allen Seiten betrachtete. Sie klang gut.

»Ihr werdet mit einem Blick das Herz Eurer Rivalen erkennen, Eure Diktatorialität ...«

»Bringt Sie rein!« schrie Tau plötzlich. Ihr Atem ließ die schwarzen Strähnen des fest an ihrer Oberlippe klebenden Ehrenschnurrbarts flattern.

Wampert brauchte keine zweite Einladung. Er zischte in einer Staubwolke zur Tür.

Tau klatschte fast im gleichen Moment in die Hände. Vier riesige Wachen traten vor, zogen ihre Sumogürtel hoch, eilten zur kaiserlichen Kabriosänfte und rannten mit ihr zum Fundament des Belagerungsturms. Fünfzig Fuß über ihnen wurde das Ende eines Seidengewandes über das Bambus-Treppengeländer geworfen, dem Sekunden später die Kaiserin folgte, die sich rasch an ihrer roten Sänfte abseilte.

Eine halbe Meile weiter entfernt schluckte General Zakkik und eilte zur Leiter, denn ihm fiel geschwind Paragraph zwölf der 6003 vorgeschriebenen murrhanischen Gesetze ein, der das Gebot behandelte, daß jedermann zur Kaiserin aufschauen mußte, weil es sonst was setzt.

Mit einem erwartungsvollen Aufkeuchen der Menge wurden die Flügeltüren aufgetreten, und Wampert trat ins Freie. Er lehnte sich weit von zwei leeren Hundeleinen zurück, als könne er die imaginären schnaubenden Rottweiler, denen sie umgelegt waren, kaum halten. »Darf ich vorstellen?« schrie er. »Die neuen Faultiere der Kaiserin!«

Zustimmendes Geschrei brach aus, als die Menge, die sich alle Mühe gab, tyrannisch, diktatorisch und außerdem noch bösartig zu sein, beifällig aufschrie.

Wampert trat langsam vor, die imaginären Kreaturen rissen ihn offenbar voran. Er verhielt sich angesichts der horizontal vor ihm hängenden Leinen zurückhaltend.

Die Kaiserin gaffte. Sie gaffte Nichts an. Sie konnte es nicht fassen. Warum sahen alle anderen die Kreaturen, obwohl sie – die tyrannischste der ganzen Bande, in deren kleinem Zeh mehr Despotismus pulsierte als in der Menge zusammen – nicht das geringste erblickte?

Ein plötzlicher Blitz extrem wirksamer Bedrängnis schoß durch ihren wütenden Geist und verlangte nach sofortiger Erleichterung. Sie stand auf, sprang von der Sänfte, zischte vorwärts, stach eine jubelnde Hofschranze ab und stierte die sich nähernde Gestalt erneut an. Sie sah noch immer nichts!

Es konnte nicht wahr sein! Eine solch gemeine Tat hätte sie doch zumindest *etwas* sehen lassen müssen.

Wampert blieb vor der Kaiserin stehen, die das Messer gedankenverloren an ihrem Schenkel abwischte.

»Haben sie nicht eine wunderschöne Farbe?« sagte er in aller Gemütsruhe. »Ich glaube, sie mögen Euch – schaut nur, der eine wedelt mit dem Schwanz!«

Taus Schultern spannten sich, als sie die beiden Halsbänder anstarrte, die die unsichtbaren Faultiere hielten. Sie drehte sich blitzartig herum, packte Admiral Trillefitz an der Gurgel und funkelte ihn an. »Welche Farbe haben sie?« verlangte sie zu wissen; die Sehnen auf ihrem Handrücken standen wie Kabel vor.

»B-b-braun«, würgte Trillefitz hervor und errötete, als General Zakkik sich brutal einen Weg um die Terrakotta-Rösser herumbahnte.

Tau wirbelte auf dem Absatz herum, warf Trillefitz mit einem Schnellen des Handgelenks beiseite und nahm General Zakkiks Adamsapfel in einen schraubstockartigen Griff. »Welche Farbe?« knurrte sie und deutete auf die leeren Halsbänder in Wamperts Händen.

Zakkik geriet in Panik. Was hatte Trillefitz geantwortet? Was war, wenn er ihm widersprach? Was geschah dann?

»Welche Farbe?« knirschte Tau. Sie schüttelte den General und hob ihn in die Luft.

»Grrr ...«, setzte Zakkik würgend an. Admiral Trillefitz schüttelte wild den Kopf.

»Antwortet!« knirschte Kaiserin Tau.

»B-b ...«, krächzte Zakkik und warf einen Blick über ihre Schulter auf den Flottenadmiral, der ihm lautlos die Farbe nannte. »B-blau!« krächzte er und betete, daß es so richtig war. Admiral Trillefitz bedeckte seine Ohren, doch statt der Tirade, die Zakkik erwartete, stellte die Kaiserin ihn sanft hin, wandte sich in vorgetäuschter Ruhe um und bewegte sich langsam und knurrend auf Wampert zu.

General Zakkik rieb sich die Kehle und dankte seinem Glückslichtlein im Baldachin der Nacht, daß er richtig geraten hatte.

Ihre kaiserliche Hoheit Tau schaute Wampert an, lächelte ein Lächeln, das ein Krokodil beschämt hätte, und sagte so leise, daß irgendwie jeder im Hofgarten ihre Stimme vernahm: »Admiral Trillefitz sagt, sie sind braun. General Zakkik sagt, sie sind blau. Was stimmt nun, Wampert?«

Ein kalter Schweißtropfen lief Wamperts Schläfe hinab, als ihm eine Reihe möglicher Antworten durch den Kopf gingen:

»Soll das heißen, Ihr wißt es nicht, Hoheit?« (Dann war er eine Leiche.)

»Blau. Ich habe noch nie was vom Urteilsvermögen des Admirals gehalten.« (Dann war Zakkik eine Leiche; und er kurz darauf auch, dafür würde dessen Verwandtschaft sorgen.)

»Braun. Trillefitz war für mich schon immer eine Flasche.« (Dann war Trillefitz tot, und ihn erwartete ein Leben in der Hölle.)

»Rosa!« (Dann waren Zakkik *und* Trillefitz fällig. Und dann: Aufstand, Bürgerkrieg ...)

»Beides!« sagte er. »Sie sind blau und braun! Geschmackvoll, nicht wahr?«

Tau erzeugte ein seltsames Geräusch in ihrer Kehle und bückte sich, als wolle sie den Kopf eines Faultiers kraulen. Blitzschnell zückte sie ihr Katana und dolchte dorthin, wo sie seine Kehle vermutete. Natürlich fuhr die Klinge mittendurch.

»Wenn es nicht so wäre, daß ich noch immer nichts habe, womit ich auf den Ball gehen kann, würde ich Euch an der Zunge aufknüpfen und Euch die Haut vom Leibe ziehen lassen, weil Ihr mich angelogen habt«, knurrte Tau, wobei die Spitze ihres Dolches sich an die Kehle des zitternden Wampert preßte. »Obwohl ich es eigentlich besser wissen müßte«, fauchte sie, »gebe ich Euch noch zwei Tage! Findet etwas – sonst werden Kittys Zähne Eure Ohren finden. Denkt daran!« Ihre Finger trommelten auf dem Messergriff herum.

Wampert quiekte und rannte aus dem Hofgarten. Sein Kopf war voller ohrenloser Bilder seines Ichs, das sich alle Mühe gab, unter einem Gu-Tschi-Barett gut auszusehen.

Die Kaiserin wandte sich um und fiel über Trillefitz und Zakkik her. »Und was habe ich Euch übers Lügen erzählt?« schrie sie, während der Mittelpunkt des Platzes sich mysteriöserweise rasend schnell leerte. Wenn

Tau ihre tollen fünf Minuten hatte, war man im Umkreis von drei Meilen nicht mehr sicher.

Sekunden später konnte man das vertraute Klatschen ihrer kaiserlichen Fäuste hören, die das Gegreine der hohen Militärs übertönten.

Mehr als Antidot gegen die nervende unvertraute Umgebung von Losa Llamas als von dem Verlangen geleitet, jemanden beeindrucken zu wollen, breitete Cheiro Mancini eine wachsende Trostzone aus vertrauten Werkzeugen seiner Branche aus. Knapp klammerte sich an seinen Sack, reichte ihm dies und das und hielt nach allem Ausschau, das sich bewegen ließ, nicht angenagelt war und sich für die Zukunft als nützlich erweisen konnte. Sie waren – ihrer Meinung nach – meilenweit durch ein Labyrinth sich dahinschlängelnder Korridore gegangen, hatten Wendeltreppen erklommen und kurze Blicke in überall abbiegende, im Finsteren liegende Gänge geworfen und waren dann und wann durch gewaltige, Echos werfende Grotten und Hallen gelaufen, in denen klopfende Maschinen vor sich hinarbeiteten. Alles war so aus der Fassung bringend wie unfaßbar. Und niemand zeigte sich, der bereit war, es abzustellen.

Unter dem ruhigen Blick von Practz und einer Reihe anderer interessierter Thaumaturgiephysiker, die in ihr Blickfeld trieben, sich genau umschauten und sich wieder verzogen (wobei sie ein geringschätziges Gekicher kaum unterdrücken konnten), legte Mancini die Werkzeuge aus, die Ernstl aus der Kutsche geholt hatte.

Unglaublicherweise war alles da. Und auch heil. Mehr Kunst-Umwelt-Werkzeug, als er je die Gelegenheit erhalten hatte, in die Hände zu nehmen.

Mancini versuchte sich mit dem Gedanken an all das versprochene Geld, das ihm dieser Auftrag einbringen, und der beiläufigen Betrachtung, wie er es ausgeben würde, zu beruhigen. Er wählte einen Malpin-Empathie-Kraftantrieb der Reihe 6 aus und sagte sich *Je schneller du anfängst, desto eher kriegst du dem Honorar.* Er holte tief Luft, und seine Hände begannen unter einem konstanten Strom von Segnungen und Zaubersprüchen billiger Machart – denen es irgendwie gelang, sich um seine permanent kräuselnde Zunge hervorzubewegen – mit der Rekonstruktion einer empathischen Projektionsanordnung. Practz schaute bewundernd zu, als der KUT die Wellenleiter des taxidermalen Vorverstärkers mit dem Fokusring und den Hypertaurusbeschleuniger und die psychoterrinen Kristalle mit dem Mikropentagrammpuffer verband. Knapp spielte mit einer Madenherde und hielt nach etwas Ausschau, bei dem er sie als Köder einsetzen konnte.

Nach drei Stunden Arbeit setzte Mancini sich hin und musterte das unordentliche Gewirr von Drähten und Kreidemarkierungen. Dann schaute er zu Practz auf und fragte: »Kann ich den Patienten jetzt sehen?«

Practz war sprachlos. »Den Patienten?«

»Den … äh … teuren Verblichenen?« schlug Mancini euphemistisch vor. »Treuen Gefährten? Treuen Freund?«

Practz stierte ihn in äußerster Verwirrung an und wurde wiederum von Knapp angegafft, der sich plötzlich ohne einen großen schwarzen Sack für den Drachen pudelnackt vorkam.

»Den kürzlich Verstorbenen?« fragte Mancini und zermarterte sich das Hirn nach anderen Worten, um es auszudrücken. »Ich kann jetzt nichts mehr ohne Euren … toten Drachen tun.«

Practz' Gesicht glättete sich, dann brach er in ein Lachen aus.

Mancini hatte bei sehr vielen unterschiedlichen Menschen sehr viele unterschiedliche Reaktionen erlebt, wenn er darum gebeten hatte, ›den Patienten‹ sehen zu dürfen. Alles, angefangen vom leichten Zucken einer steifen Oberlippe (wenn Würde die Trauer außer Gefecht setzte), bis zu erwachsenen Männern, die sich in

Millisekunden in Rotz und Wasser heulende Wracks verwandelt hatten. Doch in seiner gesamten Laufbahn hatte ihn noch nie jemand *ausgelacht*.

Zorn wallte in ihm auf. Er hatte einen harten Tag hinter sich, und das auch noch in eigenartiger Umgebung. Er war nicht zahllose Meilen durch den Urwald gelatscht, hatte sich entführen und in etwas verschleppen lassen, das im besten Falle der Höhlenforscherhimmel eines fetischistischen Lochkramers war, um sich jetzt auslachen zu lassen!

»Hört zu!« rief er. »Schafft den toten Drachen her, und ich sorge dafür, daß er in ein paar Stunden wieder läuft, klar? Klar? Was lacht Ihr denn so? Klebt irgendwas an meiner Nase?« Mancini schäumte. Practz bemühte sich, sein Gelächter zu drosseln. Knapp kratzte sich am Kopf.

»Ich ... Verzeiht mir«, erwiderte der Thaumaturgiephysiker. »Ähem ...« Und dann gestand er: »Ich habe gar keinen toten Drachen.«

»Was? Was! Hört zu, Mann! Ich habe nichts mit Kryogenik zu schaffen. Es ist zu gefährlich! Habt Ihr je versucht, eine Katze in ein Eisbad zu schieben? Zähne, Krallen, Fauchen! Falls Ihr mich also dafür hergeholt habt ...«

»Laßt mich erklären. Wir haben etwas Ärger mit ...«

Mancini schwenkte abwehrend die Hand und wich zurück. »Nie und nimmer! Nie und nimmer! *Etwas* Ärger? Ja, dem armen alten Drachen sind die Eier flöten gegangen! Hat wohl zu viele preisgekrönte Dahlien der Nachbarin versengt. Hat übelriechendes Feuerzeugbenzin auf den Teppich gesabbert? – ›Laß uns ein Männchen nehmen, Liebling, das macht nicht so eine Sauerei!‹« höhnte er. »Euthanasie für Saurier? Sofort! Ruft mich, wenn er stubenrein ist, dann bin ich Euch gern zu Diensten. Drachen sollen ein Leben lang halten, nicht nur für ein Grillfest! Menschen wie Euch sollte man nie erlauben, Drachen zu halten ...«

»Ich hatte noch nie einen Drachen!« raunzte Practz. »Deswegen seid Ihr doch *hier!*«

»Wie?«

»Ich *möchte* einen haben«, sagte Practz.

»Dazu braucht Ihr *mich* doch nicht! Ihr braucht einen Züchter! Ich kenne da einen tollen Burschen. Einen Ex-Zauberer. Hat mit seinen Drachen jede Menge Blumentöpfe gewonnen. Ihr solltet mal seine Feuersalamander sehen ...«

»Nein, nein«, fiel Practz ihm ins Wort, da er das Gefühl hatte, gleich ströme der nächste Redeschwall auf ihn ein. »Ich möchte einen *echten.*«

»Nun macht aber mal halblang. *Was* wollt Ihr?«

»Einen PET-Drachen.«

Jetzt war Cheiro Mancini an der Reihe, seinen Mund in einem hämischen Grinsen zu verziehen. Nun hatte sein Magen Gelegenheit, in zunehmender Fröhlichkeit zu zucken, und sein Kopf eine Chance, sich in den Nacken zu werfen, den Mund zu öffnen und ein lautes, hysterisches Gelächter auszustoßen. Und wie aufs Stichwort geschah nun all dies. Practz stierte den zuckenden KUT an.

»So einen guten Witz habe ich schon lange nicht mehr gehört!« schrie Mancini ein paar Minuten später und hielt sich vor Lachen den Bauch. »Einen PET-Drachen!« Und erneut verfiel er in ein hemmungsloses Grölen, während Practz, der alle Mühe hatte, die Fassung zu bewahren, ihn angaffte. Schließlich wischte Mancini sich den Mund ab und rappelte sich vom Boden auf.

»Ähem«, machte er. »Verzeihung.« Seine Halsmuskeln taten weh. »Ich glaube, Ihr versteht mich nicht. Projizierte empathische Taxidermie – das Bewahren eines treuen Gefährten durch thaumische Mittel – basiert auf einem Bund zwischen dem Haustier und seinem Besitzer. Empathie, versteht Ihr? Der Besitzer muß sich wünschen, daß es existiert, sonst ... Puff! Weg. Und was nie existiert hat ...«

»… kann man auch nicht bewahren!« beendete Practz den angefangenen Satz. Knapp zog still den Katalog aus dem Sack, den er auf Hagen Böcks Pelz- und Federviehmarkt gemopst hatte, und schaute sich die Erläuterungen auf der Umschlaginnenseite an.

Mancini musterte den Thaumaturgiephysiker argwöhnisch. »Unternimmt man den Versuch, ein Nichts zu bewahren …«, fing er an, während Knapp dem Prüfungszitat mit dem Finger folgte.

»… erhält man ein leeres Nichts«, vollendete Practz. »Altes KUT-Sprichwort!«

»Woher, zum …«

»Ich will gar nicht, daß Ihr etwas bewahrt«, unterbrach Practz Mancini lächelnd. »Die Standard-Einführungsvorlesung des Gräflichen KUT-Kollegs, die Professor Graf persönlich verfaßt hat und an die Ihr Euch natürlich bestens erinnert, besagt: Der Besitzer muß sich die Existenz wünschen, entweder weil er einen treuen Gefährten liebt oder das Verlangen verspürt, anzugeben.«

Mancini nickte und lächelte, da er Komplimente nun mal gern hörte. Und genau das war Practz' Absicht gewesen.

»Da Ihr selbst KUT seid …«, fuhr Practz fort. »Was ist Eurer hochgeschätzten Ansicht nach der Unterschied zwischen dem aus rein sentimentalen Gründen erfolgenden Ersehnen der Wiederkehr einer – sagen wir mal – geliebten talpinischen Steinmaus und dem Bedürfnis der Erschaffung eines PET-Drachen aus Gründen des beständigen Friedens und größter Sicherheit zwischen den Königreichen?«

»Nun, ich …«

»Ist es etwa besser, eine Maus geliebt als nie einen Drachen besessen zu haben?« drängte Practz dramatisch.

Inmitten der gräulichen Zellenansammlung, die sich Cheiro Mancinis Gehirn nannte und momentan inmitten einer weitläufigen Grotte in Losa Llamas positioniert war – zahllose Meilen von der vertrauten Umgebung seiner ›Praxis‹ im Todestal von Venasht entfernt –, trat eine fast verlegen wirkende Vorstellung auf ein kleines Podest, glotzte starr ihre nach innen gerichteten Zehen an und flüsterte, was ihrer Meinung nach *eventuell* möglich sei, falls jemand bereit war, den Versuch zu wagen, vorausgesetzt, es machte nicht allzu viel Ärger und kostete nicht viel, solange irgend jemand es *wollte*…

Zwei vorbeischlendernde Neuronen schauten von den Blättern auf und begutachteten die Vorstellung Axone für Axone. Kurz darauf gesellten sich drei weitere hinzu und lauschten. Dann stürzte ein Rudel von fünfzehn heran, nahm Platz und blieb bei der wachsenden Menge. Innerhalb weniger Minuten, als die scheue Vorstellung ihre Rede beendet hatte und aufschaute, legten Tausende von Neuronen in einer gewaltigen Runde von beifälligem Applaus ihre Synapsen aneinander, jubelten und trugen die sich wehrende Vorstellung ins Aktionszentrum, wo sie wie ein Held begrüßt wurde. Practz und Knapp schauten stumm zu, als Mancinis Hirn sich abmühte, um sich dem Aufruhr in seinem Inneren anzupassen, und sich einen Tritt versetzte, um sich zu fragen, ob es *wirklich* möglich sei, ob man es schon mal versucht hatte und warum er zuvor noch nie auf diese Idee gekommen war!

Schlagartig klärte sich sein Blick, er hob den Kopf und stierte Practz starr an. »Nur eine Frage«, sagte er. »Wie groß soll er denn sein?«

Wenn man Kaiserin Tau von Murrha zu einem Todesurteil provozierte, konnte man dies mit Fug und Recht als Pech bezeichnen, aber wenn man dies innerhalb von zwei Tagen gleich zweimal tat, mußte man schon von äußerster Sorglosigkeit sprechen. Feierabend! dachte Wampert, als er in einem Designerkimonogestöber aus dem zentralen Hofgarten flüchtete, durch die Gänge wetzte und dabei seine Arme wie die Flügel einer Windmühle bewegte, während hinter ihm Taus strafende Hiebe verhallten. Keine Gehaltserhöhung mehr, keine Chance mehr auf Beförderung. Das Ende eines vielversprechenden Lebens!

Eine winzige Gestalt war plötzlich da, zischte um sein Haupt und landete auf seiner rasenden rechten Schulter. Sie faltete ihre Schwingen zusammen und stieß wütend mit dem Fuß auf.

»Schau dir an, was du angerichtet hast!« schrie die weiße Gestalt in Wamperts Ohr. »Bist du jetzt zufrieden?! Du und deine große Klappe! Habe ich nicht *gesagt*, daß du uns eines Tages noch in Schwierigkeiten bringen wirst? Faultiere! Also wirklich! Hast du denn *wirklich* erwartet, du kannst die Kaiserin ungestraft in aller Öffentlichkeit belügen? Niemand, der die Kaiserin in der Öffentlichkeit belügt, kommt ungestraft davon – besonders dann nicht, wenn er es durch ein Megafon tut! Tja, Politiker sind vielleicht eine Ausnahme. Aber die zählen eigentlich nicht ...«

Unmittelbar über Wamperts Schulter blitzte plötzlich eine rote Gestalt auf. Sie war einen Zoll groß, scharlachrot, trug einen brennenden Dreizack, trat den Perlmutterohrring des wetzenden Beraters beiseite und schwang sich auf sein Ohrläppchen.

»Welche Schande, alter Knabe!« schrie der schwelende Scharlachrote herausfordernd. »Du warst doch so nah dran! Was hast du jetzt vor, Bursche? Du hast nur noch ein paar Stunden – da mußt du jede Minute nutzen. Fleischliche Gelüste, aber dalli! Wie willst du's machen? Den ganzen Fusel, den du für die Regentage aufbewahrt hast? Oder die Maid drüben in ...?«

»Hör auf damit!« schrie der Weiße. »Es ist abscheulich!« Er ließ gereizt die Schwingen flattern und klammerte sich an Wamperts Kimonokragen. »Jetzt ist nicht die Zeit, ihn mit primitiver Lüsternheit vom geraden

Wege abzubringen. Er muß um Gnade bitten, Opfer anbieten, beten. Es ist noch nicht zu spät!«

»Pah, das dauert doch viel zu lange, Schnucki!« schrie der Rote. »Du kennst doch meine Parole: Es ist besser, man brennt aus, statt sich hinzuknien und zu beten!« Er wirbelte wie irre herum und lachte böse, als er von Wamperts Schulter abprallte, sich umdrehte und in einem lodernden Streifen infernalischer Abgase vor der anderen Gestalt herumschwebte. Der Engel plusterte seine Schwingen auf und schnalzte.

Der Verstand des zukünftigen Ex-Hof-Imageberaters rotierte fast ebenso panisch wie seine Arme. Er riß und zerrte an den Decken des Vergessens, suchte nach einer Erinnerung, von der er wußte, daß er sie noch brauchte. Es war irgend etwas Finsteres und *sehr* Peinliches.

»Ich nehme an, ein paar Stunden trunkener Ausschweifungen stimmen ihn bestens auf die Ewigkeit der Verdammnis ein!« konterte der fromme Engel mit zusammengebissenen Zähnen. Sein Wortschwall bombardierte die Luft hinter dem roten Ziel.

Wamperts Geist hob die nebelhafte Ecke einer Decke an und erblickte den Rand der erforderlichen Erinnerung. Zitternd streckte er sich nach ihr aus...

»Verdammnis? Teufel, nein. Aber was für ein Abgang!« spottete der scharlachrote Schutzteufel, streckte die Zunge heraus und zeigte seine roten Arschbacken, als er senkrecht vor dem weißen Engel aufstieg.

»Widerlich!« sagte der Weiße. »Und kindisch.« Er verschränkte die Arme und stieß erneut mit dem Fuß auf.

»Ja, genau!« schrie Wampert und kam quietschend zum Stehen, denn nun breitete sich die Erinnerung in ihrer ganzen Pracht vor ihm aus. Er zuckte zusammen, als er sich an den Zustand seines Kimonos und die Flecken auf dem Alpacaläufer erinnerte...

»Siehst du?« fauchte der weiße Engel und schaute seinen höher kommenden Gegenspieler an. »Er *braucht* dich nicht!«

»Nein!« schrie der schwebende rote Teufel. »Er braucht *dich* nicht!« Er wich aus und flog freudig vor einer blauen spiralförmigen Rauchspur her.

»Ich brauche *euch beide* nicht!« schrie Wampert.

»Ich höre den Weinkeller rufen«, kicherte der Teufel, pikste mit seinem Dreizack in Wamperts Nase und ging in den freien Fall über.

»Beichtstuhl!« schrie der Engel entsetzt und vertrieb den Rauch mit seinen Schwingen.

»Alkohol! Weiber!« grölte der Teufel nur wenige Zoll von Wamperts Nase entfernt.

»Gebete! Verzeihung!« plädierte der Engel, flatterte in verzweifelter Frömmigkeit und wünschte sich insgeheim, auch eine Lanze zu haben, mit der er den Teufel piksen konnte, und sei es auch nur einmal! Er wollte ihn nur einmal in seine anstößigen scharlachroten Arschbacken piksen!

»O nein«, rief Wampert. »Dafür habe ich später noch genug Zeit. Jetzt geht's geradewegs zur Verdammnis!« Er wandte sich unerwartet auf dem Absatz um und nahm Tempo auf.

»Jetzt sieh dir an, was du angerichtet hast!« rief der Weiße und flatterte rasch hinter der kleiner werdenden Gestalt mit den Kamelhaar-Halbschuhen her.

»Ich?« schrie der Teufel und kam aus einem steilen Sturzflug hoch. »Wieso denn ich? Ich habe doch gar nichts von Pimpern gesagt – und die Frauen sind *da* drüben.« Er schwenkte seine Lanze.

Wamperts Schutzengel zischte um die Ecke aus dem Blickfeld des Teufels und hängte sich dicht an die Kimonoschöße seines rennenden Schützlings.

»He! Nicht so schnell!« quiekte der Teufel. »Warte auf mich. *So* leicht entgeht er der Versuchung nicht! Komm zurück. Wenn ihm etwas Besseres als Pimpern eingefallen ist, will ich es wissen!«

Cheiro Mancini hatte fast zwei Stunden gebraucht, um den empathischen Projektor aufzubauen. Er war in die tiefsten Winkel und finstersten Ritzen seines Gedächtnisses hinabgestiegen. Er hatte inquisitorische Fackeln angezündet, um dunkle Ecken zu erhellen und wie ein nach Meeresfrüchten lechzender Feinschmecker, der wie wahnsinnig am letzten weißen Fleisch einer halbbesoßten Krabbe kratzte, geistig den letzten Schrott seines akkumulierten KUT-Wissens rausgepfriemelt. Er hatte alles nach bestem Wissen und Gewissen aufgebaut und den Chrominenz-Filter dorthin gestellt, wo er seiner Meinung nach hingehörte. Er hatte die Einstellung des psychoterrinen Kristalls zur Kompensation des Mangels an einem echten Subjekt frisiert und den Empathischen Kraftverstärker schließlich auf volle Pulle gebracht. Und er hatte noch immer nicht die leiseste Ahnung, ob das verdammte Ding auch wirklich arbeitete.

Mancini wünschte sich insgeheim, er hätte ein paar Extra-Kröten ausgegeben und sich einen Malpin der Reihe 7 mit optionalem Emotionsfilter zugelegt. Er hätte wirklich etwas brauchen können, um seine Nerven abzuschirmen. Aber vielleicht reichte ihm auch ein dreistöckiger 103er mit Eis.

Er hatte in seinem Geist alles von allen Seiten betrachtet und sah in Practz' Logik nicht den geringsten Fehler – er sollte erschaffen, statt einfach nur bewahren; etwas erfinden statt zu erwecken! Es kam ihm so einfach vor. Aber an seinem Hinterkopf nagten noch immer Millionen von Zweifeln, wie ein Trawler voller Fischweibchen. Sie standen hinter ihm, hielten die Arme fest verschränkt, lugten über seine Schulter, winkten mit einem Finger und tadelten ihn in einem brüchigen Falsett (Ach, Paula, du würdest mich auch dann nicht kriegen, wenn du statt reichlich vorhandener Empathie reine Fantasie einsetzt! Reich mir mal den Schellfisch ...)

In seinem Kopf kreisten eine Million Fragen, und jede von ihnen wies genug Stoff für potentielle Forschungsaufträge auf, um tausend Stipendien vergebenden Körperschaften das heulende Elend zu bescheren. Aber für Mancini harrte nur eine Frage der Antwort. Nur ein segelnder Monolith der Ungewißheit verdarb ihm die perfekte Sicht auf die Glückseligkeit; der einzige Haken bei der Sache.

Wenn es *nicht* klappt ... Bezahlen sie trotzdem?

Tja, er würde es in Kürze wissen.

»Fertig?« rief Practz, der zielstrebig über den Grottenboden marschierte.

Mancini zuckte zweifelnd die Achseln.

»Welche Zuversicht«, grunzte Practz. »Ich bin geradezu überwältigt!«

Mancini schnalzte mit der Zunge und schnippte mit den Fingern. Knapp warf ihm die dickste Kartoffel zu, die er in seinem Beutel finden konnte. Der KUT steckte ergeben zwei Elektroden in die biologische Kraftquelle und trat einen Schritt zurück. Knapp schielte erwartungsvoll über die Tischplatte hinweg, fand besonderes Interesse an zwei großen purpurnen Steinen und ließ sie in einer Geheimtasche seines Beutels verschwinden.

Ein blaßrotes Leuchten stotterte in einem Hyperrealitätsventil, als ein Mikrovoltgetröpfel hineinpieselte und einen Versuch machte, es aufzuwärmen. Mancini musterte es mit finsterer Miene und plagte sich ab, den letzten Bodensatz von Optimismus aufzubieten. Er streckte die Hand aus, packte ein seltsames Instrument und reichte es Practz. »Setzt dies auf«, grunzte er.

»Wie? Wohin?« fragte der Chef von Losa Llamas und drehte das Ding, das wie eine Maschendraht-Quastenkappe aussah, in den Händen.

»Auf Euren Kopf«, brummte Mancini. »Wohin denn sonst?«

»Muß ich es tun? Es sieht so blöd aus. Was ist, wenn jemand reinkommt?«

»Wenn Ihr es nicht aufsetzt, funktioniert es nicht.«

Nachdem Practz den Flur kontrolliert hatte, ob da irgend jemand im Finsteren lauerte, setzte er die Psychotrichterkappe zögernd auf und ordnete das Drahtgewirr auf dem Scheitel, als hoffe er, nicht allzu lächerlich auszusehen. Knapp kicherte leise vor sich hin.

»Nun konzentriert Euch auf den Drachen, den Ihr haben möchtet«, sagte Mancini zu Practz und motzte den empathischen Vorverstärker auf. »Bildet ihn in Eurem Geist und haltet ihn dort fest. Je mehr Einzelheiten Ihr Euch ausdenkt, um so besser.«

»Etwa seine Farbe und dergleichen?« fragte der stämmige Thaumaturgiephysiker.

»Alles und jedes. Die Farbe seiner Augen, die Anzahl seiner Zähne. Und die Länge der Innenseiten seiner Beine, falls Ihr es könnt.«

Practz schloß die Augen, sein Gesicht glättete sich, und er versuchte, im Inneren seines Geistes einen Drachen zu beschwören. Er fragte sich kurz, ob er Rutger rufen sollte, denn dessen Kopf war mit phantastischen Bildern in 80-mm-Superthaumination so vollgestopft, daß es dort neben Bello dem Wunderhund und Clint Umleger auch noch Platz für einen Drachen geben mußte. Vielleicht sogar für mehrere.

Practz schüttelte die Idee mit einem Achselzucken ab, ließ die Zügel seiner Einbildungskraft schießen, haute ihr fest aufs Hinterteil und schaute zu, wie sie ungebunden auf dem Feld der Träume herumtanzte und barfüßig gegen die alptraumhaften Pflanzen des Wahnsinns traten …

Sein inneres Auge weitete sich in überraschter Furcht, als eine dunkle Gestalt ihre Schwingen entfaltete, schwer von ihrer Sitzstange fiel und beschleunigte, während sie den schlangenhaften Hals in einer ungeheueren Kräuselung ausstreckte. Kämme mit zackigen Schuppen verliefen wie eine Kettensäge über ihr Rückgrat und glänzten fast so bedrohlich wie die riesigen Krallen, die sich am Ende ihrer Zehen aufrollten. Gewaltige schwarze Nasenlöcher rülpsten Qualm in sein

Haupt, als das Vieh schnaubte und auf Practz zuschoß. Gelbe Augen fixierten ihn mit tödlicher saurianischer Präzision, die Krallen waren bereit, eine rote Furche zu ziehen. Bereit zum Verstümmeln.

Während Practz sich konzentrierte, frisierte Mancini den Psychotrichter, justierte ihn, zielte auf die vorübergehenden mentalen Wellen seines Unterbewußtseins und baggerte den mentalen Schlamm mit einem treibenden Äthernetz fort. Unglaublicherweise wurde in dem projizierten Feld etwas sichtbar. Jede Einzelheit tauchte so auf, wie Practz' überschäumende Phantasie sie sich ausmalte. Sie stand auf einem steinernen Sockel, richtete sich zu voller Größe auf, schaute wütend über doppelläufige Nasenlöcher hinweg, schillerte und verschwand. Mancini fluchte.

Practz öffnete die Augen und riß sich den Psychotrichter vom Kopf. »Hat es geklappt?«

»Wenn Ihr Euch ein drei Zoll hohes Ungeheuer vorgestellt habt, das soviel Boshaftigkeit ausstrahlt wie ein zahnloser gichtiger Molch, war es ein voller Erfolg!« brummte Mancini. Er verzog das Gesicht, als die Hyperrealitätsventile schwächer wurden und ausgingen. »Es hat keinen Zweck, ich brauche mehr Energie!«

»Ich hab noch eine Kartoffel«, bot Knapp hilfreich an.

»Nein«, schnauzte Mancini frustriert, während das Bild eines Goldsacks sein Röckchen hob und dann hinter dem Horizont verduftete. »Ich meine *massenhaft* Energie.«

»Weiße Rübe?« schlug Knapp vor, der bis zu den Ellbogen in seinem Sack steckte.

Practz kratzte sich nachdenklich am Kinn. »Wieviel muß es denn sein?« fragte er, ohne Knapp zu beachten.

»Hunderttausendmal mehr, als ich *hier* je kriegen kann«, schluchzte Mancini mit verzweifelter Miene. »Es ist unmöglich! Ich brauche mindestens zwölf Volt!«

»Wieviel ist das in Gigathaum?« fragte Practz.

»Häh?« gab Mancini intelligent zurück.

Practz musterte seine Finger, brabbelte etwas vor sich hin und mühte sich ab, einen Schwall verwirrender Umwandlungsfaktoren umzurechnen. »Fünfzehn Coulomb gehen auf Gigathaum. Nein, nein, nein. *Zwölf* Ampère auf ein ... ein ...?«

»Was?« grunzte Mancini.

»Nein. Fünf Ohm gehen auf ein Watt, oder nicht? Sechzig Stück auf ein Schock und drei Brathähnchen in eine Pfanne. Nein, nein! Es sind Schillinge ... oder nicht? Ach, verdammt! Ich kann mich nicht an den ganzen Unfug erinnern. Aber eins weiß ich genau, ich schätze, ein Viertel Gigathaum müßte eine Menge sein ... abzüglich oder zuzüglich einiger ...«

»Was quasselt Ihr da?« fragte Mancini verzweifelt.

»Ihr habt gesagt, Ihr braucht mehr Energie?« Practz' Gesicht verzog sich zu einem Lächeln.

»Nun ... Ich ... ja«, erwiderte der verwirrte KUT.

»Dann kommt mit«, sagte Practz freudig und wandte sich auf dem Absatz um. »Ich stelle Euch das Thaumatron vor!«

»Ich hab drei weiße Rüben und eine Runkelrübe, falls Ihr sie haben wollt«, sagte Knapp kleinlaut.

Wenn der winzige rote Teufel auf Wamperts Schulter gewußt hätte, welchen Ärger die Kiste hervorrufen würde, die die rennende Gestalt bei sich trug, hätte er vor Freude Rad geschlagen und rings um Wamperts keuchenden Kopf blaue Qualmwolken ausgestoßen. Doch so weidete er sich nur an dem gerade begangenen Verbrechen.

»Jetzt hast du es getan!« schrie Wamperts Schutzengel. »Du hast nämlich *gestohlen!* Leg es sofort zurück!«

»Ach, halt die Klappe«, gackerte der Teufel. »Sieh's ein, Kleiner, ich hab gewonnen! Er ist jetzt auf meiner Seite! Er hat es wie ein Profi durchgezogen. In ein paar Sekunden rein und dann wieder raus. Was für ein Tag!«

Wampert hetzte keuchend durch die dunkel werdenden Straßen der Innenstadt Murrhas. Er hielt die Kiste fest an sich gedrückt und bemühte sich, die Zähne und Krallen zu ignorieren, die an dem Eisengitter zerrten und nach Freiheit oder Rache strebten. Oder nach beidem. Wenn man in die Augen schaute, war es schwer zu sagen. Rote Wut kreischte aus den Pupillen der Verdammnis.

Plötzlich ließ der Adrenalinschub seiner Tat nach, und die Reaktion des eilenden Fortläufers holte ihn ein. Wampert hielt an und lehnte sich an eine Mauer, sein Brustkorb hob und senkte sich verzweifelt. Der Brustkorb eines Diebes!

Er schnappte nach Luft und spitzte die Ohren, um irgendwelche Verfolger zu hören. Doch nirgendwo ertönten wütende Schritte. Da war keine schäumende Horde, die hackebeilschwingend hinter ihm her war und nach seinem Blut lechzte. Er hatte es geschafft. Er war in Sicherheit. Eine Woge von Stolz durchströmte ihn und ließ ihn hinterfotzig grinsen.

Schlagartig ertönte ein einzelner Schrei, der einem das Blut gefrieren ließ. Eine heulender Schrei, bei dem das Herz zu schlagen aufhörte. Ein Geräusch, das die Schließmuskelsteuerung eines jeden bedrohte, der es gehört hatte.

Und ihm antwortete ein Chor ferner Antworten.

Wampert wurde mit einem Übelkeit erzeugenden Zusammenzucken bewußt, daß der erste Schrei aus dem Inneren der Kiste in seinen Armen gekommen war. Die Verdammnis rief.

Aber wen?

Wampert wimmerte nervös und eilte weiter zum Palast, und während er dies tat, brach eine Woge schwarzweiß gefleckter Kreaturen aus dem unterirdischen Lagerraum aus und jagte hinter ihrem entführten Gefährten her.

In einer kleinen Grotte, in der es von Myriaden von Kringeln und Krungeln hochentwickelter thaumischer Forschung wimmelte – ihr wißt schon, die üblichen Hypertaurus-Densitometer, Psychoschraubenzieher und Massen von Drähten, Kristallen und zahllosen unfertigen Projekten –, war eine hitzige Diskussion im Gange.

»Aber ist es auch sicher?« jammerte Thurgia, der sich bemühte, trotz des quäkenden Gelabers gehört zu werden, das in etwa so klang wie eine halbe Million stinkwütender Moskitos in einer Milchkanne.

»Wahrscheinlich«, erwiderte der Techniker Wat und musterte zweifelnd das zischende Rucksack-Thaumatron, das eckig auf die Schultern des Leiters der Abteilung Dämonische Besessenheit geschnallt war. Drähte und thaumische Wellenleiter leuchteten meerblau.

»Wißt Ihr es *genau?*« fragte Thurgia störrisch, während das Gesumme noch lauter wurde.

»Mehr oder weniger«, erwiderte Wat und schob die Hände fest in die Taschen seines Laborumhangs. »Es *müßte* jedenfalls sicher sein.«

»Hört mal, ich habe mich nämlich nicht freiwillig gemeldet, um bei der Weiterentwicklung der Thaumatronik zum Märtyrer zu werden«, jammerte Thurgia, als das Hellblau fünfzig Faden tiefer sank.

»Hört auf zu nörgeln und dreht die Energie etwas höher. Wenn es irgendwelche Haken gäbe, hätten die Nano-Kobolde sie längst sortiert.«

»Ihr vertraut diesen Dingern?« schrie Thurgia, während zahllose Ströme thaumischer Energie in dem Gerät pulsierten, das gerade, und zwar nicht sehr bequem, auf seinem Rücken residierte.

»Klar, sie haben schließlich auch das große Thaumatron geprüft«, sagte Wat. »Es läuft doch prima.«

Na schön, wenn Wat sagte, es sei alles in Ordnung, bestand eine gute Chance, daß es... möglicherweise... unter Umständen... stimmte. Etwas, das Thurgia an Wat bewunderte, war dessen Fähigkeit, sich sorgfältigst um jede winzige Einzelheit zu kümmern, die mit der Sicherheit der thaumischen Hochenergieforschung zu tun hatte. Er bewunderte diese Fähigkeit, um es genau zu sagen, in etwa so, wie er einen durchschnittlichen Popel bewunderte. Thurgia war in seinem tiefsten Inneren davon überzeugt, daß niemand ein Stück hochenergiebetriebene Technologie zusammenhauen konnte, das zehn Mikronen vorm Nonplusultra der Thaumaturgiephysik entfernt war, ohne auf dem Weg dorthin ein paar kleine Sicherheitsecken abzusäbeln. Er wünschte sich nicht zum ersten Mal inbrünstig, man hätte die gesamte technische Zauberei Phlim überlassen. *Er* war doch schließlich der Technozauberer. Warum mußte er gerade jetzt Ferien machen?

Trotzdem dachte er mit einer seinen Geist wie nur möglich verstärkenden Stimme, daß das schwache Herz nie zuerst mahlte. Oder so ähnlich …

Er zog den Kopf ein, ergriff den Knopf an der rechten Seite des Rucksacks und drehte ihn vorsichtig im Uhrzeigersinn. Die saphirblaue Funkenfontäne über seinem Kopf nahm an Intensität zu. Dies galt auch für den Lärm – aus den Moskitos wurden Bienen.

»Was'n das für'n Lärm?« protestierte Thurgia.

»Von hier aus klingt es gut!« schrie Wat, der wie ein Faun hinter einem umgekippten Tisch hochschoß.

»Aber der Große ist doch nicht so laut!« protestierte Thurgia und überschrie das summende Zischen, als die Bienen zu Wespen metamorphierten – und wütend wurden.

»Es liegt daran, daß Ihr so nahe dran seid!« brüllte Wat. »Umkehrung der Rotverschiebung oder so was.« Er verschwand wieder hinter der relativen Sicherheit des Tisches, denn er hatte gesehen, daß ein Schicksalsventil hinter Thurgias Ohr weißglühend anlief.

Vierzig Meter hinter den verstärkten Labortüren latschte ein Stiefelpaar müde durch einen Korridor, denn ihr Besitzer litt an den Auswirkungen einer langen und äußerst langweiligen Reise auf einem Pferderükken. Er schaute sich unglücklich in dem matt beleuchteten Gängen um.

»Willkommen daheim, Phlim«, murmelte er vor sich hin. »Schöne Ferien gehabt? Gutes Wetter? Pah! Ich hätte zu Hause bleiben sollen.«

Das Leuchten des Rucksack-Thaumatrons nahm um mehrere angsterfüllte Lumen zu, als Thurgia den Knopf ein Stückchen weiter drehte. Über ihm zischten und spuckten Funken aus thaumischer Energie. Sie leckten aus dem beschleunigenden magikinetischen Feld an seinem Rücken. Wat – und sogar Phlim – hatten bei zahlreichen Gelegenheiten den Versuch gemacht, die Theorie des Dingsbums hinter seinem Kopf zu erklären, aber er hatte nicht die Bohne von ihrem Gerede verstanden. Andererseits fiel es ihm auch mehr als schwer, *irgend etwas* zu verstehen, das nichts mit den Geistern verstorbener Seelen zu tun hatte, die sich die Leiber Lebender aneigneten, um mit ihnen Schabernack zu treiben.

Ihm fiel ein, daß das ganze Projekt mehr als nur ein bißchen fadenscheinig klang. Es hatte etwas damit zu tun, daß ein Thaumatron so etwas wie ein Zauberring war, nur größer, besser und fast unendlich mächtiger.

Aber dennoch funktionierte es. Der größte Teil der in Losa Llamas stattfindenden Forschung, wenn nicht gar die gesamte, wurde mit Thaumatronenergie betrieben – dem großen neuen achtundzwanzig Terrathaum-Klotz im Keller –, wobei noch haufenweise für die Beleuchtung, die Heizung und all das heiße Wasser übrigblieb, auf das man mit einer Wünschelrute zeigen konnte.

Thurgia musterte den vor ihm befindlichen Block aus fünf Tonnen Marmor, schaute sich das Bild in seiner linken Hand an und ließ nervös die aufgestaute Energie aus dem Gerät frei. Eine Million saphirblaue Hornissen explodierten in einem lungernden Schwarm über ihm, summten, flitzten und stürzten sich dann wie ein Mann auf seine Schädeldecke.

Zehn Meter vor der Tür latschte Phlim weiter. »Als wäre ich nie fort gewesen«, murmelte er. »Die ganze Zeit, einfach weg. Und wie kann ich es beweisen?« Er musterte mit einem grimmigen Blick die fünf Rollen unter seinem Arm und den Haufen Schmutzwäsche in den Handkoffern.

Thurgia zitterte und schüttelte sich nervös unter einem Schauer abprallender thaumischer Partikel. Seine Augen leuchteten in reflektiertem Blau, als die Energie zischend von seinen Brauen sprühte. Er kreischte unbewußt auf, als die Energiewoge zuschlug – ein Millionen-Liter-Schock von eiswasserkalter Unterwäsche.

Noch drei Meter bis zur Tür. »Ich hoffe, das Zeug gefällt ihnen«, murmelte Phlim grimmig in Richtung der Schriftrollen.

Als die Blitze wogten und die zitternde, untersetzte Gestalt Thurgias herumwarfen, riskierte Wat einen Blick über den Tisch. Es funktionierte!

Der Leiter der Dämonischen Besessenheit richtete seine blitzenden Augen auf den Fünftonnen-Brocken und bereitete sich darauf vor, ihn in die Statue eines athletischen jungen Mannes zu verwandeln, genau wie in dem Film. Er bog seine ausgestreckten Hände, formte knisternde Magie, streichelte Energie, liebkoste Thaumen. Mit einem Ruck ließ er die Kraft auf den Stein zuschnellen und schrie auf, als ein Feuerball aus phosphoreszierender Energie auf sein Ziel zuschoß.

Wat duckte sich wieder hinter den Tisch, wartete auf den Hagel heranfliegender Marmorsplitter, der gleich kommen mußte, und hielt den Atem an, bevor die Lawine loslegte.

Thurgia schrie auf, seine Stimme erfüllte den Raum.

Eine Flut fliegender weißer Schrapnelle explodierte aus dem Marmorstein ... und verschwand.

Thurgia sprang unglaublich erleichtert und erfreut auf und ab, als er die wunderschöne Gestalt aus strahlendem Weiß anschaute, deren Marmormuskeln sich unter dem glänzenden Stein kräuselten.

»Schaut es Euch an!« schrie er. »Schaut doch mal! Oh, was für ein Künstler! Ich bitte um Applaus!«

»Nein!« schrie Wat, der nun hinter der Deckung des Tisches hervorsprang. »Nicht in die Hände klatschen! Sonst schließt Ihr Euch kurz!«

Plötzlich ging die Tür auf. »Hallo, Kollegen, ich bin wieder da!« rief Phlim, der sich bemühte, fröhlich zu klingen. »Habt Ihr mich vermißt? Ich habe auch ein Geschenk für Euch.« Und ganz beiläufig, ohne der Szene, die sich vor ihm abspielte, einen Blick zu gönnen, warf er Wat und Thurgia je eine Schriftrolle zu.

»Nein!« rief Wat.

»Na, dann schönen *Dank!*« schnaubte Phlim hochmütig, als die Rolle dem enthaumatronisierten Zauberer Hals über Kopf entgegenflog. »Das nenne ich Dankbarkeit!«

Thurgia streckte eifrig beide Hände aus und klammerte sich an die Luft, während Wat sich bemühte, über den Tisch zu hechten.

Thurgias Hände schlossen sich um die Rolle. Als sich seine Finger um den Zylinder legten, schlossen sich fünfzehn Kilothaum reiner thaumischer Energie in einer blendenden Lichtkorona kurz und krachten mitten durch das Zentrum des pergamentfarbenen Geschenks. Wat legte den Thaumatronknopf um einen Sekundenbruchteil zu spät um und schaltete die Energie ab, als Thurgia entsetzt aufkreischte, die Schriftrolle in eine Ecke flog, ein letzter Energieausbruch freikam und die Arme der Statue knapp über den Ellbogen abrasierte.

»Meine Statue!« quäkte Thurgia.

»Meine Ohren!« rief Wat und rieb sich ein versengtes, schmerzendes Ohrläppchen.

»Mein Wort!« haspelte Phlim. »Es funktioniert!«

Als der Rauch sich verzog und der Schock abklang, zuckte in der gegenüberliegenden Ecke des Versuchslabors Leben durch die Schriftrolle. Eine Ecke aus pergamentfarbenem, altersgetrocknetem Fleisch regte sich. Die Molluske atmete zum ersten Mal seit 85 000 Jahrhunderten. Und spürte blitzartig Geist und Bewußtsein, das sich in klappernder Gefühlsregung irgendwo anklammerte. Sie erinnerte sich an ihre Aufgabe und zählte die Geister. Bum! dachte sie. Es sind zu viele.

Nachdem sie verwirrt ihre nichtexistenten Achseln gezuckt und sich über die neuen Tätowierungen gewundert hatte, die sie sich offenbar in den vergangenen 85 000 Jahrhunderten zugelegt hatte, machte sie sich auf die Suche nach Wasser und ließ ihre Urlippen schmatzen.

Wampert, der im schwachen Licht der späten Morgendämmerung zum Palast lief und die Kiste dabei unter dem Umhang verborgen hielt, nickte dem Torwächter zu, an dem er vorbeieilte. Das Jaulen der gefangenen Verdammnis fiel um einen guten Halbton, als er um die Ecke bog und sich eiligst zum Quartier der Kaiserin aufmachte. Furcht trommelte in seinem Herzen, und er fragte sich, wann genau der persönliche Ablieferungstermin war. Hatte er ihn überzogen? Und würde der fauchende kleine Schatz ihm Taus Gunst zurückgeben?

Ein knappes Stück außer Sichtweite der Wache kamen vierhundert Beine quietschend zum Halten, und zweihundert krallenbewehrte Pfoten packten den Rand des baufälligen Gebäudes, hinter dem sie sich versteckten. Zweihundert Feueraugen funkelten um die Ecke, abschätzend, berechnend. Einhundert dumpfe Knurrlaute erklangen leise, als sie sich vertraulich besprachen, einhundert Köpfe nickten. Dann schlugen sie zu.

Wampert eilte durch den Palast, stopfte seinen Umhang in das Kistengitter und bemühte sich, die heulende Kreatur zum Schweigen zu bringen. Korridore flitzten an ihm vorbei, er erblickte bei seinem irrsinnigen Lauf verschwommen Abzweigungen, bis er, während sich sein Verstand vor Entsetzen und Erregung im Kreise drehte, unangemeldet ins Quartier der Kaiserin hereinplatzte.

Und sofort, als ihn der warme Geruch von Ziegen mit voller Kraft traf, erkannte er seine Narretei.

»Raus, Idiot!« kreischte Kaiserin Tau. Ihr Kopf war gerade oberhalb des versenkten Badeteiches voller Ziegenmilch sichtbar, ihre Augenbrauen verzogen sich bei seinem plötzlichen Eintreten vor Wut. »Niemand tritt ein, während ich ein Bad nehme!« rief sie aufgebracht, explodierte aus der Milch, stand urplötzlich auf und schaute ihn an. Wampert stand da, sah die Tropfen, die in kleinen Strömen über die Länge ihres vollen Kleidpanzers liefen und schluckte.

»Ich … Ich … Für Euch!« stammelte er und hielt ihr die Kiste hin.

»Endlich!« erwiderte sie. »Öffnet sie!« Offenbar hatte sie beschlossen, alle Aktionen gegen ihn so lange aufzuschieben, bis sie gesehen hatte, was sich in der Kiste befand. Sie sprang auf die Treppe, ihre Rüstung hinterließ eine Spur weißer lichtdurchlässiger Tropfen und trug den Ziegenduft noch näher heran.

Wampert spürte, daß sich die Verdammnis wild in der Kiste bewegte. Irgend etwas regte sie auf. Irgend etwas in der Luft.

»Ich hab nicht den ganzen Tag Zeit!« schrie Tau in der größer werdenden Pfütze.

Wampert, dem das Herz nun in der Hose saß, fummelte an dem seitlich angebrachten Verschluß. Soweit war es also nun mit ihm gekommen: Er hatte die Kaiserin in der Öffentlichkeit belogen, er war eingebrochen, er hatte eine unbekannte (und möglicherweise äußerst gefährliche) Kreatur gestohlen und machte sie im vollen Wissen, daß er nicht die Bohne Ahnung hatte, wie selbige auf die Kaiserin und umgekehrt aufeinander reagierten, seiner Herrin zum Geschenk … Jetzt, als er darüber nachdachte, wußte er wirklich nicht mehr genau, ob es eine gute Idee gewesen war.

Hätte der Torwächter geblinzelt, hätte er die schwarzweiße Flut der Verdammnisse möglicherweise übersehen, die mit gefletschten bzw. ausgestreckten Zähnen und Krallen durch das Tor in den Palast strömten. Er hatte es aber nicht getan. Mehrere Später fand man ihn zu einem entsetzten Ball in seinem Wachhäuschen zusammengerollt, wo er sabbernd und anklagend eine halbleere Flasche Fusel anstarrte.

Die hundert Verdammnisse sprangen und tollten durch die Korridore, ihre Pfoten rutschten auf den Marmorböden aus, und sie heulten, als sie sich an scharfe Ecken krallten und ihrem Gefährten hinterherjagten.

»Macht Ihr sie nun auf?« schrie Tau die bebende Gestalt mit der ratternden Kiste an.

Wampert löste den Verschluß. Die Verdammnis explodierte aus der Kiste und beschrieb geifernd und wild bellend einen Bogen durch die Luft, geradewegs auf die Kaiserin zu. Der Rückstoß warf Wampert zurück, er griff aus Gründen des Gleichgewichts nach einem Gobelin und riß ihn von der Wand. Der letzte schreckliche Anblick, der sich ihm bot, war die Verdammnis, die rasend schnell und mit offenem Maul auf die Kaiserin zuschoß.

Eine Sekunde später durchstieß der chaotische Lärm hundert weiterer Bestien, die sich in die Gemächer der Kaiserin ergossen, den Gobelinhügel. Ein Schrei, ein Platschen. Dann ...

Irgendwie war die dichte und schwere Beinahe-Stille, die sich nun herabsenkte, schlimmer als das wilde, heulende Gejaule der Zerstörung eine Sekunde zuvor. Die feuchten, schleimigen Töne der Kreaturen erfüllten sein entsetztes Gehör.

Wampert, aus dessen Poren die Besorgnis troff, gab sich alle Mühe, sich aus den schweren Falten der staubigen Stickerei herauszuwinden und stierte in unaussprechlichem Schreck auf die sich vor ihm abspielende Szene.

Es war der Kaiserin gelungen, eine oder zwei der rasenden Bestien abzuwehren, aber auch sie war von ihrer Anzahl einfach überwältigt worden. Das Haupt des murrhanischen Reiches war nun völlig unter einer Woge umeinander wirbelnder schwarzweißer Leiber verloren, überschwemmt von den Gezeiten schreckenerregender Krallen, Zähne und Feueraugen, und sie … kicherte.

»Nein! Hört auf! Es kitzelt!« quiekte sie, als fünfzig rauhe Zungen fieberhaft die Ziegenmilch von ihrer Rüstung leckten und zwischen die Bambuselemente fuhren. Fünfzig weitere Zungen hatten den Badeteich entdeckt und schleckten fröhlich an der Oberfläche oder sprangen über die drei Marmorstufen in das weiße Becken hinab.

Wampert brach unter dem Gobelin zusammen.

Von dem wild erregten Trio, das durch den Korridor zum Thaumatronraum jagte und randvoll mit der Neuigkeit war, daß das Rucksack-Thaumatron wirklich funktionierte, war Wat der erste, der es erblickte. Und der erste, der sich wünschte, es nicht gesehen zu haben.

Noch nie zuvor in seinem Leben hatte er so eine vollständige Umkehrung der Gefühle erlebt, innerhalb einer Nanosekunde von wildem, aufschreiendem Enthusiasmus zu heulendem, kreischendem Entsetzen. Er schrie auf, wollte zurückspringen, rutschte aus, landete flach auf dem Rücken und starrte geradewegs in die schwelenden doppelläufigen Nüstern eines hundertachttausend Pfund schweren grünen Drachen.

Sein Mund öffnete und schloß sich wie der eines an Land gespülten Goldfisches im Vakuum, als er ein paar Worte zu bilden versuchte. Irgendwelche Worte. Aber er bekam nur »W-w … WAAAH!« heraus und wurde ohnmächtig.

Thurgia und Phlim standen zitternd an der Tür. Sie waren bereit, in alarmiertem Schrecken zu fliehen, als Practz' ruhige Stimme das Summen des Thaumatrons übertönte. »Ist in Ordnung«, sagte er, trat durch den Bauch des riesigen Feuersalamanders und warf einen gedämpften Schatten in dessen Projektion. »Mein neues Spielzeug«, fuhr er fort und schwenkte stolz den Arm. »Gefällt es Euch?«

»Und wie!« schrie Phlim vor Abscheu. »Kaum dreht man Euch ein paar Tage den Rücken zu… und schon laufen Drachen hier herum und lassen die Sau raus. Wenn Ihr mich schon los werden wollt, dann aber bitte nicht so, daß ich mich zu Tode erschrecke, verstanden? Ich steige aus, ich gehe in Pension, ich emigriere…«

»Nein, nein«, sagte Practz besänftigend. »Ich wollte Euch nicht *erschrecken.* Aber Ihr hättet Euer Gesicht sehen sollen…«

Der zu Boden gegangene Wat rührte sich wieder. Er zuckte, öffnete die Augen, schaute auf und sackte erneut zusammen.

»Au weia. Ähm… Schaltet Ihr ihn bitte ab, Mancini?« rief Practz von einer Stelle aus, die sich dicht am linken Bein des Drachen befand. Eine Sekunde später schrumpfte das gigantische Ungetüm zu einem winzigen leuchtenden Punkt zusammen, der einen Augenblick auf der Höhe seines Nabels schwebte. Dann war es weg.

Thurgias Kinnlade sackte herunter, als er Mancini sah. Das Gesicht des KUT zeigte ein breites, selbstzufriedenes Grinsen.

Phlim deutete auf ihn. »Wer, zum…?«

»Ach ja. Das ist Cheiro Mancini. Er versorgt uns mit ein paar Drachen und anderen Dingen.«

»Drachen?« schrie Phlim. Jegliche Farbe wich aus seinem Gesicht. »Ihr wollt Drachen haben? Nach dem ganzen Ärger, den wir schon mit den Fröschen hatten? Das ist doch nicht zu fassen…«

Practz gab Phlim mit einer Geste zu verstehen, er möge schweigen. Dann legte er einen Finger auf seine Lippen, deutete auf Mancini und wackelte mit den Ohren.

Phlim schaute den KUT verdutzt an. »Was soll denn mit seinen Ohren los sein?« fragte er. »Sie sehen doch ganz normal aus.«

Practz schlug sich frustriert mit der Handfläche an die Stirn. »Ohren hören Dinge«, sagte er leise. »Geheime Dinge!«

»Jaaa … Oh …«, sagte Phlim, dem nun dämmerte, daß Mancini keine Ahnung von ihrem schrecklichen Geheimnis hatte. »Aber was haben Drachen mit … ähm … all dem zu tun?«

»Ihr habt wohl zu lange am Strand in der Sonne gelegen«, grunzte Practz. »Soll ich es etwa buchstabieren?«

Phlim und Thurgia nickten.

»Es geht darum, daß ich beabsichtige, eine Reihe von Wachtdrachen zu installieren, damit es nicht noch einmal zu einem Sicherheitsdebakel kommt. Und auf Wat hat es doch wohl gewirkt, oder?« Practz deutete mit dem Daumen auf die bewußtlose Gestalt. »Sollte *irgend etwas* von dem, was es hier gibt, in die falschen Hände gelangen … Nun, *das* brauche ich wohl nicht zu buchstabieren«, endete er grimmig.

Phlim schüttelte sich, als er an die acht Fuß langen Amphibien dachte, die in den unteren Ebenen lauerten. Ihre Augen, Zungen, Zähne!

Abgesehen davon, daß sie im Keller über ein Rudel gnadenlos bösartiger Allwetter-Angriffsamphibien verfügten, war Losa Llamas das Heim der potentiell gefährlichsten militärischen Magiegeheimnisse, die man je zu Papier gebracht hatte. Die Bibliothek wimmelte von ihnen.

Wat setzte sich urplötzlich aufrecht hin und schaute sich in schierer Verdatterung um. »Er ist weg!« sagte er wimmernd. »Er war genau vor mir … Hat irgend jemand einen … einen …?« Da alle ihn anstarrten, errötete er und war sich plötzlich nicht mehr so sicher, ob er das mythische Ungeheuer wirklich erblickt hatte. »Ach was«, fügte er dann in einem Versuch hinzu, sich selbst zu beschwichtigen. »So was gibt's doch gar nicht. Ich bin sicher nur überarbeitet.«

»Ach ja«, rief Practz etwas zu enthusiastisch, da er spürte, daß Mancini sich näherte, und er gern das Thema wechseln wollte. »Wie geht die Sache mit dem Rucksack-Thaumatron voran?« Er wandte sich zu Phlim um und sagte listig: »Er hat, während Ihr fort wart, ziemliche Fortschritte gemacht. Wenn Ihr nicht aufpaßt, wird er Euch noch die Stelle wegnehmen.«

Phlim lächelte unbehaglich. Wat sprang auf und berichtete überschwenglich von dem Verfahren, das er gerade ausgeführt hatte. Er wollte es morgen wiederholen. Alle Gedanken an Drachen verschwanden aus seinem Geist.

Während er vor sich hinschwärmte und die kleine Gruppe wegführte, um ihr das Ergebnis seiner Arbeit zu zeigen, kamen sie an der Wand vorbei, an der unbemerkt etwas entlangglitt, das wie eine animierte Badematte aussah. Es glitt und wogte in seiner Ecke vor sich hin und gab sich alle Mühe, die Beachtung von irgend jemand auf sich zu ziehen.

Oi! rief es telepathisch. He! Ihr Typen! Kommt her! Ich habe eine Nachricht für euch!

Schließlich schlich es, einen uralten und beliebten Trilobitenfluch murmelnd, dem Kühlwasserbecken am hinteren Ende des Thaumatronraums entgegen. Mit einem jahrhundertealten Grunzer ließ sich die Molluske ins Wasser gleiten und blubberte einen Urseufzer der Erleichterung. 85 000 Jahrhunderte zwischen zwei Bädern waren eine lange Zeit. Ohhh, Wonne!

Wonne war so ziemlich das letzte Wort, mit dem man die Szenerie im Keller von Ittos Großvater beschreiben konnte.

Luftangriff hätte der Sache eher entsprochen.

Doch selbst dies konnte nicht einmal einen Bruchteil der Zerstörung beschreiben, die den Lagerraum heimgesucht hatte. Es sah so aus, als hätten sich hundert irrsinnige Elefanten wütend einen Weg durch den zerbrechlichsten aller Porzellanläden gebahnt. Nur sah es noch schlimmer aus.

Die Wand gegenüber den sanft schwingenden Überresten der geborstenen Treppenhaustür war durchbrochen. Ziegel und Putzstaub bedeckten die Trümmer zerdrückter Körbe und zertöpperter Packbehälter. Vierhundert tollwütige Pfoten hatten sie zerschlagen, als deren verdammte Besitzer auf ihrer wüsten Vernichtungsmission in die Nacht hinausgejagt waren.

»Hast du nicht gesagt, sie wären bloß stiften gegangen?« schrie eine vor Grauen fassungslose Stimme.

Itto begutachtete seine Füße, versuchte dem sonnenheißen Blick seines aufgebrachten Großvaters auszuweichen und hielt mit bebender Hand eine einzelne heile Schale hoch. »Aufräumen helfen?«

»Mach dir keine Mühe! Wenn wir sie nicht schleunigst finden, wird dies hier bald der aufgeräumteste Ort in ganz Murrha sein. Wenn jemand dahinterkommt, was sie sind ...« Die Stimme des Großvaters zitterte; er wandte sich um und kämpfte sich durch das von Trümmern erfüllte Treppenhaus.

»So bösartig wie möglich, in Ordnung?« erinnerte Practz Mancini, als dieser das letzte seiner alternden Werkzeuge vor der Bibliothek von Losa Llamas auspackte. »Hier darf um keinen Preis *irgend etwas* reinkommen!« fügte er hinzu.

Es stimmt also *doch.* Es ist hier, schrie Mancinis gieriger Verstand siegreich lechzend.

»Aber natürlich!« gab er zurück.

Er spürte, daß Practz ihn in den wenigen wahnsinnigen Sekunden musterte, in denen er sich zu denken bemühte, und er arbeitete hart, um sich ruhigzustellen und – was noch wichtiger war – die Flammen des Argwohns zu ersticken, die im Blick des Zauberers schwelten.

»Wenn Ihr glaubt... Wenn Ihr... glaubt...« – *Denk nach!* schrie Mancinis wirbelnder Verstand –, »daß das... äh... garstige Vieh im Thaumatronraum gut war, dann wartet nur ab! Ich habe mir in der vergangenen Nacht einige interessante Verbesserungen ausgedacht.« Mancini lächelte Practz so beruhigend an wie nur möglich. Knapp nickte hinter ihm mit begeisterter Zustimmung.

»Ich kann's kaum erwarten!« sagte Practz lächelnd und setzte eine leicht spöttische Miene auf. »Aber ich habe es eilig. Wat muß mir noch sein Rucksack-Thaumatron zeigen.« Er wandte sich zum Gehen.

»Ähm...«, machte Mancini und gab sich alle Mühe, seine Stimme ruhig klingen zu lassen. »Da ist noch etwas...«

Practz wirbelte herum; sein Umhang wischte den Boden des matt beleuchteten Korridors auf, und er hob fragend eine Braue.

»Woher kriege ich die Energie?« fragte Mancini und machte eine Schau daraus, die Wand anzustarren, während die aufgestaute Erregung an seinen Nerven zerrte.

Practz schlug sich an die Stirn. »Hah! Natürlich! Ich Blödling!« Er eilte auf die riesige verstärkte Holztür zu, die in die Bibliothek führte, zog einen Schlüssel aus der Tasche und öffnete sie. »Gleich da hinten, auf der linken Seite. Ihr könnt es nicht verfehlen. Ich muß mich beeilen!« Und schon war er weg.

Mancini und Knapp waren plötzlich allein. Nur das leiser werdende Geräusch von Practz' sich entfernenden Schritten leistete ihnen noch eine Weile Gesellschaft. Sie standen vor der offenen Tür zur Bibliothek von Losa Llamas. In der vergangenen Nacht hatten

Mancinis mentale Kiefer nicht *nur* über Kunst-Umwelt-Technik nachgedacht. Er hatte das leise Geraune der Thaumaturgiephysiker über ihre Geheimnisse durchaus vernommen, die Perlen ihrer leise geäußerten Hinweise aufgereiht, sorgfältig in der Schürze seines Geistes abgelegt und dann nach und nach begutachtet. Er hatte nur noch die beiden letzten ihm bekannten Fakten hinzufügen müssen, und nun … Top! Die Wette gilt!

»Vergiß diesen Augenblick nie, Knapp«, sagte Mancini leise und rieb sich eifrig die Hände. »Hier beginnt unsere Zukunft!« Er tat einen Satz in die Bibliothek hinein.

»Wartet!« quäkte Knapp. »Was habt Ihr vor?« Er gab sich Mühe, Schritt zu halten.

Mancini stand zwischen endlosen Regalreihen und musterte die zahllosen Buchrücken, die sich ins Halbdunkel erstreckten.

»Welche Zukunft?« drängte Knapp und zupfte eifrig an Mancinis Laborumhangärmel.

»Denk nach, Bursche!« raunzte Mancini. »Was ist das Wertvollste, das man haben kann?«

Knapp dachte angestrengt nach. »Äh … Maden! Sie sind echt gut, weil sie Gürteltiere anlocken. Und da Ihr mir eine halbe Kröte pro Gürteltier gebt, das ich …«

»Nein, nein! Etwas noch Besseres.. « Mancinis Stimme wurde leiser, als er langsam in der Mitte der Bibliothek herumschwenkte.

»Mehlwürmer?«

»Nein! Hast du denn gar nichts von mir gelernt?« krächzte Mancini mit einem habgierigen Flüstern. »Gold!«

»Zieht Gold auch Gürteltiere an?«

»Hör zu! Vergiß bitte deine beschissenen Gürteltiere! Der Schlüssel zu unserer Zukunft ist hier verborgen und wartet darauf, daß wir ihn finden.« Ein tückisches Grinsen legte sich auf Mancinis Züge, als er an die

Millionen Kröten dachte, in denen er in Bälde wühlen würde. Nie wieder KUT-Arbeit. Freiheit!

»Bestimmt?« fragte Knapp. Er musterte die von Spinnweben bedeckten Regale mit zweifelnd-finsterem Blick.

»Natürlich! Warum sollte man eine Bibliothek bewachen? Doch nur, wenn sie etwas Wertvolles enthält, oder? Warum sollte man zu seiner Bewachung ein völlig neues Sicherheitssystem erfinden, wenn es nicht etwas bewachen soll, das sehr, *sehr* wertvoll ist? Häh?«

Das Gespräch mit Rutger in der Kutsche segelte über den Strom der Erinnerung gierig in seinen Geist zurück, legte dortselbst flatternd an und spornte ihn an, seine Habsucht in Handeln umzuwandeln. In dieser Bibliothek lagerte das Geheimnis... Das Geheimnis, nach dem er länger strebte, als er sich erinnern konnte. Der Traum des Alchimisten. Mancinis ganzes Sehnen und Trachten.

»Ich brauche nur an diesen Regalreihen entlangzugehen, dann gehört das Geheimnis mir. Das Geheimnis, wie man Blei in leuchtend gelbe, überall gern entgegengenommene Zwanzig-Karat-Schnuckis verwandelt! Gold. Gold! Wo ist ›G‹?«

Während er sich in gieriger Erregung schüttelte, fing er an, die Regale nach uralten Folianten abzusuchen. Er ließ seine Finger über die Buchrücken wandern und sprach lautlos die Themenbereiche an, die, verwirrend in ihrer Unvertrautheit, vor ihm aufblitzten: Gastrognomie... Grimbamborium... Guckkristalle...

Mancini blieb stocksteif stehen, als sein Blick auf den Buchstaben H fiel. Knapp knallte gegen seinen Rücken.

Mancini wirbelte herum, packte seinen treuen Helfer am Kragen und schüttelte ihn. »Es ist nicht da! Nirgendwo wird Gold erwähnt. Nirgendwo!« Panikartiger Frust wallte in ihm auf. »Der Zwerg auf der Kutsche hat doch *gesagt*, daß sie wissen, wie man es macht! Es ist hier irgendwo. Aber wo? Blei in Gold, wo?«

»Wie wäre es mit ›B‹, wie Blei?« schlug Knapp vor, der nun ziemlich blau anlief.

Mancini ließ ihn schlagartig los und fegte durch die Bibliothek. Seine Umhangschöße ließen Staubwolken aufstieben. Er suchte aufgeregt unter B und ackerte sich durch die auf den Buchrücken angegebenen Titel.

Doch das Ergebnis war nur ein weiterer staubiger Finger und der Ansatz von Kopfschmerzen.

Elend überflutete ihn. Es stand weder unter G, noch unter B! Mancini sank gegen die Wand, nahm sein Kinn in die Hände und stierte die Regale an, die sich durch das Zwielicht erstreckten. Wo in dieser idiotischen Sortiererei konnte er wohl das Geheimnis ... das Geheimnis ...

Im Jammertal seines Hirns funkte die vage Erinnerung an seine ersten alchimistischen Versuche auf. Natürlich! Das Geheimnis der Transmogrifikation!

Sekunden später saugte sich sein Blick an etwas fest, und er las unter T ungläubig bebend den stumpfbraunen Rücken eines Wälzers ab: *Transmogrifikation: Alles, was Ihr je in etwas anderes verwandeln wolltet, aber aus Angst nicht zu wagen versucht habt.*

Eine Gottesanbeterin hätte das Buch nicht schneller aus dem Regal reißen können. Mancini blätterte aufgeregt die pergamentenen Seiten durch. Die Verwandlung von Blei in Bleistifte ... von Blei in Bleirohre ... Blei in Gold! Er wurde beinahe ohnmächtig.

Während Mancini eifrig seinen Traumwälzer studierte, schwabbelte ein Etwas, das ungefähr so geformt war wie eine Gummimatte, in die Bibliothek. Der Kühlwasserbottich, so wundervoll erfrischend er auch gewesen war, war für eine Molluske leider nicht das richtige. Frischwasser allein reichte einfach nicht aus. Das uralte Geschöpf sehnte sich nach den wellenförmigen Bewegungen eines klaren lauwarmen Meers, an dem auf Meilen unbetretenen goldenen Sandes Palmen wuchsen. Sie mußte dieser dumpfen unterirdischen Welt entkommen.

»Habt Ihr es gefunden?« krächzte Knapp und rieb, Mancini folgend, sich den Hals. Es war nur eine rhetorische Frage, denn die Art, wie der KUT den Wälzer an sich preßte und in die mittlere Ferne stierte, sprach Bände.

»Gold«, hauchte Mancini, während sich sein Geist berechnend im Kreise drehte. Was sollte er nur mit dem ganzen Gold anfangen? Seine Gedanken schwammen durch ein von strahlend weißem Sand eingefaßtes idyllisches Tropenmeer. Er sah eisgekühlte Cocktails und ein Rudel lasziv gekleideter Mägdeleyn ...

Im telepathischen Zentrum der Molluske blitzte erregtes Leben auf, als sich ihre lange vernachlässigten Jagdinstinkte reaktivierten. *Irgendwo* in der Nähe dachte *jemand* über *etwas* nach, das dem Paradies sehr ähnlich war.

Hallo! rief sie auf neuronalem Wege. Hör mal, ich hab 'ne Botschaft für dich! Sie schwabbelte eifrig auf Mancini zu.

Mancini knallte den Wälzer plötzlich zu und schob ihn wieder ins Regal zurück.

»Habt Ihr es nicht gefunden?« sagte Knapp ächzend und trat zurück, da er sich fragte, welchen Teil seiner Anatomie Mancini in seiner Frustration als nächstes attackieren würde.

»Aber ja! Es ist alles klar!«

»Dann steckt es in meinen Sack«, drängte Knapp und öffnete denselben eifrig.

»Sei doch nicht blöd! Wenn wir das Buch jetzt stehlen, wird man uns erwischen.« Mancinis Geist hatte nur einen Gedanken. »Sie werden uns durchsuchen.« Er streichelte liebevoll den Rücken des Folianten. »Ich bin bald wieder da«, versprach er ihm. »Zwar nicht heute oder morgen, aber bald! Ha, wir beide werden noch so manches Ding zusammen drehen!«

Die Molluske spürte Spannung. Da war jemand!

Mancini streichelte das Buch noch einmal zum Abschied, dann ging er hinaus, und in seinem Hirn wirbelten intrigierende Dämonen, Berechnungen und schräge Züge. Knapp eilte verwirrt hinter ihm her.

Die mentalen Lauscher der Molluske verstanden die Worte nicht, sondern nur die Emotionen. Doch sie wußte instinktiv, daß es hier einen Ausweg gab, ein Ende, eine Chance, sich aufs Altenteil zurückzuziehen und in Würde alt zu werden.

Sich ans naßkalte Holz klammernd, schwabbelte die animierte Badematte das Regal hinauf und glitt unter den Schutzumschlag eines Folianten.

»Seine rotierende Königliche Hoheit, König Vyrnwing von Froul*, und Beanoh«, rief der Haushofmeister, als ein gigantischer Albino-Elefant in den kaiserlichen Ballsaal von Murrha stampfte. Der bemerkenswert unbe-

---

* Je nachdem, welchem Kalender man zu glauben beliebt, rotierten die Herrscher von Froul nun entweder seit 63 oder 586 Jahren.

Nachdem der letzte froulische Kaiser beim Wetzen seines Lieblingskatzendolchs einem Unfalltod erlegen war, hatte man sich nach diversen blutigen Wahlkämpfen und einer Flut ziviler Tumulte und Staatsstreichversuche entschieden, den nächsten Kaiser aus den dreizehn Königen des Staates zu erwählen. Jeder sollte jeweils einen Monat lang auf dem Thron sitzen. Die Unannehmlichkeiten des froulischen Kalenders, der mit dem der restlichen ›Kulturen‹ in keiner Weise übereinstimmte, wurden durch das Einsparen an Verbandmateriallieferungen und den alle naselang stattfindenden Ordensverleihungen mehr als kompensiert.

Seither herrschte in Froul ein nervöser Friede. Na ja, es hatte zwischen den Staaten kleine Kriege, dann und wann einen Königsmord, ein halbes Dutzend Invasionen und belanglose Enthauptungen kompletter Königsfamilien gegeben, aber das war natürlich zu erwarten.

Die Anzahl der rotierenden Könige sank im Laufe der Jahre schrittweise auf drei.

Das Ergebnis: der froulische Kalender ist dem der übrigen Welt nun um 1505 Jahre voraus. Aber bald werden es mehr sein.

deutend aussehende Herrscher winkte, um die Woge der Apathie zu beantworten, die in seine Richtung rumpelte, freudig vom Rücken des Tiers herab. König Vyrnwing kam *immer* mit Beanoh zum jährlichen Haustierball der Tyrannenvereinigung. Falls seine Herrschaft so fantasiereich war wie seine animalischen Begleiter, stand ihm nicht das Recht zu, sich Tyrann zu nennen.

Mit einem raschen Tritt in die Nieren des Mahaut jagte der froulische Herrscher den alternden Elefanten auf die kaiserliche Ehrentribüne zu. Das Kinn sackte ihm herunter, als die Menge sich teilte, um Kaiserin Tau zu enthüllen.

Sie bot einen unglaublichen Anblick.

Sie saß hochaufgerichtet auf einem diamantenbesetzten Thron und glitzerte im prächtigen Purpurpaisleymuster ihrer Tscha-Nell-Partyrüstung mit Dornenknieschonern. Ihr pechschwarzes Haar war gestärkt und zu einer Korona aus zischenden murrhanischen Quastenvipern gefärbt, die ihre zu wilden Mungos frisierten Augenbrauen umgaben. Kitty, ihr Lieblingsfreizeitkatana, lag unter einem schimmernden Wasserfall von Waffen, die aus einem gelben Ledergurt ragten, nonchalant auf ihren muskulösen Schenkeln. Ein dazu passendes Speerfächerpaar krönte ihre Schultern, nur wenige Zoll von den langen, dünnen Strängen des kaiserlichen Staatsschnauzbarts entfernt, der perfekt an ihrer steifen Oberlippe klebte. Jede ihrer zeremoniellen Titanium-Zehennagelerweiterungen war zu blitzender Schärfe geschliffen und leuchtete bösartig zwischen den Bändern ihrer Edelstahlsandalen.

Die thronende Kaiserin war von einem fuchsteufelswilden lebendigen Teppich aus einhunderteins der tückischsten, rotäugigsten, schwarzgeflecktesten Kreaturen umgeben, die je über … nun ja, fast alles gelaufen waren. Die rasiermesserscharfen Zähne der Bestien waren gebleckt, ihre Krallen traten offen hervor, die Augen funkelten furchterregend.

Für alle Gästetyrannen auf dem jährlichen Wohltätigkeitsball war das Erscheinen von Kaiserin Tau und ihrer einhunderteins Verdammnisse extrem anmaßend. Keine Frage, daß ihr die Rosette des Ersten Preises zustand.

Doch für den entsetzten General Zakkik und seinen Kollegen Admiral Trillefitz war dies noch längst nicht alles. Es kam noch viel mehr. Nicht nur, daß Rak Narrök der Unlaxe aus dem Bergkönigreich Khutsk sein mit Echsenblut gefülltes Trinkhorn fallen ließ und sich mit einem Aufschrei vor die Füße der Kaiserin warf, um sie anzuflehen, irgendeinen Teil ihres Körpers in gottloser Geilheit abschlecken zu dürfen. Es lag auch nicht daran, daß sie noch nie zuvor jemanden gesehen hatten, der so schnell auf die Beine sprang wie die einhunderteins Verdammnisse. Es war nicht mal die überraschend geringe Menge, die von Narrök übrigblieb, nachdem die Verdammnisse ihre Krallen abgewischt und sich die Zähne gereinigt hatten. Nichts davon machte allzuviel Eindruck auf die kampfgestählten murrhanischen Kriegsveteranen.

Was die Gastgeberin des diesjährigen Wohltätigkeitsballs der Tyrannenvereinigung so furchterregend machte, so absolut einmalig und in der Geschichte des murrhanischen Imperialismus so schrecklich anzusehen, war die Tatsache, daß sie – Kaiserin Tau – lächelte!

Während der schwer gepanzerte Unterdrücker vorsichtig mit der schwerbewaffneten Diktatorin Walzer tanzte und die übertrieben leibbewachte Despotin verschlossen mit einem machthungrigen Militär stechschrittete, lächelte Kaiserin Tau und streichelte die größte Verdammnis liebevoll hinter ihren spitz zulaufenden Ohren. Den Musikanten fiel es schwer, sich angesichts des tiefen Baßgrollens der feindseligen Zufriedenheit der Kreatur Gehör zu verschaffen, die sich knurrend auf den Rücken legte, um sich am Bauch kitzeln zu lassen. Auch den Horden der Paparazzi-Reporter fiel es schwer, aus der ihrer Meinung nach sicheren Ferne Bilder zu malen, die gut genug für die rivalisierenden Nachrichtenbullen waren.

Aber der Kaiserin Tau war es schnurz. Und Wampert, genau in diesem Moment in den tiefsten Grüften der Kaiserlichen Murrhanischen Marmorsteinbruchsgesellschaft (Abt. Sklaven), ebenso. Erst Stunden zuvor hatte man ihm die Fußeisen um die Knöchel gelegt. Er musterte sein Gesicht in einer winzigen Spiegelscherbe und lächelte.

Tau war von den Verdammnissen im wahrsten Wortsinne so überwältigt worden, daß sie den verspäteten Ablieferungstermin ignoriert und offenbar auch nichts dagegen hatte, daß das Augenrot der Verdammnisse nicht im geringsten zum Purpur ihrer Partyrüstung paßte. Sie war sogar so milde gestimmt gewesen, daß sie Wamperts Urteil aus der Faultier-Affäre aufgehoben hatte. Er stieß einen dumpfen Seufzer der Erleichterung aus und lächelte erneut. Fünfzehn Jahre schwere Zwangsarbeit... O Wonne! Es hätten ja auch zwanzig werden können. Es war ihm schnurz. Er drehte die Spiegelscherbe ein Stück, drückte sein gelbes Barett in einen unbeschwerten Winkel und schwoll vor Stolz an. Er hatte ein Gu-Tschi-Barett *und* Ohren. Das Leben war schön. Na schön, so modisch provokant die schwarzweiß gestreifte Sträflingskleidung auch sein mochte, solange er noch ein Gu-Tschi-Barett auf dem Kopf hatte, spielte alles keine Rolle.

DAS PECH, ERNSTL ZU SEIN

Cheiro Mancini breitete seine braunbehandschuhten Hände auf der Tunnelwand aus wie ein eifriger Gecko bei der nächtlichen Partnerjagd und peilte um die dunkle Ecke. Er blinzelte mit einem zuversichtlichen Grinsen in die Düsternis des nur vom mattblauen Leuchten seines Stabes erhellten verwickelten Labyrinths vertrauter Gänge.

»Ich habe doch gesagt, daß ich zurückkomme«, flüsterte er stolz vor sich hin. »Und hier bin ich. Mit einer Überraschung!« Es war eine rhetorisch gemeinte Erklärung, doch Knapp ertappte sich dabei, daß er in der Finsternis nickte.

Gleich um die Ecke, wie Mancini es exakt prophezeit hatte, stand die lässige Masse eines einzelnen gewaltigen Wächters. Mancinis mentale Fingernägel kratzten über seinen Gehirnkasten, und er erschauerte, als er in ihm Ernstl erkannte.

Perfekt, dachte er. Perfekt!

Er peilte auf die autoilluminierte Handgelenk-Sonnenuhr und zählte die Bogensekunden. Er hatte sie von dem Gold, mit dem Practz ihn so großzügig versorgt hatte, speziell für diesen Job erstanden. Drei, zwei …

Ernstl zuckte ergeben die Achseln, hievte sich in eine aufrechte Stellung und latschte den Rest seiner Runde ab. Das Leben, dachte er träge, ist wirklich ein zu Kopf steigendes Gewirbel nie dagewesener Aufregung.

Mancini grinste noch einmal teuflisch, dann machte er eine Geste in Knapps Richtung, und ihm wurde ein schwerer Socken mit nassem Sand gereicht. Er pirschte leise um die Ecke, jagte hinter dem Losa Llamanischen Wächter her, drosch Ernstl mit einem Übelkeit erzeugenden Knirschen auf den Hinterkopf und sprang beiseite. Der umfangreiche Wachmann blieb auf der Stelle stehen, wankte kurz und fiel dann wie eine uralte monolithische Statue vornüber. Knapp widerstand irgendwie der Verlockung »Holzkopf!« zu schreien. Statt dessen hatte er wenige Sekunden später zwei Ellen Seil aus dem Sack gerissen, warf eine davon Mancini zu und war schon im Begriff, den unglücklichen Ernstl so rasch und so fest wie nur möglich zu fesseln.

Augenblicke später eilten die Eindringlinge zum Klang unhörbarer Schritte durch den Korridor und jagten aufgeregt eine steinerne Wendeltreppe hinab. Mancini zählte die Ausgänge, als sie tief in den gewaltigen Komplex der Tunnels vordrangen, aus denen Losa Llamas bestand; sie waren zwei magische Kugeln, bewaffnet und zu allem bereit.

»Siebenundzwanzig … achtundzwanzig … Hier. Dort entlang«, hauchte Mancini und deutete mit seiner Stablampe in die Düsternis eines Ganges.

Er fegte um die Ecke. Knapp folgte ihm auf dem Fuße. Ihr weichbesohltes Schuhwerk wirbelte winzige Staubwölkchen auf. Ihre Nerven lagen blank und lauschten dem kleinsten unerwarteten Geräusch.

Plötzlich hielt Mancini quietschend an. Seine Füße legten panisch den Rückwärtsgang ein, als hätte sich vor ihm im Korridor ein bodenloser Abgrund aufgetan. Knapp knallte mit vollem Karacho gegen Nancinis Rücken, schob ihn mehrere Zoll voran und verschrammte sich die Nase.

»Warum habt Ihr das getan?« knurrte er und rieb sich gereizt seinen Zinken.

Mancini hob den Stab und richtete das dunkelblaue Licht in die vor ihnen liegende Düsternis. Knapp trat vorsichtig vor und blickte verwundert auf den bodenlosen Abgrund, der hungrig vor seinen Füßen gähnte. Konstruierte Ränder stürzten von ihm fort, verschwanden in bodenloser Schwärze, und nirgendwo war ein Sims, der um ihn herumführte. Zum Springen war es zu weit. Unmöglich.

»Ich erinnere mich nicht daran, daß er hier war«, grunzte Mancini und peilte in den Abgrund.

»Ihr glaubt doch nicht, daß ich eine Leiter in meinem Sack habe, oder?« fauchte Knapp und wühlte in seinem Sack herum. »Ich glaube, ich habe vergessen, eine einzupacken.«

»Wie wunderschön er ist«, sagte Mancini bewundernd.

»Habt Ihr den Verstand verloren?« flüsterte Knapp. »Es ist eine Katastrophe.« Er schaute mit zusammengekniffenen Augen wie ein Schlüsselloch-Geophysiker in die Gedärme der Erde. »Da kommen wir nicht hinüber! Ich dachte, Ihr hättet all diese Dinge aufgezeichnet!«

»Habe ich auch«, sagte Mancini nachdenklich. »Ich erinnere mich nicht, schon mal hier gewesen zu sein.« Er erblickte eine leichte Chrominenzverzerrung auf der anderen Seite. »Ha! Sie haben ihn verlegt!«

»Was? Ist es einer der Abgründe, die Ihr gemacht habt? Ein PET-Abgrund?«

Mancini grinste, machte sich die geistige Notiz, das Realitätsschloß zu überprüfen, und trat mit der sicheren Zuversicht, nichts zu glauben, was sein Auge erblickte, ins Nichts hinaus. Tja, warum sollte er irgendwas glauben? Er hatte den PET-Abgrund vor zwei Wochen selbst erschaffen und passend gemacht. Nicht hier, wie er sich erinnerte, aber das spielte keine Rolle.

Seine Phantasie hatte in den Schnellgang geschaltet, um das umfassendste Sicherheitssystem aller Zeiten zu entwickeln, nachdem er die wissenschaftliche Kunst des Erschaffens erlernt hatte. Neben PET-Abgründen hatte er riesige PET-Steine installiert, die rollend durch die Gänge poltern sollten, um unachtsame Einbrecher mit dem Zerschmettertwerden zu bedrohen. Und dazu PET-Dämonen, die aus versteckten Ecken hervorbrachen und vergiftete, stachelbewehrte Zungen ausfuhren, und PET-Einhörner, die bereit waren, jederzeit aus den Wänden hervorzubrechen und sich an die Verfolgung jedes Invasoren zu machen. Ihre Hörner funkelten bedrohlich, ihre Hufe waren zum Zertreten bereit…

Aber das Wunderbare und Phantastische daran war, daß er wußte, daß sie nicht echt waren! Was für eine Achillesferse! Er gratulierte sich stolz zu der Tatsache, daß er ganz einfach durch sämtliche psychologischen Barrieren schreiten und sich geradewegs in die Bibliothek begeben konnte, zu seinem Preis, der Garantie eines Vermögens! Er grinste den Abgrund an, plazierte einen Fuß rechtwinklig mitten in die Luft, wo er den echten Boden erwartete, schrie auf und fiel.

Eine kleine Staubwolke spritzte rings um ihn auf, als er in einer nur allzu realen, zwei Fuß tiefen Rinne landete und sich den Knöchel verdrehte. Sein Adrenalinspiegel schoß durch die Decke, als er Staub ausspuckte und in uraltem Venashtisch eine Reihe von Flüchen vom Stapel ließ. Verdammte Zauberer-Stümper! Waren sie denn nie mit dem zufrieden, was man ihnen lieferte?

Hinter ihm würgte Knapp, um das schallende Gelächter zu bezähmen, das in seiner Luftröhre nach Freiheit rang.

Mancini blitzte den Burschen mit einem finsteren, von Dolchen und wirbelnden Säbeln wimmelnden Blick an, machte sich die geistige Notiz, sich seiner später anzunehmen, und kletterte am anderen Ende des Abgrunds heraus.

Knapp zog einen langen Knüppel aus seinem Sack, tastete wie ein blinder Seiltänzer nervös den Boden ab und kämpfte bei jedem Schritt gegen die Höhenangst.

Mancini warf einen raschen Blick auf seine Sonnenuhr. »Beeil dich«, knurrte er und versetzte Knapp eine Ohrfeige. »Die Zeit läuft uns davon!« Wie weit ist es noch? fragte er sich, als er durch den Korridor eilte. Der dritte links ... der zweite rechts ...

Halb rennend, halb hüpfend, eilte Mancini um eine Ecke und wäre beinahe mit dem größten Drachen zusammengeprallt, den Knapp je gesehen hatte. Er stand in grünem Leuchten da und füllte den gesamten Tunnel aus. Rauchwölkchen drangen träge aus seiner Qualmdrüse, als er die Eindringlinge ins Visier nahm und im Kopf den Hitzeausstoß berechnete, den er brauchte, um sie auf der Stelle zu verbrennen. Ein dumpfes Knurren entrang sich seiner Kehle, als der säuregestützte Hitzeumwandler aktiviert wurde.

Mancini fing an zu schwitzen. Knapp wimmerte. Der Drache machte einen Satz nach vorn. Sein Kopf zuckte vor, die Kiefer krachten wenige Zoll über dem spitz zulaufenden Lederhut des KUT zusammen. Dazu hatte er ihn doch gar nicht programmiert! Und die Hitze ... War er *echt?* Oder eine Imitation? Hatte Practz gelogen, als er gesagt hatte, er habe nie einen Drachen besessen? Mancini quiekte, warf sich zur Seite und rollte sich fort. Der Drache wirbelte in einem Kohlenwasserstoffblitz hinter Knapp her, sein Hals bog sich gewaltsam in dem beengten Tunnel.

Erst jetzt erspähten Mancinis Adleraugen, daß er im Staub keine Fußabdrücke hinterließ. Er war fast perfekt, er hätte sogar ihn beinahe gefoppt.

Mancini stand auf, grinste breit vor sich hin und kicherte über Knapps Gesichtsausdruck. Sechs-Fuß-Kiefer mahlten nur wenige Zoll von Knapps Hals entfernt. Mancini fixierte den Drachen mit festem Blick und trat vorwärts, hinein in den Hagel der schlitzenden Krallen und Zähne. Eine Sekunde später war er, zu Knapps äußerster Verwunderung, verschwunden.

Ein PET-Drache! Projizierte empathische Transmission – das Neueste in Sachen virtueller Sicherheit. Er hätte es wissen müssen!

Als Mancini hinter dem Drachen wieder im Tunnel

auftauchte, winkte er Knapp zu und eilte weiter. Knapp fluchte rasch und sehr eindrucksvoll, hielt die Luft an, schlang sich die Arme um den Kopf, schloß die Augen und wetzte auf den um sich schlagenden Drachen zu. Nachdem er zweimal von der Steinwand abgeprallt war, beschleunigte er seine Schritte, fegte in schneller Folge an mehreren Türen vorbei und blieb schließlich rutschend und aufgeregt vor einer großen Eichentür stehen. Die ganze Sache machte ihm allmählich mehr Spaß, als er erwartet hatte.

»Also los, komm her«, brummte Mancini. »Her damit.« Er musterte die Tür mit finsterer Miene. »Sie ist verschlossen. Schnell, schnell!«

Knapp zog ein Eisenkästchen aus seinem Sack, schüttelte dessen Inhalt flugs hin und her und überreichte ihn Mancini mit einem listigen Grinsen. Der KUT warf ungefähr dreißig Hyperbohrer auf den Türgriff und trat zurück. Ihre rasiermesserscharfen Kiefer leuchteten im dunkelblauen Licht seines Stabes kurz auf, zuckten, als sie Holz spürten, und verschwanden in einer kreischenden Fontäne aus Sägemehl. Mit insektenhafter Erregung attackierten die Hyperbohrer die Türoberfläche und illustrierten perfekt das Ergebnis, das mehrere Generationen thaumisch erhöhter Inzucht auf den gemeinen Holzwurm ausüben konnten. Kuck mal, wie sie rennen! dachte Mancini stolz, als die Holzwürmer in einem Hagel von Holzspänen unter die Oberfläche abtauchten.

Während sie arbeiteten, kramte Knapp in seinem Sack herum, entnahm ihm eine schrottig aussehende Ansammlung von Drähten und Kreidestücken sowie zwei rosafarbene psychoterrine Kristalle, paßte selbige in ihre Halter ein und wartete darauf, daß Mancini das Gerät einschaltete.

Die Kristalle waren Knapps beste Erwerbung seit vielen Wochen. Ein stolzer Schauer durchpulste ihn, als ihm Mancinis Gesicht einfiel, als er sie erstmals in

Venasht gesehen hatte. Zwei der größten psychoterrinen Kristalle aller Zeiten, makellos und perfekt aufeinander abgestimmt. Mancini hatte nicht lange gebraucht, um sie mit dem leicht verstimmten Ausstoß eines Stereo-Empathie-Kraftverstärkers zu verbinden und die Energie hochzudrehen. Er hatte erregt zugeschaut, als die Bilder einander zu stützen begannen, positiv aufeinander einwirkten und das erste PET mit Masse hervorbrachten. Innerhalb einer Woche hatte er es so frisiert, daß es stabil genug war, um sich dreidimensional zu zeigen, und entscheidend war, daß es kleine Gegenstände transportieren konnte. Auch der Rest seines Plans hatte nicht lange gebraucht, um sich bequem zusammenzufügen... In wenigen Augenblicken war der Preis sein!

Mit einer raschen Fingerbewegung und einem leisen Summen leuchtete der Empathie-Kraftverstärker auf. Mancini zwinkerte der massigen Gestalt zu, die im Korridor erschien, wandte sich dann wieder der Bibliothekstür zu und rappelte ungeduldig an der Klinke.

Plötzlich wurde er sich eines dumpfen Rumpelns an seiner linken Seite und eines panischen Zerrens am Ärmel seines Umhangs bewußt. Er drehte sich instinktiv um und peilte durch das Licht seines Stabes mit zusammengekniffenen Augen auf den bleichgesichtigen Knapp, der entsetzt in die Finsternis deutete. Dann sah Mancini es auch. Ein riesiger runder Stein fegte durch den Gang auf sie zu, nahm Tempo auf, blockierte den gesamten Korridor und ließ ihnen keinen Raum mehr zur Flucht. Mancini schüttelte sich, Eiszapfen des Grauens liefen über den Gletscher seines entsetzten Rückgrats, als Tonnen von Gestein in der Absicht vorwärtsdonnerten, sie an Ort und Stelle zu zermalmen. Er ratterte an der Klinke der Bibliothekstür und wurde sich schlagartig der Veränderungen bewußt, die die Thaumaturgiephysiker vorgenommen hatten. *Hier* hatte er ganz eindeutig *keinen* PET-Felsen installiert. Hatten sie nur einen der seinen an einen anderen Ort verlegt? Oder war der rasch beschleunigende Fünfzigtonnen-Granitblock echt?

Mit einem entsetzten Zusammenzucken wurde ihm klar, daß er viel zu lange über diese Frage nachgedacht hatte. Der Stein war zu nahe, um ihm jetzt noch zu entkommen. Er schoß auf sie zu, willig und bereit, sie zu seinen ersten Opfern zu machen. Aufwallendes Adrenalin zischte durch Mancinis Körper und aktivierte seine Beinmuskeln. Er flog herum, hob die Knie, um zu fliehen, und stolperte über Knapp. Im gleichen Moment erreichte das holperig rotierende steinige Gerumpel seine Höchstgeschwindigkeit und schlug gegen seinen Körper. Mancini öffnete den Mund, füllte seine Lunge mit Luft und brach zusammen – während der Stein geradewegs durch ihn hindurchrollte.

»Schweinebande!« fluchte er, während Knapp zu seinen Füßen vor sich hinwinselte. »Dreimal verfluchte Arschlöcher! Das werdet ihr mir büßen!« Er riß sich mit ungeheurer Willensanstrengung zusammen und hoffte, daß die Hyperbohrer nicht ebenso entsetzt auf den PET-Felsen reagiert hatten. Während sich seine Furcht langsam in Ärger verwandelte, blickte er auf den Sägespänehaufen, der sich auf dem Boden vor der Tür gebildet hatte. Eine Sekunde später hatte er den gesamten Griff samt Zapfenloch und Schloß in der Hand. Die Tür schwang lautlos auf, und er pirschte in den Raum hinein, in den zu gelangen er alles aufgeboten hatte.

Sein Ziel! Die Bibliothek von Losa Llamas. Die größte Lagerstatt magischen Wissens in Praxis und Theorie, das man auf der ganzen … Nun ja, überall kannte. Eine ungeheure Wissensansammlung, die potentiell so gefährlich war, daß sie von Thaumaturgiephysikern bewacht werden mußte.

Und die in den Schutzumschlag eines Buches mit dem Titel *Transmogrifikation: Alles, was Ihr je in etwas anderes verwandeln wolltet, aber aus Angst nicht zu wagen ver-*

sucht habt gepreßte uralte, in etwa so wie eine Badematte geformte Kreatur spürte, daß das Ende ihres Wartens gekommen war.

Mancinis Herz klopfte heftig, als er die Regale zum zweiten Mal absuchte. Sie summten beinahe vor gesammeltem Intellekt. Er hingegen surrte vor Habsucht. Sein Finger fuhr an einem Regal entlang, streichelte die Buchrücken, liebkoste die Umschläge. Wie lange hatte er auf diese Gelegenheit gewartet und nach einem Bruchteil des hier gelagerten Wissens gelechzt. Ein Zauberspruch, und er hatte ausgesorgt. Da war es ja, in dem Regal mit dem Buchstaben T. Blitzschnell war das Buch in einer dunklen Falte seines Umhangs verschwunden.

Plötzlich ein Klicken. Kontakt. Ein Dammbruch weißen Lichts durchflutete die Bibliothek und vertrieb die Schatten in Sekundenschnelle. Applaus wurde hinter den Regalen laut. Gratulierender Jubel vermischte sich mit dem Wolfsgeheul echter Bewunderung.

»Gut gemacht!« rief ein lächelnder Mann, verschob eine Perle auf dem merkwürdig geformten Gerät an seinem Arm und rechnete etwas auf dem Gelenkabakus zusammen. »Drei Stunden! Ich muß gestehen, ich habe nicht geglaubt, daß Ihr es schaffen würdet! Nach all den Veränderungen, die wir vorgenommen haben ...«

»Es war eine prekäre Situation«, gab Mancini, äußerlich gelassen, doch innerlich schlotternd, zu. »Ihr habt manche Dinge frisiert. Beispielsweise habt ihr den Abgrund verlegt. Und dann der rollende Stein!«

»Natürlich«, grinste Practz. »Keine Respektlosigkeit vor Eurer Arbeit, aber wir konnten nicht widerstehen, eine kleine ... äh ... Verbesserung vorzunehmen. Wie gefällt Euch Flambé?«

»Was?« grunzte Mancini.

»Der Drache!« sagte Practz stolz.

Knapp wimmerte.

»Das Ding? Wie habt Ihr ihn so groß gemacht?« krächzte Mancini mit vor Bewunderung zitternder

Stimme. »Gewiß habt Ihr den Vor-Empathie-Kraftverstärker frisiert. Es muß wenigstens einer aus der zehnten Malpinreihe sein.«

»Jau!« sagte Phlim grinsend und wischte sich eine braune Haarsträhne aus den Augen. »Außerdem habe ich die psychoterrinen Kristalle ausgetauscht. Wir kennen jetzt eine Methode, sie größer werden zu lassen! Und wir setzen enge Toleranzduos für eine verbesserte 3-D-Bilddarstellung ein.«

»Was? Ich muß doch sehr bitten! – Ihr werdet mich noch brotlos machen«, beschwerte sich Mancini, dessen Handflächen schwitzten, als er dachte: Na und? Ich hab's trotzdem geschafft! Ich hab das Buch! »Wenn die Leute sehen, was Ihr hier habt, will niemand mehr meine PETs haben!« fügte er schnell hinzu.

»He! Niemand macht PETs wie Cheiro Mancini«, sagte Practz grinsend und klopfte ihm auf den Rücken. »Wenn Ihr sie herstellt, wirken sie fast wie lebendig. Außerdem wird niemand, der seinen Fuß hier hineinsetzt, die Sache publik machen. Dieser Ort wird in Bälde völlig diebessicher sein.«

Zu spät! dachte Mancini und verbiß sich ein Grinsen.

Plötzlich tauchte Rutger neben Practz auf. »Verzeiht, aber das Buffet für die Feier ist fertig. Wenn Ihr bitte mitgehen wollt?«

»Schon?« brummelte Practz. »Danke, Rutger.« Er wandte sich an Mancini. »Nun, ich glaube, ich kann sagen, daß unser neues Sicherheitssystem voll einsatzbereit ist. Stimmt Ihr mir zu?«

»Es gibt noch ein kleines Problem mit dem Realitätsschloß auf dem Abgrund in Ebene 28 … und der Drache ist viel zu furchterregend!« sagte Mancini. Er verzog das Gesicht zu einem nervösen Grinsen.

Practz und Phlim lachten und klopften ihm auf die Schulter.

»Das Essen ist fertig!« rief Rutger.

»Dann gehen wir futtern«, sagte Mancini zustimmend

und setzte sich auf dem Sägemehlhaufen in Bewegung, der zuvor eine Tür gewesen war. »Tja, tut mir leid«, entschuldigte er sich. »Mit Schlössern konnte ich nie gut umgehen. Vielleicht steht hier beim nächsten Mal eine Steintür?«

»Steintür? Pah! Uns schweben ganz andere Dinge vor«, sagte Practz lächelnd und tippte sich seitlich an die Nase. »Daneben sieht Granit wie Schmelzkäse aus!«

Als Mancini und Knapp in den Korridor traten, legte sich eine massige muskulöse Hand auf die Schulter des Kunst-Umwelt-Technikers. »Ähem!« machte eine Stimme, so daß Mancinis Socken schlotterten. »Ich glaube, Ihr habt da noch etwas, das uns gehört, Herr!« sagte Ernstl knurrig und stierte bedeutungsvoll die Innentasche von Mancinis Umhang an.

»Was *meint* er?« sagte Mancini mit einer Stimme, die in seinen eigenen Ohren weit weniger überzeugt klang.

»Buch!« fauchte Ernstl.

»Aber nicht doch!« jammerte Mancini so unschuldig, wie es ihm über die Lippen kam. »Hier drin? Ich…« Er kramte in der Tasche herum, dann zog er mit dem theatralischen Gesichtsausdruck eines schwer geprobten Schocks das Buch hervor. »Wie ist es denn *dort* reingekommen?«

»Her damit!« knurrte Ernstl. Hinter ihm im Gang wurde ein Rumpeln laut.

Cheiro Mancini errötete, dann rückte er es heraus.

»Na so was! Klebrige Finger!« grunzte Practz, als Ernstl in der Bibliothek verschwand und der PET-Felsen weiterrollte.

»Ich, äh…«, hauchte der angeblich geschlagene Mancini, als er zum Buffet geleitet wurde. »Hört mal«, sagte er bittend, um den Versuch zu machen, sich vom Verdacht eines Diebstahls reinzuwaschen, »laut unseres Vertrages muß ich mich strikt an die Regeln der Alchimie halten. Aber es zahlt sich nicht sonderlich aus, versteht Ihr? Ihr könnt mir doch nicht etwas Taschengeld verwehren.«

»Etwas Taschengeld ist etwas anderes. Manche der Bücher, die wir hier unten haben, könnten das totale Chaos bewirken, wenn sie in die falschen Hände gerieten!« knurrte Practz. Er zuckte zusammen, als fünfzig Tonnen imaginären Gesteins durch die versammelte Menge sausten und weiter unten im Korridor verschwanden. »Aber wie Ihr seht, können wir nun, da unser System auf dem neuesten Stand ist, aufatmen.« Er grinste, klopfte Mancini auf die Schulter und eilte dem Buffet entgegen. »Irgendwann werde ich mich auch noch an das Ding gewöhnen, das mich jedesmal, wenn ich in die Bibliothek gehe, zermalmen will.«

Nachdem die Molluske nach 85 000 Jahrhunderten im Inneren eines Terrakottagefäßes plötzlich festgestellt hatte, daß sie entdeckt, verkauft, gekauft, verschenkt und schließlich rüde aus dem Schlaf gerissen worden war, war sie völlig durcheinander und frustriert. Noch bis vor kurzem war ihr Leben einfach verlaufen; sie hatte getan, was sie ihrer Meinung nach am besten konnte. Tatsächlich war sie, wäre die Wahrheit bekannt gewesen, ziemlich stolz darauf, daß es ihr gelungen war, die Information zu behalten, die man ihr zu treuen ›Händen‹ anvertraut hatte. Nun wartete sie auf die Ankunft des *Einen.*

Auf ihr lastete jedoch auch eine Sorge, denn es gab einen einzelnen schwarzen Fleck auf ihrer ansonsten makellosen Weste: Sie hatte vergessen, wie der *Eine* aussah. Nun ja, 85 000 Jahrhunderte sind eine ziemlich lange Zeit, um sich an die Beschreibung eines Jemandes zu erinnern, dem man nie begegnet ist, speziell dann, wenn man keine Ahnung hat, was Angaben wie ›fünf Fuß acht groß, braunes lockiges Haar und strähniger Bart‹ überhaupt bedeuten. Die traurige Wahrheit bestand darin, daß der Speicher, in dem die Beschreibung des Einen enthalten war, nach ungefähr 15 000 Jahrhunderten völlig aufgegeben hatte. Vor 70 000 Jahrhunderten hatte die Molluske alarmiert gezuckt, dann einen uralten Seufzer ausgestoßen und den Schluß gezogen, daß am Ende alles gut ausgehen würde. Sie wollte ihr Geheimnis dem ersten Menschen mitteilen, der zufällig ihren Weg kreuzte.

Der einzige Haken an der Sache war, daß alle vor ihr davonliefen.

Verloren tastete der Molluskengeist hinaus und versuchte das Geschöpf zu sondieren, das sie nun sonstwohin brachte. Sie suchte und stocherte mit ihren urmentalen Fingern im Bewußtsein des Wesens, das als Ernstl bezeichnet wurde. Und fand *nichts.*

Na schön. Die Molluske zuckte ihre nicht vorhandenen Achseln. Nach 85 000 Jahrhunderten kam es auf ein paar Stunden mehr oder weniger auch nicht an.

Es war schwierig, eine Blätterteigpastete zu handhaben, wenn man heftig zitterte. Krümel blättrigen Feingebäcks explodierten in winzigen schmackhaften Detonationen und verzierten Cheiro Mancinis drahtigen Bart, als er kurz die Kontrolle über seine überreizte Kinnbackenmuskulatur verlor und zu fest zubiß. Practz wird es bestimmt nicht auffallen, dachte er nervös, während der Streß der freundlichen Konversation immer schwerer auf seinen emotionalen Schultern lastete.

»Seid Ihr in Ordnung?« fragte Practz, der echt besorgt klang.

»Nur etwas überdreht, nehme ich an«, antwortete Mancini und bürstete mit winzigen nervösen Schnippen seinen Umhang ab. »Ha! Ich bin eben nicht ans Einbrechen gewöhnt!«

Knapp versorgte sich mit mehreren Dutzend Blätterteigpasteten und stopfte sie heimlich in seinen Sack.

»Ich nenne es lieber Fehlerjagd«, sagte Practz. »Wer kann unsere neue Version schon besser überprüfen, als der Mann, der das System installiert hat?«

»Wo wir gerade davon reden«, begann Mancini, der für jede Gelegenheit Dankbarkeit empfand, die das Gespräch von seinen und Knapps allzu kürzlichen kriminellen Aktivitäten wegführten. »Mir ist eine leichte Chrominenzverzerrung an diesem Abgrund aufgefallen. Es könnte eine Fehlfunktion im Realitätsknast ... prisma sein. Soll ich es noch mal nachprüfen?« Innerlich krümmte er sich über den peinlichen Versprecher.

»Nein, nein. Ihr seid nun unser Gast. Phlim kann sich darum kümmern. – Möchtet Ihr vielleicht noch ein Scheibchen Froschschenkel?« fragte Practz und hielt ihm einen großen Fleischbrocken hin. »Wir haben sie extra gemästet.«

Phlim setzte eine finstere Miene auf, als er an den Ärger dachte, den er beim Einfangen der Froschbestie gehabt hatte: diese Augen ... diese Zunge! Er wechselte schnell das Thema. »Wie läuft das PET-Geschäft, Herr Mancini?«

»Kann nicht klagen«, grunzte der Alchimist um einen großen Becher Bier herum. »Hat leicht angezogen, speziell in der mythischen Abteilung. Hatte neulich 'ne Bestellung über fünfundzwanzig sich selbst versorgende Basilisken, und dann noch eine über drei zweiköpfige Schlangen und einen Greifen. Es ist komisch, früher habe ich immer gedacht, Greifen wären etwas Besonderes, aber heute ...« Er hob den Blick. »Demnächst wird man mich um purpurne Panther bitten.«

»Weiße würden mir besser gefallen, Herr Mancini«, sagte Phlim. »Purpur ist einfach nicht pantherig genug.«

»Hmmm, ich mag eigentlich kein Weiß. Die Farbe war doch in der letzten Saison modern. Und weiße Mäuse waren letztes Jahr der Hit, ha, ha!«

Practz krümmte sich bei Mancinis Versuch, lustig zu sein. »Argh! Man sollte Euch einsperren!«

Mancini blickte den Sicherheitschef von Losa Llamas an und schluckte nervös. »Wa ... Was soll das heißen?«

stotterte er erbleichend. Hatte er sich etwa verraten? Knapp schaute furchtsam auf.

»Solche Witze sind gesundheitsschädlich«, beschwerte sich Practz.

»Ha! Ja, Verzeihung!« Mancini zog den Kopf ein. »Nun, ich habe, äh, schon viel zu viel von Eurer Zeit beansprucht. Ich muß jetzt wirklich gehen. Zweiköpfige Schlangen wachsen nämlich nicht auf Bäumen. – Auf geht's, Knapp.«

»Der Abend ist doch noch jung«, sagte Phlim, stierte in seinen Bierkrug und bereitete sich auf einen ordentlichen Schickerabend vor.

»Nein, ich muß jetzt wirklich gehen«, sagte Mancini entschuldigend und bereitete verzweifelt seinen Abmarsch vor. »Es ist ein weiter Weg bis nach Venasht.«

»Na schön«, sagte Practz und schüttelte ihm die Hand. »Bleiben wir in Verbindung!«

»Falls Ihr noch mehr PETs braucht, besucht mich doch.« Mancini lächelte, drehte sich um und lief, Knapp dicht auf den Fersen, zur Tür hinaus. Er wetzte durch den Tunnel, hielt dann an und blieb keuchend an einer Wand stehen. Den Leuten ins Gesicht zu lügen, war wirklich harte Arbeit.

Plötzlich zuckte eine Hand um die Ecke und packte mit schraubstockartigem Griff die seine. »Noch *nicht,* Ernstl. Du kennst doch den Plan!«

»Nein! Ich bin Rholf. Ernstl ist nicht aufgekreuzt, Herr Mancini«, brummte die tiefe Stimme eines Wachmannes. Mancini quiekte und stierte die Gestalt an, die ihn an der Schulter festhielt. Das Entsetzen ergriff ihn. Er weiß es! schrie es in ihm. Ich gestehe alles ... Ich packe aus ... Man kann mit Alchimie einfach nicht genug verdienen ... Es ist nicht meine Schuld ... Ich mußte es stehlen ... Er drehte sich blitzartig zu der riesigen Hand um, biß fest in einen ihrer Finger, riß sich panisch los und rannte davon.

»Oi! Kommt zurück!« rief Rholf. Er machte einen Satz

nach vorn, kämpfte beschwerlich gegen die Kräfte der Trägheit und saugte an seinem Finger.

Mancini und Knapp verschwanden in einem Seitengang. Sie keuchten schwer. Lebenslanges Brummen hinter schwedischen Gardinen bewegte ihren Geist.

»O nein!« grunzte Rholf. Er sprang vor, seine Hand packte den Knöchel des KUT und riß ihn zu einem zerkrumpelten Haufen nieder. »Eure Taschen! Los, macht sie auf!«

»Niemals!« keuchte Mancini.

»Na los, auf damit!«

»Nur über meine Leiche! Ich bin unschuldig. Meine Taschen sind leer!«

»Ich weiß. Deswegen hat man mir doch aufgetragen, Euch dies hier zu bringen.« Der Wächter hielt ihm ein großes Freßpaket unter die Nase.

»Was?« krächzte Mancini. »Für uns?«

»Klar. Der Boß meint, es steht Euch zu, da Ihr am Buffet nur wenig gegessen habt. Nehmt es – oder laßt es bleiben.«

»Ich dachte ... Ich ... Vielen Dank!« Mancini schrie vor Erleichterung fast auf, als der Wächter salutierte und die Treppe hinabschlenderte.

Mancini rappelte sich auf, warf sich den Beutel über die Schulter und schlich mit klopfendem Herzen aus Losa Llamas fort. Er hatte es geschafft. Er hatte es ihnen vor der Nase weggeklaut!

Reichtümer, die meine kühnsten Träume übertreffen, wir kommen! schrie er lautlos in sich hinein, als sie durch einen kleinen Höhlenausgang in die Waldluft hinaustraten. Sie sprangen auf ihre Kutsche und setzten sie in Gang. Mancini rieb sich geistig die Hände und warf Goldmünzen in die Luft. Der Forst von Losa Llamas glitt ungesehen an ihnen vorbei. In der Ferne machte ein Onomatoped Heul, Kreisch und Knurr, doch Mancini und Knapp ließen seine besten Bemühungen links liegen. Sie dachten an weitaus bessere Dinge. Als

Mancini die Rösser zu galoppierendem Wahnsinn anspornte, träumte er von Gold, und Knapp mampfte mehrere Dutzend Blätterteigpasteten.

»Bald kann ich es machen!« sagte Mancini erregt. »Ich verwandle Blei in Gold!« Seine Augen blitzten in gieriger Fröhlichkeit, seine Zunge schmeckte den Triumph des Umbaus trüben, weichen, formbaren Metalls in Karat leuchtend gelber Schönheit. Er würde Dreck in herrliche, von allen begehrte Münzen verwandeln! Seine Hände glänzten in feuchter Erwartung. Kein Handlesen mehr! Feierabend, Kristallkugelglotzen! PETs gehörten fortan der Vergangenheit an! Nun hieß es nur noch Gold, Gold und noch mehr Gold! Und wieder warf er im Geiste eine Handvoll blitzende Münzen zum Himmel hinauf.

Plötzlich riß Knapp am Zügel, und die Kutsche blieb auf der Stelle stehen.

»Was ist denn?« fauchte Mancini und versetzte ihm einen Schlag auf den Hinterkopf. »Warum halten wir an?«

Bevor Knapp antworten konnte, knackte rechts über ihnen ein Ast.

Schlittschuhkufen des Entsetzens fegten über Mancinis Rückgrat und ließen weiße Flocken der Angst in alle Richtungen stieben. Man war ihnen also schon auf der Spur. Erneut knackte ein Ast. Sein schlechtes Gewissen erfaßte das Geräusch und übersetzte es in tausend sie verfolgende Losa Llamasische Wächter. Sie hatten gemerkt, daß das Buch weg war. Sie hatten den echten Ernstl gefunden ... Sie tanzten an.

»Los!« schrie Mancini, riß Knapp die Zügel aus der Hand und klapste entsetzt auf den Rücken der Rösser. »Galoppiert!« krakeelte er. »Sonst landet ihr beim Abdecker!«

Plötzlich, als eine Waldtaube durch eine Stechpalme himmelwärts flog, explodierte im Forst ein Hagel von Zweigen und Blättern. Mancinis stierender Blick saugte sich an ihrer schwingenschlagenden Bemühung fieberhaft fest, während sein Körper einen emotionalen Bürgerkrieg ausfocht und zwischen Aufschrei und dem Lachen blinder Erleichterung zauderte.

Eine Waldtaube! Beruhige dich, redete er sich ein. Die knackenden Zweige wurden plötzlich harmlos, waren nun kein Hinweis mehr auf den sorglosen Schritt zahlloser Wachen. »Bleibt ruhig«, sagte er sich, »fahr einfach weiter!«

Vor ihnen raschelte bedrohlich ein Baum. Knapp zupfte an Mancinis Ärmel. »Hör auf, Knapp«, knurrte Mancini. »Reiß dich zusammen, es ist nur eine Taube.« Er ließ die Zügel über dem Rücken der Rösser klatschen und sprang fast aus den Schuhen, als sich eine Gestalt von einem Baum herabschwang und neben ihm auf der Kutsche landete. Sie blockte das gesamte Licht so wirkungsvoll ab wie eine Sonnenfinsternis – die Gestalt eines Wächters aus Losa Llamas. Waffen baumelten an jedem Zoll seines gewaltigen Torsos; ein ungeheures Rucksack-Thaumatron der zweiten Generation war über seine glänzenden muskulösen Schultern geschlungen und pulsierte und summte mit Massenfluxdichte. Mancini hechtete flehend auf die Plane zu.

»Buh!« sagte der Wächter, kramte in seinen Taschen und hielt ihm einen alten Wälzer hin. »Habe ich Euch Angst gemacht?«

»Idiot!« schrie Mancini. »Du solltest uns doch *vor* dem Forst treffen!«

»Nun, ich habe Euch anhalten sehen. Da dachte ich…«

»Du solltest doch nicht denken!« schnauzte Mancini, riß der Gestalt den Folianten aus der Hand und schob ihn zwischen sein Gepäck. »Du hast mich zu Tode erschreckt!« fügte er hinzu und zog einen Malpin-Empathie-Generator aus der Umhangtasche.

»Entschuldigt, es wird nicht wieder vor…«

Ernstls Gestalt schillerte, wurde schlagartig lichtdurchlässig und verschwand mit einem leisen »Pfffft«, als Mancini die thaumische Verbindung löste. Er musterte die schrottig aussehende Ansammlung von Drähten und Kreidestücken sowie die beiden rosafarbenen psychoterrinen Kristalle und grinste trotz seines insgeheim zu Tode erschrockenen Zustands fröhlich vor sich hin. Welcher Geniestreich, dachte er, zwei verstimmte Psychoterrinen zu koppeln, um genug Masse zu erzeugen, die einen PET-Kern im Inneren einer projektierten Empathie-Transmission montiert. Das erste PET, das allein Gassi gehen kann. Und wie gut es aussieht – ich wäre fast selbst drauf reingefallen!

Obwohl er noch immer vor Furcht zitterte, kicherte er gierig, schob das Kerngehäuse in sein Bündel und ließ die Kutsche dem Waldrand entgegenrasen.

Welch ein Genie! Und es steht mir alles zu! Ich bin zu gut für die bloße Alchimie! schrie es im Inneren seines Schädels. Ich bin stinkreich, juhu! Die geistige Gesundheit und Cheiro Mancini wurden rasch mehr als einander nur zunickende Bekannte.

Zu den letzten Dingen, über die Rholf in den finsteren Korridoren der 28. Ebene zu stolpern erwartete, gehörte die gefesselte und geknebelte Gestalt des echten Ernstl.

Rholf wischte den Schmutz von Ernstls Uniform und setzte eine finstere Miene auf. »Da bist du ja!« rief er. »Und liegst – wie gewöhnlich – herum. Nun, ich hoffe, du bist mit dir zufrieden. Ich mußte nämlich deine Schicht übernehmen.«

»Mmmmf mmf mmmffmmm!« erwiderte Ernstl und bäumte sich auf, um zu zeigen, daß er ganz und gar nicht mit sich zufrieden war.

»Du hast immer nur Ausreden auf Lager!«

»Mmmf mmf mfmmm!« protestierte Ernstl.

»Was meinst du, wie es hier zuginge, wenn wir uns alle auf die faule Haut legen und Kopfschmerzen vortäuschen würden«, knurrte Rholf.

»MMMMMMMMMFF!«

»Du mich auch!« fauchte Rholf, machte auf dem Absatz kehrt und nahm die Richtung zum Buffet aufs Korn. »Mit Schwertern und Brillanten!« ergänzte er über die Schulter hinweg.

Ernstl krümmte sich elend und fragte sich, was er getan hatte, daß Rholf so sauer auf ihn war.

Mancini trieb die Rösser gnadenlos an, erreichte den Rand des Forstes von Losa Llamas, zog die Handbremse und sprang ab. Blitzschnell schirrte er die keuchenden Gäule aus, versetzte ihnen mit einem Stöckchen einen Schlag auf die Flanke und fegte über die Straße. Er zerrte aufgeregt an einem unschuldig wirkenden Blätter- und Ästehügel, der ganz beiläufig am Wegesrand aufragte, enthüllte gemeinsam mit Knapp eine kleine rote Sportfluchtkutsche, die mit sorgfältig eingepackten Geräten gefüllt war, sowie zwei laubbedeckte Rösser, die ihn unglücklich angafften. Die Halunken sprangen eifrig auf die Kutsche, ließen die Peitschen knallen und erschauerten, als sie das Anziehen der 2-PS-Beschleunigung und das Kreischen der Pirhölli-Slyxx auf dem Schotter spürten. Freiheit! Nun, da sie den Fluchtwagen getauscht hatten, würde man sie nicht mehr kriegen.

Der nächste Halt war ihr Geheimversteck in den Bergen. Und dann: Pötte voller Gold!

Ob es an der entspannten Atmosphäre, den großen Glühbiermengen, dem sie eifrig zugesprochen hatten, oder am Anblick des Portiers lag, der sich aus der Höhle unter einem gewaltigen Haufen bedenklich wackelnder Tassen und Teller hervorschaufelte und der ihn an einen gewissen Nachmittag auf dem Markt von Khomun erinnerte, wußte Phlim nicht genau. Vielleicht lag es an allem zugleich. Aber plötzlich wurde ihm klar, daß er unbeherrscht über seinen kürzlich erfolgten Urlaub und die Ereignisse schwadronierte, die zum Erwerb der Schriftrollen geführt hatten.

»Ihr habt wohl keine mehr in Reserve, was?« fragte Thurgia, als er geendet hatte.

»Häh?« machte Phlim. »Warum? Ihr habt doch eine bekommen.«

»Tja, es ist eine komische Sache«, gestand Thurgia, »aber nachdem Ihr sie mir zugeworfen hattet, konnte ich sie nicht mehr wiederfinden.«

»Sie ist unter den Tisch gerollt. Ich habe es gesehen.«

»Ich habe nachgeschaut. Ich habe nichts gesehen. Nicht den kleinsten Fetzen. Es ist fast so, als wären ihr Beine gewachsen und sie wäre abgehauen.«

Phlim und Wat schütteten sich über diese groteske Idee vor Lachen aus. Ein Stück Pergament konnte sich doch keine Beine wachsen lassen und sich davonmachen. Welch irrsinnige Vorstellung!

Doch ganz in der Nähe umwölkte sich Practz' Gesicht, als ihn im Inneren seines Kopfes schlagartig nagende Zweifel befielen und die Zäune des Vertrauens zusammenbrachen. Als er seine Rolle von Phlim bekommen hatte, hatte sich irgend etwas an ihr nicht richtig angefühlt. Sie hatte sich irgendwie nicht *pergamentig* angefühlt. Aber vielleicht lag es daran, daß es sich um billige ausländische Fälschungen handelte? Oder wie oder was?

Schaudernd überdachte er alle möglichen Erklärungen, warum eine unschuldige Pergamentschriftrolle nicht nur versagt hatte, sich in eine Million geschwärzte Fragmente zu verwandeln, nachdem zahllose Gigathaum reiner magischer Energie sie durchschossen hatten. Er fragte sich auch, warum sie den Eindruck erwecken sollte, persönliche Eigenschaften der Fortbewegung entwickelt zu haben. Die Antworten, die ihm einfielen, waren nicht nach seinem Geschmack. Ganz und gar nicht.

Entweder waren drei Angehörige seines Stabes einer

kleinen, doch sehr potenten örtlich begrenzten Massenhysterie zum Opfer gefallen, oder die Pergamentrollen, die Phlim mitgebracht hatte, waren gar keine solchen.

Practz leerte seinen Krug mit einem Schluck, verließ die Partyhöhle und eilte in seine Unterkunft, wobei sich seine Panik, als er durch die verlassenen Korridore lief, noch steigerte. In seinem Kopf wirbelten die Gedanken. Wenn sie nicht aus Pergament bestanden, woraus dann? Stimmten die Legenden etwa doch? War es möglich, daß sich in Losa Llamas eine einstmals tote Molluske auf freiem Fuß befand? Schon die Vorstellung ließ ihn gruseln.

Noch bevor es ihm richtig bewußt wurde, hielt er mit quietschenden Schuhen vor seiner Tür und stürmte hinein. Eine Sekunde später hatte er dem Rönthexapparat an der Wand einen geübten Zauberspruch zugerufen, riß seine eigene Schriftrolle aus dem Regal und entrollte sie. Nun, da er darüber nachdachte, fühlte sich ihre Oberfläche ganz und gar nicht nach Pergament an… Und was waren die winzigen dünnen Striche und die beiden Punkte auf der Rückseite? Ein Maul und zwei Nüstern? Das konnte doch nicht sein!

Er klemmte die Ecken der Schriftrolle auf den Rönthexapparat und schaute sie sich an. Blaues Licht erstrahlte rings um ihre rechteckigen Ränder. Practz trat näher heran. Seine Kinnlade sank nach unten, als seine Augen die Einzelheiten ausmachten. Sein Herz hämmerte schneller, als zum ersten Mal seit 85 000 Jahrhunderten die Wahrheit enthüllt wurde.

Dort, vor ihm, feiner als das reinste Wasserzeichen, von den Rönthexstrahlen enthüllt, war eine feine knorpelige Knochenspur, die sich in ihrer ganzen uralten Pracht stolz reckte. Practz' Finger fuhren über den Brustkorb der toten Molluske, über ihr flaches Haupt und einige noch erhaltene Organe. Es stimmte also doch!

Er ließ sein Handgelenk nervös zitternd schnippen.

Der Rönthexapparat schaltete sich aus, und Practz brach in seinem Sessel zusammen. Die Wahrheit pumpte seine Energie ab, Schnipsel uralter Legenden wirbelten schrillend in seinem Schädel umher.

Die angezweifelten Indizien für die Existenz mesozoischer Magier entsprachen der Wahrheit. Die Legenden waren Tatsachen! Practz schnappte nach Luft. Wenn diese präkambrischen Trickser wirklich gelebt und Zauberformeln gewebt hatten, stimmte es möglicherweise auch, daß die Aufzeichnungen des fossilen Souvenirs, die er nun betrachtete, eine abscheuliche Wahrheit enthielten, eine uralte und tödliche Kette von Wahrheiten, die, wenn man sie losließ, schrecklichen ... was?

Die üppig wuchernden Gerüchte und Spekulationen über das, was in den toten Mollusken enthalten war, hatten alle ein verabscheuungswürdiges, nicht eben hilfreiches gemeinsames Thema: Vernichtung, Tod, Chaos, Rabbatz, Pestilenz. Und das war nur das erste Kapitel.

Practz nahm seinen Kopf ächzend in die Hände. Er hatte gerade die Antwort auf das größte Rätsel aller Thaumaturgiehistoriker gefunden. Er hätte sich freuen sollen. Er war der einzige Mensch, der nicht nur mit unbestreitbarer Gewißheit wußte, daß in den verklärten und fernen Echos der Vergangenheit ein Volk von Magie-Anwendern existiert hatte, sondern auch, daß sie wertvolle und gefährliche Zauberformeln in maritimem Leben abgespeichert hatten.

Und eine davon lebte und schleimte wie seit alters her in Losa Llamas herum.

Wenn die Informationen, die sie enthielt, in die falschen Hände geriet ... Practz schüttelte sich, stand auf und eilte zur Party zurück. Sie mußten sie finden. Und zwar sofort!

Sie hatten drei Tage gebraucht, um ans Ziel zu gelangen – eine weite Reise durch Meilen windumtoster Tundra, in der sie sich verfahren hatten. Sie waren über Bergpfade in die Tiefen der östlichen Talpa-Berge gebraust, wo sie sich erneut verfahren hatten. Sie hatten die rote Sportfluchtkutsche ständig steiler werdende Wege hinauf und vom Foh-Paß fortgeschoben, und als der Wind durch ihre Kleider pfiff, hatten sie angenommen, daß sie sich wieder mal verfahren hatten... doch schlußendlich hatten Cheiro Mancini und Knapp die Ansammlung von Brettern und rostigen Nägeln erreicht, die ihr Geheimversteck darstellte.

Die Annonce in der Rubrik ›Geheime Residenzen außerhalb der Stadt‹ im *Verbrecherkurier* hatte also nicht gelogen. Das Versteck verfügte über fließendes Wasser und Waschbecken. Außerdem bot es eine Menge Sportmöglichkeiten für Leute, die gern an der frischen Luft waren.

Doch Mancini war eine kurze Periode kreatürlichen Unbehagens schnurz. Er wußte, daß die Thaumaturgiephysiker aus Losa Llamas ihn suchen würden, also mußte er den Kopf einziehen. Er wußte ebenso, daß er nach Ablauf einer Woche mehr Bleirohre in Gold transmogrifiert haben würde, als er sich je erträumt hatte.

Er hatte nur zur Hälfte recht.

Eifrig entlud er gemeinsam mit Knapp einen Stapel halbzölliger Rohre, einen kleinen Athanor-Brenner und ein nagelneues Alchimistenreagenzglas – eins der schönsten, das man im murrhanischen Reich herstellte und das speziell für ihn importiert worden war. Mancini grinste, als er die Packnachrichtenbullenpergamentschichten von ihm löste und in eine Ecke warf.

Als er den Apparat in der Gewißheit, daß ihm niemand gefolgt war, auf dem kalten Boden des angemieteten Verstecks aufbaute, entspannte er sich und erschauerte am äußersten Rand eines nagelneuen Lebens. Knapp kaute an einer drei Tage alten Blätterteigpastete, die es irgendwie geschafft hatte, nicht von den restlichen Bewohnern seines Sackes gefressen zu werden.

Mancini zog den Folianten aus seiner Umhangtasche. Eine Woge nervöser Erregung zischte sein Rückgrat hinauf, als er ihn an den Brustkorb preßte. Nun hatte er den Schlüssel. *Transmogrifikation: Alles, was Ihr je in etwas anderes verwandeln wolltet, aber aus Angst nicht zu wagen versucht habt.* Es war sein. Wie geni …

»Oi! Nicht so fest drücken!«

»Häh?« grunzte Mancini und schenkte Knapp einen finsteren Blick.

»Was?« murmelte der Bursche, den Mund noch voller Blätterteigpastete.

»Was hast du gesagt?« fauchte der KUT.

»Nicht so fest drücken!« erwiderte die Stimme. Knapp zuckte kauend die Achseln. »Es tut weh!«

Mancini schrie auf und ließ den Folianten fallen. Er stierte panisch um sich, um die Herkunft der Stimme zu eruieren. Man hatte sie verfolgt. Man hatte sie gefunden. Es war aus! Das Ende. Das Leben war wirklich ein Sch …

Ein winziger Teil seines Hirns runzelte seine Axonen und fragte sich bemüht, warum ein Wächter aus Losa Llamas, wenn er einen schon so verdammt schnell in diesem gottverlassenen Versteck ausfindig gemacht hatte, wohl die Bitte äußern sollte, irgend etwas nicht so fest zu drücken. Doch der Rest seines Hirns ignorierte ihn.

»Lebend kriegt ihr mich nie!« schrie Mancini der unsichtbaren Bedrohung zu, während er durch die Ritzen in der Hüttenwandung starrte. Knapp glotzte ihn völlig verwirrt an.

Hinter ihm zuckte und ruckte die Oberfläche des Folianten, als die Molluske sich einen Weg unter dem Schutzumschlag hervorschleimte.

»Ei, Potz!« sagte die Stimme in Mancinis Schädel. »Hier oben ist's ja saumäßig trocken. Du bist wohl nicht so lieb und läßt mir ein Bad ein? Oder doch?«

Mancini wirbelte auf dem Absatz herum. Er hatte die Stimme zwar gehört, aber sie klang zu nahe, zu trocken, nicht verziert von irgendwelchen Echos, die das Gestein warf. Sie hatte nichts Charakteristisches.

»Drei Tage in deiner Umhangtasche sind ein bißchen viel!« sagte die Stimme. Mancini schrie auf, versuchte zu erkennen, wer da zu ihm sprach. Es paßte alles nicht zusammen. Ein Losa Llamasischer Wächter in meiner Tasche? dachte er, als die Panik erneut die Sedimente seines Geistes in Bewegung brachte.

»Nein, nein! Kein Wächter. Der Hüter der Botschaft für den *Einen*. Für dich!« antwortete die Molluske, deren telepathische Fühler zu dem entsetzten Mancini hinausreichten.

»Knapp! Wenn es irgendein Scherz sein soll, hör damit auf. Ich finde ihn nicht witzig.«

Der drahtige Bursche kramte in seinem Sack nach etwas neuem, das die Grenze zur Ungenießbarkeit noch nicht überschritten hatte.

»Ich bin hier unten!« telepathierte die Molluske. »Und ich würde einen Mord für ein Bad begehen. Du hast ja keine Vorstellung, was diese Atmosphäre mit meiner Haut anrichtet. Mich juckt's überall.«

Mancini wurde plötzlich klar, daß auf dem Boden ein Gegenstand lag, der eine nicht unbeträchtliche Ähnlichkeit mit einer Badematte aufwies. Und sie winkte ihm zu.

»Huhu! Molluske an Mancini! Bitte kommen!«

Mancini fuhr herum. Er fegte aus der Hütte, krachte gegen ein Roß und verlor die Besinnung.

Dergleichen war noch nie vorgekommen.

In der gesamten Geschichte der Hochenergiethaumaturgieforschung von Losa Llamas hatte man erstmals sämtliche Forschungsarbeiten eingestellt. Selbst an dem Tag, an dem eine Horde kaiserlicher cranachischer Schleichtruppen sich bei der Mission, die Kriegsfrösche zu stehlen, einen Weg in die verzweigten Tunnels geschlagen hatte, hatte ein Grüppchen verzweifelter Thaumaturgiephysiker weiterhin hektisch die potentiellen Verteidigungseigenschaften atomisierter psychoterriner Sperrungen und Fünfzehnpfünder-Klumpenhämmer studiert.

Practz hatte das gesamte Personal von Losa Llamas in fünf Gruppen eingeteilt. Jede wurde von einem Thaumaturgiephysiker geleitet, und auf seinen Befehl hin hatte man mit aller Gründlichkeit jeden Zoll des Komplexes abgesucht. Dreimal.

Nach wenigen Minuten war man auf etwas sehr Eigenartiges gestoßen. Es hieß Ernstl und lag in einem äußerst aggressiven Haufen auf Ebene 28, wo es mmmmf-te und üppig strahlte. Man brauchte acht auf seiner Brust sitzender Techniker und das Versprechen mehrerer Gallonen Bier, um ihn soweit zu beruhigen, daß man ihn losbinden konnte. Traurigerweise hatte er nicht die geringste Ahnung, wer ihn niedergeschlagen und so ordentlich verschnürt hatte, und er erinnerte sich auch nicht daran, irgendwelche animierten Badematten in diesem speziellen Abschnitt des Korridors erblickt zu haben.

Nachdem man drei Tage lang immer wieder den gleichen Boden abgegangen war, Tische auf den Kopf gestellt, Schränke geleert und auf allen Toiletten die Knierohre abgeschraubt hatte, stieß man auf zwei weitere eigenartige Dinge. Ding eins: In der Bibliotheksausleihe war ein Foliant überfällig, doch niemand wußte, wer ihn ausgeliehen hatte.

Ding zwei: Practz' Reaktion auf die Nachricht, in der Bibliotheksausleihe sei ein Foliant überfällig, doch niemand wisse, wer ihn ausgeliehen hatte.

Er erbleichte, erbebte, schlug mit vor Furcht schweißnasser Hand auf seine sich rapide runzelnde Stirn, schleifte Phlim in einen Gang hinaus und rief ihm zu, er solle die Wantze zum Handeln vorbereiten.

Und all dieses Getue nur wegen eines vermißten Bibliotheksfolianten.

Durch den wirbelnden Mief verdrehter Gedanken und schräger Vorstellungen beschwatzte ein beruhigend trillerndes Schnurren sein Bewußtsein. Fast zur gleichen Zeit bemerkte Mancini, daß ein kalter Waschlappen auf seinem Kopf lag und ermutigende Worte auf ihn einströmten.

»Da, da«, säuselte es. »Hat Cheirolein sich das Köpfelein gestoßen? Wo ist denn unser kleiner Futzi-Wutzi?«

Mancini stöhnte und öffnete die Augen. Weiße Wolken dräuten flüchtig und unbeteiligt unter dem finsteren Vorhang aus Gummibadematte. *Gummibadematte?*

Er war blitzartig auf den Beinen, drückte sich mit dem Rücken an die Kutsche und stierte das schrumpelige rechteckige Geschöpf an, das bemüht war, sich an den felsigen Grund anzupassen.

»Fort von mir!« schrie Mancini. »Laß mich in Ruhe!«

»Na so was. Das ist aber nicht nett. Ich habe 85 000 Jahrhunderte darauf gewartet, mit dir zu reden!« erwiderte die langsam vorwärtsschleimende Molluske.

Knapp schob seinen Kopf aus der Hütte. »Seid Ihr wohlauf?«

»Hau ab! Pfui!« schrie Mancini und wich zurück.

»Hab ja nur gefragt«, sagte Knapp und verschwand in der Hütte, um seine Maden zu zählen.

»Willst du meine Botschaft nicht hören?« telepathierte die Molluske und schlabberte noch etwas näher.

»Nein! Laß mich allein, du schäbige Badematte!«

»Wozu? Damit du ein wertloses Metall in ein anderes verwandeln kannst?«

»Ja! Ich meine, nein! Gold ist wertvoll!« Mancini blieb plötzlich stehen und schüttelte den Kopf. Was war nur mit ihm los? Rechtfertigte er seine Taten tatsächlich vor einem Fetzen Badezimmermobiliar?

»Na schön. Wenn du mit bloßem Gold zufrieden bist, dann muß ich eben einen anderen finden, der die furchteinflößendste Macht schauen will, die man in 85 000 Jahrhunderten je gesehen hat. Tja, wenn du absolut glücklich bist, mit Goldbarren zu handeln, wenn es um ganze Königreiche geht, ist es deine Sache. Ich weiß allerdings, was mir lieber wäre.«

Mancini war sicher, daß das Ding ihm zuzwinkerte.

»Dann bis später, Alter«, telepathierte die Molluske und hoppelte von dannen.

»Nein, nein, warte mal«, bat Mancini, der plötzlich das Gefühl hatte, es könne sich lohnen, der kleinen Kreatur zuzuhören. »Was hast du da von einem Bad gesagt?« fügte er hinzu.

Die Molluske grinste sich eins. »Am besten wäre es, wenn es so warm ist, daß man den Ellbogen reinstecken kann. Ach, und vergiß nicht, drei Eßlöffel Salz pro Gallone reinzuschütten. Osmose kann echt weh tun.«

Trotz der stärksten Bemühungen der urgewaltigen eisigen Windböen, die durch den schmalen Foh-Paß-Flaschenhals pfiffen, wurde die Stimmung auf den beiden sich gegenüber und ziemlich auf der Stelle stehenden Fuhrwerken allmählich hitzig. Hörner tröteten durch die dünne Luft des Talpa-Gebirges, als Salven von Drohungen und dröhnende wüste Beleidigungen ausgetauscht wurden.

»Schieb deinen überladenen Schrotthaufen aus dem Weg!« schrie der schäumende Fuhrmann Magnus, der mit den Händen in die Seiten gestützt vor seinem Fuhrwerk stand.

»Kommt nicht in Frage! Wer von unten kommt, hat Vorfahrt!« schnaubte der Transportunternehmer Hassock und schaute mit jeder Minute tückischer drein.

»Ich war zuerst hier, bin schon vor cranachischen Stunden aufgebrochen! Gleich um die Ecke ist eine Ausweichstelle!« bellte Magnus, dessen Hände mit seiner Peitsche spielten. Seine sechs angeschirrten Nashörner scharrten mit den Hufen und schnaubten ruhelos.

»Hah! Klar. Und da unten ist aber auch ein fünfhundert Fuß tiefer Abgrund. Oder hast du ihn nicht bemerkt?« schrie Hassock, der die Fäuste ballte und über den Rand der Felswandspur deutete.

»Na und? Kannst du dein Fuhrwerk nicht steuern, hä?« knurrte Magnus. »Hast du deswegen in letzter Zeit so viel Bruch gemacht?«

»Ich habe meinen Führerschein gemacht, als die Fahrprüfung noch *schwierig* war«, grinste Hassock. »Ich kann alle sieben Wagen meiner Fuhre dahin ziehen, wo ich sie hinhaben will, und dann auf einer Münze wenden.« Er klopfte auf die feiste Flanke seines hinteren Zugrhinozerosses. »Aber nur, wenn ich *will!*«

Magnus stieß einen Schwall cranachischer Flüche aus, sprang von seinem Fuhrwerk, ging auf Hassock zu und schwang drohend seine Nashornpeitsche. »Dann muß ich dich wohl anders überreden!«

»Und wo ist dein Heer?« rief Hassock. Er krempelte die Ärmel seiner Lederjacke hoch, zog die Handbremse an und sprang ab. Mit geübter Hand zog er eine Riesenkeule hinter dem Kutschbock hervor und wirbelte sie um seinen Kopf. »Du setzt lieber zurück, sonst korrigier ich deine Nase.«

Unbemerkt von den beiden Fuhrleuten, die vor einem ernstlichen Streit standen, umrundeten acht berittene Gestalten auf der cranachischen Seite eine Ecke, zogen die Zügel an und blieben stehen. Die sieben Angehörigen der Kleinkaliber-Entwässerungsgesellschaft sprangen von ihren Llamas und luden eine Masse mystischen Vermessungswesens und eine Rutengänger-Ausrüstung ab. Die achte Gestalt hockte auf ihrem Roß und beobachtete die sich vorsichtig umkreisenden Fuhrleute. Rosch Mh'tonnay, dem Chefingenieur und Leiter des Trans-Talpino-Handelsstraßen-Ausbauprojekts, erkannte glasklar, warum man hier einen kleinen Durchroll-Imbiß dringend brauchte, der hochprozentige Alkoholika, Erfrischungen und eine Rhinozeros-Tränke offerierte. Der Übelkeit erzeugende Schlag eines dicken Ulmenholzknüppels auf ein Nasenbein unterstrich diese seine Erkenntnis in aller Deutlichkeit.

Mh'tonnay wandte sich Proph, dem Chef des Vermessungstrupps zu, deutete mit offenem Mund auf die Fuhrleute und fragte: »Wollt Ihr sie nicht aufhalten?«

»Die zwei?« erwiderte der rotbärtige Zwerg, dessen Schnauz breiter war als seine Schultern und nur wenige Zoll über dem Boden endete. »Teufel, nee! Scheibenkleister! Würd ich die jedesmal aufhalten, wenn sie sich hier oben an die Gurgel fahren, käm ich ja nich mehr zum arbeiten.« Seine Zunge machte drehende Bewegungen in seinem Mund, dann rotzte er zwanzig Ellen weit über die Straße. »Außerdem müßt ich ein anner Waffel haben. Ich misch mich doch nicht ein, wenn sich zwei Fuhrleute über ihre Rechte streiten.«

»Was denn für Rechte?« quäkte Mh'tonnay, als Hassocks Kopf mit dem dicken Stein und Magnus' Hand kollidierte.

»Wegerechte.«

»Aber sie verdreschen sich!«

»Jau«, erwiderte Proph. »Warum, glaubt Ihr wohl, nennt man das hier 'ne Duellstrecke? Hi, hi.«

Magnus sprang plötzlich aus Hassocks Reichweite, ließ die Peitsche auf das Fuhrwerk seines Rivalen klatschen, erwischte die Handbremse und riß daran. Die sechs Rhinozerosse wankten einen Schritt zurück, als sie sich löste, und äußerten panikartig überraschte Dickhäuterschnaufer, als sie sich bemühten, die zunehmende Triebkraft des Gefährts am Abhang aufzufangen.

Proph, den man so nannte, weil man ihm eine Prophetur in Sachen Höhenentwässerung verliehen hatte, ignorierte die Auseinandersetzung und sammelte sein Team. Er hatte die Kleinkaliber-Entwässerungsgesellschaft vor drei Jahren gegründet und mit Zwergen bevölkert. Jahrhundertelange Bergbauerfahrung steckte dem Zwerg im Blute seiner winzigen Statur, und dazu kam noch seine Liebe zum Buddeln in engen Räumen und seine Nase zum Aufspüren unterirdischer Bäche und Wasseradern. Ein Zwerg konnte an einem Tag achtmal mehr Rohre verlegen als ein Team von senkrecht weniger Begüterten in einer Woche.

Hassock rannte quäkend auf sein Fuhrwerk zu, das nun langsam rückwärts rutschte, da seine potentielle Kraft die der Rhinos übertraf. Magnus grinste und sprang auf den Bock seiner Kutsche. Er ließ die Peitsche knallen, löste die Handbremse und fuhr mit einem Schwall von Flüchen los.

»Also, Maulwürfe«, rief Proph, spuckte einen klebrigen Rotzklumpen auf eine Schaufel zu und grinste, als er das metallische Scheppern des Volltreffers hörte. Er warf einem muskulösen Zwerg etwas zu, das zwei gebogenen Kleiderbügeln ähnelte, und deutete in Richtung Cranachan. »Fang da hinten an. – Schlafmütz, du hier drüben!« Kurz darauf hatten sich die sieben Zwerge auf dem Foh-Paß verstreut, schwenkten kleine Eisendrähte über den Boden und sangen leise Zauber- und Suchformeln.

Rosch Mh'tonnay schaute hilflos zu, als Hassocks Fuhrwerk langsam rückwärts um die Ecke fuhr und die Luft über ihm rapide blau wurde. Magnus peitschte seine Rhinozerosse voran.

Proph entspannte sich beim Rutengang. Er durchstöberte das Gestein des Foh-Passes, und seine Ellbogen kitzelten, als er nach dem unterirdischen Wasserlauf suchte, mit dem sie die geplante Freßburger-Filiale versorgen sollten. Als er über eine Rohsektion schritt, zuckten seine Schultern, und juckende Harmonien liefen ihm den Rücken hinab.

Hassocks durchgehender Wagen verschwand hinter einer Felsensäule.

Proph drehte sich um. Er konzentrierte sich auf eine unebene Stelle. Faszination und Neugier hoben ihr Haupt. Seine Wünschelruten schlugen plötzlich wild aus, drehten sich im Kreise, blieben dann stehen und deuteten nach unten. Der Zwerg stieß ein Quieken aus, als purpurne Funken vom Boden aufstoben, die Ruten trafen und fest zusammenschweißten.

»Was ist denn?« keuchte Rosch Mh'tonnay. Er kam angerannt und würgte, als er den Gestank verbrannten Metalls roch. Die übrigen sechs Zwerge folgten ihm.

»Potz!« krächzte Proph und schüttelte sich, als eine Korona purpurner Funken von den Enden seines Schnauzbartes stieben. »Entweder isses der größte unterirdische Fluß in der Geschichte des Rutengangs, oda...«

Hinter dem Flaschenhals explodierte eine schäumende Blasphemie von Flüchen, als Hassock sein durchgehendes Fuhrwerk irgendwie in einen Kieshaufen lenkte und es knirschend zum Halten kam. Magnus winkte ihm im Vorbeipoltern freudig mit zwei Fingern zu, verdeutlichte seinen Sieg und ratterte Rhyngill und dem dort wartenden Markt entgegen.

»Oder was?« fragte Mh'tonnay und stierte Proph und seine verbogenen und geschmolzenen Wünschelruten an.

Oder etwas anderes... Etwas noch Interessanteres, hätte Proph beinahe erwidert. Doch eine verschüttete Erinnerung aus dem Propheten-Kursus wandte sich um Aufmerksamkeit heischend an ihn. Er musterte die fragenden Gesichter seiner Entwässerungsgesellschaft.

»Oder... meine Wünschelrute ist kapott«, sagte er dann und behielt alles für sich, bis er sich der Sache sicher sein konnte. Dinge *dieser* Art plappert man vor bloßen Angestellten nicht einfach so dahin. Erst muß er sich der Sache sicher sein. »Kommt schon mal vor«, sagte er. »Ist kein Grund zur Sorge.« Und er winkte die anderen sechs an die Arbeit zurück.

Dann gab er Rosch Mh'tonnay mit einer Geste zu verstehen, er solle näher kommen. »Sagt mal«, flüsterte er so leise, daß er angesichts des fluchenden Hassock an der Ecke kaum hörbar war, »als Chefingenieur bestimmt Ihr doch, wo die Baubuden hinkommen, oda?«

Mh'tonnay nickte.

»Stellt die Eure hier uff«, sagte Proph, zwinkerte bedeutungsvoll und deutete auf die unebene Stelle.

Die Molluske war seit mindestens, nun ja, 85 000 Jahrhunderten nicht mehr so gut gelaunt gewesen. Sie fluppte und tollte in der seichten, mit lauwarmem Salzwasser gefüllten Wanne herum, und es gelang ihr beinahe, sich einzureden, sie befände sich daheim in der Ursuppe des Prä-Kambriums. Sie drehte sich auf den Rücken, telepathierte einen flotten kleinen Mollusken-Shanty, plätscherte vor sich hin und empfand Entzücken, als einige Gedankenwellen von den Wänden der Wanne abprallten und in ihrem Geist Echos warfen.

Nur zwei Dinge konnten ihre neu gefundene animalische Freude möglicherweise trüben. Eines war das in den Fasern ihres Zerebellums verschlossene tödliche Geheimnis; das andere starrte sie mit einem grellen Blick über den Wannenrand hinweg an.

»Also, was ist es?« fauchte Knapp, der ärgerlich das Badewasser nachfüllte. »Und wo kommt es her? Und wo ist das ganze Gold, häh? Ich hab die ganzen Bleirohre doch nicht nur zum Spaß hier raufgeschleppt!«

»Fragen, Fragen«, knurrte Mancini mehr oder weniger vor sich hin.

»Wie wär's mit ein paar Antworten?«

»Ist er ungeduldig?« telepathierte die Molluske.

»War er schon immer«, seufzte Mancini.

»Was?« fauchte Knapp. »Hört auf mit diesen Selbstgesprächen.«

»Ich führe keine Selbstgespräche. Ich unterhalte mich mit...« Mancinis Blick härtete sich, als er sich von Knapp abwandte und die Molluske finster musterte. »Soll das heißen, du hörst nicht...?«

»Was höre ich nicht?« drängte Knapp und kippte noch ein paar Gallonen Wasser in die Wanne.

»Natürlich hört er nichts«, telepathierte die Molluske

herablassend. »Ich will nicht, daß er etwas hört. Außerdem habe ich so lange mit meiner Botschaft auf den *Einen* gewartet.«

»Wie lautet die Botschaft?« knurrte Mancini.

»Ihr redet ja schon wieder mit Euch selbst!« stöhnte Knapp. »Wann machen wir endlich das Gold?«

»Hör mal«, schrie Mancini, »hau ab und zähl deine Maden! Ich muß *nachdenken!* – Man kann nicht einfach so aufspringen und mit dem Transmogrifieren anfangen! Dazu bedarf es etwas mehr!«

Knapp hob unglücklich seinen Sack auf und schlurfte aus der Hütte.

Dann beging die Molluske den Fehler, Mancini die Botschaft tatsächlich zu übermitteln.

»Was soll das heißen?« schnauzte Mancini und stierte die vor sich hinplätschernde Molluske an

»Soll das heißen, du weißt es nicht?«

»Würde ich etwa fragen, wenn ich es wüßte?« schrie der KUT, während der Frust an seinen Nerven kratzte.

»Vielleicht«, sagte die Molluske, um sich nicht festlegen zu müssen, und bespritzte nachdenklich eine Ecke mit dem warmen salzigen Wasser.

»War das alles? Kommt noch ein Vers oder so was? Nicht irgendein Hinweis?«

»Ähm … nee.«

»Tja, aus welchem Grund hast du diesen Knittelvers seit 85000 Jahrhunderten im Kopf behalten?« schrie Mancini schrill. »Das Ding reimt sich ja nicht mal richtig!«

»Na schön, dann ist es eben ein Knittelvers. Aber mach *mich* doch nicht dafür verantwortlich. Ich habe ihn nicht geschrieben!«

»Außerdem ist es Quatsch!« schrie Mancini. »Wie soll denn so was eine noch nie gesehene Macht loslassen und der Schlüssel zum Aufstieg und Untergang ganzer Königreiche sein? Wie kann so was denn besser sein als Gold, häh? Du hast gesagt, es wäre besser als Gold!«

»Wenn ich es wüßte, glaubst du, ich würde hier in diesem schnöden Bad auf einem Berggipfel herumplätschern? Dann würde ich mein eigenes Königreich regieren!«

»Du könntest nicht mal ein ... ein ... Badezimmer regieren.«

»Ich *weiß* doch, wer es sagt ...«

»Ich!«

»Und warum ...«

»Ja, schau dich doch mal an. Du bist doch nur 'ne ... 'ne ... Badematte!«

»Spezie-ist!«

»Wie kannst du es wagen, mich einen ...«

»Hör dir deine Argumente an. Sie basieren doch nur auf der Annahme, daß es auf das Äußere ankommt ...«

»Aber nein! Ich sage, du könntest kein Königreich regieren, weil ... äh ... dir keine Krone paßt! Na, bitte!«

»Ach, wie gerissen.«

»Natürlich«, sagte Mancini herablassend.

»Wenn du so gerissen bist ... Welche Bedeutung hat dann der Vers?«

»Ich war schon ziemlich nahe dran, es rauszukriegen. Aber du hast mich wieder abgelenkt. Sag ihn noch mal auf.«

Die Molluske grinste vor sich hin, denn sie wußte, daß sie gewonnen hatte. Dann telepathierte sie die Botschaft noch einmal.

»Blah, blah, Blackout,
seelenloser Hund,
zur Hölle, Mann, zur Hölle, Mann,
ihr hundertund ...
Kraft aus den Felsen,
gebündelt durchs Gestein,
ballert heute
auf dein verdammtes Körperschaftsgebein.«

Mancini schüttelte den Kopf. »Und du glaubst, das ist mehr wert als Gold? Du hast doch einen Nagel in der Kappe!«

»Wie kannst du es wagen …«

»Weil du naß und doof bist, deswegen!« murmelte Mancini und verschränkte gereizt die Arme vor der Brust.

»Das ist doch Käse!« fauchte die Molluske in seinem Geist.

»Halt's Maul!«

»Du weißt *doch* nicht, was es bedeutet, oder?«

»Ich sag's dir nicht. Ich muß arbeiten!« Mancini schwenkte den geklauten Folianten, drehte sich um und stierte abwesend eine Seite an.

Ein streunender Gedanke schwenkte in seinem Kopf einen ärgerlichen Finger. Irgend etwas an dieser Botschaft klang vertraut. Aber was bedeutete sie?

Und wieso dachte er an schwarze Schafe?

»Links, links, links!« schrie der Mann mit der gelben Jacke und dem Stahlhelm, der die Richtungsangaben bellte, und schwenkte dem Zurücksetzenden, der das Fuhrwerk mit den letzten Baubuden brachte, etwas entgegen, das wie ein kleiner Tischtennisschläger aussah.

»Biste taub? *Links* hab ich gesagt!« schrie er, als der andere nach rechts abbog, ein Rad in die Rinne fuhr und mit seiner bedenklich schwankenden Fracht auf dem halbfertigen Abschnitt der Trans-Talpino-Handelsstraße vor einem fünfhundert Fuß tiefen Abgrund stehenblieb.

»Was soll das werden?« rief der Kutscher wütend. »Willst du, daß ich in den Abgrund fahre? Du hältst es wohl für witzig, mich umzubringen, was?«

»Links habe ich gesagt!« schrie Sepp, der Baustellen-Vorarbeiter, richtete sich zu seiner vollen Größe auf und brüllte durch den entrollten Schlauch, der ihm als Sprachrohr diente.

»Ich *bin* doch nach links gefahren«, brüllte der Kutscher und krempelte zornig seine Ärmel hoch.

»Von *mir aus* links!« schrie Sepp und gab die Richtung an. »Dahin!«

»Von *mir aus* gesehen war es links!« knurrte der Kutscher.

»Ich geb hier die Richtung an, deswegen gilt *von mir aus* links, klar?!«

Das in den Deichseln des Fuhrwerks gefangene Vieh stieß ein erschrecktes Schnauben aus, als der Karren an den Rand heranrutschte.

»Na, bitte! Jetzt hast du Hotta verärgert!« rief der Kutscher, krempelte die Ärmel noch höher auf und enthüllte zwei äußerst behaarte Arme. »Ich kann Leute nich ausstehen, die meinen Hotta aufregen.«

»Hättste auf meine Anordnungen gehört, würd sich auch niemand ärgern. Am allerwenigsten dein Rhinozeros!« rief Sepp und deutete auf das verschreckte Zugtier.

»Du meinst wohl, Hotta zählt nich, was?« knurrte der Kutscher und stampfte drohend mit dem Fuß auf.

»Nein, nein, ich mag Rhinos«, erwiderte Sepp wimmernd und trat zurück. »Einige von meinen besten Freunden sind Rhi ...«

Rosch Mh'tonnay zog beim Geräusch des brechenden Nasenbeins den Kopf ein. Es drang in sein Gehör, als er den Fortschritt von oben überprüfte. Er schüttelte den Kopf und schlenderte kopfschüttelnd in die Projektleiterbude zurück. So war es jeden Tag. Streit brach aus, es kam zu kleinlichen Quengeleien wegen der Überstunden, und andere gelbjackige Arbeiter füllten die Lücke, die ein anderes Team kurz zuvor hinterlassen hatte ... Er schätzte, daß es nur noch schlimmer werden konnte. Wer Tätigkeiten dieser Art als Straßenbau bezeichnete, hatte noch nie einen Fuß auf eine Baustelle gesetzt. Nun hatte er sich fünf Tage seines Neunmonatsvertrages abgerackert und lebte eingepfercht in einer Bude in den

Talpa-Bergen, um der Handelsstraße eine weitere Spur und einen Durchroll-Freßburgerstand hinzuzufügen – und alles nur, weil irgendein erbsenzählender Buchhalter in Cranachan mit falschen Verkehrsaufkommenzahlen hantiert hatte. Was für ein Leben!

Rosch Mh'tonnay knallte die Tür hinter der Prügelei zu, die sich rasch unter seinem Balkon ausdehnte, und eilte an den Ofen. Er entfernte die sorgfältig zugeschnittenen Bretter hinter dem Schreibtisch, zwängte sie unter die Ofenecken und hob das Ding von der Falltür. Eine Sekunde später schnippte ein quadratischer Ausschnitt zurück und zeigte das eifrig strahlende, rotbärtige Gesicht eines Zwerges.

»Nun?« schnauzte Mh'tonnay.

Der Zwerg schlängelte sich aus dem Loch, hielt eine mit Schnitzereien verzierte Holzkiste hoch, deutete mit einem zitternden Stummelfinger auf eine Skala und spuckte einen braunen Rotzklumpen auf den Hüttenboden. Eine getroffene Schaufel schepperte. »Heee, Mann! 's ist 'n dickes!« plapperte er aufgeregt. »Hab immer gedacht, 's wär'n Mythos, aber dat ist nu vorbei, jawollja!«

»Was?«

»'s ist riesig! 's Thaumometer zeigt achtzig ... Wenn's fünfzig Fuß tief ist, dann ... Mann-o-Mann! Verdamm mich ... Wat ist der thaumokloide Abschirmungskoeffizient von Granit? Sechsundzwanzig oder zweiundsechzig? Ich vergesses immer. Sagen wir mal zweiundsech ...«

»Wovon redet Ihr?« brummte Mh'tonnay, der allmählich die Geduld verlor.

»... ungefähr zwei'nhalb Giga, Mann. Potz! Wenn's 'n wirklich 'n ausgewachsenes Thaumafer ist, und nich nur 'n Thaumolith ...«

Mh'tonnay riß die Arme in die Luft und schwenkte sie aufgeregt, um den schwärmenden Entwässerungstechniker zum Schweigen zu bringen. »Halt! Erklärt! Ein ausgewachsenes was?«

»Habt Ihr noch nie von 'nem Thaumafer gehört?«

»Nein!«

»Scheibenkleister! Geothaumale Energie? Erdmagie?«

»Das sind doch nur Märchen …«, setzte Mh'tonnay an.

»Hab ich auch gedacht. Und wat ist mit meine Wünschelrute passiert?«

»Ihr habt gesagt, sie sei fehlerhaft …«, stotterte Mh'tonnay, der allmählich nur noch Bahnhof verstand.

»Hab ich nur gesagt, um die anderen vom Hals zu kriegen. Wie können zwei Kleiderhakendrähte verschmelzen, wenn ich nach Wasser such? Ist unmöglich. Dachte, ich hätt mehr als 'ne Wasserader aufgespürt. Hier, der Beweis!« schrie der Zwerg und schwenkte das Thaumometer. »Wenn meine Berechnungen stimmen, liegen da unten mindestens zwei Gigathaum.« Prophs Augen leuchteten auf, als er es sich ausmalte.

»Na und?« knurrte Mh'thonnay. »Zu was ist es nütze?«

»Ihr habt keine Phantasie, wat, Junge?« sagte der Zwerg. »Wenn man sich die Kunst vonne Geomagie nutzbar macht, is jedes Hoch- und Tiefbauvorhaben 'n Kinderspiel.«

Mh'tonnays Blick erhellte sich.

»Sprengstoff is dann überflüssig«, fuhr der Zwerg fort. »Steine brechen? Scheibenkleister! Kannste vergessen. Spitzhacken? Mischmaschinen? Brauchste nich mehr.«

Mh'tonnay glotzte, aber sein Kinn sackte herab, als er den Streit draußen hörte. »Soll das heißen, ich brauche niemanden mehr einzustellen?«

»Jajohdatt! Und dat is erst der Anfang!« rief Proph enthusiastisch. »Nieder mit'm Handelsstraßenausbauplan. Es lebe die Trans-Talpino-Kanalinitiative! Schleusen. Trockendocks, mitten durche Mitte vom Tortilja. Is 'n Klacks.«

Mh'tonnay schaute gerade durch das Baubudenfenster, als eine erneute Kabbelei-Epidemie zwischen Betonmischern und Lieferanten ausbrach.

»Und das vermag die Geomagie?« fragte er verträumt und warf einen Blick in eine himmlische Zukunft.

»Jawollja, ungelogen«, erwiderte Proph. »Wat meint Ihr, wie all die Kreisverkehrsteine aufgebaut worden sind, he? Könnt Ihr Euch vielleicht vorstellen, daß 'ne Truppe lang genug zusammenhält, um sc dicke Steine aufzustapeln? Und wat is mitti Juppi-Yogis inne Himmeleyer-Berge? Glaubt Ihr, die hätten ihre Höhlentempel allein aus'm Fels gegraben? Im Leben nich! Die können nich mal 'ne Sandburg bauen, wenn man Ihnen nicht sagt, wie's geht.«

Mh'tonnay fuhr herum, packte den Bart des Zwerges und schaute ihm flehend in die Augen »Dann her damit!« krächzte er. »Ich brauche es!«

»Joi, joi, joi! Immer mitti Ruhe, Mann. Dat dauert 'ne Zeit. Wir müssen's zuerst ausgraben.«

»Wie lange?« flehte der Chefingenieur.

Proph dachte kurz nach. »Fünfzig Fuß Hartgranit. Und ich armer Hund bin ganz allein. Ahhh. 'n paar Tage.«

»Dann ran!« fauchte Mh'tonnay. Er schob den Zwerg in das Loch zurück, knallte die Falltür zu, stellte den Ofen wieder an Ort und Stelle und blickte aus dem Fenster auf das wogende Handgemenge der Straßenbauarbeiter.

»Habe ich doch gesagt«, telepathierte die Molluske mehrere fluchbeladene Stunden später herablassend. »Habe ich doch gesagt, daß es nicht geht. Oder etwa nicht?«

»Halt's Maul!« brummte Mancini und warf der kleinen, aber perfekt geformten Kröte, die zu ihm aufschaute, einen finsteren Blick zu.

»Ich dachte, es soll Gold sein«, murrte Knapp, der die glänzende Amphibie mürrisch ansah. »Damit kann man doch nix bezahlen!«

»Wie soll ich mich denn konzentrieren, wenn du ständig in meinem Kopf herumnörgelst?« schnauzte Mancini und musterte die Molluske finster. »Wenn ich nur genug Ruhe und Frieden gehabt hätte, wäre es Gold geworden«, jammerte er und schaute Knapp aus gutem Grund finster an.

Die Kröte hopste ein paar Schritte voran, mopste eine Made aus Knapps Sack und bekam für diese Frechheit schnell eins hinter die Löffel. Mancini schaute unglücklich von dem Folianten zur Kröte, kratzte sich am Kopf und bemühte sich herauszufinden, wo er einen Fehler gemacht hatte. Es hatte doch alles so einfach ausgesehen. Man mußte die Sache nur in vier Stadien durchziehen und nacheinander eins ins andere verwandeln – BLEI, BREI, COLT, GOLD. Kein Problem. Nur das letzte Stadium machte ihm zu schaffen... BLEI, BREI, SCHROT, BROT. Verdammt!

Das ganze Versteck wimmelte von vorherigen Irrtümern. BLEI, BREI, TRÖTE, KRÖTE... Sowas konnte einen aber auch wirklich durcheinanderbringen!

»Hab doch gesagt, es ist Zeitverschwendung. Man kann wirklich ein Vermögen machen, wenn man Blei in Kröten verwandelt, was?« schmeichelte die Molluske. »Man wird reicher, als man es sich je erträumt hat! Nicht waaahr?«

»Halt's Maul! Ich hab es gleich.«

Die Kröte quakte und hüpfte vom Tisch.

»Das sagt Ihr nun seit fünf Tagen«, murrte Knapp und zog die Nase hoch.

»Ich verstehe dich wirklich nicht«, telepathierte die Molluske. »Da bietet man dir die Chance...«

»Quatsch!« rief Mancini, sprang vom Tisch auf und schaute in die Wanne. »Du spuckst ein paar Zeilen Unfug aus und erwartest von mir, daß ich weiß, was es bedeutet. Aber dies hier verstehe ich! Ich krieg es zwar nicht hin, aber ich weiß, was ich falsch mache. Der Müll, den du seit der letzten Million Jahre im Kopf hast...«

Knapp stierte Mancini mit offenem Mund an, als dieser dem Geschöpf eine Predigt hielt. Es klang fast so, als hätte er mit jemandem Streit.

»Fünfundachtzigtausend Jahrhunderte…«, fiel ihm die Molluske pedantisch ins Wort.

»Von mir aus… Es ist unverständlich. Ich weiß nicht, wo ich anfangen soll!« Mancini packte die Kröte und warf sie zu den fünfunddreißig anderen in den Eimer. Knapp schüttelte den Kopf. Hat zu schwer gearbeitet, dachte er.

»Aha!« telepathierte die Molluske triumphierend.

»Was soll das nun wieder heißen?«

»Ich weiß vielleicht, wo man anfangen muß!« kam die unerwartete Antwort.

»Eben hast du noch gesagt, du hättest keine Ahnung«, protestierte Mancini. Er verlor allmählich die Geduld mit der rechteckigen Kreatur in der Wanne. »Willst du mir etwa weismachen, daß du nach fünfundachtzigtausend Jahrhunderten der Ahnungslosigkeit in den letzten fünf Tagen plötzlich drauf gekommen bist? Wie günstig!«

»Zu meiner Zeit«, dachte die Molluske und deutete mit einer desinteressierten Ecke auf einen Haufen abgelegtes Packnachrichtenbullenpergament, »wurden die Dinge eben noch nicht in Nachrichtenbullenlagen angeliefert.«

»Was?«

»Schau mal dort drüben hin, und sag mir, was du siehst!«

»Einen Pergamenthaufen!«

»Ja! Schau genauer hin!«

»Gib mal 'n Stichwort!«

»Muß ich denn alles machen?« maulte die Molluske, floppte aus der Wanne und schleimte auf den Haufen zu. Knapps Augen traten hervor. Hier ging irgend etwas Bizarres vor sich. Ihm war fast so, als sei das Geschöpf intelligent.

»Hier!« dachte die Molluske Sekunden später, nahm

ein Blatt zwischen die Zähne und schwenkte es ungeduldig.

Knapp hatte sich gerade zu einem hysterischen Kichern durchgerungen, als Mancini ihr das Pergament abnahm, die Tropfen abschüttelte, mit denen sie es genäßt hatte, und anfing zu lesen. »Na und? Irgendeine verrückte murrhanische Kaiserin veranstaltet einen Wohltätigkeitsball für Tyrannen...«

»Schau dir die Illustration an. Was liegt ihr dort zu Füßen?«

»Bösartig aussehende schwarzweiße Viecher. Na und?«

»Wie bist du nur Alchimist geworden? Es sind Verdammnisse!« Die Molluske musterte Mancinis leeren Gesichtsausdruck. »Gottchen!« Hätte sie eine Hand und eine Stirn gehabt, wären beide nun zusammengeklatscht. »Der Reim ... Seelenloser Hund ... verdammtes Körperschaftsgebein ... Weißt du noch? Muß ich es buchstabieren?«

Mancini stierte zuerst die pergamentene Nachrichtenbulle an, dann die Molluske, dann den Bleirohrhaufen vor der Hütte. Dann schüttelte er unglücklich den Kopf und zuckte die Achseln. »Ja, bitte.«

»Hund! Verdammnis. Ist das gleiche! Verstehste? Fünfundachtzigtausend Jahrhunderte verändern eben die Sprache.«

»Soll das heißen, ich brauche einen von denen da, um die nie geschaute Macht freizusetzen und der Schlüssel zum Aufstieg und Untergang von Königreichen zu werden ...?«

»Jau!«

»Ich denk nicht mal daran!« brummte Mancini, zerknüllte das Pergament, warf es quer durch die Hütte und griff nach einem Rohr. Knapp hechtete sich sofort auf die davonflatternde Nachrichtenbulle und glotzte sprachlos die Illustration an. Fragen und Angst gaben sich in seinem Geist ein wildes Stelldichein, und alles wirbelte und kreischte los, als er anfing, Schlüsse zu ziehen, deren Aussehen ihm alles andere als gefiel. Schließlich machte er den Versuch, sie wieder auszuradieren. Doch vergebens.

»Ich bin vielleicht dumm, aber nicht völlig verblödet!« schnaubte Mancini die Molluske an. »Die Schoßtierchen einer Kaiserin können nicht so wichtig sein. Wenn es so wäre, würde *sie* über alles bestimmen!«

»Wenn sie es wüßte …«, dachte die Molluske.

»Pah! Das erfindest du doch alles nur!« schnauzte Mancini, öffnete erneut den Folianten und legte das Rohr in das Pentagramm.

Knapp wimmerte und hoffte inbrünstig, daß in seiner Zukunft keins der Dinge auf dem Bild vorkam.

»Schon irgendwas gefunden?« schnauzte Practz' schäumende stämmige Gestalt, als er in den tieferen Innereien von Losa Llamas in den kleinen Höhlenraum stürmte.

Phlim schaute von den sausenden Bildern der Bäume und des Laubes auf, die er in seiner Kristallkugel erblickte. »Wenn ich genau wüßte, wonach ich Ausschau halten soll, könnte ich diese Frage vielleicht beantworten.« Er runzelte die Stirn und wischte sich ein paar Strähnen seines braunen Haars aus dem Gesicht. »Ich verstehe einfach nicht, wie ein Foliant aus der Bibliothek nach draußen gelangen kann.«

»Habt Ihr überall gesucht, wo ich gesagt habe?«

»Bin gerade dabei, den ganzen verflixten Wald zu durchkämmen, aber da gibt's nichts Ungewöhnliches.« Phlim schwenkte die Hände über der Kugel, die die Flugbahn der Wantze steuerte – eine kleine, insektenartige Kreatur mit Fischaugen-Linsen, eine Spezialanfertigung für eben solche Zwecke. Er schwenkte die Hände pentagrammatisch über die runischen Skalen und instruierte sie, niedrig über den Bäumen des nördlichen Waldrands zu kreisen, rasch herumzukurven und den drei letzten Bäumen blitzartig auszuweichen. Da war das kurze Bild von Hektaren einer ebenmäßigen Tundra, die sich den Talpa-Bergen entgegenstreckte, und dann Himmel, als die Wantze einen sauberen Schwenk machte. Practz wurde leicht grün, als er das schwindelerzeugende Bild in der Kugel aufblitzen sah.

Der Technozauberer drehte sich um und schaute Practz an. »Nichts! Wollt Ihr mir nun endlich sagen, wofür ich hier meine Zeit verschw ...«

»Da! Da! Geht zurück. Unter den Baum da!« Practz sprang auf und nieder und deutete in die angegebene Richtung. Phlim warf eine Reihe kurskorrigierender Zauberformeln um sich und starrte die wirbelnden Bilder in der Kristallkugel an.

»Tiefer, tiefer. *Bitte!* Da! Seht Ihr es?« schrie Practz aufgeregt.

»Was denn? Die Äste, die da unter dem Baum liegen?« fragte Phlim verständnislos.

»Ja! Das ist es!« Practz nickte, erleichtert, unterhalb der Baumkronen zu sein.

»Soll das heißen, ich habe meine ganze Zeit und Kraft verschwendet, um die Hinterlassenschaft irgendeines Schnitters zu suchen?«

Practz schlug sich plötzlich mit der Faust in die Hand. »Wir haben uns verspätet! Wir haben ihn verpaßt!«

»Keine Sorge, er schlägt wieder zu«, sagte Phlim, dessen Stimme von Häme troff. »Bei einem ganzen Wald voller hilfloser Bäume, unter denen er wählen kann, wird der Phantom-Schnitter ganz bestimmt irgendwann wieder ein paar Büsche aufschlitzen, sie kleinhacken und ihnen den Todesstoß versetzen. Er ist schlimmer als ein Massenmörder, ja, wirklich.«

»Wovon redet Ihr?« sagte Practz verwirrt, als die Wantze wieder über dem Gelände der Unkrautvertilgungsmittel schwebte.

»Vom Phantom-Schnitter. Habe ich denn nicht nach ihm gesucht?«

»Cheiro Mancini!« schnappte Practz.

»Ist er der Phantom-Schnitter?«

»Was denn für ein Phantom-Schnitter?« Practz schüttelte verwirrt das Haupt. »Nein! Er hat den Folianten. Und er ist uns entwischt.«

»Was macht das schon? Soweit ich mich erinnern kann, stehen in dem Buch ohnehin nur ein paar geringfügige Neufassungen unbedeutender Zauberformeln. Falls Ihr Euch Sorgen macht ... Ich wette, ich weiß aus dem Kopf, wie man Blei in Gold verwandelt ...«

»Das ist es nicht!« sagte Practz. »Er hat auch Thurgias Schriftrolle.«

»Also wirklich! Er ist doch vor der Abreise durchsucht worden!«

»Ich weiß zwar nicht, wie er es herausgeschmuggelt hat, aber ... Schaut! Das beweist es!« Practz deutete aufgeregt auf die Kristallkugel, auf der nun eine hastig verborgene Kutsche schwindelerregend schnell ins Blickfeld kam.

»Verdammt! Er hat es geplant! Er hat die Kutsche gewechselt! Suchfeld ausdehnen! Wir müssen ihn finden, bevor es zu spät ist!«

»*Wofür* zu spät?«

»Das weiß ich auch nicht«, gestand Practz. »Deswegen mache ich mir ja Sorgen.«

Mancinis Stirn war vor Konzentration schweißbedeckt. Er hatte die Augen geschlossen und richtete seine Gedanken wie Laserstrahlen auf den Haufen der schrittweise vor ihm metamorphierenden Bleirohre. Mentale Finger frisierten und massierten, drehten und kneteten das Plastizin der Wirklichkeit. Ihm bebte der Kopf unter der Belastung der letzten Woge der Willenskraft, und sein Singsang endete. Er öffnete die Augen.

Fünf Brote und zwei Kröten blinzelten ihn an.

Er stieß eine Salve von Flüchen aus und warf das gestohlene Buch durch den Raum. Es war hoffnungslos.

Bei diesem Ergebnis mußte sich sein Glück auf eine Ausdehnung des Krötensandwichmarktes verlassen. Knapp schaute von dem Brot- und Amphibienhaufen auf und schluckte nervös.

»Okay, du hast gewonnen!« ächzte Mancini der Molluske zu. »Wir versuchen es auf deine Art. Aber wenn sie nicht das sind, was du sagst, bist du in Null Komma nichts eine Handtasche. Verstanden?«

»Allemal«, dachte die Molluske.

»Gut. In welcher Richtung also liegt das murrhanische Reich?« sagte Mancini und setzte eine mutige Stimme auf. Knapp wimmerte und stopfte den Folianten in seinen Sack zurück.

Die Molluske floppte aus der Wanne, baggerte den hinteren Teil ihres Hirns aus und telepathierte Mancini etwas zu. Braune Striche wirbelten konzentrisch durch den Kopf des Alchimisten, Spuren kreuzten sie, grüne Flecke überlagerten blaue Schlangenlinien, und willkürlich bildeten sich Buchstaben über dem ganzen chaotischen Durcheinander.

Mancini schaute sich die perfekte mentale Landkarte an, schnalzte mit der Zunge und machte sich daran, das Roß zu bepacken und das Sattelbad für die Molluske zu füllen.

Knapp kramte in seinem Sack herum, entwirrte ein Blatt Pergament und glotzte das Bild der scheckigen Tücke an, die sich vor Kaiserin Tau versammelt hatte. In einem spontanen Anflug Zuversicht bildender Artikulation grunzte er: »Au weia.«

SIE LEBT!

Am fernen westlichen Rand des murrhanischen Reiches hielt eine rasend schnelle Frarri-Sportkutsche schlagartig Staub aufwirbelnd hinter einem Hain spitz zulaufender Bäume. Zwei Gestalten sprangen heraus. In Windeseile hatten sie eine Lakensammlung aus dem Kofferraum gerissen, selbige um den Kopf gewickelt und mit Ledergürteln befestigt. Der größere der beiden nahm einen Flachmann an sich, schraubte den Deckel ab und schien dann ein kurzes Gespräch mit seinem Inhalt zu führen. Dann verbarg er ihn in den Falten seines fließenden Umhangs und schritt auf die strahlenden Tore der vor ihm befindlichen Stadt zu.

»Langsam!« schrie der Kleinere, nachdem er eine halbe Stunde lang Sandhügel hinaufgehetzt war. »Wo gehen wir denn hin?« Es war Knapp.

»Dahin!« erklärte Cheiro Mancini bedeutungsvoll und deutete auf einen sich in der scheinbar endlos erstreckenden Mauer befindlichen viereckigen Turm. »Ins murrhanische Reich.«

»Hätten wir nicht auch hin*fahren* können?«

»Falls jemand fragt, gehören wir zum Stamm der Bayufaren, und Angehörige dieses Stammes sind nicht dafür bekannt, daß sie nagelneue Frarri-Sportwagen besitzen, klar?«

»Nun ja«, brummelte Knapp. »Aber Ihr hättet schon näher an diesem Reich parken können.«

»Halt's Maul«, raunzte Mancini und strebte dem strahlenden Tor entgegen.

Es dauerte nicht lange, dann erkannten sie, daß sie

nicht die einzigen waren, die dieses Ziel hatten. Aus allen Windrichtungen eilten auch andere Leute aufgeregt in die Hauptstadt, wimmelten um den kaiserlichen Palast herum und schleiften klapprige Handkarren voller Krimskrams heran – Geschenke und Opfergaben für Sahmbal Uklek, den fischköpfigen Hühnergott mit der feurigen Zunge.

Es war ein fundamentaler Glaube des murrhanischen Volkes, daß das Gift der Lügen und Falschheiten, die man im Laufe seines Lebens erzählte, im Munde des Verursachers blieb und Geschwüre, Plaque und Halitose verursachte. Nur wenn man von der reinigen Tinktur Sahmbal Ukleks trank, konnte dieser Makel entfernt werden.

Und so wurden an jedem Sahmbal-Uklek-Tag, der alle neun Jahre einmal stattfand, die Tore des murrhanischen Reiches weit aufgestoßen, und man gestattete allen Kommenden Zutritt zur heiligen Reinigungstinktur. Hätten Mancini und Knapp den Versuch gemacht, an einem beliebigen anderen Tag Eintritt zu verlangen, hätte eine Meute der am Tor aufgereihten Zweieinhalb-Zentner-Wächter sie mit gezücktem Katana pudelnackt gefilzt, ihnen alles von Wert abgenommen und sie bis zum nächsten Sahmbal-Uklek-Tag, an dem es ihnen erlaubt gewesen wäre, ihr Begehr zu äußern, die Stadt betreten zu wollen, in den murrhanischen Knast geworfen.

Erst als auch der allerletzte Wächter keine Regung und sich völlig uninteressiert an Mancinis und Knapps Eintreten zeigte, stieß die Molluske in der Salzwasser-Halbliterflasche einen erleichterten Seufzer aus. Sie war erleichtert, daß es ihr gelungen war, das Datum korrekt zu berechnen, da Mancini nicht die geringste Ahnung hatte, wie gefährlich es gewesen wäre, an einem normalen Tag durch das Tor zu gehen.

Im Inneren der Stadt wimmelte es von Straßenhändlern, die zum Sahmbal-Uklek-Tag den üblichen Kram verhökerten: obskure Fleischwürfel am Spieß in Pfeffersoße, waffeldünn gegrillte Krabben und Schalen nudelartiger Aale, die in Jalapeno-Püree schwammen; wäßrige Suppen, die dem Anschein nach gänzlich aus Schwefelsäure mit einem Spritzer Zitrone bestanden... Es gab endlose Methoden für die zahllosen Anhänger, um ihre blasphemischen Mäuler in den beißenden Flammen Sahmbal Ukleks zu reinigen, Myriaden Methoden, um ihre Meineide zu tilgen und wahre Erleuchtung zu erlangen. Wenn nicht, konnten sie sich auch einfach nur mit Gallonen Bier und würziger Nahrung vollstopfen.

Mancini mischte sich vorsichtig durch die ansteigenden Straßen und wich sorgfältig den scharfen, pfeffrigen Dampfwolken aus, die von den Straßenständen herüberwehten. Knapp schaute sich in äußerster Baffheit um, erstaunt über den Lärm und die Gerüche. Die Massen drängten sich von allen Seiten heran, prallten aufeinander, als sie von Bude zu Bude eilten, schrien und sich mit scharfen Fladen vollstopften. Sie strebten alle in die gleiche Richtung. Eine Flut von Leibern strömte aus allen Richtungen des Kompasses einem einzigen Brennpunkt entgegen, dem Zentrum der Sahmbal-Uklek-Tag-Feierlichkeiten. Zur öffentlichen Auswahl des Opfers.

Plötzlich explodierte die Luft in einem Hagel schriller Schreie, Feuerwerkskörper und wirbelnder Katanas. Die Menge wich zurück, und acht säbelschwingende, in grüne und rote Bambusrüstungen gekleidete kaiserliche Hofschläger bahnten sich an der Spitze des kaiserlichen Opfergefolges eine Gasse und gingen im Stechschritt auf das Zentrum des Platzes der Hundert Jahre Alten Eier zu. Marschsäulen Palastbediensteter strömten auf den Platz und schrien Parolen der heiligen Verweigerung. Eine riesige Phalanx von geschmückter weißen Rhinozerossen rumpelte hinterher, ihre Hörner leuchteten in zeremonieller Mordlust. Und schließlich kam die

Kaiserin selbst in einer strahlend goldenen Sänfte, die von Palastberserkern auf den Schultern getragen wurde. Als sie um die Ecke bog und von allen erblickt wurde, brach großes Jubeln aus, dem fast sofort eine Woge des Entsetzens und das plötzliche hektische Erweitern der improvisierten Gasse folgte – und zwar so weit, wie nur möglich.

Mancini strengte sich an, um zu sehen, was da vor sich ging. Er reckte den Hals über das Köpfemeer hinweg, und sein Adrenalinspiegel stieg an. Plötzlich ertönte ein schriller Schrei, und eine Gestalt wurde im Regenbogensprühen von Schlyrfi-Suppe mit Nudeln aus der Schlange gerissen und verschwand augenblicklich unter einer Woge gescheckten Grauens. Die kaiserliche Opferungsgruppe schritt weiter, als sei dies ein völlig normales Ereignis. Sie ignorierte die Schreie des frischen Imbisses am scheinbar endlosen Buffet der Verdammnisse.

Der Voraustrupp der kaiserlichen Hofschläger hielt vor einem erhöhten Podest in der Mitte des Platzes an, teilte sich, bildete einen Korridor und führte eine einzelne Gestalt zu einem oben angebrachten Bambusgerüst, die sich zu zwei weiteren bebenden Gestalten gesellte.

Die Menge explodierte in Wogen des Gesangs und schrie Namen. Kaiserin Tau sprang von ihrer Sänfte und lief das Podest zum Opfertopf hinauf. Ihre Beine waren in einer wimmelnden Masse rotäugiger Verdammnisse begraben. Als sie oben angekommen war, riß sie ihr Katana aus der Schulterscheide und verlangte Ruhe. Die bekam sie auch.

»Untertanen der Ewigen Knute!« schrillte sie über das Gesichtermeer hinweg. »Die Zeit ist gekommen, die Wahl zu treffen!« Sie schwenkte die blitzende Klinge vor den Gesichtern der drei verschreckten Gestalten. »Wer soll es sein?«

Die Menge schrie ihr mit trommelfellzerreißender

Lautstärke zwei Namen zu, wobei sich jeder einzelne bemühte, ihr den größten Lügenbold des Jahres zu nennen. Würde es Weyghel, der Ex-Minister für Besonnene Buchhaltung sein, der nicht nur versucht hatte, das Reich Murrha zu betrügen, sondern auch den gesamten Katana-Club der Frauen unter sechzehn? Oder mußte der Nachrichtenbullen-Zar Augsteyn dran glauben, dessen Schundblätter eine diffamierende Artikelserie veröffentlicht hatte, laut der Kaiserin Tau ein Mann war? Das Volk würde entscheiden, wie immer. Chöre für Weyghel krachten in wirbelnden Blasen ansteigenden Lärms gegen Gegenchöre für Augsteyn; wogende Fluten des Widerspruchs krachten auf die strömende Nipptiden der Verweigerung ...

»Falsch!« schrie die Kaiserin, die bis zu den Knien in knurrender Verdammnis stand. »Falls irgend jemand in der Gesamtheit des murrhanischen Reiches in den reinigenden Feuern Sahmbal Ukleks baden muß, um sich vom Schmutz meineidiger Lügen zu säubern, dann ist es *diese* wertlose Kreatur!« Sie packte Wampert am Hals und hielt seinen zappelnden Leib auf Armeslänge von sich entfernt vor die schäumende Masse. »Was sagt ihr dazu, brave Untertanen?«

»Schuldig! Schuldig! Schuldig!« krakeelte die Menge. Alle hatten von seiner wüsten verlogenen Behauptung gehört, er besäße das berüchtigte Gu-Tschi-Barett. Wie konnte ein überführter Verbrecher etwas so Geschmackvolles besitzen? Es mußte eine Lüge sein. »Schuldig! Schuldig!« Weyghel brach von Erleichterung übermannt zusammen. Wampert wollte aufschreien, aber Taus eiserner Griff um seinen Hals wurde noch fester und schnitt ihm die Luft ab. Sie fegte wie der Blitz zum Gerüst hinauf und schleifte Wamperts erschlaffende Gestalt hinter sich her. Die Menge eruptierte vor Erregung, als Tau über den Aufbau balancierte und das Opfer über den Topf hielt.

»Diesmal bedauere ich nur«, rief sie, wobei sich ihr

Bizeps unter der Rüstung aufblies, »daß ich einen Ersatz für ihn finden muß... Langweilige Bewerbungsgespräche! Lebt wohl, Wampert!«

Sie löste ihren Griff, und ihr 533. Imageberater schlug wild um sich und fiel in die Reinigungslotion Sahmbal Ukleks. Ein schriller Schrei wurde laut, ein Gurgeln, und nach drei Blasen sank Wampert unter die rote Oberfläche der heiligen Pfeffersoße und ward nie wieder gesehen.

»Hoffnungsvolle Bewerber finden sich morgen neun Uhr im Palast ein«, rief die Kaiserin, wischte sich die Hände ab und eilte, von dem wimmelnden scheckigen Verdammnisteppich umgeben, zu ihrer Sänfte zurück.

Als die Menge wieder zu den Buden der Straßenhändler zurückströmte und das kaiserliche Opferungsgefolge den Platz der Hundert Jahre Alten Eier verließ, formte sich in Mancinis Geist eine Idee.

»... und dies?« fragte Kaiserin Tau am nächsten Tag kurz nach neun und hob ein Gewand aus pinkfarbenem Raffiabastpanzer aus ihrer Garderobe.

»Gewiß, Hoheit«, katzbuckelte Mancini. »Und für etwas weniger offizielle Anlässe würde ich eine Herde dressierter Büffel vorschlagen... vielleicht auch einen Schwarm purpurner formationsfliegender Kolibris, die Eure kaiserlichen Brauen umkreisen.« Er schnippte mit den Fingern, und Knapp zückte die neueste Ausgabe von Hagen Böcks PET-Katalog. Mancini schwenkte ihn vor der kaiserlichen Nase herum.

»Was würdet Ihr dafür vorschlagen?« sagte sie und hob inquisitorisch eine gestärkte Augenbraue, als sie einen Tarnenthüllungsanzug herauszog, verziert mit Bronzepfeilspitzen-Ohrringen, Lanzenspitzenreversbrosche und einer Halskette, auf der sich reine Flußperlen und Miniaturjadekatanas miteinander ablösten.

»Oh, Eure Höchste Hoheit, Kleidung von solch herrlicher dekorativer Funktionalität erfordert eine sorgfältige Auswahl passender Tiere …«, säuselte Mancini, der spürte, daß das Bewerbungsgespräch ausgezeichnet verlief.

»Kriegt Ihr es hin?«

»Gewiß. Es gibt an sich zwei Wege, die man gehen kann. Bei im Freien stattfindenden, überwiegend tyrannischen Anlässen würde eine seltene mehrfarbige ammorettische Todesechse mit vergoldeter Wirbelsäule und Jadehalsband das Gefühl untertriebener Streitlust perfekt steigern …«

»Und der andere?« knurrte Tau, die den Entblößungsanzug vor ihre sich wiegenden Hüften hielt.

»Eine Kette schwarzer talpinischer Steinmäuse wäre …«

»Mäuse!« kreischte Tau entsetzt. »Mäuse sind was für Muttersöhnchen!«

»Im allgemeinen entspricht dies der Wahrheit«, erwiderte Mancini äußerlich gelassen, während sein Magen innerlich Purzelbäume schlug. »Jedoch lauert unter dem süßen Nagetieräußeren der talpinischen Steinmaus ein wildes Naturell mit Zähnen und Krallen, die ihresgleichen suchen.«

Der Blick Taus erhellte sich.

»Falls eine zielgerichtete Verführung ansteht, schlage ich eine Kette aus mausigen Gefährten vor. Indem man das verletzliche, schnuckelige Äußere und die dazugehörigen verborgenen Gefahren des Nagetiers neben Euer hartes aggressives Äußeres stellt, kann man die Aufmerksamkeit auf Euer persönliches kaiserliches Äußeres lenken. Mit einem subtilen Aufblitzen der majestätischen Lider wird selbst der am wenigsten heißblütige Mann ins Schwärmen geraten und Euch sabbernd zu Füßen liegen.«

Tau schrie vor Begeisterung auf.

»Bringt mir heute nachmittag die ammorettische Todesechse für einen Versuch … und die Stelle gehört Euch!«

»Eure Großzügigkeit ist überwältigend, Hoheit«, schleimte Mancini. Heute nachmittag! kreischte es panisch in seinem Inneren auf. Warum konnte sie ihm die Stelle nicht einfach *so* geben? Schließlich war er doch der einzige Kandidat. Überraschenderweise hatte sich im ganzen Reich niemand gemeldet. Wahrscheinlich war keiner verrückt genug, das Risiko einzugehen, das leicht explodierende Naturell der Kaiserin zu reizen. Alle wußten, wie wählerisch sie war, wenn es um ihr Äußeres ging. Vielleicht hatte es aber auch damit zu tun, daß Mancini alle anderen Kandidaten bestochen hatte.

Die Kaiserin grinste hinter dem Tarnanzug und malte sich aus, wie sie wohl mit einer aufgetakelten Todesechse auf dem Arm aussehen würde.

»Dann bis heute nachmittag«, sagte Mancini leise, verbeugte sich und trat Knapp in den Arsch, damit er sich mit dem traditionellen murrhanischen Rückwärtskriechen entfernte, wobei die Nase zwei Zentimeter über dem Marmorboden schweben mußte. Mancinis Geist schnurrte vor Besorgnis, als er an die vor ihm liegende Arbeit dachte. Eine bunte ammorettische Todesechse… in vier Stunden! Aus der Erinnerung!

Hab ich vergoldetes Rückgrat oder vergoldete Krallen gesagt? fragte er sich, als sie aufstanden, aus dem Palast eilten, aus der Stadt flohen und zu dem Hain mit den spitz zulaufenden Bäumen zurückeilten, in dem sie ihre Fluchtkutsche versteckt hatten.

Tief in den finsteren Nischen von Losa Llamas strich sich der Technozauberer Phlim eine Haarsträhne aus der Stirn, lehnte sich vom kugelförmigen Wantzenmonitor zurück und massierte sich den Hals. Helle Bilder einer Tundra blitzten und zischten vorbei, als das winzige insektenhafte Geschöpf in stets breiter werdenden Kreisen dahinjagte.

Phlim gähnte ausgiebig und rieb seine rot umrandeten Augen. Es ermüdete ihn, den ganzen Tag auf den Monitor zu starren. Im Moment war er dem Koma ziemlich nahe. Nun war er laut Practz' Befehl schon eineinhalb Wochen hier unten und durchkämmte alles nach Anzeichen von Mancini. Es sah hoffnungslos aus.

Zahllose Meilen entfernt segelte die Wantze über eine Fahrbahn. Phlim beobachtete mit einem Auge den Monitor und dachte geistesabwesend an ein lasziv bekleidetes Mägdeleyn, das an einem von der Sonne gebleichten Strand lag und nichts als ein Lächeln und ein geschmackvoll arrangiertes Muster von Kautschenradspuren trug – genau wie die auf dem schicken Pirhölli-Pergamentkalender drüben an der Höhlenwand. Phlim hatte keine Ahnung, welch junger, dynamischer Werbeleiter auf die Idee gekommen war, die straßenhaftenden Fähigkeiten ultradünnen Profilstahls graphisch zu verdeutlichen, indem er sie über den Leib nackter Mägdeleyn rollen ließ, aber er freute sich trotzdem darüber. Derlei erhellte die Höhle. Besonders im Februar. Der Anblick der sonnenbraunen Schenkel, auf denen die Abdrücke der Supa-Slyxx-Profilgürtelreifen leuchteten... Einmal gesehen, nie vergessen.

Er sprang erschreckt vom Stuhl auf und schwenkte aufgeregt die Arme über dem Steuerpentagramm. Sofort kippte das Bild um, die Wantze machte einen vollen Dreiundsechzigersturz und fegte auf die Straße zurück.

Dann sah er es. Soweit die Augen der Wantze blickten, erstreckten sich die parallelen Linien zweier Pirhölli-Slyxx-Rennkutschenspuren. Es waren genau die gleichen wie die, die das Mägdeleyn auf dem Februarblatt zierte: Supa-Slyxx-Profilgürtelreifen; die gleichen wie jene, die er vor zehn Tagen gefunden hatte und die vom nördlichen Rand des Forsts von Losa Llamas wegführten.

Er wies die Wantze an, ihnen zu folgen, dann eilte er hinaus, um Practz über seine Entdeckung zu informieren. Und im stillen pries er die erstaunliche Energie der Werbung.

»Halt sie fest!« raunzte Mancini, als Knapp gelangweilt zwei psychoterrine Kristalle rüttelte. »Und hör auf zu stöhnen. Man könnte fast meinen, daß du dich langweilst.«

»Tu ich auch«, murmelte Knapp. »Ihr macht das jetzt schon seit Stunden. ›Halt das mal!‹ – ›Schieb das nicht hin und her!' – Gib mir einen Psychoschraubenzieher!‹ – Wie lange dauert das denn noch?«

»So lange, wie es eben dauert«, grummelte Mancini und musterte die Masse der Drähte, Kristalle und PKTs* mit finsterem Blick. »Es muß perfekt sein. Ein Ausrutscher, und du kannst deinen Kopf in deinem Sack umhertragen!«

Knapp schluckte erschreckt. »Auch, wenn wir zu spät kommen?« fragte er.

Mancini kniff die Augen zusammen, blickte die Sonne an und qiekte. Sie war dem Horizont bereits viel zu nahe. Das geistige Abbild der Kaiserin Tau, die ihr Katana wetzte und aufgebracht ihre Sonnenuhr anstarrte, wogte in seinem Geist auf.

Mancini klemmte eilig einige Drähte in das verwickelte Chaos, änderte die Einstellung der Hypertaurusgeneratoren um eine Vierteldrehung und verband parallel dazu ein halbes Pfund Kartoffeln. Mit einem beruhigenden Flackern schaltete sich ein Chrominenzventil ein. Mancini warf der dahinrasenden Sonne rasch einen finsteren Blick zu, fluchte ausgiebig, schloß die Augen, brach in ein leises Mantra aus, beschwor in seinem Kopf das Abbild einer ammorettischen Todesechse und projizierte es auf den Empathieverstärker.

Knapp quiekte und sprang hinter den Frarri, als ein sechs Fuß hoher flackernder Saurier aus dem Empa-

* Pentagramm-Kreidetafel.

thiegnerator explodierte, wütend knurrte und sich bösartig umschaute. Alle Spuren des Empathiegenerators waren verschwunden – er schwebte nun im Inneren der Echse, ungefähr da, wo ihre Milz sein mußte.

»Es geht so«, brummelte Mancini, als er das Geschöpf in Augenschein nahm.

»Was ist aus Eurer Perfektion geworden?« jammerte Knapp, dem die Vorstellung überhaupt nicht gefiel, mit einer Pseudoechse zweiter Klasse in Schlitzreichweite des Katana der Kaiserin zu kommen.

»Keine Zeit mehr«, brummte Mancini. »Laß uns gehen.« Die Todesechse fegte blitzschnell und hungrig sabbernd durch die Wüste auf die Hauptstadt zu.

Erst nachdem Mancini ihre Läufe mental so weit verkürzt hatte, daß sie langsamer wurde, konnte er schließlich mit ihr Schritt halten. Als er eine halbe Stunde später ein Geschirr gebastelt, die Länge der Echse auf zehn Fuß erweitert, ihr Hunderte von Stacheln, mehrere Dutzend gemischte Krallen und blutfleckigen Speichel zwischen die Zähnen hinzugefügt hatte, verstand er, warum ammorettische Todesechsen bei manischen Tyrannen so beliebt waren. Er hatte noch nie im Leben so viele Blicke entsetzten Respekts auf sich gezogen und war noch nie so frei in einem zwanzig Quadratmeter großen Raum gegangen. Sehr bemerkenswert auch die Wirkung, die ein Hausreptil auf das Verhalten der Leute hatte, die einem entgegenkamen, wenn sie fähig war, wichtige Gliedmaßen zu entfernen und Säure über fünfzig Ellen zu spucken. Äußerst zufriedenstellend.

Cheiro Mancini grinste vor sich hin, als vierzehn kaiserliche Hofschläger über Zäune sprangen und sich hinter eiligst umgeworfenen Fuhrwerken verbargen. Knapp und er schlenderten unbehelligt durch das Tor und dem Palast entgegen. Wenn man bedachte, daß er noch vor zwei lumpigen Stunden geglaubt hatte, es sei ganz und gar nicht sicher, daß er sich an alle abstoßenden reptilischen Einzelheiten erinnern würde … Na schön, vielleicht hatte er die schwarzen Zähne etwas übertrieben, und die achtzehnzölligen Zacken auf dem Schwanz waren seine eigene Erfindung, aber als KUT stand ihm derlei schließlich frei. Und das galt auch für das umgekehrt polarisierte Empathiefeld, das der Todesechse eine so starke Aura unverhüllter mürrischer Wut verlieh. Sie erweckte den Anschein, als sei sie bei der kleinsten Provokation bereit zur Explosion. Die Kaiserin würde begeistert sein.

Und das war sie auch. Ihre Augen versprühten kindische Freude, und sie schrie auf, als Mancini in ihr Quartier stürmte und die anstrengende Kreatur in dem Schultergeschirr kaum kontrollieren konnte. Das Vieh fegte übermütig über das Chaiselongue, leerte einen Bankettisch und machte die Kaiserin mit tausend Pfund begeisterter reptilischer Zuneigung* platt. Sie kreischte freudig, als die meterlange Zunge ihr Gesicht wild abschleckte und die Vordertatzen der Todesechse ihre Schultern an den Boden nagelten. Jeder andere wäre auf der Stelle dem Tod anheimgefallen, aber Tau ergriff die Hörner des Geschöpfs, schüttelte seinen geschuppten Kopf, rang es zu bereitwilliger Unterwerfung und kratzte und kitzelte den harten gelben Bauch mit einem Köcher voller Pfeile. Mancini wußte nicht genau, welche der beiden Schreckgestalten bei der spielerischen Herumtollerei lauter lärmte.

Plötzlich flog am anderen Ende des kaiserlichen Gemachs eine Tür auf. Eine japsende Meute schwarzweißer Kreaturen stürzte sabbernd herein und wogte heran, um ihre Herrin, die sie mit Ziegenmilch versorgte aus dem Griff der Todesechse zu retten. Mancini folgte Knapp, der sich angesichts der einhundertundeins wildroten Augenpaare und dem Gewirbel aus Zäh-

* Es war erstaunlich, welche Masse der Einsatz der beiden in Losa Llamas geklauten psychoterrinen Riesenkristalle im Verein mit einem pulsierenden Hypertaurusgenerator simulieren konnte.

nen und Krallen geistesgegenwärtig hinter einem Sofa verbarg. Die ammorettische Todesechse zuckte zusammen und brüllte freudig, als Tau ihren Bauch kraulte; sie öffnete erst die Augen und schaute sich um, als die Kaiserin von drei wuchtigen Verdammnissen ergriffen und in Sicherheit gezerrt wurde.

Eine Sekunde später krachte es erneut, und die anstürmenden Kreaturen drückten eine zweite Tür ein. Ein Aufschrei, eine Reihe von Spritzern. Die Echse bog ihren gepanzerten Rücken, machte einen Purzelbaum und latschte ins kaiserliche Badezimmer. Mancini stürmte alarmiert unter dem Sofa hervor, packte das Schultergeschirr des virtuellen Reptils und hängte sich daran. Ein Problem, das er bisher noch nicht gelöst hatte, war das der Wasserdichte von PETs, ganz zu schweigen von der Milchdichte. Niemand konnte sagen, was passierte, wenn der Antrieb einer zehn Fuß langen projizierten Todesechse urplötzlich mit zahllosen Gallonen lauwarmer Ziegenmilch in Berührung kam. Er war sich allerdings sicher, daß es die Kaiserin nicht gerade erfreut hätte.

Die Echse strebte dem mit Verdammnissen gefüllten Becken entgegen, ihre Krallen rutschten über den Marmor, als sie eifrig vorwärtssprang. Mancini verwünschte sich. Warum hatte er nicht pathologische Angst vor allen Flüssigkeiten in sie eingebaut? Er krallte sich wild an den Boden, wollte sich an irgend etwas festhalten, egal woran... An irgend etwas Festgenageltem. Er zählte seine letzten Sekunden, als seine Fingernägel hektisch an dem Marmor scharrten...

Urplötzlich – mit einem einzigen Ruf – war alles vorbei.

Mancini stierte die Kaiserin ungläubig an. Sie stand tröpfelnd im Becken, hatte einen Arm ausgestreckt und deutete befehlend auf die Echse.

»Platz!« befahl sie, und der betonte letzte Konsonant hallte im ganzen Raum wider. Mancini hechtete in letzter Sekunde aus dem Weg und entging dem Hinterteil des Reptils um Haaresbreite.

Im Becken schlappten die Verdammnisse lautstark die Milch, schnurrten zufrieden und ignorierten die finster blickende Echse.

Mancini war sprachlos. Nach wenigen Sekunden planschten sich einhunderteins Verdammnisse – jene rasenden Kreaturen, die er gestern in der Öffentlichkeit einen Menschen hatte zerfetzen sehen; die wilden Ungeheuer, die Tau eifersüchtig aus dem Griff der Todesechse gerissen hatten – zufrieden gurgelnd und spritzend im Becken. Mancini war sicher: Wenn er ein Wollknäuel in das Gewühl geworfen hätte, sie hätten es freudig gejagt und spielerisch danach gehauen, wie ein Rudel eine Woche alter Kätzchen.

Er trat heran, um sie sich genauer anzusehen. Ein Meer von Köpfen flog herum, funkelnde rote Augen und kräuselnde schwarze Lippen enthüllten Massen tödlicher Zahndurchbrüche.

Vielleicht nicht, dachte er zitternd. Wenn er wirklich eins von diesen Viechern stehlen wollte, brauchte er einen verdammt guten Plan.

Zuschauen und lernen, dachte er und zog sich vom Becken zurück. Zuschauen und lernen.

Phlim schwenkte nonchalant die Hände über dem Wantze-Steuerpentagramm und murmelte mit der Mühelosigkeit eines Experten komplizierte Formeln. Müßig schlürfte er einen Krug Bier, als er die Niedrigprofilspuren der Pirhölli-Kutsche über Meilen öder Berge und Tundra verfolgte.

Dann hörten sie unvermittelt auf. Phlim hustete, schüttelte den Kopf und beäugte die Kugel erneut. Kein Zweifel, die Spuren waren weg. Er stieß eine Salve von Flüchen aus, ließ die Wantze herumzucken, und Panik stieg über den Fragen und plötzlichen Zweifeln auf. Die Wantze ging niedriger über das unregelmäßig geformte

Gelände und blitzte an einem Hain aus spitz zulaufenden Büschen vorbei.

Plötzlich waren die Spuren wieder da. Phlim schwenkte die Wantze fachmännisch herum und zielte, als sie scharf abbog. Eine Sekunde später hielt das Bild vor einem Haufen Zweigen und Ästen an, die den roten Fluchtwagen und zwei äußerst verunsichert aussehende angeschirrte Rösser kaum verhüllten.

Die Spur war zu Ende. Er hatte ihn verloren.

Es sei denn, ihm fiel ein, welche Schuhe Mancini trug.

»Was hast du vor?« brummte die Molluske in Mancinis Kopf, als der neue Hoftier-Imageberater in seinem Gemach mit einem Empathieprojektor hantierte. »Du vergeudest nur Zeit! Das machst du jetzt schon seit Stunden!«

»O nein, nicht du schon wieder! Laß mir ein bißchen Ruhe. Ich versuche mich zu konzentrieren!« Es war vier Uhr morgens, und allmählich zeigte sich der Mangel an Schlaf. Knapp lag schnarchend auf der anderen Seite des Gemachs.

»Du brauchst doch nur einen zu stehlen!« telepathierte die Molluske. »Rein, klauen, raus! Ganz einfach!«

»Ach ja? Und was dann?« knurrte Mancini, der die Zähne um einen Psychoschraubenzieher geklemmt hatte und mit beiden Händen zwei psychoterrine Kristalle umklammerte.

»Läßt du die unermeßliche Macht los ...«

»Falsch. Dann läßt *sie* ihre unermeßliche Schläger los... die mich mit einer Million Säbel hetzen, auf denen mein Name steht!«

»Übertreib nicht! Man wird nicht eine Verdammnis vermissen. Es sind doch so viele«, flötete die Molluske und floppte in der Wanne herum.

»Ich übertreibe nicht! Hast du gesehen, wie Tau in diese Viecher vernarrt ist? Sie würde es nach einer Sekunde bemerken!«

»Du hast Angst«, triezte die Molluske und deutete mit einer vorwurfsvollen Ecke auf den müden KUT.

»Wie viele Krallen haben sie?«

»Ähm ... Ich glaube, acht an jeder Pfote, aber was hat das damit zu tun? Weich mir nicht aus. Wenn du keine Angst hast, warum hast du dann noch keine geklaut, he?« schwafelte die Molluske.

»Man kann nicht einfach da reinmarschieren und mit einem von den Viechern unter dem Arm wieder rausgehen.«

»'türlich kann man es. Deswegen hast du doch die Stelle als Tier-Imageberater angenommen, oder? Damit du leichten Zugang zu ihnen hast.«

»Ja, aber ich bin noch nicht fertig.«

»Angst hast du!«

»Ich habe keine Angst«, knurrte Mancini. Er konzentrierte sich angestrengt auf den pulsierenden Chrominenzfilter-Vorverstärker und kniff die Augen zusammen, als er ihn auf acht Krallen einstellte. »Ich bin entsetzt! Schau!« Er wuchtete seinen Umhang hoch und enthüllte zwei rasend schnell schlotternde Kniescheiben. »Hast du mal gesehen, was die für Zähne haben? Na?«

»Hast du denn keine Handschuhe?«

»Glaubst du, sie wären auch nur im geringsten von Nutzen? Die Viecher durchbeißen sogar ein Kettenhemd ... Ah!« Auf einmal funkte cerulischer Flux, ein Knistern hoher potentieller Magie. Eine Kreatur blitzte vor ihm auf dem Tisch auf und verdeckte den Empathieprojektor. Die Molluske schrie in mentalem Kummer auf. Das Geschöpf stand kräftig auf allen vieren, schaute sich mit stechenden scharlachroten Augen im Raum um und fauchte und sabberte aus jeder Tatze scheckige Bedrohung. Mancinis Knie bebten unter dem Umhang vor Frohlocken.

»Mann!« sagte die entsetzte Molluske. »Diese Ähnlichkeit! Was hast du vor?«

»Das wirst du schon sehen«, grunzte Mancini. Er rieb

sich die Hände und begutachtete seine neueste Schöpfung von allen Seiten. Er spürte, daß der Sieg einen unsicheren Schritt näher heranhüpfte. Wie sollte er versagen, wenn eine virtuelle Verdammnis auf seiner Seite stand?

Plötzlich erklang ein Quieken hinter ihm, dann ein Ausbund an Handgreiflichkeiten, als Knapp, der erwacht war, die Verdammnis erblickte und einen erfolglosen Versuch unternahm, sich ein Versteck in die Matratze zu bohren.

Mancini schnippte rasch einen geübten Hokuspokus mit den Fingern, ließ das Empathiefeld zusammensinken, schob den Projektor in sein Bündel und grub seinen Assistenten unter einem quiekenden Kissenberg hervor.

»Komm her«, raunzte er. Er klang unendlich zuversichtlicher, als er sich fühlte.

Knapp rieb sich die Augen und stierte dorthin, wo die Verdammnis gewesen war, während Mancini der Werkzeugtasche eine Flasche grüner Flüssigkeit entnahm und durch den Raum warf. Knapp fing sie reflexartig in der Luft auf und stopfte sie in seinen Sack.

Mancini steckte die protestierende Molluske in den mit Salzwasser gefüllten Flachmann und packte Knapp am Kragen. Dann eilte er aus ihrem Palastgemach und hielt nur so lange inne, um mit der anderen Hand eine große tragbare Vitrine zu ergreifen und den verdunkelten Korridor nach Nachtwachen abzusuchen.

»Was habt Ihr vor?« quäkte Knapp, der von dem KUT prompt ignoriert wurde.

Mancini schleifte Knapp, wenn es nötig war, hinter sich her und lief, so schnell und leise wie möglich durch das Herz des Palastes, lugte vorsichtig um die Ecken, bevor er abbog, und lauschte an den Türen und am Boden, um zu sehen, ob sich Wachen näherten.

Minuten später bremste er quietschend vor zwei großen Bambustürhälften.

»Wurde aber auch Zeit! Was, zum Henk...«, begann Knapp entrüstet.

Mancini fuhr herum, drosch Knapps Mund mit der Handfläche zu und deutete mit der anderen drängend auf ein Türschild. Knapp kniff die Augen zusammen, als er die für ihn unverständliche Buchstabenreihe erblickte, und zuckte die Achseln. Mancini erwägte kurz, lautlos die Worte ›Kaiserliches Badezimmer. Eintritt wird mit Schmerzen und Entkörperlichung geahndet‹ zu mimen, doch dann entschied er sich dagegen. Statt dessen drückte er seine Hand fester gegen Knapps Mund und schlängelte sich leise durch die Tür. Jeder Muskel war angespannt und strebte nach gesunder Stille. Er bemühte sich verzweifelt, in der dicken, feuchten Atmosphäre der sauer werdenden Ziegenmilch nicht zu husten, als er Knapps Sack die kleine grüne Flasche entnahm. Knapp holte tief Luft, würgte und wurde so bleich wie Ziegenkäse. Mancini eilte zu dem verlassenen Becken, sein Atem echote viel zu laut und sein Herz raste, als er die Flasche mit der grünen Flüssigkeit in den seichten Teil entleerte. Dann knackte er die Tür am anderen Ende des Raumes, hauchte dreimal, kroch hinter den Vorhang und wartete.

»Sagt mir, was Ihr vorhabt!« flüsterte Knapp ängstlich.

»Wart's ab, dann siehst du's«, flüsterte Mancini, dessen Stimme von dem Stoff gedämpft wurde.

Sie brauchten nicht lange zu warten. Der warme, muffige Geruch von Ziegenmilch strömte durch die Tür, umrundete mehrere Ecken und wehte in die sanft zuckenden Nüstern der einhundertundeins schlafenden Verdammnisse. Blitzartig aktivierte sich eine Unzahl von Geruchsnervensystemen. Ihre assoziierten Motoriksysteme sprangen an und zum Frühstück auf. Zum Glück für Mancini wurde die innere Uhr der Verdammnisse nicht angesprochen, sonst hätten sie vielleicht bemerkt, daß es noch nicht einmal fünf Uhr morgens war – viel zu früh für Brekkies.

Sie flitzten durch die Gänge, rutschten um gebohnerte Ecken der aromatischen Steigung entgegen, huschten schneller, als sie sich dem Badezimmer näherten. Mancini hielt die Luft an, als sie durch die Tür sprengten und gierig ins Becken sprangen. Er würde in wenigen Sekunden herausbekommen, ob er den Metabolismus, die Dosierung und die Verdünnungsfaktoren der Verdammnisse richtig eingeschätzt hatte.

Ein Heer von Zungen schleckte die mit Drogen versetzte Ziegenmilch und verschlang ahnungslos den künstlichen Zusatz. In wenigen Sekunden hatte jede Verdammnis mindestens doppelt soviel von der kritischen Dosierung verspeist als man brauchte. In den nächsten Minuten würden sie es bedauern.

Ein kleineres der gescheckten Geschöpfe, das bis zum Bauch an der seichten Stelle in der Milch stand, knurrte und schüttelte verwirrt den Kopf, verwirrt von der plötzlichen Verdoppelung zahlreicher seiner Gliedmaßen. Es hob verdutzt die beiden linken Vorderpfoten und gaffte sie an. Sie paßten zueinander. Acht einziehbare rasiermesserscharfe Krallen, vier nichthaftende aufschlagwiderständige harte Ballen, allwettermonochrome Körperbehaarung, perfekt. Sie beugte eine einzelne vernichtende Zeigekralle und blinzelte, als zwei leuchtende Klingen vor ihren Augen zuckten... Irgend etwas stimmte hier nicht; irgend etwas mußte dringend untersucht werden... Eine Woge der Müdigkeit überspülte das Bewußtsein der Verdammnis und schickte zerschmetternde Erschöpfung in sein empfindungsfähiges Hirn... Etwas mußte untersucht werden... untersucht... Ach, später. Jetzt war eher die Zeit für... *Schnarch.*

Mancini jubilierte innerlich, als sich die Verdammnisse mit den rasiermesserscharfen Krallen überall im Becken zusammenrollten und einschliefen. Sie waren bis zum Stehkragen voll mit der Schlafdroge Dösamin. Er huschte hinter dem Vorhang hervor, berührte vorsichtig eine Verdammnis mit dem Zeh, schob dann das schnarchende Geschöpf in die Vitrine und schloß sie ab. Er nahm den eingestellten Empathieprojektor aus dem Bündel, legte ihn neben das Becken und vollbrachte schnell ein paar Handgriffe. Wie durch Zauberei erschien eine in jeder Einzelheit perfekte und von einer echten nicht zu unterscheidende Verdammnis.

Mancini grinste selbstgefällig vor sich hin, eilte verstohlen aus dem kaiserlichen Badezimmer und fegte durch die Korridore des Palastes, die schlafende Verdammnis unter dem Arm.

Knapp folgte ihm, ziemlich verdattert und nicht sonderlich entspannt.

»Das bringste nicht hier durch!« brüllte der Oberbetonmischer und deutete auf des Fuhrmanns Magnus beladenes Fuhrwerk.

»Wer sagt das?« kam die wütende Antwort bedrohlich über den Foh-Paß.

»Ich und das Schild da drüben. Siehste? Durchfahrt gesperrt.«

Magnus warf dem Heer der rotweißen Kegel, die das Meer der glitzernd empfindlichen jungfräulichen Straße beschützten, einen finsteren Blick zu. »Und was soll ich meinen Kunden erzählen, wenn sie nichts zu verkaufen haben, he?«

Eine Welle zustimmenden Gemurmels erklang aus den Reihen der etwa zwölf weiteren Fuhrleute, die auf der Gegenfahrbahn festhingen. Man stritt sich nun schon den ganzen Abend, und die Geduld der Betroffenen war inzwischen dünner als das fadenscheinigste Damenunterkleid.

Rosch Mh'tonnay lugte aus dem Fenster seiner Baubude und fluchte. Sepp, der Vorarbeiter der Baustelle, rannte auf ihn zu und gestikulierte wild. Mh'tonnay verschob verzweifelt seinen Schreibtisch, klemmte ihn gegen die Tür und stellte noch ein paar Stühle oben drauf. Er hatte viel wichtigere Dinge am Hals als die Schlichtung eines neuen Streits. Er riß blitzschnell die Bretter hinter dem Ofen hervor, bewegte denselben und hämmerte gegen die Falltür. Von unten kam ein grunzender Laut, ein kämpfendes, sich windendes Geräusch, dann tauchte das bärtige Gesicht auf, gerade als der quirlige Sepp die Baubudentür rammte. Die Klinke ruckelte in hektischem Unvermögen, begleitet von einer Tirade gedämpfter Bitten.

»Wie lange?« fragte Mh'tonnay, dessen Gesicht nur Zentimeter von dem des keuchenden Zwerges entfernt war.

»Könnt Ihr dat nich selbst beantworten?« fragte Proph, während die Tür wild gegen den Schreibtisch ratterte.

»Wann habt Ihr es erreicht?«

»Also wirklich...«, begann der Zwerg und hielt inne, als er Mh'tonnays wilden Gesichtsausdruck sah. »'s Thaumometer spielt verrückt. Noch 'n paar Stunden, dann bin ich direkt am Thaumafer. Wenn's eins is.«

Wieder klapperte die Tür.

»Was soll das heißen?« raunzte Mh'tonnay.

»Fühlt sich unheimlich an. Zu isoliert. . .«

»Aber es ist doch geomagisch, oder?«

»Klar dat...«

»Dann holt es. Die Arbeit hier wächst mir über den Kopf. Ich brauche es!« Er schob den Zwerg wieder ins Loch zurück, fluchte, setzte sich hin und verbarg den Kopf in den Händen. Warum können die Menschen nicht wie Steine sein? schrie es lautlos in ihm. Fest, verläßlich, still... Steine verstand er. Wenn man genug Sprengstoff hatte, taten sie genau das, was man wollte. Ihm kam eine Idee. Er stand blitzschnell auf, raste in den rückwärtigen Teil der Baubude, öffnete einen verschlossenen Schrank und zog einen großen Behälter heraus. Sepp donnerte fest gegen die Tür. Panik stieg auf, als sechs zwergenhafte Entwässerungstechniker Keulen von einem Stapel ergriffen und herunterbrandeten, um den wütenden Mob der dreißig Betonmischer zu verstärken. Es war nur eine Frage der Zeit, bis Tränen flossen. Und es würde noch länger dauern, ehe man zu Bett gehen konnte.

Ein besonders provokativer Kegelaufsteller, der mit einer Handvoll rotweißer Markierungen bewaffnet war, marschierte auf den schäumenden Fuhrmann Magnus zu. Und in diesem Moment riß – mit Fanfaren und knallenden Peitschen – Magnus der Geduldsfaden. Seine Lunge feuerte aus allen Zylindern, er schrie die drei vor ihm stehenden Kegel an – ein rotweißes Tuch für einen optimistischen Fuhrmann. Er ließ seine Peitsche theatralisch über die sechs angeschirrten Tiere seines Vierzigtonners knallen und fuhr los. Die Reihen der wütend dreinblickenden Betonmischer verdichteten sich und schwenkten Schaufeln. Hinter ihnen leuchtete das Meer der frisch betonierten Fahrbahn.

»Es ist mir schnurz, ob es einen Tag dauert, bis das Zeug hart ist!« schrie Magnus. »Ihr hättet eben nicht *beide* Fahrbahnen auf einmal erneuern sollen! Ich muß liefern!« Er ließ erneut die Peitsche knallen. »Hü, Donner! Hü, Blitz!« Das Fuhrwerk ratterte weiter voran.

»Wie schon gesagt, das fährt hier nicht durch!« schrie der Oberbetonmischer und drosch drohend mit seiner Schaufel in seine offene Handfläche. Fünfzehn Minikeulenschwinger traten vor.

»Wer sagt das?« schrie Magnus, der seine sechs Rhinozerosse eifrig antrieb. »Versucht doch mal, mich aufzuhalten!«

Blitz schnaubte in dickhäuterischer Verwirrung, als er unter seinen Hufen drei Kegel zermalmte und auf die neue Fahrbahn trat. Sein riesiger Fuß sank mehrere Zoll tief in die glitzernde Oberfläche ein – begleitet vom Gekreisch der wilden Wut der Betonmischer und einem ermutigenden Brüllen der restlichen Fuhrleute.

Wenige Minuten später setzten sich sieben Fuhrwerke in Bewegung. Mehrere Dutzend ausbrechende Schlägereien wurden zu dem, was man später den größten Schlammringkampf in der Geschichte des Trans-Talpino-Handelsstraßenausbauprojekts nannte.

»Aufhören, das reicht!« rief ein Mann, der auf einem verstärkten Kofferraum stand und eine Schachtel Streichhölzer und eine Handvoll langer grauer Zylinder schwenkte, von denen jedes am Ende mit einer Schnur versehen war. Sekunden später brach Stille aus, und alle Blicke wandten sich dem Irren auf der Sprengstoffkiste zu.

»Das ist schon besser«, sagte Mh'tonnay herablassend; er versammelte die Fuhrleute und Vorarbeiter und setzte das allererste Beispiel einer Schlichtung unter Androhung einer Explosion durch.

»Aber wieso gerade ich?« jammerte Thurgia.

Practz drehte sich um und schaute den Leiter der Abteilung Dämonische Besessenheit über den Brillenrand hinweg an. »Weil Ihr das Rucksack-Thaumatron als erster getragen habt. Ihr wart dabei. Das macht Euch im Moment sozusagen zum einzigen Experten, über den wir verfügen, verstanden?«

Eine halbe Stunde später, als Thurgia in der Mitte der abgeschirmten Versuchshöhle stand, thaumische Wellenleiter aquamarin hinter seinen Ohren glühten und über ihm eine Wolke aus zischenden Saphirmücken tanzte, kam er sich nicht mehr wie ein Experte vor.

»Neun Kilothaum und stabil«, rief Wat, der im Schutz eines umgekippten Tisches das Thaumometer ablas. »Ihr braucht aber fünfzehn!«

Ein gleichbleibendes schrilles Winseln kam von einer komplexen Anordnung von Strängen und Anzeigen, die sich neben Wat befanden. Jede war mit einem anderen Bereich der badematteförmigen, an den Rönthextisch geschnallten Kreatur verbunden.

Thurgia zuckte nervös mit den Händen und drehte den Knopf. Sofort nahm die Intensität des Zischens zu und knisterte bedrohlich.

»Wißt Ihr *genau,* daß das eine gute Idee ist?« jammerte er. Seine Knie fühlten sich jetzt schon wie Gelee an.

»Nein«, erwiderte Wat beruhigend. »Aber was Practz sagt, wird gemacht. Wie sollen wir sonst in Erfahrung bringen, was es mit diesen Schriftrollen auf sich hat?«

»Spielt es denn eine Rolle?«

»Oho, ich glaube doch! Wer weiß, welche Informationen die Fehlende enthält? Könnte sich in den falschen Händen gefährlich auswirken ... Und im Moment ist sie eindeutig in den falschen Händen! Also los, ran an das Ding. Mal sehen, ob es uns einen Hinweis gibt.«

Thurgia schielte besorgt auf den kleinen rechteckigen Gegenstand, aus dem unzählige Monitorkabel sprossen, drückte die dunkle Brille fest auf seine Nase und hielt die Luft an. Über ihm summten eine Million cerulische Hornissen: fünfzehn Kilothaum einsatzbereite Hochspannungsmagie. Er hob die Hände, konzentrierte sich auf die tote Molluske, zielte und ließ los. Wat verschwand hinter dem Tisch. Silberblaue Blitze zuckten knisternd aus Thurgias Fingerspitzen, überbrückten die Kluft, gruben sich ins Herz des uralten Lebewesens, durchströmten sein neurales Netz und aktivierten gealterte Axonen. Es zuckte reflexartig und bäumte sich auf dem Rönthextisch auf. Die Anzeige auf Wats Monitor zuckte unheimlich, knisterte weißes Rauschen, wurde dann wieder zur perfekt geraden Linie und einem einzelnen schrillen Heulen.

»Es haut nicht hin«, sagte Thurgia protestierend. »Wir können etwas Totes nicht wieder zum Leben erwekken.«

»Vor ein paar Tagen habt Ihr es aber getan.«

»Seid Ihr sicher? Habt Ihr es gesehen?«

»Noch mal!« rief Wat. »Fünf-Sekunden-Impulse!«

Thurgia bewegte zurückhaltend die Finger und ließ die gefangenen Lichtblitze wieder los. Er wankte zurück, als die Energie in die Molluske bolzte. Das Höhleninnere wurde von knisterndem Blau überspült, es zischte und prallte von Myriaden Oberflächen ab und ballerte in das auf den Rönthextisch geschnallte Geschöpf.

Als die Molluske sich aufbäumte, zuckten die Nadeln hin und her; die Anzeige schüttelte sich und kehrte, als Thurgia aufhörte, wieder zum monotonen Winseln der flachen Linie zurück.

»Seht Ihr? Es klappt nicht! Es war eine ganze Ladung«, erklärte er, nahm die Energie zurück und wandte sich Wat zu. »Die andere ist bestimmt verdunstet. – Puff!« fügte er hinzu, schnallte das Thaumatron in einer Woge der Erleichterung ab und schüttelte es von seinen Schultern, bevor Wat beschloß, es sei vielleicht eine gute Idee, noch einen Versuch zu machen.

Der Techniker sprang über den umgekippten Tisch und trat an das leblose Geschöpf heran. Er bohrte unglücklich einen Stock in dessen Mitte. »Beweg dich. Na, komm. Wach auf, wach auf!« Das Dröhnen der flachen Linien klang in der Höhle stur.

»Es haut nicht hin«, sagte Thurgia. »Ich glaube, Ihr geht lieber zu Practz und erklärt es ihm.«

»Was? Ich? Ich soll ihm sagen, daß seine Idee nichts taugt?« wimmerte Wat. »O nein!«

»Tja, meine Abteilung ist es ja nicht«, sagte Thurgia und begab sich zur Tür.

»Aber ich bin doch nur Tech …«

Das Winseln verstummte plötzlich, stotterte und wurde wieder hörbar. Wat stierte Thurgia eine Sekunde an, wirbelte herum und glotzte die verunglückte Badematte auf dem Rönthextisch an.

War es nur seine überreizte Phantasie, oder sah die

Pergamenthaut des Geschöpfs nun wirklich weniger dem Untergang geweiht aus? Er piekste sie nervös an.

Die flachen Linien zuckten, als die Molluske zuckte, sie knisterten, als sie ruckte, und wurde wieder zu einem schwachen, aber regulären Pulsieren.

»Psi-Ausstrahlungen!« quäkte Wat. »Sie lebt!«

Ein paar Stunden später hielt hoch über dem Foh-Paß eine kleine rote Sportkutsche quietschend vor einem bröckelnden Bergversteck an, zwei Gestalten sprangen ab, packten eine schäumende und fauchende Vitrine, verschwanden in der Hütte und ließen die dampfenden Rösser in der kalten talpinen Luft zurück.

»Gut gemacht, alter Knabe«, telepathierte die Molluske, die sich in seinem Flachmann rollte. »Keinerlei Spuren hinterlassen.«

Cheiro Mancini warf die Vitrine auf den wackeligen Tisch und bedachte sie vom anderen Ende der Hütte mit einem argwöhnischen Blick. Knapp latschte in den Nebenraum und knallte die Tür zu. Er war drei Tage mit dem hinter ihm unter der Plane fauchenden Ding unterwegs gewesen, und das war weitaus zuviel. Zwei bösartige knallrote Augen funkelten Mancini über einer tückisch verzogenen Lippe hinweg an und umrahmten eine schreckenerregende Zone leuchtend tödlicher Zehnzöller-Reißzähne.

»Tja, und was nun?« raunzte Mancini. Er schüttelte sich, als die Verdammnis in ihrem Käfig hilflos heulte und um sich trat.

»Oh, 'n nettes Bad, schätze ich«, dachte die Molluske fröhlich. »Das Wasser ist inzwischen ziemlich kalt.«

Mancini riß den Flachmann von seinem Gürtel ab und schüttete das uralte Geschöpf wütend auf den staubigen Boden. Dann packte er es so blitzschnell wie ein Raubtier und stierte wild in das, von dem er annahm, daß es Augen waren. »Ich habe mir dein pausenloses Geplärr in meinem Kopf angehört; ich habe dein Genöle über Blei in Gold verwandeln ertragen; ich habe mein Leben riskiert, indem ich in den murrhanischen Kaiserpalast eingedrungen bin; ich habe ein Haustier der Kaiserin entführt – und wofür? Was, zum Teufel, soll ich nun mit diesem Mistvieh anfangen? Wo ist denn die ganze unbeschreibliche Macht, he?«

Er funkelte die bademattenförmige Kreatur an, und es gelang ihm nur mit Mühe, seinen Ärger im Zaum zu halten, als ihre oberen Ecken stumm zuckten.

»Du weißt es nicht?« quäkte er ungläubig. »Du *weißt* es nicht? Ich habe einen gestohlenen Käfig voll fuchtigem tierischem Leben, das in drei Sekunden eine Kuh zerlegen kann. Ich stehe auf seiner Beliebtheitsskala nicht ganz oben, der Käfig biegt sich schon mehr, als er sollte, und du sagst, du weißt nicht, was ich mit ihm machen soll?«

»Tja ... äh ...«, rechtfertigte sich die Molluske.

»Was soll *das* nun wieder heißen? Entweder weißt du es, oder du weißt es nicht!«

»Man muß irgendwelche Energie auf das Tier fokussieren. Das deutet der Reim an«, wimmerte die Molluske telepathisch.

»Was? Energie? Hier oben? Mach dich nicht lächerlich! Wo, zum Teufel, soll ich hier oben, auf den Gipfeln der Talpa-Berge, Energie hernehmen?«

Eine halbe Meile weiter, fünfzig Fuß unter der Baubude eines gewissen Chefingenieurs, schwang ein Zwerg seine Spitzhacke mit etwas zuviel Enthusiasmus. In der Dunkelheit des vertikalen Schachts kam es zu einem Funken von Metall auf Feuerstein. Ein seismisches Knacken und ein Ausbruch purpurner geothaumaler Energie brüllte aus einem Loch, krachte in den Brustkorb des Zwerges und schleuderte ihn zum Himmel hinauf. Violette Wolken wirbelten wütend auf, beschleunigten, eruptierten unter der Hütte und stiegen dreihundert Fuß zum Himmel auf. Behelmte Bauarbeiter verstreuten sich in Myriaden Richtungen und warfen sich unter die stehenden Kutschen des Gegenverkehrs.

Mancini stolperte aus der Hütte hinaus. Seine Kinnlade sackte herunter, als er die Bude graziös über den Gipfel des Tortilja kreisen sah.

»Was wolltest du gerade sagen?« telepathierte die Molluske herablassend.

»Was soll das heißen, Ihr habt ihn verloren?« sagte Practz drängend und funkelte den nervös bebenden Phlim an.

»Ähm ... Mancinis Aufenthaltsort ist unbekannt«, erwiderte der Technozauberer und wischte sich eine Haarlocke aus der Stirn. »Er ist verschwunden. Informationen über seinen momentanen Standort sind äußerst spärlich ... Muß ich weiterreden?«

»Ich glaube es nicht!« schrie Practz und schlug sich an die Stirn. Seine Stimme klang in dem winzigen Höhlenraum hohl. »Da habt Ihr die beste Aufspür- und Versecksuch-Maschine, die die Technik von Losa Llamas bietet, und Ihr verliert ihn? Wie denn?«

»Ich bin sicher, er wußte, daß wir ihn verfolgen werden«, entschuldigte sich Phlim. »Warum hätte er sonst seine Fluchtkutsche zurücklassen, seinen Transportmodus ändern und kehrtmachen sollen?«

»Quatsch! Er ist zu Fuß in die Stadt gegangen!«

»Ah. Ja. Aber er ist *absichtlich* in den dichtesten Massen untergetaucht, um die Wantze abzuschütteln.« Ein gut zuredender Unterton schlich sich in Phlims Stimme.

»Keine Ausreden! Es gibt doch im ganzen murrhanischen Reich keinen Ort, an dem es *nicht* von Menschen wimmelt!«

»Na, bitte«, erwiderte Phlim stur und zog das nächste Lügenbündel aus dem Ärmel. »Ihr und ich – wir wissen es. Es ist doch nur vernünftig, daß er dorthin gegangen ist. In die Anonymität eines übervollen Raumes.«

»Ach, hört mir doch mit solchen Klischees auf!«

brummte Practz. »Gebt es zu! Ihr habt ihn verloren. Ihr habt es vermasselt! Ihr habt es versaut! Jetzt ist die ganze Überwachung zunichte! Eine Katastrophe!«

Phlim nickte unglücklich und fummelte am Saum seines Laborumhangs.

»Setzt die Wantze in Mancinis Fluchtkutsche, dann kriegen wir ihn, wenn er wieder abhaut.«

Phlim schluckte nervös. »Wenn er abhaut«, echote er.

»Genau. Die Wantze hat nichts dagegen zu warten.«

»Wenn er abhaut«, wimmerte Phlim.

»Ja. Ist das ein Problem?«

Der Technozauberer zuckte zusammen und erbleichte. »Ähm ... Ihr wißt doch noch, was Ihr über Katastrophen und Dinge gesagt habt, die zunichte sind?«

»Mmmmmm?« Practz blickte über den Rand seiner Brille. Phlim kam sich vor, als sei er wieder in der Schule, verstecke seine blauen Hände und streite frechweg ab, er habe dem vor ihm sitzenden Jungen Tinte in den Kragen geschüttet. »Nun ...« Er deutete auf den kreisförmigen Kristallwantzenmonitor und zog den Kopf ein.

Practz schaute auf das winzige monochrome Abbild eines kleinen, leeren Hains spitz zulaufender Bäume, warf einen Blick auf die hinein- und hinausfahrenden Radspuren, blinzelte zweimal, rieb sich die Augen und fluchte durch seine fest aufeinandergebissenen Zähne. »Findet ihn!« knurrte er, »sonst werde ich ...«

Phlim brachte nie in Erfahrung, was Practz hatte sagen wollen. Die Tür wurde aufgestoßen. Wat und Thurgia stürzten wie Bahrenträger herein. Sie waren vor Erregung schier aus dem Häuschen. »Sie lebt!« schrien sie wie aus einem Munde und hielten die uralte Molluske hoch, die noch immer an den leuchtenden Rönthextisch geschnallt war.

Practz beäugte eifrig die Kreatur. Er rechnete damit, daß sich nun ein paar brennende Fragen auflösten, denn er wollte geradezu verzweifelt wissen, welche Informationen die verschwundene Molluske enthielt. Seine Brauen, blaßblau vom unter der Kreatur scheinenden Licht erhellt, verzogen sich zu wirren Knoten. Statt auf die dicht gepackte Skriptur urzeitlicher Buchstaben, die das gespenstische Innenskelett der Molluske überlagerten, stierte er zusammenhanglos auf ein fast geometrisches Muster einander überschneidender Linien, die kreuz und quer über das spektrale Bild des Brustkorbs, des abgeflachten Schädels und des Proto-Rückgrats verliefen.

»Ist er richtig justiert?« raunzte er und deutete auf den Tisch. Losa Llamasische Studien hatten die Rönthex-Technik weit über das einfache Entschleiern verborgener Knochenstrukturen oder unbekanntem weichem Gewebe hinaus entwickelt. Wenn Rönthexstrahlen auf die korrekte Mikro-Wellenlänge acetylcholiner Moleküle und anderer Neurotransmitter abgestimmt waren, konnten sie die harmonische Fluktuation des Kleinhirns auffangen, den stattfindenden Gedankenprozeß enthüllen und die starren neuralen Netzwerke des Gedächtnisses auf einem leitenden Display kartographieren.

»Klar«, erwiderte Wat. »Dreikommafünf Angström. Was sagt Ihr dazu?«

Phlim, erleichtert, weil er Practz' Launen nicht länger ausgesetzt war, hechtete vorwärts und schwenkte seine Hände über dem Steuerungspentagramm. Das Bild zischte, löste sich auf, kam dann vierfach vergrößert zurück und enthüllte die Striche in schärferen Details.

Practz strich seinen Bart und saugte gedankenverloren an seinem Gebiß. Halbierende Striche, sich kreuzende Netze… in der Erinnerung einer uralten Molluske. Es paßte einfach nicht zusammen.

»Was ist das?« fragte Phlim plötzlich. Seine Finger schnippten aus und markierten einen winzigen Fleck auf dem Bild, knapp über dem Steiß der Molluske. Vier

Köpfe beugten sich vor und peilten konzentriert, dann zuckten vier Paar Achseln.

Phlim verstärkte die Vergrößerung und enthüllte mikroskopische krakelige Buchstaben.

Auflösen. Zoom. Mal fünfzig.

Kaum leserliche Worte. Konzentrische braune Linien, von winzigen Zahlen durchbrochen.

Auflösen. Zoom. Mal hundert.

Ein Keuchen erschallte im Raum, als die Thaumaturgiephysiker die perfekt kommentierende Konturenlandkarte des Talpa-Gebirges erkannten.

Nachdem Rosch Mh'tonnay über den schneebedeckten Gipfel des Tortilja geflogen und auf einem Schneehang gelandet war, eine kleinere Lawine in Bewegung gesetzt hatte, um dann, das Gesicht voran, gefährlich über einem Abgrund zu schwanken, war das letzte, was ihm zu seinem Glück noch fehlte, ein überenthusiastischer Zwerg, der auf ihn draufknallte.

»Stillgestanden!« schrie der Chefingenieur, als die Baubude rings um seine Ohren zusammenbrach und über den Rand kippte, so daß er mit weißen Knöcheln an dem hängenblieb, was einst ihre Rückwand gewesen war. Sie balancierte mit dem Zwerg in perfektem Gleichgewicht auf dem Kamm des Felsens.

»Scheibenkleister! Kuckt mal, die Anzeige!« rief Proph, der wie durch ein Wunder noch immer eifrig das Thaumometer in der Hand hielt. »Zehn'nhalb Kilothaum! Hihi! Der Teu...« Er machte einen Schritt vorwärts und rotzte einen dicken, braunen Klumpen über den Rand.

»Zurück*zurückZURÜCK!*« kreischte Mh'tonnay, dessen Zehen oberhalb dreihundert Fuß eisiger Bergluft baumelten.

»Ha! Dachte, Ihr wärt interessiert«, brummte Proph. Bart, Brauen und Haar des Zwerges waren so verkohlt, daß auch kein Fachmann sie mehr retten konnte. »Hätt dat verdammte Loch gar nich gegraben, wenn Ihr's nicht gesagt hättet! Dachte, Ihr wolltet wat über geothaumale Energie wissen.« Er drehte sich um, stapfte die Budenwand hinab und schritt über das, was noch von einem Satz Regalen übrig war.

»Willichwillichwillich!« log Mh'tonnay. Die einzige Energie, für die er sich jetzt interessierte, war biochemischer Natur. Mehrere hundert Kilokalorien, aufrecht zum Bizeps, um ihn durch die Überreste des Fensterrahmens zu ziehen.

Auf der Seite des Zwergs kippte die Wand Übelkeit erzeugend vornüber, hielt inne und wankte wieder waagerecht, als Proph über die Regale zurücktrat und seine Hosen hochzog. Seine Augen glänzten, als er seines Publikums wieder ansichtig wurde.

»Erzähltsmirvondaaus!« stieß Mh'tonnay hervor. Die Panik funkte aus jedem Konsonanten und warf Echos gegen die unter ihm befindlichen Felsen. »Was ist passiert?«

Muß den Zwerg ruhighalten, dachte er, damit ich eine Chance habe, mich hochzuziehen. Klimmzug! Ich kann Klimmzüge nicht ausstehen!

Als Mancini über den Berg sprang, um die fliegende Baubude zu inspizieren, telepathierte die Molluske aus seinem Flachmann: »Ich höre Stimmen.«

»Ich höre Stimmen«, erklärte Knapp, der noch immer keinen Schimmer von den telepathischen Fähigkeiten der Molluske hatte.

Das Trio überquerte eine Anhöhe und kam quietschend zum Stehen. Es legte heftig den Rückwärtsgang ein, denn zu ihren Füßen streckte sich der Rand einer riesigen Klamm aus. Ein Stein, der sich gelöst hatte, rollte über den Rand und stürzte in die Stille. Direkt vor dem dreihundert Fuß tiefen Abgrund, auf dem Mh'tonnay und der Zwerg gefährlich schwankten, schwitzte jener überschwenglich beim Üben seiner Klimmzüge.

»Dachte, 's war zu spitz für'n Thaumafer, konnt's

nicht verfolgen«, sagte Proph, der sich der Tatsache offenbar nicht bewußt war, daß sie beide in wenigen Augenblicken dreihundert Fuß tiefer auf mehreren Felsen als kleine, feuchte, klebrige Matsche enden würden. »'s war nämlich 'n thaumolith-magischer Knoten.« Mancinis Ohren zitterten, als der Zwerg einen kaum sichtbaren, wie ein Stück Eierschale geformten Steinklotz ausstreckte. Glatt an der Außenseite, aber innen mit scharfen Purpurkristallen verkrustet, die in der dünnen Luft glitzerten.

»Jaaaa. Shr schn!« grunzte Mh'tonnay durch die zusammengebissenen Zähne, als sein knallrotes Gesicht im Fenster auftauchte.

»Ich höre *wirklich* Stimmen!« dachte die Molluske.

»Na klar«, raunzte Mancini. »Da drüben unterhalten sich welche. Halt's Maul!«

»Wollte doch nur helfen«, murmelte Knapp und wandte sich beleidigt seinen Maden zu. Er war davon überzeugt, daß ihnen die Woche in der Wüste gar nicht gutgetan hatte.

»Scheibenkleister! Ich wette 'n Molch gegen 'n Krok'dil, daß da 'n Thaumafer is!« plapperte der Zwerg. »Und so wat läßt man nich einfach rumliegen, nee, Herr!« Er rotzte noch eine klatschende Salve über den Rand und grinste fröhlich, als sie in der Ferne entschwand.

»Gnnnnnnh!« erwiderte Mh'tonnay, schob einen Ellbogen durch die Öffnung und fädelte sich ein Gliedmaß näher an die relative Sicherheit der Oberseite der wippenden Wand heran.

»Hast du gehört?« telepathierte die Molluske. »Ist da jemand?« dachte sie, als beantworte sie eine ungehörte Frage.

»Halt jetzt die Klappe!« raunzte Mancini drängend und bemühte sich, die Worte trotz des Windes herauszubringen. »Wir brauchen nicht zu wissen, wer es ist!«

»Ich hab doch gar nichts gesagt«, murmelte Knapp,

während mehrere große Schmeißfliegen um seinen Kopf herumschwärmten.

»Das will ich doch gerade ausrechnen!« telepathierte die Molluske. »Woher ist die Stimme gekommen?«

»Nein!« knurrte Mancini. »Ich will das Thaumafer! Sei still!«

»Ach«, sagte die Molluske. »Mach dir deswegen keine Sorgen. Ich höre ...«

»Halt die Klappe und hör zu!« fauchte Mancini.

»Ich bin ganz Ohr«, murmelte Knapp, maß Mancini mit einem finsteren Blick und fragte sich, ob die Belastungen der letzten Tage etwas zuviel für ihn gewesen waren.

»Käm auch ohne das verdammte Granit aus, das überall rumliegt«, brummte de Zwerg über die Klamm hinweg und wippte auf und nieder, während Mh'tonnay fluchte, keuchte und händeringend Schwerkraft suchte. In einem waren die Zwerge besonders gut: Im Ignorieren des Restes der Welt. Jahrhunderte der Arbeit in der schwarzen Beengtheit der Minen hatten ihnen offenbar die Vorstellung körperlichen Unbehagens entzüchtet. »Das Zücks macht ei'm die Arbeit verdammt schwer.«

Mancinis Hoffnung sank, als er dies hörte.

Ein Quietschen der Erleichterung echote durch die Klamm, als Mh'tonnay sich durch das Fenster zog und wie ein Walroß auf einer Eisscholle zum Liegen kam. Die wippende Wand schlingerte Übelkeit erregend.

»Kann aber nich *allzuweit* weg sein«, fuhr Proph fort. »Kann's fast in meine Knochen spür'n.«

Mh'tonnay saugte seine Lunge voll Luft, hievte sich an der Wand entlang und krallte sich Hand über Hand am Holz entlang.

»Ja, ich bin hier!« telepathierte die Molluske beruhigend in Mancinis Hand und beantwortete damit eine ferne Bitte um Gesellschaft.

»Was?« raunzte Mancini. »Hältst du jetzt die Klappe? Ich will zuhören, falls dir's noch nicht aufgefallen ist.«

»Ich hab doch kein W ...«, begann Knapp.

»Ich habe dich doch gar nicht gemeint!« brummte die Molluske bockig. »Ich habe der Stimme geantwortet.«

»Welcher Stimme?«

»Der Stimme in meinem Kopf. Sie gehört Ronibald, meinem vermißten Teichgefährten! Es ist komisch, er ist in Losa Lla ...«

»Ah, toll! Ich bemühe mich herauszukriegen, wo die ganze geothaumale Energie ist, und du tratschst mit einer anderen Badematte!« schnauzte Mancini. »Hältst du jetzt endlich die Klappe?!« Knapp schaute auf und kratzte sich besorgt an den Ohren.

»Ich würde mir keine Sorgen machen, um ...«, begann die Molluske.

»Pssst!«

Über der Klamm kam Mh'tonnay schlotternd auf die Beine. Seine Hände öffneten und schlossen sich, sein Gesicht war ein wütendes Rot.

»'s liegt bestimmt unter'm Tortellini. Fünfzehntausend Fuß erloschener Vulkan; der beste Platz, um Thaumascheeiiiß ...!« Prophs Worte verstummten abrupt, als Rosch Mh'tonnays große Hände sich um seine Kehle legten, ihn würgten und wütend schüttelten.

»Ich *will's* gar nicht wissen!« knurrte er und warf den Zwerg von der Wand. »Ich bin nicht mehr *interessiert,* klar? Ihr könnt meinetwegen weitermachen und Euch rösten, aber nicht mich! O nein! Gebt mir eine Spitzhacke und einen Vorschlaghammer! Allzeit bereit. Bei Spitzhacken und Vorschlaghämmern weiß man, wo man dran ist. *Sie* sprengen einen nicht in einer Sekunde bis nach Cranachan. *Niemand* erwähnt noch einmal geothaumale Energie im Umkreis von einer Meile, verstanden? Niemand!«

Als der Zwerg nickte, löste Mh'tonnay seinen Griff und stapfte zum Tortilja hinüber.

Mancini fluchte und spuckte aus. »Wo ist es?« jammerte er rhetorisch. »Wo, zum Teufel, ist es?«

»Was denn?« fragten Knapp und die Molluske.

»Das Thaumafer!« schnauzte er, und Visionen unendlicher Macht, mit denen man Königreiche beherrschen konnte, flutschten ihm durch die Finger.

»Moment, ich frage meinen Gefährten Ronibald«, zirpte die Molluske. »Er war in Geographie immer gut.«

Knapp zuckte die Achseln und schnippte eine Schmeißfliege von seinem Bein.

Während das blasse Licht eines neuen Tages sich abmühte, die riesige Ausdehnung des murrhanischen Reiches zu erhellen, zuckte ein angsteinjagender Schatten über die spritzende Kiesfläche des Steingartens, pirschte rings um die Palast-Pagode, warf einen umwickelten Greifhaken zum Balkon hinauf und prüfte, ob das Seil fest saß. Er wußte, daß er auf der richtigen Spur war. Die überall eiligst vorgenommenen Reparaturen bezeugten es. Morsche Knochen knirschten vor Anstrengung, als er sich zwanzig Fuß hochhangelte.

Ittos Großvater grinste stolz vor sich hin, als er über den Steinbalkon sprang. Er war hundertsechs, aber noch immer gut beieinander! Es mußte an seinen rituellen frühmorgendlichen Energiesteigerungsübungen liegen. Bei ihm kam alles erst richtig auf die Reihe, wenn er das morgendliche Tai Fu gemacht hatte.

Er richtete sich auf und lauschte wachsam. Einbrüche, insbesondere in kaiserliche Paläste, gehörten normalerweise nicht zu seiner regelmäßigen Tätigkeit. Aber nach drei Tagen des Ausfüllens von Pergamentformularen für eine Audienz, nach Stunden positiven Antragstellens, weiteren Stunden negativen Antragstellens in dreifacher Ausfertigung, um dann die kategorische Aussage zu hören, die Kaiserin sei nicht mal im entferntesten daran interessiert, sich mit einem alten Fossil zu unterhalten, dessen Haustiere gestohlen wurden... Tja, da hatte es nicht mehr viele Alternativen gegeben. Er war schließlich nicht umsonst der Bewacher der Verdammnisse.

Er flitzte mit raschen, verstohlenen Bewegungen an der zollbreiten Brüstung entlang und lugte durch ein kleines Fenster. Milchige Schwaden wogten drinnen, verwischten den Blick auf das kaiserliche Badezimmer. Da war etwas. Oder genauer gesagt, ein Haufen Etwasse, einhundertundeins schwarzweiße Sowiesos. Sein altes Herz tat einen Satz.

Er balancierte gefährlich auf der Brüstung, kramte in seinem Kimono und holte ein langes, dünnes Brecheisen hervor. Ein leiser Grunzer, ein leises Knarren, und das Fenster war offen. Als er die Frau im Badebecken musterte, kam er sich wie ein alter Lustmolch vor.

»Ach, komm schon, Fifi«, lockte Kaiserin Tau, die ihrem traditionellen Morgeneintauchen frönte, »die Milch ist herrlich!« Einhundert bösartige rote Augenpaare funkelten eine einzelne Verdammnis an, die neben dem Becken zitterte. »Du darfst auch meine Ellbogenschoner ablecken. Das tust du doch so gern.«

Das Gesicht im Fenster verzog sich verwundert. Fifi?

Die einzelne am Rand des Beckens stehende Verdammnis schüttelte den Kopf und wich vorsichtig zurück. Es sah fast so aus, als hätte Fifi eine Phobie entwickelt. Seit dem Abend, an dem die Verdammnisse ins Bad eingebrochen waren und dort die ganze Nacht verbracht hatten, verhielt er sich *sehr* eigenartig und sprang ständig beiseite, wenn ihm ein verspritztes Tröpfchen Ziegenmilch zu nahe kam.

Kaiserin Tau brach aus dem Bad hervor; Tröpfchen weißer Flüssigkeit perlten von ihrer Rüstung, als sie dastand und auf die fehlgeleitete Kreatur deutete. »Komm her!« schrie sie. Fifi schüttelte den Kopf und wich einen weiteren Schritt zurück.

Sie erteilt der Verdammnis Befehle? dachte der Beobachter am Dachfenster. *Das* hat noch keiner lange gemacht.

Tau schnaubte. Sie war es nicht gewöhnt, daß man sich ihr widersetzte. Die Verdammnis würde ein Bad nehmen, ob es ihr nun paßte oder nicht. Drei Tage ohne Eintauchen war *viel zu lange.* Sein Fell sah allmählich schon blaß aus ... je nach Licht sogar durchsichtig.

»Zum letzten Mal, Fifi!« knurrte die Kaiserin, die bis zur Taille in dem von Verdammnissen gefüllten Becken stand. Vier virtuelle Pfoten blieben absolut trocken.

Tau musterte die beiden größten Verdammnisse mit einem finsteren Blick und schnippte mit den Fingern. »Pongo! Perdita! Packt ihn!« schnauzte sie kehlig. Die beiden milchbekleckerten Ungeheuer stürzten in verschiedenen Richtungen aus dem Becken. Fontänen weißer Flüssigkeit explodierten, als sie eine aufgeregte Zangenbewegung ausführten.

Das Gesicht am Fenster zuckte ungläubig. Sie gehorchten ihr!

Feuchte Pfoten schlappten über den Marmorboden, als Pongo und Perdita sich auf den winselnden Fifi stürzten. Eine Richtungsänderung, das Rutschen von Pfoten auf Stein, und er war umzingelt.

»Zeit fürs Bad, Fifi!« fauchte die Kaiserin. Die beiden tropfenden Verdammnisse traten drohend vor und trieben den winselnden Drückeberger auf die milchig plätschernde Tiefe zu. Fifi wich zurück; er wollte Zeit schinden, eine unerklärliche Angst vor Flüssigkeiten überflutete sein programmiertes Denken. Plötzlich berührte sein Hinterlauf etwas Hartes und Kaltes, das aus dem Marmor ragte. Hinauf. Fort vom Becken. Die tropfenden Verdammnisse kamen näher, ihre Muskeln kräuselten sich unter dem milchgekälkten Fell. Fifi stieg die vier Stufen hoch und trat rückwärts auf das Sprungbrett. Das Entsetzen strömte heiß durch seine virtuellen Neuronen, als er das Becken unter sich sah.

Fifis Hinterlauf traf auf nichts – das Brett war zu

Ende. Pongo und Perdita schauten sich an, grinsten und sprangen vor. Acht Pfoten trafen hart, das Brett bog sich, federte. Drei Verdammnisse wurden in die Luft geschleudert, stürzten in hilflosen, Purzelbaum schlagenden Bögen.

Schätzungsweise fünf Millisekunden nachdem sich die milchige Oberfläche über Fifis Leib geschlossen hatte, entdeckte Kaiserin Tau das inhärente Problem des Einsatzes von Kunst-Umwelttechnik in wäßriger Umgebung. Milch und Hypertaurusbeschleuniger passen eben nicht zusammen.

Gallonen gekräuselten Käses eruptierten aus dem Becken, blaue Adern thaumischer Blitze pulsierten in ihm. Einhundert Verdammnisse heulten alarmiert auf, sprangen instinktiv zur Seite. Ihr Fell knisterte. Kaiserin Tau brüllte wütend auf, und ihr Helm flog fort, als ihr Haar wie eine epileptische Hydra zuckte. Sie riß ihr Katana aus dem Schulterhalfter, durchstach die trübe Molke, traf auf Metall und wuchtete Fifis zischende Überreste zur Seite.

»Wache! Wache!« kreischte sie, knietief in dem rasch gerinnenden Schafskäse.

Die Kinnlade des Beobachters am Fenster klappte herunter, eine entsetzliche Kälte des Grauens erfaßte ihn. Hier war etwas schrecklich schiefgegangen. Er konnte nicht abwarten, bis er es in Erfahrung gebracht hatte. Eine Sekunde später sprang er zurück, seilte sich zum Boden ab und rannte durch den Hofgarten.

Die Tür flog auf, und acht kaiserliche Schläger kamen vor der tröpfelnden Ansammlung von Kristallen, Drähten, Kartoffeln und PCS quietschend zum Halten. Fragen zuckten nach Aufmerksamkeit und starben, als sie das bespritzte Gesicht der äußerst stinkigen Kaiserin erblickten.

»Bringt meinen Imageberater her«, würgte sie mit einer Stimme, die jeden Ungehorsam ausschloß. »Ich verlange eine Erklärung.« Ihr kaiserlicher Torso stapfte wütend in dem ehemals weißen Morast. Die acht Schläger flitzten zur Tür hinaus.

»...und bringt mir eine Schaufel!« schrie sie ihnen hinterher und kämpfte wirkungslos gegen den Käse an, der um ihre Beine klumpte.

NEHMT EUCH BITTE DIESER GEFÄSSE AN, DANKE

Herzlichen Glückwunsch!

Ihr habt das Los Eures Lebens gezogen!

Euer Name wurde aus denen Millionen hoffender Zwerge gezogen, die an unserer Verlosung teilgenommen haben. *Wählt* Euren Preis selbst aus:

1. Drei Wochen Urlaub (alle Ausgaben inklusive) mit der Frau *Eurer* Wahl im östlichen Lauwarmen Meer.

2. Zwei Wochen erotische Massage im Kurort *Eurer* Wahl.

3. Mehr Geld, als Ihr mit einem Knüppel umkreisen könnt, in benutzten, nicht registrierten Banknoten *Eurer* Wahl …

Proph blinzelte, als er ungläubig das Glanzpergament ansah, das er in der Hand hielt. Er war sprachlos. Noch nie zuvor hatte ihm jemand einen Brief geschickt. Es war sein erster, und er bekam etwas *geschenkt*. Er lehnte sich an die Tür der Baubude, die für die Kleinkaliber-Entwässerungsgesellschaft reserviert war und strahlte. Es war toll, Post zu kriegen. Und er war einer von Millionen. Der Sieger. Er brauchte mit diesem Referenzbrief nur bei der oben angegebenen Adresse aufzukreuzen, sich eine kurze Rede anzuhören, und der Preis war sein.

Tja, worauf wartete er dann noch? Auf geht's!

Er fegte durch den Foh-Paß-Gegenverkehr, ignorierte die regelmäßig geschmolzenen rotweißen Klumpen, die einst konisch gewesen waren und vergaß völlig die

Sengspuren, die das eruptierte Thaumafer auf den ganzen Behelfsbauten erzeugt hatte. Er dachte nur noch an den ›Preis‹, der auf ihn wartete; er war gebannt von dessen verlockenden, lippenleckenden Versprechungen.

Staubwolken flogen von seinen Fersen, als er die Trans-Talpino-Handelsstraße hinunterwetzte und nach einer linken Abbiegung Ausschau hielt. Er bog um eine Ecke und grinste. Ein kleiner Pfahl war zwischen zwei Felsen geklemmt, verziert mit gelben Luftballons und einem Schild, auf dem stand:

Euer Preis – hierher!
Beeilung! Beeilung!

Proph rutschte auf dem schmalen Schotterweg aus und rannte heftig keuchend den steilen Hang hinauf, wobei ihn jeder Schritt seinem Preis näher brachte. Er hatte gewonnen, er war steinreich!

Was er jedoch nicht sah: Hinter ihm zog eine braunbehandschuhte Hand den Pfahl aus dem Boden, warf ihn auf den Rücksitz einer bekannten roten Fluchtkutsche und jagte über einen kürzeren, schnelleren, glatteren Weg davon. Wenn die Rösser aushielten, hatte er genug Zeit, um das Versteck als erster zu erreichen. Das hatte die Übung Mancini gelehrt.

Der Zwerg wetzte weiter, seine stämmigen Beine fraßen die Entfernung, und er berechnete freudig, des Umweges nicht gewahr, wieviel Geld er mit einem Knüppel umkreisen konnte.

Mancini ließ die Peitsche über dem Rücken der Rosse knallen und trieb sie ungestüm an. Er riß an den Zügeln, zog die Handbremse, riß die Kutsche seitlich um eine scharfe Biegung und verspritzte Steine und Staub – Pirhölli-Supa-Slyxx rissen sich einfach nicht von der Straße los. Mit wilden Schreien scheuchte er die Gäule den letzten kurzen, steilen Hang hinauf, kam rutschend vor dem Versteck zum Stehen, sprang ab und eilte zur Tür.

»Oi!« rief eine bärbeißig gereizte Stimme. »Nich so schnell da, Halunke!«

Mancini keuchte auf.

»Ich war zuerst da!« sagte die Stimme beharrlich. »Der Preis is mein! *Ich* hab ihn gewonnen!«

Der KUT drehte sich um. »Aber *das* bestreitet doch niemand, Herr!« schleimte er und streckte eine Hand aus. »Wenn ich bitte das Begleitschreiben haben könnte? Wir müssen doch vorsichtig sein, nicht wahr? Wir wollen doch nicht, daß *irgend jemand* mit *Eurem* Preis von dannen zieht, oder?«

»*Ich* hab gewonnen, verdamm mich! Gebt mir Option Nummer …«

»Bitte, bitte!« fiel Mancini ihm ins Wort. »All das können wir in Kürze drinnen besprechen.« Er hüstelte laut und tat so, als müsse er sich nach der staubigen Fahrt räuspern. Im Inneren der Hütte ergriff ein drahtiger junger Bursche ein Stück Draht.

»Nach Euch!« beharrte Mancini. Er streckte den Arm aus und deutete auf das Versteck. Dabei verbeugte er sich leicht und schob den Zwerg durch die Tür.

Eine Sekunde später ertönten ein Aufschrei und ein dumpfes Krachen, und Mancini fegte hinein. Er stolperte über die Fußangel, landete flach auf dem Rücken des Zwerges, drehte ihm die Arme auf den Rücken und band sie geschwind zusammen. Knapp lachte leise und warf ihm ein Seil zu. Mancini schlang es fachmännisch um die Unterschenkel seines schreienden Opfers und hängte Proph an einen Dachsparren. Eine Reihe von sechs weiteren grimmig aussehenden Zwergen gaffte ihn an und schüttelte wie eine Schar bärtiger Fledermäuse unglücklich den Kopf.

»Willkommen!« sagte Mancini freudig und übertönte den neuesten Rekruten. »Wie schön, daß Ihr noch kommen konntet!«

Sieben uralte Zwergenverwünschungen enthüllten eine Masse wütend knirschender Zähne in unterschiedlichen Stadien fleckigen Verfalls.

»Dankbarkeit ist erst angebracht, nachdem ich ein paar Dinge von unmittelbarem Interesse erklärt habe. Baumelt Ihr bequem? Dann fange ich an.«

Proph glotzte verdutzt, als der Brief, sein Brief, über den abgelatschten Holzfußboden schleimte, in eine Wanne ploppte und wild anfing, die Inschrift auf seinem Rücken abzuschrubben.

»Ich muß mich für die irgendwie eigenartige Natur des Verfahrens entschuldigen, euch herzubringen«, sagte Mancini zu seinem gefangenen Publikum baumelnder Zwerge, »aber wenn ihr gehört habt, was ich euch zu sagen habe, *werdet* ihr verstehen. Das ist übrigens ein Befehl!« Er blitzte die Gefangenen grinsend an.

»Wat is mit mein Preis, Halunke?« knurrte Proph. Er schwang sanft hin und her, als er mit seinen Banden rang. »Mein Preis!«

»Dz, dz! Wie ungeduldig! Das mag ich an euch Zwergen, ihr kommt immer direkt zur Sache.«

»Nu?« knurrte Proph. Er war geladen. Zwei andere Zwerge knurrten unterstützend.

»Das besprechen wir später. Im Moment braucht ihr nur zu wissen, daß eure Mitarbeit euch einen der Preise sichern wird.«

»Einen? Aber wir sind sieben!«

»Nein, nein, einen für *jeden!*« übertönte Mancini das nörgelnde Geknurre.

»Welchen denn?« raunzte Proph und rotzte aus dem Mundwinkel.

»Das ist doch jetzt nicht wichtig.«

»Welcher?« knurrten drei andere Zwerge zugleich.

»Die Ferienreise! Aber ihr kriegt sie erst, wenn ihr euch angehört habt, was ich zu sagen habe. Also haltet jetzt die Klappe!«

Mancini deutete den Chor des gereizten Gebrummels

als Zustimmung, verschränkte die Hände hinter dem Rücken und schritt in der Hütte auf und ab. Knapp schaute gebannt zu.

Mancini warf einen einstudierten desinteressierten Blick aus dem Fenster und sagte »Wißt ihr, was der Ausdruck ›geothaumale Energie‹ bedeutet?«

Urplötzlich breitete sich im Raum erwartungsvolle Stille aus, die nur vom Herumplätschern der Molluske und dem fortwährenden Zähneknirschen der Zwerge unterbrochen wurde. Mancini spürte, daß sich sieben Augenpaare an seinen Rücken hefteten. Er machte eine dramatische Kehrtwendung.

»Soweit ich weiß, ist es *sehr* gefährliches Zeug. Soweit ich weiß, kann schon die geringste Menge eine Baubude über den Gipfel eines schneebedeckten Berges katapultieren. Soweit ich weiß, kann es, wenn man unachtsam mit ihm umgeht, Bärte und Augenbrauen versengen!« Sein Blick fiel zielgerichtet auf Prophs zerzausten und geschwärzten Backenbart, und er grinste sich innerlich eins, als er sah, daß der Zwerg sich noch kleiner machte. »Außerdem habe ich gehört, daß jegliches *Gerede* und jeglicher *Gedanke* an derlei Dinge im Umkreis von einer Meile um den Chefingenieur verboten ist und mit Prügel mittels eines dicken, fies aussehenden Knüppels geahndet wird«, fügte er mit einem sinistren Flüstern hinzu. »Stimmt's – oder hab ich recht?«

»Wat haste vor, Halunke?« raunzte Proph vorsichtig.

»Sagen wir mal, ich bin an großen Mengen geothaumaler Energie interessiert«, entgegnete Mancini. »Und ich brauche ein Team, das sie für mich rausholen kann.«

»Wozu braucht Ihr es, zum Geyr?« übertönte Proph das Gebrabbel und Gerotze.

»Das geht niemanden etwas an. Ihr braucht nur eins zu wissen: Wenn ihr ein Thaumafer – ja, *darüber* weiß ich alles –«, bluffte er, »ausfindig macht und anzapft, sichert dies eure Preise. Drei Wochen Ferien, alle Unkosten am Urlaubsort inklusive, wohin ihr wollt, und zwar in jedem Jahr für den Rest eures natürlichen Lebens!«

Das Gemurmel stieg um mehrere Dezibel an.

»Überallhin?« fragte Brummbär, einer der sechs anderen.

»Aber klar!« schleimte Mancini. »Ihr könnt sogar jedes Jahr an einen anderen Ort reisen. *Ihr* habt die Wahl.« Und er spürte, daß sich die Gezeiten der Meinung änderten. »Der Preis ist *euer!*«

»Dat is doch kein Preis!« schnauzte Proph und zuckte hektisch hin und her. »Das is'n Lohn!«

»Semantik, mein winziger Freund. Nenn es, wie du willst. Umsonst kriegt man *nie* etwas. Ich biete euch ein Leben lang Thaum-Share-Ferien, nur für etwas Gebuddel. Interessiert?«

»Thaum-Share? Was'n das, verdammt?«

»Man kann korrekt angeschirrte geothaumale Energie in einer Vielzahl von Versetzungsarten nutzen und Materie im Nu über riesige Entfernungen transportieren«, log Mancini. »Jeder von euch wird einen Anteil davon bekommen. Jeder kann drei Wochen pro Jahr hinreisen, wohin er will!«

Knapps Kinnlade klappte herunter. »Kann ich auch nach ... Autsch!« beendete er, als Mancinis Ferse seinen kleinen Zeh fand.

Die Zwerge kräuselten sich aufgeregt und rotzten einen Hagel braunen Speichels aus. Es gab *so* viele zu erforschende Höhlen und *so* viele unkartographierte unterirdische Gänge von verbundenen Höhlen im Himmeleyer-Gebirge. Drei Wochen dort drin, jedes Jahr ... der Himmel!

»Imma langsam mitti jungen Pferde!« übertönte Proph das gierige Gejubel seiner Kollegen. »Da is nur noch 'n klitzewinzigkleiner Haken!«

Mancini stierte den aufgebrachten Zwerg erschreckt an. Was für ein Haken?

»Ich hab schon vasucht, dein sagenhaftes Thaumafer zu finden …«

Sechs irritierte Schnaufer ertönten. Wie konnte er es wagen, ihre Aussichten auf Urlaub aufs Spiel zu setzen?

»Ich bin schon Tage vor de Arbeit mitti Rute da oben gewesen …«

Sechs mißtrauische Schnaufer fletschten bärtige Lippen.

»Hab acht Ruten verbraucht, um jeden Winkel und Wankel abzusuchen, und …«

Sechs Knurrer der Wut eruptierten. »Und du hast es geheimgehalten? Wie war dat noch mit Teamwork?« schrien die Zwerge anklagend. »Wat is mit unsere Rente? Haste den Goldrausch *so schnell* vagessen?«

»Man kann's mit 'ner Rute nich finden, nee, Meister!« schrie Proph zu seiner Verteidigung. »Da is überall Granit, dat schirmt es ab. Ruten gehen da nich durch. Man kann's niemals nich finden!« Er schwankte leicht und funkelte Mancini an.

Erneut senkte sich erwartungsvolle Stille über ihren Häscher.

»Hah! Ich weiß *genau,* wo es ist!«

»Wo denn?« krakeelten die sechs Zwerge.

»Fünfzehntausend Fuß unter dem Gipfel des Tortellini … Hoppla! O nein! Jetzt hab ich's euch erzählt! Wie unachtsam von mir.« Mancini setzte ein künstliches Lächeln auf. »Ich *entschuldige* mich. Jetzt muß ich euch alle *umbringen.* Ich kann doch nicht das Risiko eingehen, daß diese Information in die falschen Hände gerät, oder etwa doch? Tut mir leid!«

»…!« schrien die Zwerge.

»Manche Dinge sind einfach *zu* wertvoll. So eine Schande. Jetzt muß ich mich nach einem anderen Team umsehen …« Mancini zückte eine beunruhigend große Axt und schwang sie geräuschvoll über dem Kopf, als er sich mit ihrem Gewicht vertraut machte. Er wankte vor, und die blitzende Klinge zischte mit angestauter

Tödlichkeit durch die Luft. Knapp flitzte in eine ferne Ecke und brachte seine Zehen außer Reichweite.

»Moment noch!« schrie ein schlotternder Zwerg, als die Klinge an seinen Zehen vorbeisauste, und warf einen verzweifelten Blick auf seine Stiefelsohlen. »Ich hab 'ne Idee!«

Mancini ließ die Axt noch einmal wirbeln; er kam näher.

»Was wäre ... Was wäre ...«, kam der gestotterte Vorschlag, »wenn wir für Euch arbeiten würden? *Umsonst?*«

Die Schwungkraft trieb die Axt voran. Sie beschrieb einen tödlichen Bogen, krachte in das Holz eines Balkens und grub sich einen Zoll tief hinein.

»Na, warum bin *ich* nicht darauf gekommen?« flötete Mancini. Das mochte er an Zwergen – daß sie immer schnell zur Sache kamen. Besonders dann, wenn die Aussicht bestand, von einer scharfen und sehr großen Axt getroffen zu werden.

»Was soll das heißen, ›nicht da‹?« kreischte Kaiserin Tau, als drei Lakaien ihr den Ziegenkäse von der Rüstung wischten. Hinter ihr leckten einhundert Zungen Hektare gratinierten Fells ab.

Der kaiserliche Oberschläger zog den Kopf ein. Die Erklärung würde ihm schwerfallen. Er schluckte, räusperte sich und stellte sich insgeheim die Frage, wie oft er dies im Leben wohl noch tun konnte.

»Cheiro Mancini, der gegenwärtige Imageberater ist ...«, er schluckte erneut, »... nicht mehr in seinem Gemach, Eure Hochnäsigkeit.«

»Durchsucht den Palast! Ich will ihn sehen! *Sofort!*« Tau zitterte, die Wut über diesen Fall von Haustiernapping ließ sie am ganzen Leibe beben. »Er wird eine Menge zu erklären haben!« Sie fauchte und funkelte den zischenden käsebedeckten Thaumatronikhaufen neben dem Becken an. »Du!« schrie sie einen Schläger an. »Such im Garten nach Fluchtspuren!« Wieder zuckten ihre rasiermesserscharfen Fingernägel durch die Luft. »Und du! Überprüf meinen Taubenschlag nach Lösegeldforderungen! Und du! Benachrichtige die Küche, daß Schichtkäse bis auf weiteres bei *allen* Menüs verboten ist!«

Die drei Schläger verstreuten sich in alle Richtungen. Erleichterung durchspülte sie, als sie der dicken schwarzen Wolke von Taus flüchtigem Zorn entkamen.

Ein furchtsamer Kopf erschien im Türrahmen, lächelte den Oberschläger matt an, schüttelte den Kopf und latschte hinein.

Warum ich? quäkte er in der Intimsphäre seines Hauptes. Warum muß ich ausgerechnet jetzt Dienst haben? Warum muß *ich* es ihr erzählen? Ich bin noch zu jung zum Sterben!

»Ähem. Eure kaiserliche Schrecklichkeit... Ich bin gerade informiert worden, daß Cheiro Mancini sich... nicht mehr im Palast aufhält.« Die letzten fünf Worte flüsterte er nur noch.

Die Antwort fiel *beträchtlich* lauter aus.

»Meine Generale her! Spurensucher ausschicken! Bluthunde! Meuchelmörder! Mobilisiert das Heer! Heizt die Kriegsmaschinerie an! Bringt mir den Kopf von Cheiro Mancini!«

Im Beobachtungsraum von Losa Llamas glotzte Phlim die monochromen Bilder an, die die Wantze übertrug. Die Landschaft zischte vorbei, als das fischäugige Insekt in immer breiter werdenden Kreisen über ihr dahinschwebte. Doch während Phlims Augen damit beschäftigt waren, die eingehenden Monitordaten zu begutachten, war sein Geist weit davon entfernt.

Im Inneren seines Hauptes überschlug sich immer wieder die Molluske auf dem Rönthextisch und entzog sich jedem seiner Deutungsversuche. Er wußte, daß sie eine Konturenlandkarte des Talpa-Gebirges darstellte –

er hatte es auf der Stelle erkannt –, doch was bedeuteten die sich kreuzenden Striche? Die regelmäßigen geometrischen Linien, die begrenzten und einander kreuzten?

Bei dem ganzen wirbelnden Chaos halbvergessener Erinnerungen, die er aus dem Schlick seiner Vergangenheit siebte, und den wolkigen Ideenalgen, die unklar in seinem Kopf dräuten, war es ein Wunder, daß er die zeitweilige Panne in der Sendung der Wantze überhaupt bemerkte.

Das winzige, rasende Bild in der vor ihm befindlichen Kristallkugel verzerrte sich, verschwand in einem Blizzard statischer Störungen, wurde völlig schwarz und blitzte dann wieder auf, als sei nichts geschehen. Hätte Phlim gerade geblinzelt – er hätte es verpaßt. Doch die Panne war nun mal eingetreten, wurde durch einen Sonderkanal in einen Gedächtnispuffer gesandt und dort als obskure Irrelevanz gespeichert, an die man sich an einem sonnigen Nachmittag erinnerte, wenn man nichts Besseres zu tun hatte.

Einige Dutzend spekulative Strichtheorien und drei Pannen später zuckte Phlim in adlerhafter Wachsamkeit zusammen. Das Bild verzerrte sich, verschwand in einem Blizzard statischer Störungen und tauchte wieder auf, als sei nichts geschehen.

»Verdammte atmosphärische Störungen!« fluchte er. Wie beiläufig ließ er die Hände über das Steuerpentagramm fegen, legte eine Wetterkarte über das schneller werdende Bild und durchblätterte endlose barometrische Anzeigen. Hochdruckinversionsschichten über den Bergen beeinflußten manchmal die Übertragung. Dann ruckte er hoch. Säulen von Nichts über eintausend Millibar, alles war von langweiliger Normalität. Aber dann… Peng! 22000 Millibar, und gleich darauf ein Fast-Vakuum. Phlim kannte nur eins, was solche Messungen erzeugte… gewaltige Explosionen.

Das Bild fiel wieder zusammen. Neugier, Intuition und Gefühlsmodi flackerten nun in Phlims wirbelndem

Bewußtsein auf. Seine Hände zuckten über das Pentagramm, zogen magische Menüs zu einem Hokuspokusblitz zusammen und aktivierten das eingebaute Thaumometer der Wantze. Er schrie alarmiert auf, als die Schirmnadel sich vor seinen Augen im Rot festklemmte. Verschwundene Mollusken, gewaltige Explosionen *und* thaumischer Niederschlag! Das war kein gutes Zeichen.

Er zoomte – wobei er nicht zu hoffen wagte, er könne recht haben – die Wantze fachmännisch an drei verschiedene Orte, maß vorherigen atmosphärischen Druck und Niederschlag über dreihundertsechzig Grad, berechnete Kompressions-Verdünnungsratios und lokalisierte das Epizentrum der Sprengung.

Der Foh-Paß.

Er sprang so heftig von seinem Stuhl auf, daß dieser hinter ihm zu Boden fiel, wirbelte zum Rönthextisch herum und justierte den Fokus, die Vergrößerung und die Feinabstimmung, bevor die uralte Konturenlandkarte des Foh-Passes in sein Blickfeld kam. Da, mitten auf dem Bildschirm, war ein blauer Fleck, der zufällig *genau* mit dem Epizentrum der gewaltigen thaumischen Explosion übereinstimmte.

Phlims Knie wurden weich, als ihm die Bedeutung des sich überschneidenden Netzes aus blaßblauen Linien schlagartig klar wurde. Es war eine Gebrauchsanweisung für ein Thaumaferennetz!

»Halt!« telepathierte die Molluske. »Deute auf den Höhleneingang genau hinter dem linken Hügel und sage ›Da!‹ – Es wird ihnen gefallen. Wetten?«

Cheiro Mancini blieb stehen und deutete. »Da!« sagte er dramatisch. Knapp glotzte das Loch an und schenkte Mancini einen verwirrten Blick.

Hinter ihm glotzten sieben erschöpfte, äußerst gereizte Zwerge unter Urwäldern gerunzelter Augenbrauen hervor. Berge von Spitzhacken, Schaufeln und Sprengstoff zuckten abschätzig auf ihren Schultern.

»Da! Schaut hin!« wiederholte Mancini mit mehr Begeisterung, als er verspürte. Er schielte nervös die Molluske im Flachmann an. »Wenn's das ist, was ihnen gefällt«, flüsterte er aus dem Mundwinkel heraus, »möchte ich nicht wissen, was sie *nicht* beeindruckt.«

»Zwerge haben Probleme, Gefühle zu zeigen«, flunkerte die Molluske überschwenglich. »Generationenlange Arbeit im Finsteren, vollgestopfte, enge Räume und das Zerschlagen großer Steinmengen zu Bruchstücken hinterlassen eben Spuren am Körper.«

»Sieht nich nach was Besonderes aus«, knurrte Proph und funkelte die Höhle an. »Wir ham doch schon 'n Dutzend andere gesehn, die auch so aussehen. Wat soll an der so Besonders sein, hm?«

»Es ist *die* Höhle«, sagte Mancini. »Achthundert Fuß tief unter ihrem Eingang werdet ihr auf das größte Thaumafer-Vorkommen des Talpa-Gebirges stoßen.«

»Und dat wißt Ihr genau, wat?« knurrte Proph gereizt. »Ich hab Euch aber nich mit 'ner Rute rumgehen sehen. Is 'ne verdammt komische Methode, wat zu finden.«

Der finster blickende Zwerg mit der angesengten Gesichtsbehaarung hatte schließlich nicht umsonst lange und hart studiert, um seine Prophetur zu kriegen. Man mußte *methodisch* vorgehen, wenn man etwas finden wollte. Und zwar mit den *richtigen* Methoden. Man mußte mit 'ner Rute gehen, um Dinge zu finden. Man latschte nicht einfach auf 'ne vielversprechende Höhle zu, streckte den Arm aus und sagte »Da!« Jedenfalls nicht ohne Wünschelrute.

»Ich brauche keine Wünschelrute«, sagte Mancini. »Ich habe *das* hier.« Er hob den Flachmann hoch. »Ich *weiß*, daß wir hier richtig sind!«

Leiser Unglaube breitete sich aus, dann machten die Zwerge »Dz, dz« und rotzten auf den Boden. Schlafmütz und Dimpelskotsch tippten sich an die Stirn und schüttelten zweifelnd den Kopf. Sie glaubten ihm kein

Wort, denn sie hatten ihn vor sich hinlabern und mit sich selbst streiten hören, und ohne den Flachmann ging er nirgendwo hin …

Knapp machte sich nun wieder Sorgen.

»Wenn Ihr nix dagegen habt, laß ich mal flugs die Rute wirbeln …«, begann Proph.

»Es ist völlig unnötig!« sagte Mancini stur.

»Aber nich für uns. *So* machen's eben die Profis.« Proph griff nach den Ruten, die in seinen Holstern steckten, riß sie blitzschnell heraus, ließ sie um seine knubbeligen Zeigefinger wirbeln und streckte sie gleichmäßig vor sich aus.

Er hatte keine Chance, sie einzusetzen. Purpurfunken eruptierten aus dem Höhleneingang, knisterten an den beiden Spitzen, sprengten sie aus seinen Zwergenhänden. Proph kreischte auf, seine Schnurrbartenden waren versengt. Alle Augen richteten sich auf den versengten Schnauz und die beiden verschmolzenen Drähte, die hundert Meter weiter auf dem Boden lagen.

Proph deutete mit einem sanft vor sich hinkokelnden Finger zögernd auf die Höhle. »Da!« sagte er.

Mancini grinste sich eins.

Knapp kratzte sich am Kopf.

Feste, lederbeschuhte Hufschläge warfen dumpfe Echos gegen einen uralten Zierstein, als das schwerbeladene Tier sich die letzten Treppenstufen hinaufmühte. Das verzweifelt schnaufende und keuchende Roß näherte sich unter den Sporen des Ritters dem gigantischen Tor der Palastfestung von Cranachan. Die mattschwarze Ritterrüstung verschmolz mit der Finsternis. Im Metier des Reiters hieß die Parole Diskretion und Expertentum. Rein, die Arbeit tun, raus. Kein Theater, kein Dreck.

Herr Murx hatte alle wichtigen Ausrüstungsgegenstände bei sich, die man für ein rasches und gnadenloses Massaker brauchte. Er führte ein hohes Sterblichkeitspotential mit sich, denn er handelte mit dem Tod:

Seine Äxte und Schwerter funkelten; seine Myriaden Fallengerätschaften waren eingeölt und einsatzbereit. Er hatte achtzehn Giftpulversorten in dreiundfünfzig Toxinphiolen abgefüllt und Kistchen mit mundwässernden gewürzten, marinierten und reifen Ködern mitgebracht. Mischungen übler Gifte. Sein Geschäft war der chemische und mechanische Mord; er befreite die Welt von allen Ungezieferarten.* Zahllose Tausende von Leben hatten seine eigenen Hände nichtig gemacht. Und heute, hier in Cranachan, im tiefsten, ureigensten Herzen des Palastes höchstpersönlich, wollte er einen Aufstand ausradieren, ein Vipernnest vernichten und niedermetzeln, bevor es zu groß wurde, um es noch beherrschen zu können. Er hielt vor dem riesigen Tor an, zückte sein Schwert und klopfte mit dem Knauf an. Das Holz bebte resonierend, ein kleines Törchen, vier Fuß hoch, flog auf, und ein winziges Gesicht erschien.

»Hau ab! Wir kaufen nichts!« Das Törchen knallte wieder zu.

Herr Murx schlug noch einmal zu. Das Törchen flog auf, und er schob auf der Stelle seinen gepanzerten Fuß in den so geschaffenen Raum. Keine leichte Aufgabe für jemanden, der so gerüstet war.

»Ist der Palastküchenmeister daheim?« fragte er und funkelte den Torhüter durch das schwarze Visier an.

---

* Einige der kleineren Arten konnte man leicht unter Einsatz des patentierten Nagerquetschentferners ausradieren. Dieser bestand aus zwei gefliesten, mit den Buchstaben ›A‹ und ›B‹ versehenen Steinen. Ihre Gebrauchsanweisung lautete:

1. Placiret den Steyn (Aufschrifft ›A‹) auff eyne Oberflaech von fester Unversehrtheit und Dichte.

2. Ergreyfet den Steyn (Aufschrifft ›B‹) mit eynem festen Gryff Eurer rechten Hand,

3. Placiret den störenden Nager auf die Mytten des Steyns (Aufschrifft ›A‹),

4. Dreschet den Steyn (Aufschrifft ›B‹) flugs nieder auf den Steyn (Aufschrifft ›A‹), um Euch flugs besagten Nagers zu entledigen.

»Yeah. Wer will ihn sprechen?«

Ein rabenschwarzer Handschuh sprang aus der Luft hervor und überreichte dem Torhüter eine kleine Pergamentkarte. Der Mann erbleichte, als er den Namen las. »Ohhh ...«

»Er *erwartet* mich ... was man nicht eben über die unglücklichen Kreaturen sagen kann, derentwegen ich gekommen bin.«

Der Torhüter hörte das Lächeln der beruflichen Zufriedenheit hinter dem undurchdringlichen Visier. »Bin sofort z'ruck!« quäkte er und war verschwunden.

Herr Murx blieb beinahe reglos sitzen und überdachte Strategien und Angriffsmethoden. Sollte es der kurze, scharfe stählerne Hieb oder die finstere Bestrafung des tödlichen Giftes sein? Wie auch immer, das Ergebnis war das gleiche. Niemand glotzte Herrn Murx ungestraft ins Auge.

Dann erklang ein lautes Klicken. Das Tor öffnete sich auf quietschenden Scharnieren und enthüllte einen kauernden Torhüter und einen verzweifelt unbehaglich wirkenden königlichen Fischkoch, der dem Ritter mit winkender Hand zu verstehen gab, er möge ihm folgen. Der Koch händigte dem Torhüter ein Beutelchen mit Münzen aus, legte einen Finger auf seine Lippen und führte den Reiter hinfort.

An jeder Ecke oder Kreuzung eilte der Fischkoch voraus, um sich nervös zu versichern, daß niemand den gnadenlosen Händler des Todes zu sehen bekam, den er hineinführte. Fettsack hatte Angst. In Cranachan war der Ruf alles – ein Mann mußte in der Lage sein, seine Probleme selbst zu lösen. Wenn man einen Fremden holte, um die Schmutzarbeit zu tun – besonders einen Fremden, dem man nachsagte, er verzehre die Kadaver seiner Opfer mit leichter Knoblauchsoße –, tja, das gab kein gutes Bild ab. Der kleine, früh ergraute Mann hob eine Hand, um Herrn Murx zu bedeuten, er möge anhalten, flitzte in die heißen Wolken der Küche voraus und kehrte kurz darauf mit einem weißen Mantel und einem Hut zurück. Während er alle drei Sekunden zusammenzuckte und einen Blick über seine Schulter warf, gab er dem Ritter zu verstehen, er möge die Kochkleidung anziehen und ihm folgen.

Verkleidung! Herr Murx lachte leise, als er sie erblickte. Man staffierte ihn immer mit Verkleidungen aus. Ein ironisches Lächeln umspielte ungesehen seine Lippen, als er an die Mühen dachte, die die Leute auf sich nahmen, um seine Anwesenheit zu verschleiern. Sie schlichen mit ihm durch Hintertüren, ließen günstigerweise Fenster offen und richteten die Aufmerksamkeit aller anderen bewußt auf irgendein fiktives Ereignis draußen auf dem Rasen. Kuckt mal! Wie erstaunlich! Kuckt doch mal alle hin! Merkwürdig, kein Schwein dachte je an sein *Roß*. Obwohl, was auch komisch war, nie jemand ein Aufhebens davon machte, wenn er ein rabenschwarzes Roß lässig an einer Korridorwand lehnen sah.

Fettsack hielt vor einer besonders charakterlosen Tür an. Er deutete mit übernachdrücklicher Geheimnistuerei auf sie, blinzelte und ließ seinen Kopf melodramatisch zucken.

Sie waren dort drin! Genau in diesem Moment. Genau hinter der Tür. *Das* war ihr Versteck, ihre Höhle, das geheime Vipernnest.

Gelangweilt überdachte er noch einmal seine Möglichkeiten. Vorsichtiges Heranpirschen? Oder rein und abmurksen? Seine schwarze Hand schwebte erwartungsvoll über dem Schwert… und fuhr dann zu dem Täschchen im Gürtel an der Taille hoch, um eine kleine, feuchte und sehr tote Maus herauszuziehen. Er legte fachmännisch ein Stück Kordel um ihren Hals, zog die Tür auf und warf sie in den Lagerraum hinein. Langsam zog er an der um seine linke Hand gewundenen Leine, bis er die Spannung spürte. Da war ein Zischen, ein Zupacken, ein Ziehen. Er war im Nu auf den Beinen und durch die Tür, sein Schwert sauste zu Boden, erwischte den Hals seines Opfers und trennte ihn sauber ab. Ha! Es funktionierte immer!

Herr Murx, Ungeziefervernichter und Seuchenkontrolleur, grinste den abgetrennten Kopf der Viper an. Es gab Zeiten, in denen ihm die Pestkontrolle Spaß machte, wenn sie sich wie ein Kampf anfühlte. Gewiefte Reptilien hereinzulegen, die schrägen Züge gerissener Nager vorhersehen, sie zusammenzutreiben und kaltzumachen, ja, nur darum ging es! Kein weißes Pulver verstreuen und zuschauen, wie die Ameisen husteten. Wehmütig dachte er an die gute alte Zeit zurück, als man ihn noch gerufen hatte, um Drachen zu erschlagen und Dämonen zu ködern. Damals hatte man noch *gewußt,* wann man an einer Plage litt. Man brauchte sich doch nur die Löcher in der Fußleiste anzuschauen.

Aber heute gab es leider keine Drachen mehr. Dazu waren die St.-Georg-Haudrauf-Filialen einfach zu erfolgreich …

Herrn Murxens Augen wurden hinter dem Visier vor Wehmut feucht. Er hatte Gerüchte vernommen, denen zufolge ein neunzig Fuß großer Golddrache kürzlich das naheliegende Kastell Rhyngill angekokelt hatte, doch seither hatte ihn niemand mehr gesehen. Er hatte das schreckliche Gefühl, daß die ganze Sache nur ein Schwindel war, um die Feuerversicherung aufs Kreuz zu legen.

Er seufzte. Hätte es doch nur einen Drachen gegeben, dessen man sich entledigen mußte … Nur einen … für ihn … Bitte!

Er trat melancholisch die Tür des Lagerraums auf und fing fröhlich an, die Vipern zu häuten.

Die alternden Sandalen von Ittos Großvater berührten kaum eine der zahllosen Stufen, als er aufgebracht in die Tiefen seines in den Gassen Murrhas versteckten Lagerraums eintauchte. Sein Geist sprudelte in der verzweifelten Panik eines über alle Maßen Entsetzten. Die Entdeckung des Diebstahls der tödlichen Verdammnisse war schon schlimm genug gewesen – aber die Entdeckung, daß eine von ihnen die Stadt verlassen hatte… Sein Herz fröstelte wie ein nervöser Eisberg auf Kurs mit einem Eisbrecher. Welch eiskalter, berechnender, heimtückischer Diebstahl. Gefährlich. Fragen krähten wie hungrige Stare nach Antworten. Wie lange existierte die PET-Verdammnis schon? Wer hatte die echte Verdammnis gestohlen? Wo war sie? Er mußte es erfahren. Solange er sie nicht gefunden hatte, befand sich die Zukunft nicht mehr im Gleichgewicht!

Der Gedanke, sich in einer dunklen Ecke zu verstekken und Blubbergeräusche auszustoßen, war äußerst verlockend. Er hatte es vermasselt.

Während der Gänze von 85 000 Jahrhunderten waren die Verdammnisse sicher vor skrupellosen Blicken abgeschirmt gewesen, verborgen und beschützt von einer kontinuierlichen Abfolge von Wächtern, die seit zahllosen Zeiten die Pflicht vom Vater auf den Sohn übertragen hatten… bis zu ihm! Die bösartige Häme einer zwanzig Jahre alten Erinnerung donnerte an die Schlagläden seines Geistes, klopfende Fäuste der Schande schlugen schmerzhaft zu. Er hätte seinen Sohn besser vorbereiten sollen; er hätte es ihm schonend beibringen sollen…

Aber sein Sohn war *dreißig* gewesen; er hatte das nötige Alter erreicht, das man brauchte, um in der Lage zu sein, es wie ein Mann zu tragen. Es war doch nur das Gewicht des Schicksals der gesamten Zukunft, das auf seinen Schultern lastete. Mehr doch nicht.

Es gab jedoch noch einen Hoffnungsschimmer. Kaiserin Tau wußte nichts vom Potential der Verdammnisse. Sie war zum Glück ahnungslos, was solche finstere Magie betraf. Er mußte die Chance nutzen. Er mußte die hundert bei ihr lassen und die eine suchen. Hatte er eine andere Wahl? Wenn sich jemand so verzweifelt eine

Verdammnis gewünscht hatte, um das Risiko einzugehen, Taus Zorn auf sich zu laden, *mußte* er einen Grund haben. Und es konnte nur ein schlechter sein.

Der Alte nahm einen Schlüssel aus der Kimonotasche, schob einen Bambusfächer von der Wand und schloß die winzige verstärkte Tür dahinter auf. Mit zitternden Händen entnahm er ihr eine verzierte dreieckige Holzkiste, legte sie auf den Tisch und schnippte den Deckel auf. Er spürte sein Herz schaudern, als er den Inhalt betrachtete.

Vor ihm lag eine kleine, transparente Kugel mit zwei geschlossenen Lidklappen. Ihm war, als erblicke er eine Winzperle. Sie war bis auf die Doppelreihe eines aufragenden schwarzen Irokesenhaarschnitts kahl. Er holte tief Luft, zündete einige Dutzend Kräuterkerzen an, nahm einen Schluck Bambusgeist fürs Glück und murmelte leise Beschwörungsformeln, deren Klang nervös im ganzen Raum wehklagte. Sein Herz wogte vor Grauen, als die Lider zuckten und die kahle Oberfläche der Kugel sich bewegte. Dann teilte sich das Irokesenhaar der Länge nach und entfaltete sich lautlos zu einem Wimpernpaar. Der Alte schrie fast auf, als der Born des Wissens und des Glaubens sich zwinkernd öffnete.

Das Glotzorakel schaute sich im Raum um; seine dunkle, scheinbar bodenlose Pupille saugte das Licht auf.

Der Alte nahm noch einen herzhaften Schluck und hauchte das uralte Fokussiermantra; die Worte, die die Linse des Glotzorakels auf den Gegenstand richteten, den er suchte, einen zeitlosen, hypermetropischen Singsang.

»Äuglein erblick etwas, das mit ›V‹ anfängt«, begann er, wobei seine Stimme vor Entsetzen belegt war. »Der nächste Buchstabe ist ein ›E‹, dann kommt ein ›R‹ …«

Das Glotzorakelauge rollte epileptisch, als er weiterbuchstabierte, sein Fokus schien sich von der unmittelbaren Umgebung auf eine Vielzahl anderer Orte zu richten. Es suchte. Als der Alte das letzte ›S‹ ausgesprochen hatte, schlossen sich die Lider mit einem feuchten Schmatzen. Der Augapfel warf sich hin und her, lugte in halbgesehene ferne Ecken, schielte über ferne, durchscheinende Horizonte, ließ keinen Stein un-umgedreht und keine Tiefe unsondiert.

Plötzlich hielt es inne, zog sich aus dem REM und öffnete sich. Die Suche war beendet. Nun durfte man Fragen stellen. Das war der Teil, den der Alte nicht ausstehen konnte, weil das Glotzorakel so *pedantisch* war!

»O allessehendes Auge, o Wächter«, flüsterte der Alte und sammelte seine Gedanken für die zwanzig heiligen Fragen. »Hast du gefunden, woran es mir gebricht?«

Das Glotzorakel blinzelte einmal. Dies bedeutete ›ja‹.

»Kannst du mir sagen, wo es ist?«

Blinzel.

Noch achtzehn ›Ja/Nein‹-Fragen, um die verschwundene Verdammnis zu finden, dachte der Wächter. *Kein Problem.* In Zeiten akuter Bedrängnis konnte Ittos Großvater sich selbst problemlos eins in die eigene Tasche lügen.

»Ist die Verdammnis in Sicherheit?« fragte er nach einem weiteren Schluck Bambusgeist.

Blinzel.

Sie ist sicher! dachte er, von Erleichterung überspült. Dann hielt er inne. Natürlich ist sie sicher. Mit *Zähnen* und *Krallen* wie diesen muß sie sicher sein! Eine Frage vergeudet. Ein weiterer Versuch.

»Hat einer der Palastbediensteten sie gestohlen?«

Blinzel.

»Aus reiner Profitgier?«

Blinzel.

Die Schultern des Alten entspannten sich leicht. Konnte es sein, daß eine geknechtete Zofe sie gestohlen hatte, um sie an einen neidischen Staatschef zu verkaufen, der sie dann bei amtlichen Funktionen einsetzte?

Blinzel. Blinzel.

Der alte Mann stierte das Glotzorakel wütend an. »Was soll das heißen, nein? Habe ich etwa eine Frage gestellt?« Panik und Schreck manifestierten sich in seiner Stimme.

Blinzel. Blinzel.

»Aber hast du mir nicht geantwortet?« blökte er verwirrt.

Blinzel.

Kannst du das jetzt hören? dachte er mit fest geschlossenem Mund.

Blinzel.

»Kannst du meine Gedanken lesen?« quäkte er und kam sich geistig plötzlich pudelnackt vor.

Blinzel.

»Das ist ja unglaublich!«

Blinzel, erwiderte das Glotzorakel fast herablassend.

Dann verstand er, und er zuckte zusammen. »He! Du hast mich einen Haufen Fragen vergeuden lassen!«

Blinzel. Blinzel.

»Das war doch nur rhetorisch gemeint! Du *weißt* doch, was *rhetorisch* bedeutet?«

Blinzel.

»Wirklich?«

Blinzel.

»Hör auf, mir zu antworten!« Er funkelte das Glotzorakel aufsässig an und setzte eine finstere Miene auf, als dessen Lider flackerten. »Ich will nur Antworten auf *richtige* Fragen. Ich will keine Reaktionen auf rhetorische Fragen. Und Gedanken zählen nicht als Fragen. Okay?«

Blinzel.

»Aaargh! Jetzt habe ich nur noch fünf!«

Blinzel.

Der Alte keuchte schwer und bemühte sich, seinen Geist zu sammeln, bevor er etwas tat, das das Glotzorakel in der Zukunft schwer bedauern würde.

»Ist die gestohlene Verdammnis noch im Palast?«

Blinzel.

»Ist der Dieb noch im Palast?«

Blinzel. Blinzel.

Der Alte tat einen Sprung. Das paßte doch *alles* gar nicht zusammen! Dann schnallte er es. *Sämtliche* Verdammnisse wurden gestohlen! Er stellte seine Fragen zu ungenau.

»Ist die Verdammnis, die ich suche, noch im murrhanischen Reich?«

Blinzel. Blinzel. Dann machte das Glotzorakel Feierabend.

»Nein!« schrie der Alte, als ihn erneut die Panik ergriff. »Es waren keine zwanzig! Bist du noch da?«

Blinzel. Blinzel. Dann rührte es sich nicht mehr. Die zwanzig Fragen waren gestellt.

»Du kannst mich doch nicht so hängenlassen!« sülzte er. »Gib mir einen Hinweis! Es ist lebenswichtig! Komm schon, nur einen klitzekleinen Tip! Bitte!«

Das Auge öffnete sich zögernd und schaute sich um, als wolle es sichergehen, daß niemand zuschaute. Dann starrte es an die Wand, die nach Westen deutete.

»Westen? Soll ich nach Westen gehen? Ist die Verdammnis dort?«

Das Glotzorakel schaltete mit einem feuchten Klatschen ab.

Der Alte sprang auf, packte den verzierten Holzkasten und warf ihn zusammen mit ein paar entscheidenden Dingen für lange Fußwanderungen in ein Säckchen: ein klobiges Stiefelpaar, eine Schachtel Hühneraugenpflaster, drei Paar Wollsocken und einen Riegel aus weißem Zuckerzeug, der ein Schmerzmittel und Minze enthielt.*

* Schon seit Anbeginn der Zeiten hat wohl jede Expedition oder Invasionsstreitmacht, die das murrhanische Reich je verlassen hatte, einige Taschen mit diesen zuckrigen weißen Tabletten mitgeführt, die von schmerztötenden Narkotika überquollen. Gerüchten zufolge konnte ein Zug Soldaten nach dem Verzehr eines einzigen Riegels von Kendohs Minzkuchen eine Woche lang marschieren.

»Go West, old man!« brummte er, riß seinen Stab von der Wand und marschierte los. Und er betete darum, daß es noch nicht zu spät war.

»Wat soll'n diesa Quatsch?« quäkte Proph geringschätzig, als Mancini mit einer Ansammlung von Pentagrammen, rosafarbenen psychoterrinen Kristallen und einem kleinen Hypertaurusgenerator im Höhleneingang hantierte. Eine Horde gelber Blumen drehte sich um und schaute den Zwerg an.

»Sicherheit!« raunzte Mancini, nahm einen Psychoschraubenzieher von seinem Werkzeugstapel und justierte ein Chrominenzfilter, um das richtige Gelb einzustellen.

»Für mich sieht's nach Osterglocken aus!«

»Gut«, knurrte Mancini. »So soll es auch sein. Wer kommt schon auf die Idee, daß er von Osterglocken beobachtet wird? Wir pflanzen sie in einem Halbkreis vor der Höhle ein, und wenn sie Eindringlinge sichten, hetzen wir den Drachen auf sie. Clever, was?«

Prophs Kinnlade sackte herunter. Drachen? Denkende Osterglocken? Mit welchem Irren hatten sie sich da zusammengetan?

»Jau!« wimmerte er unsicher.

»Es kann gar nicht schiefgehen!« prahlte Mancini.

»Nee! Na ja, außer wenn der Eindringling 'n Botaniker is...«

»Was? Meine Osterglocken sind perfekt!«

»Klar. Aber sie blühn nich in diese Jahreszeit«, grunzte Proph und unterdrückte ein Grinsen, als Mancini errötete. Obwohl der Zwerg seine bebenden Schultern kaum beherrschen konnte, schlurfte er in die Dunkelheit der Höhle zurück. Er war bereit, etwas zu tun, von dem er etwas verstand. Graben.

In der untersten Sohle eines riesigen Höhlenlabyrinths kämpft ein Junge beharrlich gegen die Stricke, die seine

Hände auf den Rücken fesseln. Direkt um die Ecke kichert eine hockende Gestalt und wühlt gierig mit den Händen in einem einst versteckten Schatz. Das Klimpern der Münzen und Juwelen echot wie ein Millionen-Kröten-Wasserfall. Der Junge beißt sich auf die Lippe und kämpft noch härter gegen seine Fesseln. Wenn er doch nur entkommen und den Schatz seinem rechtmäßigen Besitzer zurückgeben könnte…

In der dritten Reihe gerundeter Polstersitze kaut eine kleine Gestalt aufgeregt Popcorn. Sie ist total von dem sich entrollenden Drama gefangen.

Plötzlich taucht eine glänzende schwarze Nase hinter einem Felsen auf: Bello, der Wunderhund, springt mit dem Fanfarengeschmetter einer triumphierenden Attacke mit einem einzigen Satz über eine Stalagmite. Vor Anstrengung keuchend eilt er dem gefesselten Jungen zu Hilfe.

Die Gestalt im Polstersessel stößt einen Freudenschrei aus und versprüht halbgekauten Kinofraß über die vorderen Sitzreihen.

Bello der Wunderhund legt eine Pause ein, um das Gesicht des Jungen mit seiner nassen Zunge abzuschlecken, dann beißt er in einem Blitz der 80-mm-Superthaumination-Trickkunst die Fesseln durch, hilft ihm auf die Beine und jagt mit wedelndem Schweif winselnd davon. Seine erwartungsvollen Augen leuchten in der Finsternis, als er dem Jungen zu verstehen gibt, er solle ihm folgen.

»Los, weiter!« schreit Rutger, der eine Handvoll Popcorn zwischen Tüte und Mund in der Schwebe hält. »Es ist doch Bello!«

Der Junge lächelt, macht einen Schritt vorwärts. Dann ein Klicken, und…

Die Laterna-Magica-Höhle wurde von einer Korona blendendweißen Lichts überflutet, verbannte die acht Fuß hohe Projektion in Sekundenschnelle von der Leinwand und versaute die ganze Atmosphäre.

»Oi!« schrie Rutger. »Ich kuck da zu!«

»Jetzt nicht mehr«, knurrte Practz und trat an die Frontseite der Höhle. »Es ist wichtig! – Phlim«, befahl er, »schiebt das da zur Seite. Alle setzen sich jetzt hin. Also los, wir haben nicht den ganzen Tag Zeit!«

Während sich der gesamte Stab von Losa Llamas in die Polstersitzreihen einfädelte, mühten sich Phlim und Wat mit dem Rönthextisch ab und hakten ihn an die Wand.

»Das gefällt mir nicht«, beschwerte sich Thurgia, als er in die Höhle eintrat; ein Rucksack-Thaumatron zischte und spuckte, als die Energie anstieg. »Man sollte keine schlafenden Mollusken wecken!«

Ein Gepolter gegenteiliger Ansichten wurde in der Höhle laut, als die anderen besorgt oder mit Begeisterung auf den an der Wand hängenden Rönthextisch schauten.

»Maul halten!« raunzte Practz. »Ihr alle!« bellte er die Versammlung an, und die Anspannung zeigte sich an dem gekrümmten Rücken. »Mir gefällt es auch nicht, aber wir müssen es tun. Wir müssen erfahren, welche Information die andere Molluske gespeichert hat. Wenn sie so wichtig war wie der Thaumafer-Lageplan, dann…« Seine Stimme verblaßte, seine Schultern näherten sich seinen Ohren. »Thurgia, wenn Ihr so nett sein wollt…« Practz deutete auf die dritte Molluske, die an der Leinwand klebte.

Der thaumatronisierte Zauberer schnalzte. Für seinen Geschmack kam er viel zu oft an die Reihe. Warum mußte er es schon wieder sein?

Die Masse der Technozauberkunst lud sich schnell auf, warf magische Wolken über ihm in die Luft und wurde dunkelblauer, als die Energie anstieg.

»Wat, das Licht!« rief Practz.

Eine Sekunde später herrschte Dunkelheit, und acht Fuß hohe Bilder des fliehenden, von einem Hund geführten Jungen huschten über die Leinwand. Rutger jubelte.

»Und schaltet das ab!« brüllte Practz. Wat verschwand in der Laterna-Magica-Bude und blies die Kerze aus. Rutger buhte, wenn auch sehr leise.

»Und nun alle aufpassen!« schnauzte Practz. »Thurgia, zeigt es der Molluske.«

In einem knisternden saphirblauen Blitz entlud Thurgia die ganzen siebzehneinhalb Gigathaum in die Molluske und schaltete das Thaumatron mit einem eiligen Winseln aus.

Phlim wischte sich das Haar aus den Augen und richtete seine Aufmerksamkeit auf den Rönthextisch, wobei er hektische Gesten machte und leise stöhnte. Der Tisch blitzte einmal auf, schaltete ab, blitzte erneut und erstrahlte dann in beständigem blauweißen Licht.

Phlim grinste verlegen. »Starter ist kaputt«, sagte er.

Alle Augen waren starr auf die nun leuchtende Molluske gerichtet. Ihr knorpeliges Skelett wirkte wie ein gespenstischer Schatten. Ein erschrecktes Raunen breitete sich im ganzen Raum aus, als sich statt uralter Schriften oder Landkarten vor dem anatomischen Prospekt leuchtend ein übel kampfvernarbtes Gesicht zeigte. Es schaute in einem 85 000 Jahrhunderte alten Ausdruck von Lampenfieber starr vom Rönthexschirm.

Plötzlich zuckte das Gesicht. Die Augen öffneten sich ein wenig. Der Mund zuckte. Die wogende rote Feuerwolke hinter seiner linken Schulter dehnte sich aus. Das ganze Bild machte einen ruckenden Hopser vorwärts. Ein polterndes, brüllendes, unterirdisches Grollen ertönte, als das Bild sich in Bewegung setzte. »Ich … f...s jem...d dies sieht«, begann das schlammbespritzte Gesicht und wurde knarrend zu normaler Geschwindigkeit beschleunigt, »hat jemand die Schriftrollen gefunden!« Der rote Feuerball raste zum Himmel hinauf und drehte sich eruptierend um seine eigene Achse. »Ich habe nicht viel Zeit für Erklärungen. Ich zeige Euch, was geschehen ist. Bevor es zu spät ist …«

Das Gesicht kam näher, verschwand am unteren

Bildrand und fing an zu flüstern. Saphirblaue thaumische Lanzen droschen vom Himmel herab und wurden zu riesigen, vernichtenden Feuerblumen. Plötzlich explodierte der Rönthex-Schirm in einem Blizzard atmosphärischer Störungen, denn die Molluske indexierte ihre Erinnerungen, und die fingen Gott weiß wo an. Niemand in ganz Losa Llamas hatte irgendeine Ahnung, was man dort sah. Es war etwas Bedeutsames, etwas Uraltes, und etwas sehr, sehr Wichtiges.

Der Störblizzard brach abrupt ab und wurde auf der Stelle durch das ruckende Bild eines finsteren Berges in einem fahlen urzeitlichen Morgengrauen ersetzt. Seltsame farnartige Bäume sprossen im Vordergrund, verwurzelt in blasenwerfendem, dampfenden Sumpf. Das Bild sprang und ratterte hinter zwei zuckenden, umhangbedeckten Schultern her.

Die versammelten Zuschauer keuchten auf, als es plötzlich ruckelte, saphirblaue Funken warf und Übelkeit erregend wackelte. Es zoomte auf die Oberfläche eines lauwarmen Teiches, ging näher. Die Oberfläche zuckte hoch, wurde durchbrochen und spuckte mehrere tausend überraschte Amöben und einen Tentakel aus.

Noch mehr angstarktische Störungen.

»... war knapp!« raunzte eine Stimme vom Rönthex-Schirm, als das laufende Bild wieder sichtbar wurde. »Hätte uns fast erwischt! Kopf runter, dicht am Sumpf halten! Jetzt kann nichts mehr schiefgehen!« Riesige Smaragdlibellen flohen panisch durch den Dunst zwischen den Pferdeschwanzbäumen, als das Laufen erneut begann.

Ein wilder Schneesturm zuckte vorwärts.

Die Bäume waren nun weg. Ein kahles, geschwärztes Schlachtfeld erstreckte sich am Fuße eines nun fast den Horizont ausfüllenden Berges. Der Sumpf kochte trocken mit inmitten der Schlacht; Narben bohrten sich in schwarzen, urzeitlichen Schlamm. Und dort, oben auf dem Berg, stand eine große, schwarze, gehörnte Gestalt – sie hatte die apokalyptischen Arme arrogant vor der Brust verschränkt, und ein alptraumschwarzer Umhang des Elends wogte schwer auf seine Schenkel hinab – der Altböse Feind. Er saugte das Licht auf. Das Bild wackelte, als die schwarze Gestalt die Arme weit ausbreitete und ihr Umhang die junge, sich himmelwärts kämpfende Sonne verhüllte. Die Gestalt saugte immense thaumische Kräfte auf, formte ungreifbare Macht zu drei wogenden roten Feuerbällen und fing beiläufig an, mit ihnen zu jonglieren. Dabei beobachtete sie beinahe gelangweilt die entsetzten, näher kommenden letzten Urzeitmagier.

»Ihr seid nahe genug!« dröhnte die jonglierende Gestalt und warf einen Feuerball. Die brennende rote Kugel raste auf die Thaumaturgiephysiker zu, expandierte, schwoll an, raste ihrem Ziel entgegen. Das Bild auf dem Schirm wirbelte plötzlich herum, ruckte nach rechts, wich dem heranjagenden Projektil aus.

»Es wird euch niemals gelingen!« brüllte der Schatten auf dem Berg. »Gesteht's euch ein! Ich habe gesiegt! *Ich* bin der Sieger!« Die beiden Feuerbälle schwebten einen Moment vor einer schwarzen Wolkenfläche, ein blendendes Paar brennender Augen stierte die Magier wild an und verschwand in einem Magnesiumblitz roher Kraft. Die schlachtgeschwärzte Landschaft schüttelte sich.

Der Schatten warf seinen schwarzen Kopf zurück, stieß ein bösartiges Lachen aus, griff in eine Tasche und entnahm ihr zwei große Hände schwelenden blutroten Zorns. Die urzeitliche Welt hallte zur gackernden Todesglocke der verdrehten Erheiterung wider und bebte wie ein verbrühtes Rhinozeros, als die riesigen Hände die hundert Samen der Verdammnis in einem großen Bogen von sich schleuderten. Überall dort, wo die blutroten Kugeln aufschlugen, rasten Flammenzungen zum Himmel hinauf, erstarben und rülpsten versengte Erde in alle Richtungen. Die Magier – an beiden Enden des Geschichtsverlaufs – kreischten auf.

Wie lange das Gackern des Altbösen Feindes in der Luft widerhallte, war unmöglich zu sagen, doch plötzlich gesellte sich ein neues Geräusch hinzu. Das Kratzen von Stilettkrallen auf Gestein, das Quietschen von Rasiermesserzähnen auf Knochen, die kreischende Kakophonie der Apokalypse. Mitternachtschwarze Krallen scharrten sich durch die kampfversengte Landschaft und brachen aus dem Boden hervor. Hundert halbfertige Unterarme brachen hervor und zogen rotäugige schwarze Schädel in das Chaos der letzten Augenblicke des präkambrischen Krieges. Obsidianzähne glitzerten unter einer Abwehrsalve thaumischer Lanzen, die jeder auftauchenden Schöpfung entgegenflog.

»Rückzug und Neuformation!« schrie eine entsetzte Stimme.

Ein neuer Wirbelwind wogte statische Schneeflocken.

Am Ende der Steinhaufenstraße standen dreizehn eilig errichtete Steintürme in der schmalen Kluft zwischen zwei Hügeln in einem Kreis aufgereiht. Nur zwölf der übriggebliebenen Urmagier waren zu sehen; der dreizehnte (die Molluske hockte auf seiner Schulter) war damit beschäftigt, alles für sein zukünftiges Publikum aufzuzeichnen. Was für einen Heimfilmer ungewöhnlich war: Er betete, daß sich nie jemand seine Aufzeichnung ansehen mußte.

»Sie kommen!« schrie eine körperlose Stimme, die adrenalisierten Alarm in alle Herzen jagte und auf die hundert von unten heraneilenden rotäugigen Geschöpfe deutete. Die Magier wetzten zu ihren Stellungen, jeder sprang in eine Lücke zwischen zwei Steinen, jeder befand sich zwischen zwei Magiern, es war ein vollständiger, kohärenter magischer Zirkel. Sie wußten, was sie zu tun hatten.

Der Magier am Eingang der Steinhaufenstraße, der Dirigent, schlug auf den Steinblock links von sich, haute mit bloßer Hand auf den Felsen ein, entrang ihm Harmonien. Sein Herz wogte, als ein F erklang. Ohne abzuwarten, bis er wieder Atem holen konnte, deutete er nach rechts. Das Entsetzen ließ seine Bewegungen schneller werden; er drängte seinen Nebengeomagier, den Ton genau zu treffen und endlich anzufangen.

Ein krächzender Ton erklang, der dazu führte, daß sich alle im Kreis erschreckt duckten. Der Magier hustete und machte einen neuen Versuch. Er lauschte dem Schrillen, absorbierte den Ton und jaulte los. Der Dirigent warf einen raschen Blick über seine Schulter und beäugte das zwischen den Hügeln herannahende Heer, dann deutete er auf den nächsten Magier und gab ihm mit einem Blick zu verstehen, daß er ein makelloses F erwartete. Die Luft füllte sich mit Schlägen, als die Halbtöne aufeinanderkrachten. Der dritte Magier räusperte sich, schloß die entsetzten Augen und schleuderte ein G in den Kreis.

Ein entferntes Brüllen unterbrach für einen Moment ihre Konzentration. Der Altböse Feind hielt sich die ebenholzschwarzen Seiten und kreischte in wildem Gespött. Er lachte über ihre jämmerlichen Versuche zu gewinnen; er wußte, daß es unmöglich war, daß die dreizehn kampfmüden Magier genug Kraft aufbrachten, um die Niederlage abzuwenden.

Ein tiefes A, ein A und ein tiefes B wurden schallend hörbar, jeder Halbtonintervall durch den Steinkreis verstärkt, schlagend und kämpfend gegen die zunehmende Mauer eigenständiger Frequenzen. Die aktivierten Harmoniefelsen fingen an zu glühen, Hitze wurde durch das erhöhte Niveau der molekularen Bewegungen erzeugt. B, C und hohes C erklangen und ließen die Luft schillern. Außerhalb des Kreises stieg allmählich Dampf vom Gras auf, wie ein Heer gespenstischer Geister. Vier aufeinander zulaufende Schneisen fingen an zu schillern. D und tiefes E. Der Kreis war fast geschlossen. Elf Halbtöne pulsierten und kämpften innerhalb der jaulenden Klangmauer um Beachtung. Risse tauchten in den vier Schneisen des glühenden Bodens auf. Und noch immer strebten die Heerscharen des Altbösen Feindes voran, Vernichtung und Verderben bringend, Meter entfernt von der Mündung der Steinhaufenstraße. Der zwölfte Magier fügte den letzten Halbton hinzu, vervollständigte die Oktave, ließ den letzten der tonalen Monolithen vibrieren und formte eine gänzlich undurchdringliche Mauer.

Aber es war noch nicht vorbei. Rauchwölkchen kamen aus den Bodenrissen über den aufeinander zulaufenden Schneisen. Dann holte der Dirigent tief und verschreckt Luft, öffnete den Mund und fügte ein mikrotonales hohes E hinzu. Ein Flackern von Superharmonien krachte wild von der Klangmauer ab, brachte sie zum Scheppern und schlug den letzten Nagel in die Kakophonie ein.

Die vier Schneisen der Macht eruptierten; wogende Terrathaume speisten in den Kreis. Die urweltlichen Bilder hatten ein pulsierendes Quartett von Thaumaferen angezapft. Der Dirigent schrie auf, als die Energie entlang des Steinhaufenstraßenwellenleiters nach Befreiung suchte. Das Bild auf dem Schirm fing im thaumischen Niederschlag an zu kraxeln.

Plötzlich ertönte ein gewaltiger Schrei, denn dem Altbösen Feind wurde klar, daß er in den Lauf der größten thaumischen Knarre aller Zeiten glotzte. Der Dirigent warf sich zu Boden und krallte sich ins Gras, als zahllose Terrathaum über seinen Leib hinwegpreschten, in die hunderteins dämonischen Kreaturen donnerten und sie in nie gesehene Gestalten veränderte: vier Beine, schwarzweißes Fell. Die Zähne und Krallen blieben jedoch übrig. Es war kein gänzlicher Erfolg gewesen; wahrscheinlich hatte irgend jemand den Ton nicht gehalten. Unmenschliche Schreie und infernalisch gebrüllte Flüche griffen das Gehör an, als die hundertundeins Verdammnisse von den siegreichen Urzeitmagiern zusammengetrieben wurden. Dann eruptierte der Schirm in einen Hagelsturm von Kopfschuppen.

Das ursprüngliche schlammbespritzte Gesicht war wieder da, diesmal an einem Strand, und es wirkte geschwächt. Hinter ihm brüllten Feuer, Pferdeschwanzbäume und Farne, die der thaumische Niederschlag entzündet hatte. Vier tote Mollusken lagen zu den Füßen des Urmagiers in Terrakotta-Gefäßen. Eines war noch leer. Ein kleines Etikett mit den sorgfältig hingekritzelten Worten ›Nehmt Euch bitte dieser Gefäße an, danke‹ war am Henkel befestigt.

»Die Schlacht war zuviel. Die Verdammnisse sind eingekapselt. Im Moment. Hoffe, ich habe nichts vergessen«, krächzte er und zuckte zusammen, als er sich in den Daumen schnitt. Dann warf er die letzte Molluske auf den Grill und versiegelte seine Erinnerungen.

Der Rönthextisch verdunkelte sich.

STELLDICHEIN MIT GESCHREI

Rosettchen Putschino hatte gelogen. Sie log jeden Tag um halb eins, wenn sie sich einen neuen Scheingrund ausdachte, um das Haus für ein paar heimliche Wonnestunden mit ihrem Schatz Rhomyoh zu verlassen. Sie tischte natürlich jeden Tag eine andere Lüge auf: Sie müsse mal eben zum Markt oder für ein Kleid maßnehmen lassen, das sie auf dem nächsten Ball tragen wolle. Endlose Ausreden, die sich eine liebeskranke Jungfer ausdachte. Sie sollten dazu dienen, ein ehrenhaftes unschuldiges nachmittägliches Stelldichein zu tarnen.

Sie saß auf ›ihrem‹ Hügelchen am Fuß des Tortellini, auf einer winzigen Lichtung, die man von der plumpen Masse Cranachans nicht einsehen konnte, und riß einem unschuldigen Gänseblümchen die Blätter aus. Als sie bei »Er liebt mich« ankam und nur noch drei Blätter übrig waren, keuchte sie in abergläubischem Schreck auf, warf einen verstohlenen Blick über ihre Schulter, um zu sehen, ob ihr jemand zuschaute, riß die beiden nächsten in einem Ratsch ab und endete mit einem freudig schmachtenden Seufzer. Komisch, daß die Gänseblümchen einem immer das bestätigten, was man ohnehin schon wußte.

Sie mochte diesen Ort, denn er wimmelte von Mythen und Geschichten aus uralter Zeit, in denen in den Höhlen hinter ihr Trolle, Drachen und Zwerge gelebt hatten und unterirdische Geräusche geheimnisvoll rumpelten. Ihre Phantasie trippelte heiter über die Wiesen der Vorstellung, und sie sah natürlich nicht im geringsten die Köpfe der acht roten Rosen, die sich zu ihr umdrehten und sie angafften.

Als sie im Efeu am Fundament des aufragenden Gesteins ein Rascheln und vorsichtig näherkommende Schritte vernahm, schaute sie sich heimlich um, um nachzusehen, ob man sie etwa verfolgte. Rosettchen, Tochter des Chefs der cranachischen ›Familie‹, unterdrückte ein kokettes Kichern, als Rhomyoh näher kam. Ihre Phantasie kleidete ihn in eine strahlende Rüstung, und ihre Lider flackerten in einem Ansturm der Erwartung. Aus einer Laune heraus pflückte sie eine Handvoll Gänseblümchen und steckte sie in ihr rabenschwarzes Haar.

»O Rhomyoh, Rhomyoh!« blökte sie. Drei weitere Rosen stierten sie an.

»Rosettchen!« rief er aus und jagte mit einem einzigen Sprung den Stein hinauf.

»O Rhomyoh!« flötete sie, die Augen geschlossen, das Haar flatternd, wartend ... sich sehnend nach einem Zustand fieberhaften, grenzenlosen Stelldicheins. Schon spürte sie das Zentimeter entfernte Schlagen seines Herzens, spürte seinen zarten Hauch auf ihren Wangen, seine sich nähernden Lippen. Sie spitzte die Lippen und beugte sich vor, um ihren Hals zu entblößen. Dann kreischte er auf und ergriff die Flucht.

Durch das Krachen des Unterholzes konnte man ein ständig wiederholtes Wort vernehmen: »Drache!«

Rosettchen fauchte. »Komm her! Sag das noch mal! Du bist schließlich auch kein Engel! Such dir lieber ein gutes Versteck, denn wenn ich dich finde ...«

Der dünnste aller Zweige knackte hinter ihr und schnitt ihren Zorn verächtlich ab. Sie fuhr herum und sah sich Auge in Kniescheibe der aufragenden Ausdehnung eines leguangrünen Drachen gegenüber.

Eine bedrohliche Rauchwolke puffte aus seinem linken Nasenloch, als er auf sie hinablächelte.

Und sofort eilte sie hinter dem fliehenden Rhomyoh her.

Erwartungsvolle Stille hing über der gesamten Höhle. Seit das letzte Bild der präkambrischen Magier in den letzten Blizzards der Wirbelwindstörungen untergegangen war, hatte noch niemand ein Wort geäußert.

»Möchte jemand etwas sagen?« fragte Practz.

»Bei dem schlampigen Schnitt wird's kein Kassenhit«, brummte Rutger. »Außerdem interessieren Tragödien heutzutage kein Schwein mehr!«

»Ich glaube, ich muß mal auf die Toilette«, jammerte Techniker Wat und schlurfte hinaus.

»Vorschläge?« drängte Practz.

Im Finsteren erscholl ein Gemurmel, das ihm aber nicht sonderlich weiterhalf.

»Was war das alles?« rief er. »Was hat das Ende eines prähistorischen Krieges mit allem anderen zu tun? Und vor allem mit uns?«

»Thaumafere«, sagte Phlim mehr oder weniger vor sich hin.

»Wie bitte?« rief Practz und stürzte sich auf die erste echte Antwort, so wacklig sie auch war.

Phlim schaute von dem Gekritzel auf seinem Pergamentblock auf und blickte in Practz' verzweifelte Augen. »Thaumafere«, wiederholte er, überrascht, daß er überhaupt einen Ton abgelassen hatte. »Die eine Molluske hatte einen unglaublich detaillierten Lageplan von ihnen gespeichert, und die da …«, er deutete auf die noch immer am Rönthexschirm klebende Bademattengestalt, »… die da hat uns gezeigt, wozu sie fähig waren. Wenn man annimmt, daß sie miteinander verbunden sind …«

»Wollt Ihr damit sagen, daß das ganze Gesinge, die Steinringe, Schneisen und explodierenden Gräser Thaumafere waren?« jammerte der verdutzte Thurgia und entfernte sich nervös von dem noch immer zischenden Thaumatron.

»Ein Zugang zu den Thaumaferen … ja«, sagte Phlim, der plötzlich, als die Ahnungen eines beunruhigten Sinnes in seinen Geist sickerten, größere Zuversicht empfand. »Schaut her.« Er hob den Thaumaferen-Lageplan hoch, klappte ein Zeigestöckchen auf und deutete auf eine Kreuzung zweier Linien. Sie liefen an einem gepunkteten Kreis zusammen. »Das da haben wir gerade gesehen!«

»Aber um was ging es überhaupt?« fragte eine Stimme aus dem Hintergrund. Es war die Frage, die niemand hatte stellen wollen. Und schlimmer noch: die eigentlich niemand beantworten wollte. »Also, für mich sieht alles recht praktisch aus«, fuhr die Stimme des Technikers fort, der sich der Schwierigkeit der Situation zum Glück gar nicht bewußt war. »Unbegrenzte Energie zu unseren Füßen, die nur darauf wartet, wie ein riesiges Thaumatron eingesetzt zu werden. Sie hat eine ganze Heerschar ausradiert!«

»Eine Heerschar von was?« fragte Rutger.

»Lumpenhunde!« erwiderte der Techniker begeistert. »Ssssummm! Fertig!«

»Nicht fertig!« rief Practz in einer besorgten Mischung aus Enthüllung und absolutem Grauen. »Vergeßt das Ende nicht!« schrie er und schlug sich mit der flachen Hand vor die Stirn. »Die Lumpenhunde wurden nur eingekapselt – nur in eine Falle gelockt. Der letzte Magiestoß hat sie nicht vernichtet; er hält sie nur irgendwo gefangen.«

»Na und? Nach fünfundachtzigtausend Jahrhunderten glaube ich nicht, daß sie sehr glücklich sind«, klagte Thurgia. »Ich hatte schon mit Geistern zu schaffen, die nur eine Woche irgendwo festsaßen, und die waren *wirklich* stinkig!«

»Warum sollten sie jetzt noch eine Gefahr sein?« fragte Wat, der wieder in die Höhle zurückkehrte und eine erleichterte Miene zur Schau trug. »Sie haben doch die ganze Zeit dort festgesessen. Wir wissen nur von ihnen, weil Phlim …«

Phlim und Practz zogen beide gleichzeitig den schrecklichen Schluß.

»Die Mollusken!« schrien sie in einstimmiger Furcht, als Wissen, Vermutung und Logik den Motor anwarfen und sie einem schwindelerzeugenden Schluß entgegenrasten.

»Der Alte hat uns gesagt, wann!« rief Practz und deutete auf die Badematte auf dem Schirm.

»Und dies sagt uns, wo!« Phlim blickte die Lageplanmolluske an.

»Alles Dinge, die keine Rolle spielen ...«

»... wenn man sie schon kennt!« beendete Phlim.

Practz' Gesicht wurde fahl, als er sich bemühte, die Worte hervorzubringen. »Die verschwundene Molluske enthält alle Informationen, die man benötigt, um ... um ... die Thaumafere neu zu beleben. Warum sonst sollte man sie gestohlen haben?«

Die Höhle brach in eine betäubende Menge kreischender Panik aus.

Wenn wir die Molluske nicht bald finden, jaulte Practz in der Intimsphäre seines Kopfes, wird – zwar nicht heute oder morgen, aber sehr bald – irgend etwas Grauenhaftes diese *Bestien* finden!

Achtzehn Zugrhinozerosgespanne stießen ins Horn und blökten dickhäuterische Verärgerung. Die im Gegenverkehr festsitzenden Fuhrleute warfen mit Flüchen und allen festen Gegenständen um sich, die sie in die Hände bekamen. Die Kegelsetzerwandereinheiten höhnten hinter schnell errichteten Stapeln rotweißgestreifter Verkehrsleiter hervor, sprangen aus dem Straßengraben und warfen Betonbrocken auf die stehenden Laster. Und das war nur die rhyngillische Seite des Trans-Talpino-Ausbauprojekts. Den ganzen Tag über hatte man nichts bewegt, wenn man von den zu unhöflich provokativen Symbolen und Phrasen verstellten Kegelreihen und dem unablässigen Bombardement beider Seiten absah.

Es war eine Katastrophe. Und alles war Rosch Mh'tonnays Schuld.

»Kommt raus!« schrie er und donnerte noch fester an die Tür der Baubude, den die Zwerge der Kleinkaliber-Entwässerungsgesellschaft bewohnten. »Bitte!« schrie er zum hundertundzwölften Mal und musterte die lange Querrille im Straßenbelag und die Reihe der roten Terrakottarohre, die daneben der Verlegung harrten. »Wir können übers Geld reden! 'ne kleine Lohnerhöhung, 'n paar Kröten mehr! Drei Prozent? Fünf?«

Ein Kegel mit der Aufschrift »Bitte hier drauf Platz zu nehmen« fegte pfeifend durch die Luft an dem Stapel vorbei, kollidierte mit Mh'tonnays Hinterkopf und ließ seine schwere Stirn gegen die geschwächte Tür knallen. Ein splitterndes Geräusch ertönte, und der Chefingenieur taumelte, begleitet von einer Jubelsalve der cranachischen Seite, hinein.

Rosch Mh'tonnays Laune nahm rapide ab. Er riß den katalytischen Kegel aus dem Türgesplitter, packte ihn wütend und warf sich in die Hütte hinein. Er schrie, stieß Salven von Flüchen aus und ließ Lawinen beißender Hiebe gegen die Kojen los.

Hätte sich tatsächlich jemand in der Hütte aufgehalten, wäre die Chance sehr groß gewesen, daß man Mh'tonnay in sieben Zwergizidfällen vor Gericht gestellt und verurteilt hätte.

Doch so brauchte man nur vier Kästen Bier, zwölf klobige Fuhrleute und ein halbes Dutzend Matratzen, um den Schäumenden einigermaßen unter Kontrolle zu bringen.

Und niemand unter einsachtzig durfte sich ihm je wieder nähern.

Es war eine knappe Stunde her, seit Herr Murx eine hastig zubereitete Schlangennierenpastete, drei Humpen Bier, zwei große Vanillepudding und ein halbes Dutzend Feenküchlein verputzt hatte – alle ein Dank des ungeheuer erleichterten Fettsacks. Doch momentan fühlte er sich schauerlich.

Sein Kopf pulsierte gewaltig. Zuckungen schädelzerdrückender Agonie explodierten, als er sich bewegen wollte. Auf seiner Stirn brach kalter Schweiß aus. Er wimmerte schwach.

»Aha! Ihr seid wach!« brummte Fettu Tschini. Die riesige Sonnenfinsternis einer Gestalt im Nadelstreifenkasack klatschte sich das Haar zurück, als sie den verunfallten Ritter begutachtete.

»Mein Kopf ...«, stöhnte der gefangene Ungeziefervernichter.

»Tausend mal Verzeihung«, brummte Tschini, wobei es ihm nicht die Bohne gelang, auch nur den kleinsten Anflug von Aufrichtigkeit in seine Stimme zu legen. »Ein überaktiver Meuchlerlehrling. Er wird es nicht wieder tun.«

Der letzte Satz erzeugte den deutlichen Eindruck, daß er *nie wieder* etwas tun würde. Niemals.

Herr Murx erinnerte sich matt und durch eine vernebelte Windschutzscheibe der Erinnerung, daß die Sparren außerhalb der Palastküche von grauenhaft bewaffneten Leibern explodiert waren, als er vorsichtig, mit ächzenden Kettenhosen, sein Roß bestiegen hatte. Ein, zwei, drei tödliche Waffen waren aufgeblitzt, endlos, dann ein Befehlsgebell, das Pfeifen einer riesigen Keule durch die Luft. Dann war alles schwarz geworden.

Er schwor sich resigniert, sein Roß beim nächsten Mal zu tarnen. Oder es im Königreich nebenan zu parken.

Das heißt, *falls* es ein nächstes Mal gab. Fettu Tschini ließ seine riesigen Finger schnippen, und zwei Nadelstreifen-Schläger wetzten heran, bewegten Herrn Murx in eine sitzende Position und warfen das Chaiselongue in schwindelerregender Eile um einhundertachtzig Grad herum.

Herr Murx öffnete seine verschleierten Augen und musterte die vor ihm sitzende Gestalt, die ihm über einen polierten Tisch aus Walnußholz entgegenschaute. Der Mann verfügte über ein Heer von Kinnen, das von zu vielen Freßorgien kündete. Herr Murx war überzeugt, daß er die uneheliche Frucht einer Jungfer anstarrte, die ein verbotenes Stelldichein mit einem geistesverwandten fettleibigen Ochsenfrosch gehabt hatte. Die beringten Finger des Ochsenfrosches streichelten eine dicke weißfellige Ratte, und er glotzte den Ritter an, ohne mit der Wimper zu zucken. Dann streckte er die linke Hand aus, öffnete eine Schublade, entnahm ihr eine ungefähr eine Woche alte talpinische Steinmaus und warf sie beiläufig in eine große, neben ihm stehende Glasschüssel. Der Nager blinzelte und kämpfte einen Moment in dem Wasser, bevor blubbernd Blasen aufstiegen, ein feuchtes Quieken ertönte und eine Spur von Rot sich in der plötzlich turbulenten Flüssigkeit ausbreitete.

»Feine Piranja!« grinste die schleimige Gestalt in dem makellosen mitternachtsblauen Anzug und dem dazu passenden Nülon-Hemd.* »Iste nichte hibsche Tiere? Nagte eine Rhino ine dreie Minute abe bise aufe die Knochene! Du mögene?«

»Nur gegrillt, und mit Pfeffersoße«, erwiderte Herr Murx mit gespielter Lässigkeit und bemühte sich fieberhaft, seinen dröhnenden Schädel und die abscheuliche Aussprache zu ignorieren. Wäre es ihm nicht versagt geblieben, in dem Ochsenfrosch Kap Putschino, den Kopf der mächtigsten ›Familie‹ Cranachans zu erkennen, hätte er möglicherweise weniger salopp geantwortet. Im Laufe der Jahre hatte die Anzahl der Feinde, die

* Nülon. Fein gewebtes Material aus Fasern, die durch Kopolimerisation zweier organischer Bestandteile verrotteter bzw. toter Würmer, Blattläuse und einem umfassenden Katalog von Nacktschnecken gewonnen wird. Es wurde kurz nach Beendigung des nun legendären Zweieinhalbminutenkrieges in Cranachan eingeführt und war sofort ein Schlager bei den Damen, die in Scharen in Nülonstrümpfe sprangen und die altmodische Seide auf der Stelle wegwarfen. Wer will auch schon etwas anziehen, das aus dem After einer Raupe kommt?

Kap Putschino unter die Erde gebracht hatte, ihm den Spitznamen ›Totengräber‹ eingetragen. Zahlreiche scharfe Schnaufer waren im Raum zu hören – in der plötzlich unangenehmen Stille nach Murxens Antwort.

Hektische blutrote Wut blitzte in Putschinos Gesicht auf, färbte seine ergrauenden Schläfen zeitweise rot und erzeugten das schrille Alarmgeschrei der Ratte, um deren Hals er seine wütende Faust schraubte.

»Ha! Ere hate Humore? Dasse kennene wire gleiche änderne! Wenne ese nichte *anderse* gehte!«

Fünfzehn Köpfe nickten eifrig. »Warum bin ich hier?« fragte der Ritter.

Putschino stand auf und scheuchte alle bis auf Fettu Tschini mit einem beiläufigen Handgelenkschwenk hinaus.

»Informazione!« säuselte der Totengräber, wobei seine blubbernden feisten Wangen schlackerten.

»Die bekommt Ihr nicht! Und wenn Ihr mich noch so großen Schmerzen unterwerft, nichts kann mich zerbrechen. Ich habe fünf Stunden pro Tag auf heißen Kohlen gesessen, um mich abzuhärten! Und einmal pro Woche geißle ich mich mit Brennesseln, ob ich es brauche oder nicht. Ich bin der härteste Ungeziefervernichter! Nichts, absolut nichts, kann mich zum reden bringen!«

Putschinos rechte Hand kam hinter dem Walnußtisch hervor. Sie hielt einen kleinen Wildlederbeutel, der in sehr teurer und verführerischer Weise klimperte.

»Jedoch…«, begann Herr Murx und feuchtete seine Lippen an. »Wie ich immer sage: Eine Regel ist nur so stark, wie der Stiefel, der sie zermatscht! Worüber wollt Ihr etwas wissen? Über den Ort, an dem man die besten Küchenschaben findet? Über die Paarungsriten des Mistkäfers? Über die drei kleinen Schritte, wie man Partylöwen erle-e-e-e-g-g-g-t?«

Putschino hustete. Fettu Tschinis Hand schloß sich sofort um die Kehle des Ritters und drückte fest zu. »Der Boß will, daß du zuhörst, klar?« knurrte der Besitzer der Hand und fügte noch ein paar Pfund pro Quadratzoll hinzu, um seine Worte zu betonen.

Putschino streichelte nachdenklich seine Ratte. »Wasse ware die größte Menge, die siche bei deine Akzione je versammelte hatte?«

Tschini lockerte seinen Griff.

»Das war letztes Jahr!« hustete Murx, erstaunt, daß es jemandem gelingen konnte, soviel Druck durch eine Rüstung auszuüben. »Eine große Menge. Beim Vergasen eines Hornissennestes.«

Putschinos Blick aufgestauter Besorgnis schien noch besorgter zu werden. Ihm war irgend etwas eingefallen. »Wie große ware die große Menge?« fragte er, und auf seiner Stirn bildete sich Schweiß.

»Riesig, riesig ...«

Tschini drückte zu.

»Zwölf!« schrie der Ritter, dessen Kragen vor Materialermüdung quietschte.

»Hunderte?« raunzte Putschino.

»T ...«, krächzte die zuckende Gestalt.

»Tausende?!« kreischte der Totengräber, in Gefahr, seine Ratte zu ersticken. »Laße ihne antwortene!« brüllte er Fettu Tschini an.

»D ... höchstens dreizehn!« keuchte Murx.

»Dreizehntausende beie eine Hornissenneste. Ese iste noche schlimmere, alse iche dachte.«

»Ähm, nein«, sagte Murx. »Dreizehn. Nur dreizehn. Alles Mitglieder der Anti-Hornissen-Gasbrigade. Es waren eigentlich vierzehn, aber einer wurde am Tag davor gestochen, und ...«

Putschino schaute finster auf. »Pah! Iche habe keine Interesse ane diese Triviliatätene! Wase iste mite die Dinge, füre die ihre Rittere so berühmte seide? Menschenfressende Riesene ause Grottene verjagene? Königreiche vone wilde Drachene befreiene, Jungferne rettene und gestohlene Schätze zurückgebene? Hatteste du je Ärgere mite dere Presse?«

Die Kinnlade des Ritters sank herab. »Jobs dieser Art krieg ich nicht mehr. Die sind einfach nicht mehr da.«

Putschino und Fettu Tschini schauten sich verdutzt an. Ob seine Tochter Rosettchen etwa gelogen hatte? Einfach nur so? Nach allem, was er sie über Unehrlichkeit gelehrt hatte?

»Nehmen wir zum Beispiel Drachen«, fuhr Murx fort. »Die sind alle weg. Abgesehen von dem Gerücht drüben in Rhyngill ist da nichts mehr. An allem ist der heilige Georg Schuld. Er kann einfach zu gut mit der Lanze umgehen, und ...«

»Rosetta!« brüllte Putschino. »Komme soforte hiere here!«

Der Ritter wurde aus seiner Träumerei gerissen, als die Flügeltüren aufflogen und ein junges Mädchen, weiß vor Schreck, hereingestürmt kam.

»Beschreibe, wase due gesehene habene willste!« raunzte Putschino, der die Skepsis kaum aus seiner Stimme verbannen konnte. »Jede Einzelheite!«

Rosettchen schaute sich um und zappelte unter dem gestrengen Blick ihres Vaters. »Nun ... Ich war auf dem Tort ...«

»Nichte wo!« brüllte er. »Wase haste du gesehene?«

»Einen Drachen«, sagte sie, ihren Füßen zugewandt, und kam sich plötzlich zehn Jahre jünger vor.

Herr Murx richtete bei diesem Wort seine Ohren auf. Es war eine ammorettische Todesechse gewesen ... Es *mußte* eine sein, denn Drachen waren ausgestorben. Aber trotzdem, die Vernichtung einer Todesechse war ein Schritt nach oben.

»Er war groß, grün und geschuppt, und Rauch kam aus seinem Mund, er war in einer Höhle und hat mich zu Tode erschreckt!« erwiderte Rosettchen. »Ein Drache!«

In Murxens Geist wirbelte bei dem Wort ›Rauch‹ alles durcheinander.

»Nun?« knurrte Putschino und musterte den Ritter

mit einem feurigen Blick. »Gibte ese nune einene odere nichte?«

»Es *könnte* sein. Dem Klang nach ein Draco Imperialis. Das sind vielleicht Mistviecher!« Herrn Murxens Augen leuchteten auf. »Sie haben einen Dreißig-Fuß-Flammenradius, einen Schwanzwedelradius von neunzehn Fuß, und schleudern Steine ...«

»Jae odere neine!« raunzte Putschino. Sein Gesicht rötete sich vor Verzweiflung, während die Ratte sich blaurot verfärbte.

»Ich müßte ihn sehen, um es zu bestätigen ...«, setzte der Ritter an. »Ähm ... Aber es klingt vielversprechend!« fügte er verlegen hinzu, als er sah, daß das Feuer der Wut mit ein paar weiteren Eimern Kohle gespeist wurde.

»Unde wenne jemande davone hörene würde? Menschenmassene?«

»Wie erhebend!« schrillte Herr Murx, und seine Gedanken rasten voraus zu der Unmenge, die sich erwartungsvoll auf dem Berg versammelte, während er die Bestie in seiner schönsten, glänzendsten Rüstung köderte. Der Ruhm! Die Ehre! »Alle müssen sofort davon erfahren! Laßt mich in Bälde einen Kurier zur *Saurier-Gazette* schicken. Die hat einen Tausend-Kröten-Preis für die Entdeckung eines Dachen ausgesetzt! Oh, die Publicity!«

»Nein!« schrie Kap Putschino, von einem würgenden Ächzen der Ratte begleitet. »Keine *Publizziti!*«

»Aber so was würde meiner Karriere wahnsinnigen Schub geben!«

»Wenne jemande davone erfährte, du haste keine Karriere mehre. Du haste danne nichte einmale mehre eine Lebene!« Putschino drehte sich zu seiner Tochter um. »Unde sonste weiße niemande vone dieseme ... dieseme Drachene?«

»Nein ... nein«, erwiderte sie und kreuzte die Finger hinter dem Rücken. Wenn ihr Vater herausfand, *warum* sie in der Nähe des Höhleneingangs am Tortellini gewesen war … Sie schüttelte sich. Rhomyoh würde dann nur noch im Falsett singen!

Putschino packte Fettu Tschinis Hemd, zog ihn herab und flüsterte ihm ins Ohr: »Bringe ihne da raufe, abere mite verbundene Augene! Ere solle dene Drachene erledigene. Danache erledigste du ihne! Die nächste Lieferunge iste fast fertige! Wenne wire sie verlierene, verlierene wire Millionene!«

Als Tschini Herrn Murx aus dem Raum zerrte, sprangen Putschinos Gedanken hinaus zu den wogenden Hektaren der fast reifen Mohnblumen an der Flanke des Tortellini.

Im gesamten murrhanischen Reich traten Sturmtruppen Bambustüren ein, rissen bemalte Papierwände nieder, schlitzten Reissäcke auf und kippten quäkende Säuglinge aus klapprigen Wiegen … Kurz gesagt, sie filzten alles. Wirklich alles. Hätte jemand an einem heißen Nachmittag mit einem dicken Knüppel in einem riesigen Ameisenhaufen herumgestochert – es hätte nicht mehr wimmelnde Aktivität gegeben.

Als Kaiserin Tau nach dem Kopf Cheiro Mancinis geschrien hatte, hatte sie es ernst gemeint. Wenn dies das murrhanische Volk stören sollte … Rübe runter! Das war ja gerade das Tolle, wenn man Oberboß einer Diktatur war – die öffentliche Meinung spielte keine Rolle. Absolut keine.

Tau stampfte in ihrem Palast auf und ab, knirschte mit den Zähnen und murmelte wütend vor sich hin, während sie ihr Lieblingskatana zu blitzender Schärfe wetzte. Jede der stündlich von zunehmend verschreckteren Kurieren abgelieferten Meldungen trug nur dazu bei, ihren Frust noch größer zu machen. Das einzige, was sie davon abhielt, jeden zu köpfen, der ihr unter die Augen trat, war die Tatsache, daß dann kein Publikum mehr für Mancinis Bestrafung übriggeblieben wäre.

Irgendwo in der Hauptstadt krachten hartbestiefelte Füße durch eine verschlossene Tür und stürmten eine hinter ihr verborgene Treppenflucht hinunter. Die roten Strahlen der kaiserlichen Starklichtlaternen erhellten die muffige Finsternis, suchten in allen Ecken und radierten das Dunkel bei jeder raschen Drehung aus. Kisten und Kästen wurden bei der flotten Orgie der hektisch harten Fäuste und Schmettertritte zerschlagen. Sekunden später war der Lagerraum nicht mehr in der Lage, irgend etwas zu verbergen.

Einen Moment lang senkte sich segensreiche Stille herab, die nur vom Scheppern der Laternenverzierung unterbrochen wurde. Dann ertönte ein schriller Schrei aus einer hektischen Kehle, und ein Finger deutete mitten in die Luft. Die Laternenstrahlen des gesamten Zuges fegten in rascher Reaktion herum, richteten sich darauf, strahlten ungezählte Lichteinheiten auf einen dünnen Strang schwarzweißer Behaarung, der sanft zu Boden segelte und sich auf zwei gekreuzten Besen und einem Stapel fortgeworfenen Flaums niederließ.

General Zakkiks Herz tat einen Satz. Ein Beweisstück! Vom Fell einer Verdammnis! Jemand hatte versucht, die Tatsache zu verschleiern, daß das gestohlene Haustier der Kaiserin hier gewesen war. Doch dann wurde ihm mulmig zumute. *War* hier gewesen. Und war nun *weg.*

Was war das für eine Nachricht? Kaiserin Taus geliebte Kreatur wurde noch immer so schrecklich vermißt wie zuvor. Er hatte zu seinem Ärger nur ein Häuflein zusammengefegter Verdammnis-Schnurrhaare vorzuzeigen.

Und das alarmierende Gefühl, daß das, was er suchte, sich nicht mehr innerhalb der kreisrunden Mauern des murrhanischen Reiches aufhielt.

Tief vergraben in den geheimen Wäldern von Losa Llamas lag wie ein riesiger Altar in einer unterirdischen Kathedrale die vollkommene Verkörperung des Schrotthändlerhimmels auf der Lauer. Sie ragte in dichter turmoider Eleganz auf – ein gewaltiger metallener Krapfen, besprüht von Hunderten und Tausenden anorganischer Leckerbissen. Silbrige Staubsaugerschläuche schlängelten und zuckten über das komplexe Wirrwarr der Stränge; Leitungen verbanden glimmende Ventilbänke mit den Riesenfingern kühlender Finnen; und Meilen regenbogenfarbener Drähte strickten helle Netze über die gesamte Oberfläche.

Es war das gerade überholte Thaumatron. Es verfügte nun über noch größere magikinetische Felder, überholte thaumische Partikelbeschleunigungsraten und viel massigere Feldflux-Potentiale, als der alte sich je hätte träumen lassen. *Dieses* kleine Biest konnte fünfunddreißig Gigathaum reiner zusammenhängender thaumischer Energie ausbölken, polarisiert, gereinigt und zu allem bereit. Die Welt der Thaumatronik hatte noch nichts dergleichen gesehen. Na ja, jedenfalls nicht seit 85 000 Jahrhunderten.

Phlim grinste vor sich hin, als er vor den runischen Skalen und Pentagraphen der komplizierten Steuerung stand. Er ließ seine Knöchel laut knacken, ließ versuchsweise seine Finger zucken und fing an, mit fachmännischer Gelassenheit prozedurale Beschwörungsformeln zu murmeln. Sein eifriger Blick fuhr rasch über die Steuerung hinweg, prüfte die hyperhokupukussierte Dampfdruckhöhe und überwachte die thaumischen Dämpfungserfordernisse, als er die Stabbremse langsam losließ und das Ausstoßpotential erhöhte. Über dem ganzen Thaumatron rotzen glimmende Ventile feurige Funken aus, und die schwarzen Dampfrohre gaben allmählich ein rötliches Glühen ab. Die Energieproduktion stieg.

Hinter ihm beschwerte sich Practz schon wieder, diesmal über seine Kreuzschmerzen, als er mit Kreide mühevoll eine Reihe dreier fast identischer Pentagramme auf den Steinboden malte. Jede Kreidezeichnung war leicht anders auf den magnetischen Nordpol ausgerichtet, und jede variierte ganz gering im Durchmesser. Practz richtete sich auf und rieb nachdenklich seinen Lendenwirbel. Er schielte die Zeichnungen auf dem Boden kritisch an und verglich sie mit denen in dem dicken Folianten, der auf Rutgers schmerzend ausgestreckten Armen ruhte. Versetzungspentagramme konnte man sehr schnell verkorksen. Ein Abrutschen am Strich oder ein leichtes Abweichen vom Kompaß, und man hatte die Chance, sich am Boden eines Brunnens wiederzufinden – oder an einem noch schlimmeren Ort.

»Und Ihr seid sicher, daß es keine andere Möglichkeit gibt?« fragte Thurgia, funkelte Practz an und drückte seine Zweifel zum aberhundertstenmal aus. »Ich meine, können wir nicht einfach hinreiten oder eine Kutsche nehmen, oder so was?«

»Dazu reicht die Zeit nicht!« schnauzte Practz. »Vielleicht ist es jetzt schon zu spät! Wenn Mancini die Energiequelle gefunden hat, die er braucht …«

»Das wäre mir aufgefallen!« rief Phlim, der die Steuerung bediente. »Seit wir den Lageplan gefunden haben, haben hyperempfindliche Thaumometer seinen Weg gekreuzt.«

»Und was ist mit dem Niederschlag, der die Wantze beeinträchtigt hat?« fragte Practz.

»Niederschlag? Davon hat mir ja noch *keiner* was erzählt!« quäkte Thurgia und wünschte sich, er hätte es nur mit einer lumpigen Besessenheit zu tun. Gebt mir einen Dämonen, bitte! Bei Dämonen wußte man wenigstens, wo man dran war!

»Nicht stark genug«, erwiderte der Technozauberer und ignorierte Thurgias Genöle.

»Seid Ihr sicher?« knurrte Practz.

Phlim biß sich auf die Lippe und kreuzte abergläubisch die Finger. Er zog den Kopf ein, als er versuchte, irgendeine Art Illusion der Zuversicht zu mobilisieren.

»Aber ja. Es war ein Thaumolith, kein Versehen. Eine kurze, scharfe Explosion ...«

»Eine Explosion!« schrillte Thurgia und sprang vom Versetzungspentagramm.

»Mancini müßte ein Thaumafer anzapfen, um die Heerscharen zu befreien ...«, fuhr Phlim fort und kreuzte wieder einmal nervös die Finger.

»Heerscharen!« schrie der Leiter der Abteilung Dämonische Studien. »Nun aber mal langsam! Ich lasse mich doch nicht von einer neumodischen Maschine an diesen Ort versetzen, um gegen Heerscharen zu kämpfen ...«

»Wird auch nicht nötig sein!« raunzte Practz. »Im Moment brauchen wir am nötigsten Informationen! Ich will nur, daß Ihr in Erfahrung bringt, wo Mancini und die gestohlene Molluske sind, damit wir sie zurückbekommen, bevor es zu spät ist.«

»Kein Kampf?« säuselte Thurgia hoffnungsvoll.

»Überwachung. Ohren an den Boden. Stilles Verhör!« versicherte Practz. »Keine Kämpfe, klar? Und nun bitte, auf die Pentagramme!«

Rutger, Thurgia und Wat traten zögernd in die Kreidekreise, und Practz gab Phlim ein Zeichen.

»Ganz bestimmt keine Kämpfe?« fragte Thurgia und beäugte Practz mit zunehmender Skepsis.

Phlim wischte sich das Haar aus dem Gesicht, schluckte und gab einen scharfen, kehligen Befehl. Er war aufgeregt, als die Energieangabe bis zu zwanzig Gigathaum wogte und eine kleine Luke sich öffnete. Mit dem Knistern roher Kraft zischte ein gefangener Lichtblitz saphirblauer Energie ins Freie, traf Practz in den Hintern und verblieb dort blitzend und zuckend, als reine Thaumen in ihn flossen. Cerulische Funken knisterten, sprudelten über sein Haar und flackerten über seine Brauen, als er die Hände bewegte und anfing, die Versetzungsformeln herunterzubeten. Das Thaumatron pulsierte, das Geräusch hochenergetischer Magie prallte von den Felswänden ab und hallte durch die ganze Höhle.

Plötzlich zuckten Practz' Hände vor. Blaue Flammen sprangen von ihnen fort, deuteten auf zwei Pentagramme, trafen die Kreide und entzündeten die krakeligen Striche. Blitzschnell prallte eine dritte Energielanze von irgendwo auf Practz' Anatomie und verband sich mit einem lauten Krachen und einem erleichterten Schrei Practzens mit Thurgias Pentagramm. Phlim ließ die Stabbremse völlig los, zweiundzwanzig Giga strömten in Practz, und mit einem Trio zischender Plopper verschwanden die drei Gestalten.

Phlim brachte zwar nie in Erfahrung, wie Practz alle drei Energiebogen gesteuert hatte, aber er war sich ziemlich sicher, daß sein Boß fortan einen andern Gang hatte.

Fettu Tschini zog fest an den Zügeln seines Rosses und riß verzweifelt an denen Herrn Murxens, als sie um eine der zahllosen finsteren Ecken von Cranachan bogen und in eine schmale Gasse eintauchten. Der Ritter fühlte sich allmählich deutlich seekrank; er war nicht daran gewöhnt, mit verbundenen Augen zu reiten. Und besonders nicht in so halsbrecherischer Geschwindigkeit.

Sie fegten um die nächste Rechtsbiegung, jagten nach links, fegten nach rechts und kamen in einem Schauer kratzender Töne zu einem plötzlichen Nothalt. Eine Portion halbverdauter Schlangennierenpastete votierte unzeitgemäß nach Freiheit aus dem sich überschlagenden Rittermagen.

Das winzige Gäßchen wurde fast zur Gänze von einer einzelnen gewaltigen Gestalt blockiert. Sie war in eine ausgebeulte grüne Strickjacke gekleidet, die offenbar nur von bunten Stoffflicken und Bändern zusammengehalten wurde. Ein riesiges Zelt, das als Schlachtkilt hätte durchgehen können, sank zu Boden und klimperte bedrohlich, als Metallspangen springender Wale mit Emaille-Regenbogen zusammenprallten. Es war etwas zermürbend Bedrohliches an der Art, wie es dem wirbelnden Baldachin des Kilts irgendwie so eben mißlang, die feisten Knie und Stiefel zu bedecken, die unaufhaltbar vorwärtsstampften. Hinter der grünen Riesin strömte eine ähnlich ausstaffierte, Spruchbänder schwenkende Demonstrantenmeute – ein Zug regengebogter Krieger strebte der kaiserlichen Palastfestung entgegen.

Tschini stutzte, als er die üppige Oberweite der legendären Brigitte Bidet sah, die mit den Bändern und Flicken ihrer lebenslangen Feldzüge bestickt war.

»RETTET DEN DRACHEN!« stand auf dem Plakat, das Tschini unter die Nase gehalten wurde. »NEIN ZUM SAURIER-GEMETZEL!« schrie ein anderes. »AUCH ECHSEN LIEBEN DAS LEBEN!«

Herr Murx riß sich die Augenbinde ab und schaute sich um. Er blinzelte, bemüht, das Spruchbandmeer einigermaßen klar zu entziffern. Sein Geist würgte verwirrt, als er las ... Rettet den Drachen? Ihn retten? Ja, wußten diese Leute denn nicht, welchen Scheiß ausgewachsene und stinkwütende Drachen anrichten konnten?

»Unterzeichnet dieses Volksbegehren!« kreischte eine üppige, faltige Blondine mit grünem Umhang und dazu passenden Stiefeln und einem Hemd mit der Aufschrift JEDES VIECH IST UNSER BRUDER trug. »Stoppt sofort die Drachenjagd!«

»Ähm ... Warum?« stotterte der Ritter.

Die Stirn der petitionsschwenkenden Frau wurde zu einem fragenden V. »Weil es barbarisch ist!« quäkte sie aufgeregt. »Es geht um das Abschlachten unschuldiger Ungeheuer!«

»Unschuldig? Habt Ihr je in Eurem Leben einen Drachen bei einem Wutanfall gesehen? Nun? Ein Dorf, ein Drache ... Puff! Ein Drache und ein Aschehaufen! Sie sind tödlich!« rief Murx.

»Sie sind so selten, daß man sie nie sieht!« schrie Frau

Bidet und trat vor. Die olivgrüne Strickkappe hatte sie in voller Kampfraserei grimmig über die Augenbrauen gezogen. »Das adlige Lumpenpack hat sie so gejagt, daß sie nun vom Aussterben bedroht sind! Ritter und Heilige springen in ihre blöden Kostüme, saufen ein paar Sherry, und dann geht's ab in die Wälder!«

»Auch Ungeheuer haben Rechte!« schrie eine Stimme aus der Menge.

»Ich aber auch!« rief Murx zu seiner Verteidigung. »Schließlich muß ich doch auch irgendwie meinen Lebensunterhalt bestreiten! Stallungen und Rüstungen kosten heutzutage ein Heidengeld! Und ich kriege ein paar tausend Kröten, wenn ich einen Drachen uml…«

Seine Stimme verblaßte plötzlich, als ihm klar wurde, daß die Menge seine Rüstung und seine Waffen bemerkt hatte. Und nun erblickte sie auch das stolz zur Schau getragene Emblem, das ihn als wahlberechtigtes Mitglied der ›Uralten und Edlen Gylde der Pestkontrolleure‹ auswies.

»Drachentöter! Mörder!« kreischte die Menge und fing sogleich wild an zu kochen. Fettu Tschini packte Murxens Zügel und spornte sein Roß zum Rückzug an. Das Roß des Ritters wich zurück und hätte ihn beinahe entsattelt, so daß er in der wildschäumenden Menge gelandet wäre. Er klammerte sich verzweifelt fest, als Hände an seinem Umhang zerrten. Ein Ausrutscher, und man hätte ihn in Sekundenschnelle in Fetzen gerissen.

Ein Hagel von Beleidigungen explodierte aus dem wütenden Mob und ersäufte das Geklapper rutschender Hufe, als die beiden Reiter fortsprengten, wie verrückt um eine Ecke bogen und verschwanden.

»Pfui!« rief Herr Murx über den Hufschlag hinweg. »Die sind aber empfindlich! Und das alles nur wegen eines Dra…«

»Sagt es nicht! Bloß nicht!« rief Tschini. »Schon jetzt wissen zu viele Leute von der verdammten Sache! Man könnte euch töten!« Und dann, dachte er bei sich, muß *ich* den Drachen umlegen.

»Naaaiin! Das würden diese Leute nicht tun. Sie sind doch absolut gegen das Töten und Morden und ...«

»Nur bei hilflosen Tieren.«

»Hilflos?« quäkte der Ritter. »Aber Dr ...«

»Darum geht es doch nicht!« schrie Fettu Tschini. »Sie hätten Euch zu Hackfleisch verarbeitet. Ich weiß es!« Denn er erinnerte sich noch sehr gut an den Tumult der letzten Woche gegen das wahllose Verbrennen von Phönixen. Fünfzehn Tote; zwölf lagen noch schwer darnieder.

Tschini funkelte Herrn Murx gerade an, als ein blauweißer Lichtblitz vor ihnen zündete, knisterte und zerfiel.

»Obacht!« schrillte der Ritter und klammerte sich verzweifelt an sein treues Roß. Sie jagten aus Cranachan heraus und sprengten dem Tortellini entgegen, wobei sie gerade eben einem vier Fuß hohen, um sich schlagenden Leib entgingen, der unter den Pferdehufen hersauste.

Thaumische Lanzen zuckten vom Himmel herab, krachten in den urzeitlichen Schlamm und schleuderten zischende schwarze Klumpen hoch in die Luft. Flammen peitschten von den Fingerspitzen der riesigen schwarzen Gestalt, beharkten die Pferdeschwanzbäume, spülten die Magier vor dem hundertköpfigen Heer davon ...

Dann schrie die Molluske auf, schlug hilflos in ihrer Wanne um sich und erwachte.

Cheiro Mancini sprang von einem Stein, wetzte eilig durch die Höhle und trat fest gegen die Badewanne. »Maul halten!« schrie er. »Unterbrich mich nicht immer!«

Die Molluske wimmerte mental und plätscherte in dem sich wieder beruhigenden Wasser.

»Was ist denn jetzt schon wieder los?«

»Alpträume«, sagte die uralte Badematte eingeschnappt und unsicher, da sie nicht wußte, woher die Bilder wirklich stammten. »Der Aal, mit dem du mich gestern abend gefüttert hast – ugh! Das Essen von heute bekommt mir ganz und gar nicht.« Sie ließ verlegen ihre Ecken zucken.

»Dann halt die Klappe!« brummte Mancini. »Ich muß noch ein Hühnchen mit den Zwergen rupfen, weil sie zu langsam sind.« Er trat an das Pergamentdiagramm, das er zu diesem Zweck über einen Felsen ausgebreitet hatte.

Drei Zwerge standen schnalzend und brummelnd über den Lageplan gebeugt und fragten sich, was er gegen die Badewanne hatte, denn sie waren vor jeder externen Telepathie durch eineinhalb Zoll Schädelknochen abgeschirmt. Generationenlange Inzucht gegen unerwartete Steinschläge. In dieser Branche überlebten nur die Härtesten.

»Weißte genau, dat die Karte stimmt, Bursche?« erkundigte sich Dimpelskotsch und linste Knapp vorwurfsvoll an. Der Kopf des drahtigen Halbwüchsigen zuckte hoch und riß sich von der Untersuchung seines Sackes durch die direkte Frage los. Er schaute sich erschreckt um und kam sich angesichts der intensiven zwergischen Blicke schrecklich verletzlich vor. Er quäkte und eilte von dannen. Brummbär schnalzte, ließ die Zunge rollen, rotzte quer durch die Höhle und grinste zufrieden, als die Badewanne einen Volltreffer abbekam.

»Natürlich weiß ich es genau!« raunzte Mancini, der wütend zurückkam und den erwartungsvollen Zwerg finster anblickte. »Ich hab euch doch gesagt, es ist eine alte Karte; ich habe sie nur neu gezeichnet. Sie stimmt, verstanden?«

»Mir haste dat nich erzählt, Bursche«, sagte Dimpelskotsch mit zusammengekniffenen Augen. Die Krempe seines Hutes verdeckte fast die Augen.

»Hab ich *doch!* Gerade eben!«

»Nix da! Kann ja sein, dattut jemand erzählt hast, aber nich mia!«

»Ich habe es so deutlich ausgesprochen wie alles andere ...«

»Mia hat er't verzählt!« sagte Brummbär und peilte ihn unter der Hutkrempe und einer Masse roter Augenbrauen an.

»Ihr verdammten Maulwürfe!« fluchte Mancini. »Ihr seht doch alle gleich aus.« Proph hustete und warf ihm hinter seinem geschwärzten Bart her einen finsteren Blick zu.

»Man braucht euch nur drei Tage zu geben, dann reichen eure Bärte wieder bis zum Boden«, raunzte Mancini. »Kein Wunder, daß ihr so klein seid, wenn ihr alle Kräfte da reinsteckt, um euch Haare, Augenbrauen und Bärte wachsen zu lassen. So was *muß* euch ja beeinträchtigen!«

»Bisse getz feddich?« knurrte Proph.

»Im Moment ja. Und nun, wie schon gefragt, warum die Verzögerung? Warum setzt ihr keinen Sprengstoff oder Meißel oder sonstwas ein, was ihr Maulwürfe sonst immer einsetzt?«

»Du warst noch nie in 'ner Miene, wat?« fragte Proph. »Hast nich' die Bohne Ahnung vom Bergbau, wie?«

Mancini schüttelte zögernd den Kopf.

»Ha!« schrie Dimpelskotsch. »'ne Jungfrau!«

»Ähem«, hüstelte Proph. »Die Bergbau-Etikette kennt drei Regeln: Erstens, Boden braucht Rutengang. Wir gehn erst runter, wenn wir wissen, wat da unten is. Zweitens, wir setzen da unten niemals nich Sprengstoff ein. Schau dir mein Gesicht an und sag mir, ob ich's noch mal machen möchte.«

Mancini duckte sich, als das mausige Gesicht ihn aus einem angesengten Sumpfbart heraus anstarrte.

»Deswegen machen wia getz 'n Rutengang. Und wenn du 'n Problem damit hast ... Tja, dann scheiß der

Hund drauf, dann packen wir unseren Kram und machen Mücke.«

Mancini nickte verärgert. »Und die dritte Regel?« fragte er, obwohl er die Antwort fürchtete.

Dimpelskotsch und Brummbär tauschten einen Blick. Sie war auch ihnen neu.

»Dritte Regel der Bergbau-Etikette!« Proph richtete sich zu seiner vollen Größe von drei Fuß zwei Zoll auf und zeigte eine finstere Miene. »Hia unten sind wia die Bergbau- und Ausgrabungs-Berater, klar? Wir sind keine verdammten Maulwürfe nich!« Er fuhr auf dem Absatz herum und stolzierte auf einen Rutenstapel zu. Brummbär und Dimpelskotsch hatten ihren Applaus kaum beendet, als sie sich den Lageplan schnappten und ihm folgten.

Mancini fluchte durch die zusammengebissenen Zähne. Je eher dies vorbei war, desto besser. Wenn die Macht frei war, brauchte er sich nicht mehr mit aufmüpfigen Wichten abzugeben, deren Erwartungen größer waren als ihre Dickschädel.

Er knurrte fast genauso wie die gefangene schwarzweiße rotäugige Kreatur in dem Käfig an der Höhlenecke, dann spuckte er aus und ging hinaus, um die Wachtrosen zu inspizieren.

Wellchenspuren der Paddel eines Ein-Mann-Korakels breiteten sich auf der stillen Oberfläche des Höllenlochsees aus und verblaßten in der vollkommenen Spiegelung der Talpa-Berge. Jupp der Schmied, Wochenend-Angelexperte (also streng genommen: Amateur), zog die Riemen ein, kramte im Köderkorb und rammte mit schmiedefleckigen Fingern eine fette Made auf den Haken seiner Angelrute. Mit einem dünnen Ploppen flog die Leine in das kalte Wasser des Bergsees, dann öffnete er, nun, da sein Teil der Angelei getan war, die zweite von sechs großen Bierkannen. Er war so glücklich, daß er die Angelei entdeckt hatte. Gab es etwa eine bessere Entschuldigung, um in der freien Natur herumzulungern und sich langsam zuzuschickern? Wenn er nichts fing, war es doch nicht seine Schuld; der See war schließlich groß und der Haken sehr klein. Ein Fisch konnte ihn leicht verpassen, besonders unter Wasser. Denn unter Wasser sah man schlecht. Jupp trank träge einen großen Schluck Bier. O Wonne! Nichts, das einen störte, kein nörgelndes Weib, keine kreischenden Blagen, keine brüllende Esse... Friede, vollkommener Friede.

Sechs Fuß über der silbern glitzernden Seeoberfläche kreiste mit dem knisternden Knastern einer Echos werfenden Entladung ein konzentrierter Bolzen blendendweißen Lichts in sein Blickfeld, und ein Körper tauchte auf, zuckte kurz und landete quäkend und um sich hauend auf dem Schoß des Korakelkapitäns.

Mehrere Sekunden lang war nur das Geräusch der leiser werdenden Wellen zu vernehmen. Dieses Geräusch und die zischende Zertrümmerung des gestörten Friedens klingelten in Jupps schäumendem Bewußtsein. Er knurrte, funkelte und krempelte die Ärmel hoch.

Wat setzte sein entwaffnendstes Lächeln auf. Bei Armen, deren Format seine persönliche Integrität bedrohten, blieb einem nichts anderes übrig.

»Hallo«, sagte er mit einem öligen Grinsen der Klasse fünf, »ich frage mich, ob Ihr ...«

Weiter kam er nicht, bevor das Korakel sank.

Es war nur schwer zu sagen, wer aus der rüpelhaften Menge der spruchbänderschwenkenden Menge am stärksten von der plötzlichen Erscheinung überrascht wurde. Eine eindeutige Favoritin mußte jedoch Frau Bidet sein, die petitionsschwenkende Frau mit dem Umhang, der zu ihren Stiefeln paßte. Sie hatte schon alles über die finsteren und schmuddeligen Gassen Cranachans gehört, durch die sie noch vor einem Augenblick marschiert war. Man hatte sie vor den Männern gewarnt, die plötzlich aus dunklen Ecken hervorspringen, ihren Umhang aufreißen und den nackten Leib enthüllen, bevor sie mit wildem Gekreisch und irrsinnigen Gelächter das Weite suchen. Aber sie hatte nie damit gerechnet, einem solchen zu begegnen.

Und erst recht nicht, daß einer aus der Luft auf sie herabfiel.

Gründlich erbost über die Tatsache, daß sie den ersten wahrhaftigen Drachentöter, der ihr begegnet war, hatte entkommen lassen, ohne ihm zu verdeutlichen, wie stinkwütend und geladen sie war, schrie sie lauter als jedes Nachtgespenst, als sie mit vollem Karacho, Millisekunden vor der ihr folgenden Meute, um die nächste Ecke bog. In diesem Augenblick gab es einen blendenden blauweißen Blitz, das Knacken einer ionisierten thaumischen Entladung, einen Kreischer höchsten Entsetzens, und ein Körper blitzte sechs Fuß über der Straße auf. Zu seiner großen Erleichterung wurde ein ernsthafter Aufprall auf den äußerst festen Pflastersteinboden durch den Kisseneffekt vermieden, den ihm eine üppige Frau in grünem Umhang und Stiefeln anbot.

Thurgia hatte nicht die geringste Gelegenheit, ihr für diese völlig uneigennützige Tat Dank abzustatten. Bevor er auch nur den Mund öffnen konnte, um etwas zu sagen, steckte ihn eine Reihe flinker Hände in eine Zwangsjacke ökologisch freundlicher Doppelnelsons, und man schleifte ihn im Polizeigriff zum nächsten Vertreter des Gesetzes. Für Frau Bidets schäumenden Geist und ihre knirschenden Backenzähne gab es nur eine Sache, die schlimmer war als ein mit allen Schikanen ausgerüsteter Drachenmörder: ein mit keinerlei Schikanen ausgerüsteter Blitzer.

In die raucherfüllte, alkoholgeschwängerte Atmosphäre der Taverne *Zur Gosse* stürmte ein verzweifelt zitternder Fremder. Seine Nerven feuerten aus jedem verängstigten Zylinder, denn er war gerade erst dem Schicksal entgangen, der nächste fußgroße klebrige Fleck in einer cranachischen Gasse zu werden. Rutgers adrenalintrockenes System gierte nach einem Getränk. Er klapperte aufgeregt über den sägemehlbestreuten Boden, wich fachmännisch wogenden Leibern aus, schnappte sich einen Hocker und bat mit hechelnder Zunge um einen Humpen. In einer dunklen Ecke grölte eine Meute von Fuhrleuten schweinische Lieder und soff mehr Bier, als für die weitere Funktion ihrer Leber gut war.

Rutger streckte eine verzweifelte Hand aus, als über den Tresen hinweg ein Lederbecher auf ihn zuschoß. Er schnappte ihn, haute den Viertelliter in Null Komma nichts weg und sabberte in der üblichen cranachischen Zunge nach einem neuen.

Die Fuhrleute stimmten gerade eine besonders monotone Wiedergabe von ›Vierundzwanzig Mägdeleyn‹ an, als Magnus der Fuhrmann halbwegs hochschwankte und zum Tresen ging, um noch eine Runde zu holen.

»Ihr seid heute abend aber gut bei Stimme!« rief die Barjungfer und füllte aus einem der vielen aufgestapelten Fässer einen Humpen ab.

»Hamwassufeiern«, nuschelte Magnus, spielte lässig mit der aufgerollten Rhinopeitsche und kam sich äußerst verführerisch vor.

»Was Schönes?« fragte die Barjungfer fröhlich.

»Freiheit!« trompetete Magnus freudig. »Freiheitunbier!«

»Hamse dir eingelocht, Hasi?« gackerte die schrille Stimme einer Frau, die mit kaum mehr als etwas zuviel Make-up bekleidet war. »Warum denn? Klöpperei?« schrillte sie, beugte sich um einige Grad weiter vor und stellte fachfrauisch einen Haufen ihres Gemopses zur Schau. »Ich hab nette muskulöse Schläger hin und wieda gern!«

»Haltefresse, Erna!« schrie die Barjungfer. »Er is mein Kunde! Laß ihn erst noch ain trinken. Dich kanner doch immer noch ham! – Dat gleiche noch mal?« fragte sie Magnus.

Der Kutscher nickte und beäugte einschätzend Ernas Gemopse. Sein Blick wurde wäßrig, als er an die Tiefen des Foh-Passes dachte.

»Was haste denn angestellt?« fragte Erna.

»Wat?«

»Wie lang haste denn gesessen?« Ernas Fußgelenk streichelte Magnus' Unterschenkel. »Du kannstet kaum noch aushalten, wat?« gurrte sie und zog ihre Halskette aus feingeschlagenem Blutrot und Perlendreiecken gerade.

»Drei Tage!« rief Magnus, während ihre Kette zu einer Reihe rotweißer Kegel wurde, die sich endlose Meilen vor ihm auszustrecken schienen. »Hab drei Tage auf der Straße festgesessen! Scheiß-Ausbauprojekt! Drei Tage konnte ich nicht da weg! Und alles nur wegen der dämlichen Zwerge! Ham gestreikt oder so was! Aber wir hams ihnen gezeigt, he, he!«

»Und getz bisse hia, nich?« säuselte Erna und schüttelte den Kopf, als frage sie sich, ob er denn wirklich hier sei.

»Alles nur wegen der beschissenen Zwerge ...« Magnus hielt plötzlich inne. Irgendwie war es seinem Blick trotz der wimmelnden Massen an der Theke gelungen, sich auf den kleinen Rutger einzuklinken, der gerade gierig den dritten Humpen schlabberte.

Ein unirdisches Grollen kam durch die zusammengebissenen Zähne des Fuhrmannes, als seinem alkoholisierten Geist die Einzelheiten der letzten drei Tage einfielen. Die Zwerge hatten die Straße *absichtlich* in diesem Zustand gelassen. Sie hatten die ganze Zeit hier verbracht, um in der *Gosse* einen zu saufen und sich kaputtzulachen. Tja, wo sollten diese Kleinkaliber-Entwässerungstechniker wohl sonst gewesen sein? All das hatten sie getan, um *ihn persönlich* auf die Palme zu bringen. Plötzlich wurden in seinem Geist eigenartige Verbindungen erstellt. Sie machten die letzten drei Tage, die er zitternd und prügelnd am Foh-Paß verbracht hatte, zu etwas viel Schlimmerem … zu irgend etwas viel Persönlicherem.

Rutger verspritzte einen kreisenden Mundvoll Aerosolbier über die riesige Pranke, die aus dem Dunkel hervorschoß und seine Kehle umklammerte. Er würgte, als der glitzernde Arm ihn von dem Barhocker hob und in die Luft hielt.

»Dafür bezahlst du!« brüllte Magnus. »Dafür bezahlst du!« schrillte er, und seine Muskeln blähten sich wütend auf.

Rutger riß in verzweifeltem Entsetzen die Geldkatze hervor, und sein Gesicht wurde rot. »Nehmt sie!« krächzte er unhörbar und schwenkte kopflos die scheppernde Börse. »Bitte, nehmt ruhig alles!« schrie er, als Magnus' Faust ihn in einem heftigen Rundschlag herumwirbelte. Bierfontänen explodierten aufeinanderfolgend von der Theke, als er gegen das fleckige Holz krachte, abprallte und abrutschte. Kurz darauf brach in allen Ecken das Chaos aus. Wut- und Protestschreie überlagerten das monotone Grölen der Fuhrleute. Barhocker flogen zurück, als die Trunkenbolde aufsprangen, sich das Bier aus dem Gesicht wischten und in klassischer Kneipenschlägermanier die Ärmel aufkrempelten.

»Packt den Zwerg!« schrillte Magnus, der auf Rache aus war, und stürzte sich Hals über Kopf in das Getümmel aus Leibern und Barhockern. Eine von unbekannter Hand geworfene Flasche zischte über das Gewimmel hinweg und zerschellte an der Wand. Rutger schoß ans Ende der Theke und stürzte sich in einen erschreckend stygischen Abgrund aus um sich tretenden Beinen und bierfleckigem Sägemehl. Einen kurzen Augenblick lang fragte er sich, ob es nicht besser gewesen wäre, sich von den beiden wild galoppierenden Rössern tottreten zu lassen, statt des gleichen Schicksals in einem Säufertumult teilhaftig zu werden. Über ihm öffnete sich ein grimmiger Schein von Düsternis, umrandet von einem grinsenden Ring aus Fuhrmannsgesichtern.

Rutger schrie auf, fegte instinktiv durch eine Lücke zwischen all dem Gebein, floh hastig hinter die Theke, packte einen Ring im Boden und zog daran. Er klappte eine Falltür auf und fiel über die Leiter in den Keller, wütend verfolgt von einer strömenden Meute rachedurstiger Fuhrleute.

Magnus traf trotz seiner Wampe rennend am Boden auf, suchte nach Bewegungen, seine Augen peilten in der Rage eines geplanten Zwergizids. Sekunden später folgte ihm das Rumpeln von Schritten, und die restlichen Fuhrleute polterten zu ihm hinunter. Rutger bibberte hinter einem Fässerstapel. Er war gefangen, es gab keinen Ausweg. »Da ist er!« schrillte Magnus, als er die Spur seiner feuchten, hinter den Fässern verschwindenden Fußabdrücke bemerkte. »Ich hab ihn!« Leere Fässer wurden über den Boden gewirbelt, als er wild an dem Stapel riß und zerrte. Er enthüllte Rutger, er bibberte, hatte die Arme um die Knie gewickelt...

Dann verschwand er mit einem Zischen und Ploppen.

Im Keller kam es daraufhin zu einer sehr kurzen Periode gelähmten Schweigens, dem eine wütende Kakophonie frustrierten Faßzertöpperns folgte, denn die Fuhrleute ließen ihre mörderische Wut an einem Haufen unschuldiger Fässer aus.

»Kaiserliche Hoheit«, begann General Zakkik, als er in makelloser Zurschaustellung der persönlichen Erniedrigung (2. Position) auf Kaiserin Tau zukroch. »O Licht des Ostens, o anbetungswürdige Erhellerin alles uns Umgebenden, o Hüterin der ...«

»Ihr habt nichts gefunden!« fauchte Tau. »Ihr habt mein ganzes Königreich gefilzt und nichts gefunden!«

Zakkik schluckte schwer, wimmerte innerlich und fuhr dann fort: »Bei allem Euch gebührenden Respekt, ähm, im Gegenteil. Ich habe dies hier gefunden.« Er verbeugte sich noch tiefer und rechnete damit, das tödliche Surren des entscheideten Katana zu hören, als er die winzige Menge schwarzweißen Fells ausstreckte.

»*Das* nennt Ihr Erfolg? Ich sende Euch aus, um den Dieb zu finden und ihn zu mir zu bringen, damit er mein Katana kennenlernt! Und was bringt Ihr mir? Ein paar Schwanzhaare!«

»Es ist das einzige Zeichen in der Gesamtheit Eurer Tyrannei. Er ist aus dem Reich entflohen, aber die Suche geht weiter. Ich habe Kommandos in Bewegung gesetzt, die an allen Punkten des Kompasses das Reich verlassen. Wir werden ihn finden!«

»Fertig?« knurrte Tau. Zakkik nickte nervös.

»Geht nach Westen.«

»Hoheit?«

Tau grinste herrisch und warf dem General einen Pergamentkatalog hin. »Er hat in seinem Eifer, mich von seinen ehrlichen Absichten zu überzeugen, einen Fehler gemacht. Welch anmaßende Narretei.«

Zakkik glotzte verständnislos.

»Hagen Böcks Pelz- und Federviehmarkt, Ausstopfergasse, Wollwott«, höhnte sie und zitierte spöttisch, was auf der letzten Umschlagseite stand. »Meine Kartographen sagen, daß Wollwott gleich hinter dem Talpa-Gebirge liegt. Im Westen. Und jetzt geht!« Sie warf dem General einen Landkartenstapel hin. »Zakkik?« fügte sie dann bedrohlich hinzu, als er ein wenig zu schnell auf seine sandalenbeschuhten Füße sprang und sich zur Tür zurückzog. »Macht es bloß richtig!«

Im Kuhlmähn-Gebirge, im fernen Nordwesten des murrhanischen Reiches, an den Grenzen des feuchten Urwaldkönigreiches Mynymymm und den von Tempeln wimmelnden Provinzen Kompottschas, lag die kartographisch unbedeutende Region, die man das Güldene Dreieck nannte. Trotz der Tatsache, daß keine

Landkarte seine Position je mit irgend etwas definiert hatte, das ihm auch entfernt ähnlich war und kein Schild und keine Fahrbahn von Bedeutung in seine Richtung führte, konnte jedermann es finden, der dringend illegaler chemischer Additive bedurfte.

Möglicherweise hatten die dichte Wolke aus trägem, halluzinogenem blaubraunen Rauch, die über diesem Reich hing, und die gelegentlich ehrfurchterfüllten Aufschreie plötzlicher Bewußtseinserweiterung etwas damit zu tun.

Hier war Ellis Dee – alias ›Törner‹, alias ›Ophyum-Fuzzi‹ und alias ebenso vieler Aliasse wie die Königreiche, in denen er gesucht wurde – der König. Er war seit Jahren hier, erntete, destillierte, extrahierte und stellte so viele verschiedene botanische Proben her, wie er in seine alchimistischen Hände kriegen konnte. Die daraus entstehenden Pülverchen, Tinkturen und Balsame probierte er an einer Horde williger Freiwilliger aus. Wie auch heute.

Eso der Theriker (er dokumentierte seine Naturverbundenheit, indem er die aus offenzehigen Sandalen und einem Bananenschalenlendenschurz bestehende aktuelle ›Zurück zur Natur-Collection‹ trug) wankte in die Hütte und ließ sich schwer zu Boden sinken.

»Hab das Zücks gebracht, das du haben wolltest, Mann... äh, König«, übertönte er nuschelnd das ständige Geblubber in diversen Behältern. »Willste dir rasieren?«

Ellis Dee schaute von einem seltsam riechenden Pott auf, dem rosablauer Rauch entstieg, und schielte den Ankömmling durch den Dunst an. »Rasieren? Wie kommste denn darauf?«

»Spiegel und Rasiermesser?«

»Ach, ja!« Ellis Dee riß ein Pulverpäckchen aus einem Regal und schüttete etwas auf die glatte Oberfläche des Spiegels. Dann teilte er das Zeug mit dem Rasiermesser in zwei Streifen. Er flitzte hinaus, grabschte den langen

Halm eines hochwachsenden Grases, lief wieder herein, schob es in Esos linkes Nasenloch und befahl ihm, zu ›schniefen‹.

Eine Sekunde später waren die beiden weißen Streifen im Geruchssinn des Therikers verschwunden. »Und nu?« fragte Eso.

»Spürste was?«

»Nase juckt.«

»Sonst nix?« fragte Dee. Er klang leicht enttäuscht, als er Esos zuckende Achseln begutachtete.

Jemand klopfte einmal an die Tür, dann stolzierte ein kleiner schwarzhaariger Kompottschaner ein, der eine grüne Tarnuniform und zwei gekreuzte Messergürtel aus Stoff trug. »Du willst mich?« fragte er schwer akzentuiert.

Ellis Dee schnalzte in Richtung des vor Eso stehenden Pottes und wandte sich Praquat zu. »Die unglaublich überteuerte Ware von dem cranachischen Hund Putschino ist noch immer nicht angekommen. Schau mal nach, wie weit er ist, und melde es mir. Wir kriegen viel zu wenig Nachschub.«

Praquat salutierte und wandte sich zum Gehen.

»Und beeil dich!« fügte Dee hinzu. »Ich hab keine Lust, wieder *selbst* schmuggeln zu gehen!« Der Kompottschaner grinste und verschwand.

Eso schoß urplötzlich hoch. Er hatte einen Ausdruck im Gesicht, als hätte er gerade Rudel ammorettischer Todesechsen aus seinen Fingerspitzen entspringen sehen. Seine Augen rollten wie irre. Dann erklärte klar und deutlich »Sie sind alle purpurn!« und brach zusammen.

Ellis Dee trat zu ihm, runzelte die Stirn, schüttete noch eine Prise grünes Pulver und rote gehackte Wurzeln in einen Becher, drehte die Hitze höher und fing an, das Zeug zu refluxen, bis es dröge wurde.

Als die drei Gestalten im Inneren der Kreidepentagramme des Thaumatronraums wieder existent wurden, erkannte Practz, daß nicht alles so gelaufen war, wie es hätte laufen sollen. Ob es an der rapide größer werdenden Wasserlache lag, die der tropfende und schlotternde Wat absonderte, an der Gefängniskluft, die den niedergeschlagenen Thurgia zierte, oder an dem sich ausbreitenden schalen Biergeruch, der Angst und dem Veilchen, die den schäumenden Rutger zierten, wußte er nicht so genau. Aber in diesem Augenblick erkannte er, daß er bei den dreien nicht mehr sehr beliebt war.

Er irrte sich nicht.

Drei wütende Stimmen riefen und schrien eine Tirade wütender Proteste in einem Klangteppich, der dichte Echos warf. Phlim tauchte hinter dem Thaumatron unter und zog den Kopf ein.

»... welche Informationen ich wohl mitten in einem Teich finden kann ...!« schrie Wat.

»... mir vorgeworfen, ich sei ein Zwerg! Ich frage Euch ...«, schrillte Rutger.

»... verrückte Protestler vorgeworfen, ich sei ein Exhibitionist!« quäkte Thurgia.

»... in dem nicht mal anständige Fische sind!« krakeelte Wat.

»... davon überzeugt, es sei alles meine Schuld, daß die Zwerge gestreikt haben ...«, beschwerte sich Rutger.

»... rettet den Drachen? Die haben sie doch nicht alle!« wetterte Thurgia.

Practz richtete plötzlich einen wilden Blick auf Thurgia – wie eine eifrige Gottesanbeterin, die ihre Beute erblickt. »Was habt Ihr da gesagt?« fragte er, wobei die Brauen auf seiner Stirn zuckten, als wisse er nicht genau, ob er sich verhört hatte. Phlim tauchte wieder hinter dem Thaumatron auf.

»Ähm ... die haben sie doch nicht alle ...«, stotterte Thurgia verlegen.

»Davor. *Davor!*« krächzte Practz, der sich an die Perle der Weisheit klammerte, die Thurgias Mund entfallen war. »Irgend etwas über einen ...«, drängte er und wirbelte die Hände umher, als könne er ihn so verlocken, es noch einmal zu sagen.

»Ah! Ihr meint die Protestler? Irre! Schwenken Spruchbänder, Petitionen und ...«

»Zu welchem Thema? Wogegen haben sie protestiert?« quäkte Practz in einem zuckenden Ausbruch explosiver Hoffnung.

»Drachen retten«, erwiderte Thurgia. »Wie doof! Wo doch jeder weiß, daß die für sich selbst sorgen können!«

Practz fuhr zu Phlim herum, erregte Flammen zündeten in seinen Augen, Feuerräder der Erleichterung durchströmten seinen Körper. »Drachen!« murmelte er heiser vor Anspannung. Phlim nickte heftig, sein Geist blitzte an den gleichen Ort wie der Practzens. Ebene 28, gleich um die Ecke, neben der Bibliothek: ein riesiger schillernder PET-Drache.

»Mancini!« schrillte Practz. »Er muß es sein! Außer ihm kann niemand Drachen aus dem Ärmel schütteln. Findet das Vieh, und wir haben ihn!«

»Irgendwelche Sichtungen?« fragte Phlim und musterte Thurgia raubtierhaft.

»Ähm ... ähm ... Nur eine, glaube ich. Man versteht nur wenig, wenn man im Polizeigriff ...«

»Später, später!« raunzte Practz. »Wo war er?«

»Irgendein Junge lief schreiend durch Cranachan. Seine Freundin sei angekokelt worden, und ...«

»*Wo?*« knurrte Practz.

»Bei einer Höhle auf dem Tortellini, glaube ich ... Er war ziemlich sauer!«

Tortellini? Phlim schnippte freudig mit den Fingern und grinste sich eins. In seinem Geist kamen einige Verbindungen zustande. Er fuhr herum, hechtete auf einen Pergamentstapel, durchsuchte ihn und verstreute Blätter in alle Richtungen. Wat und Rutger kratzten sich total verwirrt am Kopf.

Mit einem erfreuten Quäken und der improvisierten

kleinen Vorstellung eines feierlichen Schattenboxkampfs reichte Phlim den 85 000 Jahrhunderte alten *Thaumaferen-Führer* weiter, krempelte den Ärmel hoch und deutete mit angeberischem Schwung auf eine winzige Überschneidung vierer Linien.

»Der Tortellini!« sagte er prahlerisch. »Liegt praktisch in der Nähe des wimmelnden Zentrums von Cranachan. Ein erloschener Vulkan, der ideale Umbauvoraussetzungen für ein Versteck von Verbrechern oder anderer bietet, die vor spitzelnden Blicken Einsamkeit suchen. Weitere unübertroffene Sehenswürdigkeiten: Zugang zu Wildschafen und Standort von vier großen Thaumaferen. Ja! Alle geothaumale Energie, die man haben will, direkt vor der Türschwelle. Perfekt zur Wiederbelebung beispielsweise uralter urzeitlicher Heerscharen.«

»*Falls* er *das* vorhat«, knurrte Practz und tippte geistesabwesend gegen sein Gebiß.

»Natürlich hat er das vor!« rief Phlim.

»Nicht unbedingt. Was ist, wenn er nichts von ihnen weiß?« fragte Practz knurrig, kaute aufgeregt an seinen Fingernägeln und spuckte sie über den Höhlenboden. »Warum hat er den Wälzer über Transmogrifkation gestohlen? Da steht doch nichts drin, was ihm in dieser Angelegenheit helfen kann!«

Phlim blickte ernüchtert drein, als er Practzens Fingernägel von seinem Laborumhang wischte.

»Wir können nicht einfach da reinstürmen und ihn zur Minna machen, solange wir nicht wissen, was er vorhat«, fuhr Practz fort.

»Was sollen wir also Eurer Meinung nach tun?« knurrte Phlim. »Hier herumsitzen, bis er die Thaumafere ausgegraben hat? Wenn es ihm gelungen ist, haben wir nichts mehr zu besehen.«

»Wie lange?« raunzte Practz plötzlich.

»Äh?« grunzte Phlim.

»Wie lange dauert es, bis er die Thaumafere angezapft hat?«

»Tja, sie sind unter einem erloschenen Vulkan begraben. Allein braucht er Jahre dazu. Er würde ein ganze Zwergenmannschaft brauchen, um überhaupt ...«

Practz und Phlim fuhren herum und glotzten Rutger an.

»Etwa ein komplettes verschwundenes Entwässerungsteam oder so?« fragte Practz, schielte den mitgenommenen Vierkäsehoch an, schätzte ihn ab, dachte nach.

»Wat, wie lange braucht Ihr, um einen drei Fuß langen Bart, einen Schnauz, dazu passende rote Augenbrauen, eine Bergmannskluft und eine Spitzhacke zu basteln?«

»Ähm ... Ungefähr zehn Minuten, wenn das Thaumatron frei ist.«

»Es ist frei«, sagte Practz grinsend. »Ihr habt acht Minuten! Und jetzt, Rutger, alter Knabe ... Ich habe einen Auftrag für Euch ...«

GASSI!

»Ich komme mir aber so blöd vor!« schnarrte Rutger, der nun mit einer ausgebeulten blauen Latzhose, einem Hemd mit aufgekrempelten Ärmeln und einem schwarzen Schlapphut bekleidet war. Aus seinen Augen, die unter zwei dichtbuschigen Brauen hervorlinsten, zuckten Dolche hochgradiger Verwirrung.

»Das sieht man!« stimmte Wat ihm hilfreich zu, klebte aufgekratzt eine Handvoll Gesichtshaar an Rutger fest und befestigte ihm einen scharlachroten Pferdeschwanz am Kragen.

»Wißt Ihr *genau,* daß Zwerge so aussehen?«

»Aber ja. Ihr seid nahezu echt!«

»Ihr Götter! Und sie laufen auch so rum? In der Öffentlichkeit? Kein Wunder, daß sie Prügel beziehen«, grummelte Rutger und verzog das Gesicht zu grotesken Grimassen – sein Backenbart kitzelte zum Wahnsinnigwerden.

»Schon fertig?« fragte Practz. Er stand auf und rieb sich den Hals, der von der mühsamen Neuzeichnung eines Teils der Pentagramme schmerzte – wegen der Änderung an den Versetzungskoordinaten.

»Fast«, erwiderte Wat. »Ähm, Phlim, der Feinschliff, wenn ich bitten darf.«

»Feinschliff?« fragte Rutger besorgt. Was konnten sie ihm sonst noch antun? Reichte es noch nicht, wenn man ihm eine Handvoll Bisonhaar ins Gesicht klebte?

Offenbar nicht. Phlim ließ ein kurzes, verschlagenes Grinsen aufblitzen, wandte sich den Kontrollen des Thaumatrons zu und faßte fünf Fuß über dem Boden eine glühende kleine Kugel aus strahlender Magie ins Auge.

»Welche Feinabstimmung?«

Und dann wußte Rutger es. Zwölf Pfund Schotter, Granitstaub und Gebäudetrümmer wurden über seinem Kopf geboren und fielen in einer bauschigen großen Wolke erdwärts. Ihnen folgte Sekunden später ein gewaltig lauter Aufschrei hustender Wut, der wie ein Nachtgespenst auf Acid durch den Thaumatronraum ratterte.

»Darf ich sie ihm jetzt schon geben?« fragte Wat, der nervös eine lange Spitzhacke in der Hand hielt.

»Ähm, Thaumatron aktivieren, Phlim«, sagte Practz vorsichtig. »Ich glaube, je eher unser zwergenhafter Freund seinen kurzen Bergurlaub antreten kann, desto besser.«

Rutger funkelte sie an und ballte die Fäuste. Er hegte im wahrsten Sinne des Wortes *schmutzige* Gedanken. »Der erste, der grinst, kriegt was aufs Maul!« knurrte er unter der ihn überall bedeckenden Dreckschicht hervor.

Phlim machte vor dem Thaumatron eine Handbewegung und brachte es rasch auf zwanzig Gigathaum. Practz deutete auf das veränderte Pentagramm. »Es wird Euch geradewegs vor den Höhleneingang transportieren.«

»Bestimmt?« knurrte Rutger aufgebracht. »Ist es auch ganz sicher?«

»Vertraut mir, ich bin Zauberer!« erwiderte Practz, als die kleine Luke sich öffnete und die saphirblaue Energieschlange blitzte und zur Aktion schritt.

Rutger sprang schäumend vor. Wat warf ihm die Spitzhacke zu. »Vergeßt sie nicht; Ihr werdet sie brauchen!« rief er.

»Die kommt mir wie gerufen!« krakeelte Rutger, packte den Griff und verstreute bedrohliche Staubwolken in alle Richtungen. Phlim duckte sich, als die Energiebolzen aus Practzens Händen zuckten und den Zwerg wieder auf das blitzende Pentagramm schoben.

Dann verschwand er mit einem Schrei der Verwirrung.

»Erinnert mich daran, daß ich ihm nicht zu nahe komme, wenn er zurückkehrt«, sagte Wat. »Das verzeiht er uns nie.«

Das Können der murrhanischen Kartographen war, das muß einmal gesagt werden, nicht gerade das gelbe vom Ei. Als künstlerische Übungen aus der Perspektive eines Fischauges waren die kaiserlichen Landkarten unschlagbar; als detaillierte und pedantisch genaue Darstellungen all dessen, was hinter den murrhanischen Grenzen lag, wie es sie überall sonst in handlichem, wasserdichtem, faltbarem Format gab, waren sie jedoch weniger als etwas völlig Nutzloses. Hätten die Kartographen den gleichen Grad an Aufmerksamkeit auf die detaillierte Fernmessung gerichtet wie z.B. auf die, sagen wir mal, künstlerische Integrität oder Farbkoordination, hätte sich das gesamte kaiserliche Heer nicht um sechs farbenprächtige, aber stark differierende Ansichten des Talpa-Gebirges versammeln müssen und sich gefragt, wo es war, wo es sein sollte und wie man dort hinkam.

»Wir sind hier!« erklärte General Zakkik und deutete auf eine Krakellinie auf der ihm am nächsten befindlichen Karte. »Die Trans-Talpino-Handelsstraße.«

»Das ist ein Fluß«, raunzte Admiral Trillefitz, dessen Bambusrüstung bockig raschelte. »Das behaupten jedenfalls diese drei Landkarten.«

»Diese drei aber nicht!« schrie Zakkik mit finsterer Miene.

»Die da behauptet, das hier soll ausgebaut werden. Als Kanal«, knurrte Trillefitz. »Deswegen zählt es nicht. Drei zu zwei. Dies ist ein Fluß.«

»Habt Ihr etwa nasse Füße?«

»Na, dann ist es eben ein Flußbett«, sagte Admiral Trillefitz. »Da oben ist wahrscheinlich eine Staumauer. Seht ihr?« Er deutete auf zwei andere Landkarten.

»Und Ihr wollt Admiral* sein?« fragte General Zakkik. »Wir sind versprengt! Aber *ich* melde es nicht der Kaiserin! Ich schlage also vor, daß wir so schnell wie möglich in Erfahrung bringen, wo wir sind.«

»Und wie?«

»Man könnte vielleicht jemanden fragen«, piepste eine Stimme aus den Reihen der Gemeinen.

»Was?« rief Trillefitz. »Im Umkreis von Meilen ist doch hier niemand!«

Ein Finger deutete auf eine einsame Gestalt in Tarngrün auf einem Roß, die langsam einen kleinen Weg hinunterglitt.

General Zakkik schnippte mit den Fingern und machte eine Reihe heftiger Gesten. Eine Sekunde später waren zwei Züge im Unterholz verschwunden, drei weitere verteilten sich nach links, und acht Divisionen

---

* Traurigerweise trug es, wenn man in der gänzlich landgebundenen Wüste des murrhanischen Reiches die Marine befehligte, nicht sehr dazu bei, die Grundlagen der Hydrodynamik zu verstehen.

Die murrhanische Marine war erst sechzehn Jahre alt. Sie wurde von Kaiserin Tau in einem Wutanfall gegründet, nachdem sie den Häuptling der Bootpiepel auf einem zurückliegenden Tyrannenball mit der Größe seiner Flotte hatte prahlen hören. Sie hatte auf der Stelle dreiunddreißig Kampfkorakel, sechzehn Enterboote und ein Dutzend Angriffsdinghis mit optionalem Wasserlinienrammbock gekauft. Erst nach deren Lieferung war ihr klar geworden, daß die größte natürliche Wasserfläche eine von Kamelen wimmelnde Oase zwölfhundert Ellen entfernt im Südosten war.

Ein Geistesblitz Admiral Trillefitzens, der der Drohung ins Auge schaute, als Katanaübungsziel zu enden, brachte ihn auf die Idee, die Schiffe mit Rädern zu versehen, womit er seinen Hals und Taus Gesicht rettete.

Inzwischen verfügt Murrha über die größte Landmarine und ist somit völlig unangreifbar.

Es sei denn, der Wind weht aus der falschen Richtung.

Berittener galoppierten volle Kanne auf den Reiter zu. Um nicht untätig herumzustehen, befehligte Admiral Trillefitz eine Flottille von Sandjachten hinter ihnen her.

Fünf Sekunden später zeigte eine gedämpfte Hauerei das Verschwinden des Reiters unter einem eifrigen Soldatenzug, der sich als Kleingebüsch getarnt hatte, und eine knappe Minute später wurde General Zakkik einer kleinen Gestalt und eines Rosses ansichtig, die seine Leute mit Seilen mumifiziert hatten.

»Tagchen, Tagchen«, grüßte Zakkik jovial. »Schönen Tag für einen Ausritt, was?«

»Mmmf mmmfmmf!« erwiderte der Reiter in gewähltestem Kompottschanisch, auch wenn die Bedeutung seiner Worte weiterhin hinter mehreren hundert Fuß Bambusseil verborgen bleiben muß.

Trillefitz runzelte gereizt die Stirn und verwünschte die Tatsache, daß der Wind aus der falschen Richtung gekommen war, sonst hätte man ihn nämlich auch jagen können. Fünf Sandjachtenmannschaften holperten unter einem Hagel rüder Gesten aus den Reihen der gewöhnlichen Gefreiten jämmerlich zum versammelten Heer zurück.

Zakkik bellte ein paar Kommandos. Mehrere Seillagen wurden von dem Gefangenen entfernt und enthüllten das dunkelhäutige und schnauzbärtige Gesicht des äußerst sauren Praquat, der fuchtig unverständliches Zeug vor sich hin brabbelte. »Ihr habt wohl ein Ausreiterchen gemacht, wie?« fragte Zakkik, der sich alle Mühe gab, ziemlich beiläufig zu klingen. »Irgendeine Schöne besuchen, was?«

Praquat schaute sich um, die ungewöhnlichen Uniformen der Leute, die er anfangs für cranachische Drogenbullen gehalten hatte, machten ihn sprachlos. »Könnte sein«, sagte er ausweichend, obwohl er bald vor Neugier platzte, was mehrere hundert seltsam gepanzerte Soldaten wohl inmitten des Talpa-Gebirges verloren hatten.

»Seid Ihr heute weit herumgekommen?« fragte Zakkik, der sich alle Mühe gab, so zu klingen, als unterhielte sich mit irgend jemandem an irgendeiner Theke.

»Könnte sein«, erwiderte Praquat und warf einen Blick auf die Gruppe, die sechs Landkarten anstierte und sich am Kopf kratzte.

»Kommt Ihr aus einer schönen Gegend ... die auch irgendeinen Namen hat?« fragte Zakkik, wobei sich nun ein bittender Tonfall in seine Stimme schlich.

»Mynymymm«, murmelte der Kompottschaner und grinste sich eins, als sechs Finger auf sechs verschiedene Stellen einander widersprechender Landkarten zustießen und selbige in ebenso viele Richtungen ausrichteten.

»Nach irgend 'nem besonderen Ort unterwegs ...?«

»Ihr verlaufen?« fragte Praquat. »Brauchen Führer?« Sein Akzent wurde dicker, und er grinste hungrig. In den vergangenen Jahren hatte er im Güldenen Dreieck Führungen durch die weniger geheimen narkotischen Gegenden veranstaltet und dabei gelernt, daß Touristen mehr Spaß hatten, wenn sie nur die Hälfte dessen verstanden, was er sagte. Vor ungefähr acht Jahren hatte er ganz unfeierlich seinen einheimischen kompottschanischen Akzent zugunsten einer subtilen Mischung aus Mynnymymmisch, Bayufarisch und ausgewähltem Kauderwelsch aufgegeben. Er war nun der beliebteste Reiseführer im gesamten Güldenen Dreieck. »Brauchen Fiehrer?« wiederholte er und trug noch etwas dicker auf.

Zakkik zuckte die Achseln und musterte seine Fingernägel.

»Ich mich denken«, grunzte der Kompottschaner. »Gutt Glick, Ihr mir treffen. Ich perfekte Fiehrer. Mir losbinden! Bringen Euch hin, wo wollen hin. Gutte Preis. Mir losbinden!«

Sekunden später handelte Praquat seinen Stundenlohn als kaiserlicher Pfadfinder aus, und Minuten darauf war er schon unterwegs. Fort von Wollwott, einen mehrstündigen Umweg rund um die örtlichen Sehenswürdigkeiten. Sein Ziel: faszinierende Felsformationen und ein Haufen Geld.

Fettu Tschini lenkte Herrn Murx von Kap Putschinos Mohnfeld fort und führte den Ungeziefervernichter den Fuß des Tortellini hinauf. Cranachan verschwand aus ihrer Sicht, als sie ein Hügelchen umritten und vor sich den Höhleneingang erblickten. Er sah genauso aus, wie Rosettchen ihn beschrieben hatte. Eine Einstockhöhle mit Frischluftgrundstück bot herrlichen Ausblick über ein im Südosten liegendes, sauber aufgeräumtes Tal. Großes Expansionspotential. Ideal für alle, denen der Sinn nach Abgeschiedenheit stand oder die eine religiöse Gemeinschaft gründen wollten.

Der Ritter blickte die Höhle mit einem Schauer widerstreitender Gefühle an. Aufregung: Der letzte Drache auf der Welt, und ich erlege ihn! Er gehört mir, mir, mir! Furcht: Was ist, wenn er *mich* erlegt? Bedauern: Warum verkauft hier niemand Eintrittskarten? Hier mußten die Massen doch nur so zusammenströmen, um seinen schönsten und ruhmreichsten Moment mitzuerleben. Minnesänger, um ihn in Gesängen zu lobpreisen und in Sonetten und mit Lautenklängen zu verewigen; Poeten, um den Moment einzufangen. Reporter, die sein Foto auf die Titelseite der *Wild-Zeitung* knallten, auf der er den Kopf der toten Bestie hochhielt. Und T-Shirt-Verkäufer … Ach, was hätte man aus dieser Sache alles an Merchandising machen können. Doch statt dessen stand er allein hier – mit einem Schläger. Und es sah nach Regen aus.

Sein Roß kaute müßig an einem Gänseblümchenhäuflein und schnaubte in roßhafter Verwirrung, als eine kleine Rosenknospe sich auf ihrem Stengel drehte, herumfuhr und es ohne mit der Wimper zu zucken anschaute. Nacheinander wandten sich auch die anderen

Rosen unbemerkt um und konzentrierten sich auf die beiden Berittenen, sandten stumme thaumische Signale in die Höhle und aktivierten das erst kürzlich installierte saurische Sicherheitssystem.

Herr Murx schielte den Höhleneingang an, schätzte die Größe eines Drachen, der in sie hineinpassen konnte, und fragte sich, welches Schwert er wohl für den tödlichen Hieb nehmen sollte – ein Fünfereisen vielleicht? Zweckdienlich, damit konnte man was bewegen. Oder sollte er einen Achter nehmen? Besseres Gleichgewicht, hatte mehr Schwung und war genau das Richtige zum Hacken. Ein Zweierholz kam nicht in Frage. Nicht zuletzt deswegen, weil er seine Lanze daheimgelassen hatte. Tja, er hatte nie Grund, Schlangen aufzuspießen. Und er hatte nie damit gerechnet, es mit einem Drachen zu tun zu kriegen.

Ein Donnergrollen echote aus dem Tal herauf, ein meteorologisches Knöchelknacken, als das Wetter sich auf einen verdammt guten Niederschlag vorbereitete. Als Herr Murx in seinem Caddy herumkramte, erklang im Unterholz ein Rascheln, und Fettu Tschini, der sich links von ihm aufhielt, stieß einen Kreischer aus. Herr Murx schaute auf, genau in die schweinisch grinsende Visage des größten grünen Drachen, den er je in seinem Leben erblickt hatte. Es war auch der einzige große grüne Drache, den er je erblickt hatte. Sein Geist wirbelte fast so fachmännisch, wie er konnte. Also einen Achter. Es mußte ein Achter sein. Höchstwahrscheinlich.

»Töte ihn! Töte ihn!« krächzte Tschini durch zusammengebissene Zähne. Er wagte sich nicht zu rühren, quäkender Terror nagelte ihn und sein Roß am Boden fest.

Der Drache tat einen Schritt vorwärts, und sein Grinsen wurde noch breiter. Sein Nasenloch stieß beiläufig und mit träger Boshaftigkeit eine Rauchwolke aus.

Das Wetter konnte seine Erregung kaum noch bezähmen. Mit einem Aufflackern zuckender Blitze öffnete sich der Himmel und schiffte saumäßig auf das Tal. Herr Murx fluchte laut über das brüllende Naß. *Wie* sollte er seinen Weg in die Legenden finden, wenn es jetzt auch noch schiffte? Es war unfair. Helden erlegten Drachen an wunderschönen sonnigen Nachmittagen, und zwar vor den Augen jubelnder Massen und lechzender Mägdeleyn. So, wie es jetzt war, war es nicht ausgemacht.

Trotzdem, dachte er, wenn ich den Kopf mitnehme, quengelt niemand mehr, wenn ich die doppelte Gage verlange. Er blickte das riesenhafte Geschöpf an, übersetzte die etwa neunzig Fuß hohe, grauenhaft bewaffnete, feuerspuckende Echse in einen Reisepaß in die Zukunft, und dort, wo ihre Schuppen waren, begannen Krötenscheine zu rotieren. Durch den giergefärbten Dunst war es ihm unmöglich, irgend etwas Ungewöhnliches daran zu erkennen, daß jeder einzelne Regentropfen einen Zoll vor der Schuppenhaut des Drachen innehielt und in einem kleinen Dampfwölkchen explodierte.

Herr Murx bemühte sich, so zu wirken, als wisse er genau, was er tat – ein schwacher Versuch, Fettu Tschini zu beeindrucken, da jeder Bruchteil seiner Aufmerksamkeit auf den riesigen grünen Gegner gerichtet war –, und schwang den Achter-Drachenzerhacker um den Kopf, da er die nötige Triebkraft brauchte, um den Hals es Ungeheuers sauber abzutrennen. Es würde nicht reichen, ihm ein Schwert in den Hals zu rammen (und es sah billig aus, einen Fuß auf den zuckenden Hals zu stellen, um es wieder herauszuziehen) – echte Helden erledigten es mit einem Hieb. Herr Murx schluckte und rannte vorwärts, herumwirbelnd und schreiend, wich einer Blume ausgespuckten Rauchs aus, und seine Klinge glänzte, als sie auf die riesige Ausdehnung des tödlichen reptilischen Halses zufuhr.

Und in dem Augenblick, da Herrn Murxens Schwert

ohne den geringsten Widerstand und bei völliger Abwesenheit von Blut durch den projizierten empathischen Drachen schlitzte, ertönten zwei geheimnisvoll zischende Plopper. Ein Ruckeln kitzelnden Saphirblaus strömte durch das Schwert des Ritters, als er ahnungsloserweise den Aquaflektorschild des Geschöpfs zerschlug. Der Regen plätscherte durch den Drachen hindurch und klatschte schwer auf das unter ihm liegende Laub.

Dem zweiten zischenden Ploppen folgte das Erscheinen eines Wesens, das wie ein kreischender, aus einer Höhe von fünfzehn Fuß aus der Luft fallender Zwerg aussah. Schwere Stiefel knallten gegen Fettu Tschinis Schläfe und warfen ihn von seinem Roß. Der Besitzer der Schläfe überschlug sich und landete spuckend auf dem Boden. Der Ritter öffnete die Augen und schaute sich um – entsetzt vom Geschleime des zermatschten Drachen, den er seiner Meinung nach zu sehen bekommen würde. Er nahm überrascht zur Kenntnis, daß sein einstiger Arbeitgeber nicht mehr auf seinem Roß saß und sich in einen spuckenden, schmutzstarrenden Zwerg verwandelt hatte. Und noch schlimmer, der Drache war noch da. Nachdem sein Schwert sauber durch den Hals geschlagen hatte? Konnten Drachen ihren Kopf so schnell nachwachsen lassen? Und wenn ja, wo bewahrten sie ihr Gehirn auf?

Mehrere tausend Fuß über dem verwirrten Ritter quetschte sich ein einzelner Regentropfen aus einer Wolke und entsprang in die Freiheit der Lüfte: sie war aufgeregt vor Freude und beschleunigte im freien Fall.

Herr Murx schrie auf und erkannte blitzartig die Wahrheit: das vor ihm stehende Geschöpf war kein gewöhnlicher Drache. Kein normales, durchschnittliches, feuerspeiendes Vieh, dessen Beine fest auf der Ebene der Sterblichkeit standen. Es war ein magisches Geisterbiest, das Menschen in Sekundenschnelle in Zwerge verwandeln und sich von hinten an einen heranschleichen konnte, im Besitz der Macht, sich für eine bloße

Millisekunde aus der Wirklichkeit auszuklinken, um Schwerthieben auszuweichen...

Der Regentropfen drehte sich, tollte erdwärts und genoß den Augenblick, als er mit einem heftigen *Pflatsch* auf die durchnäßte Scholle treffen würde. Doch im Nu klatschte er auf die glattsilberne Oberfläche von... Metall? Die Dinge haben sich seit dem letzten Mal geändert, dachte er baff. Wo ist denn der Schlamm? Und was ist mit dem Proto-Bächlein, den meine Kollegen gebildet haben? Er wußte, daß er für eine lange Zeit auf See gewesen war, bevor die Verdunstung ihn wieder in den Wasserkreislauf geholt hatte, aber *das* hier war unheimlich. Der Tropfen schlängelte sich vorwärts, schob sich am schlüpfrigen Schimmern eines Drahtes entlang und...

Der Drache explodierte.

Bruchstücke des Hypertaurusbeschleunigers zerstoben, der Energieverstärker schloß in einem lauten, blendenden Blitz kurz, seine Energie fegte in die gepaarten psychoterrinen Kristalle zurück. Es gab eine kurze mauvenfarbene Detonation, und der Ritter wandte sich um und floh in einem Hagel plötzlichen purpurnen Regens. Er nahm sein Roß und galoppierte von dannen; weit, weit fort.

Plötzlich ertönte im Tal eine Reihe schneller Feuerexplosionen, denn nun zündete der Rest des Sicherheitssystems. Er verstreute rote Blüten und dornige Stengel in alle Richtungen, die laut von allen einheimischen Findlingen abprallten.

»Genau vor der Tür!« knurrte Rutger, musterte den Regen mit finsterem Blick und duckte sich vor dem Sperrfeuer der Hochgeschwindigkeitsstaubblätter. »Vertraut mir, ich bin Zauberer! Pah! Hier ist ein verdammtes Schlachtfeld!«

Sieben rothaarige Zwerge, die vor außerordentlicher Freude breit grinsten, weil sie Löcher durch Meilen festen Granits schlagen durften, hauten rein und klopften sich energieverströmend dem Thaumafer entgegen. Es war ihnen schnurz, wonach sie gruben. Nur das Graben selbst war wichtig. Nun, natürlich auch das Geld, das sie dafür bekamen. Bei den Zwergen war es immer dasselbe – man gab ihnen eine Spitzhacke, das Bild eines Fünfzehn-Pfund-Vorschlaghammers oder gar die Skizze eines Kaltmeißels, und schon fingen sie vor Arbeitswut an zu sabbern. Minuten später wurden ihre Gene von zahllosen Generationen Bergbaupraxis mitgerissen, und ihre DNS zucken und rucken in Krämpfen erdbewegender Freude. Man muß es aussprechen: Sie waren arbeitsgeile Wichte und in den Augen eines jeden gewerkschaftlich Organisierten die reinsten Radfahrer.

Mancini hätte die Explosionsreihe durch das konstant hektische Gehämmer, das Klingen der Spitzhacken und das unaufhörliche »Hei-ho« der Zwerge nie vernommen, hätte die fünfzig Fuß über ihm befindliche Molluske ihm nicht telepathisch eins versetzt. Alarmwellen blitzten durch sein Hirn, als die Molluske in ihrer Wanne floppte, denn sie sah nicht, was da vor sich ging, und war unfähig, die Meldung der Stöße zu interpretieren.

Mancini brüllte den Zwergen zu, sie sollten weitergraben, was man möglicherweise für leicht überflüssig halten könnte, machte auf dem Absatz kehrt und kletterte die aus dem Grubenschacht führende Leiter hinauf zum hinteren Teil der Höhle. Fragen in seinem Kopf häuften sich und schrien die ganze Zeit nach Antwort.

»Was ist denn los?« rief er dem zitternden Knapp zu, der sich an seinen Sack klammerte, als wäre er eine Sicherheitsdecke.

Mancini wiederholte seine Frage fauchend und mit gerunzelter Stirn vor der Wanne.

»Klingt nicht erfreulich«, erwiderte die Molluske, zuckte nichtvorhandene Achseln und deutete vage mit einer angespitzten Ecke an, daß der Ärger sich draußen befand.

Eine unglaublich nasse rothaarige Gestalt krabbelte ungesehen durch den fallenden Regen auf den purpurn bespritzten und belaubten Höhleneingang zu, wobei sie aufgebracht aufgrund des Wetters, des Schlachtfeldes, der Dämlichkeit vertrauenswürdiger Zauberer Verwünschungen vor sich hinbrabbelte.

Mancini wetzte zum Höhleneingang hin, stürmte ins Freie und erstarrte. Der Regen klatschte auf ihn herab, als er einen Augenblick wie geblendet in die vergleichsweise Helligkeit blinzelte, überzeugt davon, daß seine ans Dunkel angepaßten Augen ihn trogen. Purpur? Es kann doch nicht alles purpurn sein! Er wetzte wieder hinein, um einen Regenmantel zu holen.

Rutger kam aus seiner Deckung, ergriff seine Chance und rannte auf den Höhleneingang zu. Mit einem jaulenden Fluch trat er auf seinen Bart, rollte hinter einen moosbewachsenen Felsen und betastete sich die Wangen.

Mancini tauchte wieder auf, rieb sich die Augen, blinzelte und schüttelte den Kopf, um ihn von geisteslähmender Verwirrung zu reinigen. Purpurner Regen und Rosenblätter! Wie der Abfall eines wochenendelangen psychedelischen Love-In-Festivals. Er latschte durch Hektare mauvenfarbenen Laubs und bemühte sich, alles auf die Reihe zu kriegen... Plötzlich stieß sein Zeh gegen den rasiermesserscharfen Rand eines Fragments aus silbergrauem Metall. Er zog geschmerzt den Kopf ein und fauchte einen Hagel auserwählter venashtischer Flüche. Dann bückte er sich, um den Gegenstand an sich zu nehmen.

In diesem Moment sprang Rutger auf und rannte los. Sein Bart hing ihm sicher über die Schulter. Er verschwand tief in der Finsternis des Höhleneingangs und stürzte sich todesmutig in den Schacht.

Eine Lawine des Schreckens rollte kalt durch Mancinis Herz, als er in der Metallscherbe das erkannte, was sie war. Ungläubig stierte er den noch warmen Grundplattenkondensator eines Hypertaurusbeschleunigers an. Serie 5. Genau die gleiche, die er gestern eingesetzt hatte. Und wenn er nicht völlig auf dem falschen Dampfer war, lag dort hinten, gleich hinter dem purpurn tröpfelnden Rhododendron, die geladene Sektion des Gehäuses des Empathie-Kraftverstärkers. Es war alles, was von seinem PET-Drachen übriggeblieben war.

Eine Rosenblüte flatterte vor ihm her. Ah! Sein ganzer toller Plan war im Arsch.

Er spürte plötzlich, daß die schiere Platzangst des Ausgesetztseins nach seiner Gurgel griff. Büsche, die Millisekunden zuvor noch friedfertige Beispiele der Botanik gewesen waren, sprossen nun bösartige Augen; Findlinge und Felsen beherbergten Spitzel mit Rönthex-Brillen, die ihn beobachteten und seine Unterwäsche begutachteten. Seine Paranoia erreichte den Siedepunkt, und er fuhr herum und floh in die Sicherheit seiner Höhle.

Seiner Höhle. Und *sein* Thaumafer. *Seine* Molluske. *Seine* Energie.

Und die Zeit wurde knapp ...

Mancini eilte weiter, seine nassen Fußabdrücke tarnten perfekt die von Rutger, und er kam rutschend an der Mündung des Grubenschachts zum Stehen und brüllte wütend zu den Zwergen hinunter:

»Schneller, ihr verdammten Maulwürfe! Schneller!«

Seine Worte wurden vom Geklapper von acht Spitzhacken beantwortet.

Phlim trommelte mit den Fingern auf das Steuerpentagramm der Wantze. Es hing ihm zum Hals heraus, die in der Kugel umherrasenden winzigen schwarzweißen Bildchen anzustarren. Er beschäftigte sich zwar erst eine halbe Stunde lang damit, aber nach der Aufregung mit dem Thaumatron und den ganzen Stunden, die er in den letzten Tagen investiert hatte … Nun ja … Wer eine Wantzen-Aufnahme des Fluges über die Talpa-Berge gesehen hatte, hatte alle gesehen. Er hatte nicht die geringste Ahnung, warum Practz sich nicht mit Rutgers Meldungen über das Kristallarmband zufriedengeben konnte.

»Sicherheitskopie«, hatte Practz erwidert. Diplomatengesülz. »Die Wantze ermöglicht uns für den Fall, daß Schwierigkeiten auftreten sollten, kommunikative Unterstützung … Und außerdem bin ich sicher, daß Rutger, so geladen, wie er ist, irgendeine Dummheit begeht.«

Deswegen steuerte Phlim nun wieder die Wantze und glotzte stumpfsinnig die vorbeifegende Tundra, das Gestein und den üblichen verdutzten Lemming an. Wie *langweilig.* Wenn's wenigstens in Farbe gewesen wäre. Oder vielleicht … Seine Gedanken kreisten, wie sie es gewohnt waren, spintisierend um hundert Themen. Er probierte mental Kunststücke ziemlich niedriger technischer Zauberkunst aus, verband dies mit jenem, verdrahtete jenes neu … Plötzlich kam er drauf! Er sprang vom Hocker auf, riß einen zweiten Bildglobus aus dem Regal, schnappte sich ein Gewirr bunter Kabel und verdrahtete sie mit der Rückseite des Pentagramms. In einem fachmännischen Schauer von Handgelenkbewegungen und nur einem versengten Finger verband er es mit der Energiezufuhr des Thaumatrons. Es knisterte statisch, dann erhellte sich der zweite Globus. Zwei parallele Bilder … viel besser. Viel unterhaltsamer. Hmmm. Was wäre, wenn man … Seine Hände wirbelten erneut umher, beschwörten eine Reihe von Steuerprogrammen im Visionsprozessor, veränderten die linke Kugel um eine Kleinigkeit. Das Bild kippte übelkeiterzeugend um, und beinahe hätte er sich übergeben. Er holte es flink zurück, dann veränderte es sich plötzlich und schwang mit äußerster Klarheit in den Sichtbereich, fast so, als wäre er persönlich dort. Mit einem Auge auf jeder

Kugel konnte er Tiefe und Entfernung sehen … drei Dimensionen. Seine Hände fegten erneut über die Pentagramme, als er mit der Wantze spielte, Sturzflug, hastige Ausweichmanöver, kreisende Schwenks … und alles in nagelneuer gallengrüner Deutlichkeit.

Er rauschte hingerissen auf den Boden zu, empfand perverse Spannung beim Heranfegen des scharfen Aufwallens der schlammigen Fahrbahn, kreischte schrill, als er im letzten Moment herumriß und wenige Zoll über der von Soldatenstiefeln getretenen Oberfläche dahinschoß. Er wunderte sich über die messerscharfe Klarheit jedes einzelnen vorbeischießenden Fußabdrucks. Eine weggeworfene Nachrichtenbulle schoß in sein Blickfeld, ragte riesig vor seinen Augen auf, zerknittert und …

Was tat er da? Was schaute er da an? Er war dermaßen in Trivialitäten und Einzelheiten versunken, daß er die Übersicht verlor – er sah vor lauter Füßen den Schlamm nicht mehr. Er zog die Wantze zehn Fuß hoch, ließ sie schweben und regte sich ab. Ironischerweise erlaubte ihm die zunehmende Höhe eine Rückkehr auf den Boden.

Mit Schrecken wurde ihm klar, daß er es beinahe übersehen hätte. Hunderte soldatischer Fußabdrücke und eine Nachrichtenbulle. Sie war völlig unlesbar. Nicht etwa deshalb, weil man an mehreren Stellen daraufgetreten war, sondern aufgrund der Tatsache, daß sie in völlig fremden murrhanischen Buchstaben gedruckt war. Doch ein Bild zog Phlims Beachtung am meisten auf sich: die Impression eines Künstlers von einer Kaiserin mit einer Meute scheckiger Tiere, die eine Ansammlung von Drähten, Pentagrammen und Kristallen in der Hand hielt. Und daneben befand sich ein erkennbares Porträt Cheiro Mancinis mit dem unmißverständlichen Symbol des auf seinen Kopf ausgesetzten Geldes. Phlim setzte die Informationen zusammen. Versuchte es auch umgekehrt, wehrte dies und jenes ab und kam zu einem dritten Schluß. Erschreckenderweise wies auch dieser das gleiche makabre Klingeln auf. Das kaiserliche Heer von Murrha war in den Talpa-Bergen auf Achse und hatte die Absicht, Mancini allezumachen.

Phlim quäkte heiser und wetzte aus dem Raum.

Practz. Er mußte es Practz erzählen!

Mehrere Dekaden zuvor, als überall ein Linguismuskrieg in der Luft gelegen hatte und Tausende von Bauern in Gefahr gewesen waren, zu Tode gebracht zu werden, weil sie Vokale falsch anwandten und böswillig Subversion des Imperfekts in der dritten Person betrieben, war der Großmagier Prof. Phyinmn schwer damit beschäftigt gewesen, die subtilste Verhörmethode aller Zeiten zu ersinnen.

In akuten Krisenzeiten hörte man ihn durch die Gänge von Losa Llamas pirschen, wobei er Satzkonstruktionen jonglierte, die Adverbkoordination neu erfand und berauschende Verhöreuphemismuscocktails zusammenbraute, die in der Lage waren, auch dem reserviertesten aller zurückhaltenden Münder Geständnisse zu entsaugen. Auf dem Höhepunkt seines verbalen inquisitorischen Könnens platzten seine Kollegen in Losa Llamas sofort mit ihrer Lebensgeschichte heraus, wenn er simple Fragen stellte, bei denen es um – sagen wir mal – eine Tasse Tee ging. Oder sie brachen in Tränenfluten aus, wenn er sie nach der Eieruhrzeit fragte. Seine Fragfertigkeit war so scharf, daß sogar gerüchtet wurde, Prof. Phiynmn könne den am festesten verschlossenen und verrammelten Geldschrank allein mit der Zunge öffnen.

Es war eine beträchtliche Schande, daß Rutger ihm nie begegnet war.

»Ähm … biste öfter hier?« fragte er einen Zwerg, der freudig und mit quietschvergnügter Zielstrebigkeit sowie einer sehr großen Spitzhacke an solidem Granit herumhackte. Seine roten Bartsträhnen und sein feuerrotes Haar sträubten sich in alle Richtungen von ihm fort.

»Was ist deine Lieblingsfarbe?« flüsterte Rutger in verschwörerhaftem Ton, der die Kakophonie der Spitzhackenhiebe und fröhlichen »Hei-hos« kaum übertönte. »Was haste für 'ne Schuhgröße?« Noch immer keine Antwort.

Rutger brummelte sich eins. »Findet alles über das Grubenunternehmen heraus, was Ihr könnt«, ahmte er Practz nach. »Stellt Fragen. Kommt sofort zur Sache.«

Es war hoffnungslos. Jetzt war er schon fast eine halbe Stunde hier, und noch immer hatte keiner der anderen auf seine Fragensalve kaum mehr als ein Grunzen geäußert.

»Hört ihr eigentlich nie auf zu graben?« raunzte er in beinahe bittender Frustration.

»Nee!« grunzte Dimpelskotsch und demonstrierte ebendies mit einer neuen Salve wüster Schläge.

Die Stimme erschreckte Rutger. Sie war wie eine kurze schillernde Oase der Reaktion in einer Wüste scheppernder Spitzhacken. Oder eine Fata Morgana? Eine verzweifelte, eifrig gesuchte Antwort, die sein Geist ihm aus Mitleid gegeben hatte? Der Zwerg hatte bei der Antwort nicht innegehalten, nie beim heftigen Dreinschlagen gezuckt, keinen Hicks in seinem treibenden Rhythmus gemacht.

»Hast du gerade ›Nee‹ gesagt?« fragte Rutger. Keine Antwort. »Warum antwortest du nicht? Hör doch mal eine Sekunde mit dem Buddeln auf!«

»Kann ich nich machen, Köttel«, sagte Dimpelskotsch zwischen zwei Schlägen. »Muß feddich werden!«

»Womit?«

»Mit Graben!«

»Wozu?« drängte Rutger, plötzlich erstaunt, daß er Fortschritte machte.

»Scheibenkleister! Du bist kein Zwerg nich! Hab ich sofort gewußt, als ich dich sah! ›Dat is kein *echten*

Zwerg‹, hab ich mir gesagt. Nicht mit die feine Klamotten und die Patschhändchen!«

Das Gebuddel stoppte plötzlich, und sieben schwitzende Zwerge bauten sich um Rutger auf. Proph funkelte ihn vorwurfsvoll an. »Bist vom Untergrund-Finanzamt, wat, Köttel? Mann, du hast 'n dicken Nerv, einfach hier aufzukreuzen und deine Nase in Sachen zu stecken, die dich nix angehen. Wir sind keine Schwarzarbeiter! Wir zahlen unsere Steuern ...«

»Nein, nein!« protestierte Rutger. »Bin ich nicht. Ich bin vom ... ähm ...« Konnte er es wagen, die Wahrheit zu sagen? Würde man ihm glauben?

Rutger schluckte heftig und suchte eine Erklärung. Sein Geist reiste viele Meilen zurück nach Losa Llamas, wo er Hilfe suchte. Unerklärlich sauste er in die Laterna-Magica-Höhle und landete vor einer Leinwand, wo gerade eine Masse Credits nach oben rollten. Plötzlich hatte er einen Plan. »Hört zu, ich sollte es euch eigentlich nicht erzählen«, begann er und schaute sich um, als hätten die Wände Ohren. »Ihr müßt mir euer Wort geben, daß ihr ihm nichts davon erzählt, was ich jetzt enthülle. Die Sache ist so heikel ... Nur ein Wort ... Wenn mein Regisseur davon erfährt ...«

»Um was geht's denn, Köttel? Woher kommste denn?«

»Habt ihr schon mal was von *Das ist Euer Leben!* gehört?« fragte Rutger nervös. Sieben Köpfe wurden geschüttelt; unschlüssig, aber interessiert.

Rutger ließ die Augen rollen und täuschte einen erstaunten Schreck vor. »Wo habt ihr denn euer Leben verbracht? In einem Loch ...? Oh. *Das ist Euer Leben!* wird in der ganzen zivilisierten Welt von Millionen in den Laterna-Magica-Palästen gesehen. Man ... ähm ... Wir schnappen uns Prominente zur absolut ungünstigen Zeit und nerven sie mit alten Tanten, die über ihr Leben berichten, und schenken ihnen am Ende ein rotes Buch. Alles in 80-mm-Superthaumination.«

»Warum, zum Geyr, macht ihr dat?« raunzte Proph fassungslos.

»Zur Unterhaltung. Die Leute schauen sich das gern an! Ich bin der Regieassistent ...«, flunkerte er hemmungslos und deutete nach oben. »Und *er* ist als nächster dran!«

»Kommen wir dann auch in die neumodischen Laterna Magicas, Köttel?« fragte Dimpelskotsch in bartzupfender Aufregung.

»Die Dinger stehlen ei'm die Seele!« knurrte Brummbär und rotzte voller Abscheu durch den Schacht.

»Da muß ich den Regisseur fra ...«, begann Rutger.

»Wat machste hia unten bei uns?« fragte Proph und funkelte ihn argwöhnisch an. »Du bist nich vom Untergrund-Finanzamt?«

»Nein, hab ich doch gesagt!« beteuerte Rutger. »Ich brauche alle Informationen, die ihr mir geben könnt, wie er als Boß so ist.«

Proph wich zurück und schüttelte den Kopf. »Aber keine Fragen über Geld, Prämien oder ...«

»Natürlich nicht«, schleimte Rutger. »Ich will ihn ... ähm, die Zuschauer wollen alles über ihn wissen. Wir wollen nur unwichtigen Kram wissen. Ihr wißt schon ... Sachen wie, was er hier mitten im Talpa-Gebirge macht; warum ihr Löcher durch festes Granit bohrt und so. Belanglose Einzelheiten und unbedeutende Details ... Wie lange ihr zum Beispiel noch hier graben müßt. Quatsch wie ... wonach ihr genau grabt und warum ...«

Die Fragen purzelten nur so aus Rutgers Mund, als er sich seinen Traum erfüllte, und wunderbarerweise waren die Zwerge auch bereit, zu antworten.

Und in einer blitzartigen Sekunde bedauerte Rutger, daß er ihnen nicht erzählt hatte, er sei der Moderator der Sendung. Aber vielleicht kriegte er doch noch die Chance, es auszusprechen, wenn auch nur einmal ... »Und nääächste Woche sehen wir uns wieda – zur näächsten Folge von *Das ist Euer Leben!* Wir zählen Sie!«

Er konnte das trompetenhafte Geschmetter der Titelmusik fast schon hören, das den lauten Applaus mißtönend übertönte. O Wonne!

Plötzlich ertönte ein frustrierter Schrei aus einer wütend explodierenden Lunge, der einem das Blut in den Adern gerinnen ließ. Ihm folgten viel zu schnell eine tollwütige Abfolge lebhaft unmenschlichen Gezeters und das unmißverständlich scheppernde Getöse von hauptsächlich metallenen Gegenständen, die in hohem Tempo mit der Höhlenwand kollidierten. Mancini hatte gerade die Tatsache entdeckt, daß ihm 25er-Mikrothaum-Divinatoren fehlten.

Er hatte sämtliche Kramkisten in Sichtweite durchsucht, die kleinsten Ecken jeder winzigen Schublade durchwühlt, Inhalte in fliegenden Bauteilfontänen über die Schulter geworfen, fieberhaft durch unfertige Schaltkreise und Pentagramme in seinen Kisten gejagt und ... nichts gefunden. In einem Wahnsinnsanfall hatte er bei seiner verzweifelten Suche sogar Knapps Sack auf den Kopf gestellt und sich in Panik durch Maden, schimmliges Brot und eine Million sonstiger unkenntlicher Köderknubbel geschlagen. Ohne 25er-Mikrothaum-Divinatoren war es unmöglich, das notwendige Potential zu erzielen, um den Hypertaurusbeschleuniger anzutreiben, und keine Menge zerknüllter Silberfolienfetzen, Klebebänder und Kordeln konnte je hoffen, das Problem zu lösen. Sein PET-Drache war tot. Absolut, irreparabel dysfunktional. Und nun war es ihm unmöglich, einen neuen zu basteln.

Mancini war schutzlos. Nun konnte jeder einfach in die Höhle stampfen, sich die Molluske schnappen, die Verdammnis stehlen und ihn dort töten, wo er hockte. Und alles, bevor er eine Gelegenheit hatte, die Verdammnis auf einem kristallenen Altar zu opfern und die Macht loszulassen ... Seine absolute Macht.

Er kam sich nackt vor, verletzlich, völlig ungesichert... Aber es gab eine Möglichkeit, die ihm half, daß er sich besser fühlte – lautes Geschrei.

Nachdem er Knapp wegen seines *unaufgeräumten* Sacks angeschrien hatte und wütend auf dem Haufen herumgesprungen war, rannte er mit wildem Geschrei zum Grubenschacht, hob einen Stein vom Boden auf, warf ihn in die Finsternis und grinste, als er einen gedämpften Aufschlag hörte.

»Ich höre euch verdammte Maulwürfe nicht arbeiten!« schrie er. »Buddelt schneller! Schneller!«

Granitsplitter flogen, als die Zwerge ihre Werkzeuge packten und erneut auf das Gestein einschlugen.

Ungesehen, hinter Mancini, am anderen Ende der Höhle, funkelten die blutroten Augen der Verdammnis in anmaßender Bosheit aus dem Käfig, als sie höhnisch die blitzenden Zähne fletschte. Ihre Vorderpfote hob sich langsam und klappte mit dem Sirren einer Meuchelmörderklinge ein Oktett rasiermesserscharfen Todes aus. Beiläufig, fast wichtigtuerisch hauchte sie über die wilden Extensionen und polierte die funkelnden Krallen am Brustfell, wobei sie in einem kurzen geringschätzigen Grollen schnurrte.

Hoch im Talpa-Gebirge knurrte ein bis zu den Oberschenkeln in krallender dicker Erika stehender alter Mann ebenso in furchtgeladener Frustration. Er funkelte den Inhalt einer verzierten dreieckigen Holzkiste an und verfluchte die geisteslähmende Pedanterie des Glotzorakels zum hundertsten Mal.

»Mußt du so kompliziert sein?« schrie er, nachdem er sechzehn Fragen ganz locker sinnlos verbraucht hatte.

Der allessehende Augapfel blinzelte zweimal für ›Nein‹.

»Ja, ja, ich muß eben die richtigen Fragen stellen. Ich weiß!« Er stierte jämmerlich über die öde Berglandschaft hinweg und schüttelte sich, als eine kalte Regenfront ein Tal weiter schlich.

»Bin ich in der Nähe der gestohlenen Verdammnis?« fragte er.

Blinzel.

Plötzlich fiel ihm eine andere Art der Befragung ein.

»Kannst du als *allessehendes* Auge auch Fragen beantworten, die das Schicksal betreffen? Die Zukunft?«

Das Augenlid flatterte unbescheiden und blinzelte einmal.

Das Herz von Ittos Großvater wogte in akuter koronarer Erregung.

»Werde ich die Verdammnis finden?« fragte er verzweifelt, da er spürte, daß sich das Gewicht der Zukunft schwer auf seine Schultern senkte.

Blinzel, antwortete das Glotzorakel geheimnisvoll und schloß sich allmählich.

»Bald?« fragte der Alte bittend. »Werde ich sie bald finden?«

Es gab keine Antwort. Er hatte seine zwanzig Fragen gestellt.

Es gab einen kurzen, sehr kurzen Moment, in dem Herr Murx die Möglichkeit erwägte, den Kopf einer ammorettischen Todesechse als den eines kürzlich erlegten Drachen auszugeben, die schulterklopfenden Glückwünsche hinzunehmen, das herzliche Mahl für den heimgekehrten Helden zu verschlingen und, bevor irgend jemand etwas argwöhnte, mit dem Schotter abzuhauen. Eine sehr flüchtige Periode lang war es ihm *wirklich* wie eine gute Idee erschienen. Doch dann türmten sich die Probleme auf und wurden schnell zu hüpfenden und tretenden Sandstürmen des Zweifels und zu geiferndem Spott – wie Geier über einem eine Woche toten Kadaver.

Zuerst war da eine kleine, aber unausweichliche Wahrheit: Egal, wie viele Pargamentmaché-Hörner man auch an ihr anbrachte; ungeachtet der Rußmenge, die man in jedes Nasenloch stopfte und der zahlreichen

Schichten grüner Farbe, die dies alles erforderte: Nicht mal *dann* sähe der Kopf einer ammorettischen Todesechse so aus wie der eines Drachen.

Zweitens bestand da das Problem mit einem gewissen, unzweifelhaft wütenden Fettu Tschini, der irgendwann, und zwar dann, wenn man ihn gar nicht brauchte, auftauchen würde.

Und drittens gab es die tollwütige, rasch anwachsende Meute der spruchbandschwenkenden Fanatiker, die aus dem Tal heraufstürmten und bereit waren, alles und jedes zu vernichten, das auch nur im entferntesten drachenmörderisch aussah.

Möglicherweise war es der letzte Faktor, der am meisten Herrn Murxens entscheidenden und rechtzeitig gefaßten Entschluß einwirkte, die Affäre unter ›Erfahrungen‹ abzulegen und so schnell wie möglich aus dem Talpa-Gebirge die Mücke zu machen.

Und zwar keinen Augenblick zu früh, denn als er gerade hinter dem Horizont entschwand, um sich neuerer Pesten anzunehmen, betrat die gesamte Macht des kaiserlichen Heeres von Murrha die Bühne, und zwar von links. Ihr kollektiver Geist war vom pausenlosen Gebrabbel Praquats wie gelähmt, zudem dieser nicht die geringste Ahnung von der Geschichte der Landschaft hatte, durch die er es führte.

»Hierher! Hier runter! Folgt mir, Leute!« rief Praquat und winkte den stampfenden Truppen und heftig holpernden Sandjachten ermutigend zu. »Zu Eurer Linken befinden sich die drei Heiligen Grünen Böcke von Goohn!« Er deutete auf ein Trio unbedeutender moosbedeckter, nicht im geringsten heiliger Felsen, die halb aus dem Farn herausragten. »Wie die Legende sagt, erbt derjenige, der – ohne sich zu bewegen – alle drei zugleich berühren kann, auf der Stelle die Gabe des Käsemachens. Viele haben es versucht, doch ohne Erfolg. Ihr, Herr, seid doch ein wagemutiger Bursche. Wollt Ihr nicht ausprobieren, ob der alte Mythos ein Körnchen

Wahrheit enthält? Nein? Nun ja … Dort drüben, zu Eurer Rechten …«

Während Praquats unaufhörliches Gequatsche ungeprüft weiterströmte und haufenweise einfältige Lügengarne in jedes ihm lauschende Ohr spuckte, veränderte sich der Ausdruck General Zakkiks von dem extremer Langeweile zu aufflackernder Neugier und hochaufgerichteter, zackiger militärischer Aufmerksamkeit. Er riß sein Roß herum und galoppierte eilends auf die Flaggjacht von Admiral Trillefitzens landgebundener Flotte zu. Er sprang wie der Blitz vom Roß, schlug sich durch ein Gewirr von unnötigerweise verwickelter Takelage, packte den Admiral und deutete eifrig auf eine Stelle von genau neunzig Grad zum historischen Ort, den Praquat gerade erläuterte.

Tief unten strömte eine Meute von Spruchbandschwenkern über ein Hügelchen und kletterte weiter.

»Nun, meine Herren und … Herren«, zwitscherte Praquat, »dies bringt mich zum Ende der Talpa-Gebirgswanderung. Im Namen Eures Führers – in meinigem – möchte ich sagen, welche Freude es mir war und daß ich hoffe, Euch irgendwann einmal wiederzubegegnen. Aufmerksamkeiten werden dankend entgegengenommen, vielen Dank.« Und mit diesen Worten trat er mit ausgestrecktem Arm seitlich an das näher kommende Heer, wobei seine Handfläche himmelwärts deutete.

Tief unten im Tal erklang ein durch die Entfernung gedämpft klingender Angstschrei, dann sah man einen Schauer zeigender Finger. Die Menge beschleunigte ihren Schritt und zertrampelte unbewußt die seltenen Krokusse und wilden Orchideen, die sie eine Woche zuvor noch zu beschützen versucht hatten.

Praquat brummelte elend vor sich hin, als der ersehnte Haufen monetärer Anerkennungsgesten des vorbeimarschierenden Heeres zu materialisieren versagte. Er spuckte auf das Heck der letzten vorbeiziehenden

Jacht und machte sich dünn, um sich über den Zustand von Kap Putschinos Mohnfeldern zu informieren.

Im Zeitraum weniger Minuten war das Tal eine Sackgasse, die Luft wimmelte von erbosten Gesängen und eifrig geschrienen Parolen, die zwischen den rechtschaffen aufständischen Freunden des Gewürms und dem kopfkratzenden kaiserlichen Heer Murrhas hin und her pingpongten.

General Zakkik war äußerst verdattert. Es war doch immer so hübsch, wenn man von einem Begrüßungskomitee willkommen geheißen wurde, das Spruchbänder schwenkte, seine nationalen Embleme zur Schau stellte und sich einem zum Freunde erklärte... Aber warum sahen sie dann so pampig aus?

Practzens Gesicht wurde blau angestrahlt, als er sich vorbeugte und das Bild im Rönthexapparat musterte.

»Aber was *ist* es?« fragte er. Thurgia und Wat zuckten die Achseln. Sie hatten das Geheimnis der letzten Molluske nun schon zehn Minuten lang angegafft, aber abgesehen davon, daß sie das Bild eines kräftig aussehenden zottigen Tiers mit viel zu vielen Zähnen und Krallen zeigte, hatten sie nicht die Bohne Ahnung.

»Es könnte die legendäre katanaklauige Wölfin von Obergulpingen sein«, meinte Wat. »Ein erstaunliches Geschöpf, das in Gletscherspalten lebte ...«

»Ja, *sehr* interessant!«

»... sie setzte ihre Krallen als Eispickel ein ...«

»Ruhe, Wat!« raunzte Practz, der sich bemühte, Zugang zu der winzigen Information in seinem Hinterkopf zu erhalten – dem Gefühl, daß er dieses Vieh irgendwo schon mal gesehen hatte.

»... hat sich von Yetis und Schneehühnern ernährt ...«

»Maul halten!«

»Wollte doch nur helfen ...«, brummelte Wat jämmerlich.

Wo hatte er dieses Tier schon einmal gesehen? Es war

nur ganz kurz gewesen. Und er hatte mehrere gesehen…

Practzens Handgelenk piepste dringlich.

Draußen erklang das hastige Getrappel von Füßen, dann das Kreischen des Abbremsens, und die Tür flog unter dem Schwung des keuchenden Phlim auf.

»Ein Heer!« krächzte er. »Mancini… Kopfgeld auf ihn ausgesetzt…« Seine Lungen saugten verzweifelt die Luft ein, dann hielt er inne, hustete, blinzelte und stierte ungläubig auf den Rönthexschirm. »…und einer von *ihnen!*«

»Was hat denn Mancini mit der legendären, katanaklauigen Wölf…«

»Schnauze, Wat!« raunzte Practz, und sein Gelenk piepste erneut, als er zu Phlim herumflog und ihn mit Fragen eindeckte. »Welches Heer? Wer? Warum?«

»Unter der Nase der Kaiserin Tau weggestohlen«, brabbelte Phlim und deutete erstarrt auf den Schirm. Seine Augen funkelten wie Alarmglocken. »Mancini hat es getan!«

Practzens Gelenk gab einen mißtönend verwirrten Piepser ab. Der Zauberer zog den Ärmel über seinen Gelenkabakus hoch und musterte einen winzigen Kristall auf einem Band. »Was wollt Ihr?« bellte er das Bild eines struppigen roten Bartes mit Augen an, der sich irgendwo in einem Grubenschacht an eine Leiter klammerte.

»Oh, danke, *vielen* Dank! Wenn *das* Eure Haltung ist, weiß ich nicht mehr genau, ob ich überhaupt…«

»Rutger, *bitte!* Sagt es uns!«

»Tja«, sagte das Gesicht auf Practzens Gelenk und setzte ein juveniles Stolzesgrinsen auf, als es mit Rutgers Stimme sprach. »Ich habe ihnen erzählt, ich sei ein Reporter von… das erratet Ihr nie! Von *Das ist Euer Leben!* Und ratet mal! Los, ratet mal! Ratet mal! Sie haben es mir geglaubt! Ist das nicht toll? Hihi! Sie sind drauf reingefallen! Und da hab ich gesagt ›Erzählt mir all…‹«

»Kommt zur Sache, Rutger«, knurrte Practz, dessen Gedanken in einem Hurrikan verwirrter Angst umherwirbelten. »Sonst hole ich Euch vielleicht nicht zurück.«

»Haltet Euch fest«, quäkte Rutger dünn. »Hier sind sieben Zwerge, die nach einem von diesem Thaumadingern graben …«

»Das *wissen* wir, verdammt! Aber warum?«

»Mancini will die Macht …«

»Gib mir Kraft!« fauchte Practz und drehte die Augen verzweifelt zum Himmel. »Wofür?« schrie er sein Handgelenk an.

»Es hat was mit einem kranken Hund zu tun«, erwiderte Rutger.

»Was?!« schrien alle in Losa Llamas.

Dreihundert Fuß unter Rutgers Zehen ruckte die Nadel eines Überwachungsthaumometers steil hoch und raste mit maximalem Ausschlag zum Halt.

»Jawollja!« fuhr Rutger in freudiger Ahnungslosigkeit fort. »Er hält das Hundevieh in einem Käfig, und die Zwerge meinen, daß er ständig auf und ab geht, es anstiert und etwas davon murmelt, daß es ihm bald bessergehen wird.«

Phlim bekam plötzlich Practzens Handgelenk zu fassen und riß ihn zum Rönthexschirm herum.

»Sieht er *so* aus?« rief der Technozauberer und richtete das Kristallarmband auf das Bild.

»Na so was!« kam die leicht gereizte dünne Antwort. »Warum habt Ihr mich meilenweit über die Talpa-Berge geschickt, mein Leben aufs Spiel gesetzt, mir das ganze kratzige Zeug ins Gesicht geklebt, wenn Ihr die ganze Zeit über ein Bild von ihm hattet? Ich bin nicht sehr erfr …«

»Ich schätze, er meint ja.«

Am Boden des Grubenschachtes erklang das Geräusch eines stärker werdenden Heulens, und mit dem Rums eines hölzernen Gehäuses und zerbrechender Mechanik explodierte das Thaumometer. Angesichts des wilden Geklappers von sieben Spitzhacken hatte der Rums natürlich keine Chance, sich hörbar zu machen.

»Und ob es ein *Ja* ist!« schäumte Rutger. »Wie könnt Ihr es wagen …« Practz klappte seine freie Hand über den schimpfenden Rutger und schaute Phlim mit weißem Gesicht an.

»Ich kann es nicht glauben!« krächzte er, während sein Geist auf Wiedergabe drückte, sich durch Trivialitäten zurückspulte und die Molluske in der Laterna-Magica-Höhle zurückholte. Zurückspulen. Stop. Abspielen. Einhundert kreischende Lebewesen strömten teuflisch der Singsangoktave der Urzeitmagier entgegen. Vier Thaumafere eruptierten in einem Quartett blendenden Lichts, und hundert Kehlen, die daran gewöhnt waren, zahllose Dezibel blutstauender Gespensterschreie auszustoßen, winselten protestierend.

»Er wird sie wiederbeleben«, jammerte Practz. Seine Knie fingen urplötzlich unkontrolliert an zu schlottern.

»Was ist?« rief Thurgia, der sich plötzlich für die Erwähnung der ›Wiedererweckung‹ interessierte.

Eine Spitzhacke des Spitzhackenseptetts schwang durch die splittererfüllte Luft, beschrieb einen Bogen von hundertfünfzig Grad und traf den winzigsten Riß eines haarfeinen Bruchs. Die verwitterte Eisenspitze der Hacke schickte laut scheppernd eine geballte Druckwelle durch die letzten zehn Fuß Granit und schwächte das zahllose Jahrhunderte alte geothaumale Eindämmungsfeld.

»Rutger!« schrie Practz sein Handgelenk an. »Rutger! Ihr müßt die Zwerge aufhalten!«

»Ach – Ihr seid wieder da?« kam die gefauchte dünne Antwort. »Es zeugt aber von keiner guten Kinderstube, wenn Ihr mir die Hand aufs Gesicht schlagt, wenn ich rede …«

»Hört mir zu!« rief Practz. »Wenn das Thaumafer gestört wird …«

In Rutgers Gelenkkristall kam es zu einem Schauer von Störungen, die den Schirm leerwischten und den Ton zeitweise überlagerten. Und so glaubte Rutger zu hören: »Hört mir zu … Ihr fetter Sittich …«

Rutger bekam keine Gelegenheit zu einer Antwort. Unter ihm bebte die Leiter, als sieben winzige bestiefelte Fußpaare nach oben trampelten und »Grube verlassen!« schrien. Der Boden des Grubenschachtes zuckte und ruckte wie ein von Alpträumen geplagter Steinkobold und wölbte sich unbeherrscht, als gewaltige geothaumale Kräfte um die Vorherrschaft rangen. Innerhalb von Sekunden kletterten acht Stiefelpaare nach oben, wobei das achte demonstrativ eine Reihe dünner, panischer Anfragen ignorierte, die da lauteten: »Was, zum Teufel, ist denn los?«

Eine einzelne feuerrote Zunge zuckte durch eine Bresche im Eindämmungsfeld, spuckte und zischte launenhaft, verschwand und hinterließ ein finsteres unterirdisches Poltern, das unter ihnen Echos warf.

Mancini schrie auf, ließ den halbfertigen Leguan-Schaltkreis fallen, den er aus sechs Mikrothaum-Divinatoren ausgebaut hatte, und hechtete aufgebracht zum Grubenschacht.

»Was habt ihr angestellt?« schrie er, als sich eine Reihe von acht Zwergen aus dem Loch hievte.

Am Grubenboden zuckte die Zunge erneut hervor, diesmal wußte sie offenbar, wohin sie schlagen mußte. Sie drosch auf winzige Makel ein, traf eine Million winzige Schwächen, haute in wilder Wut auf mikroskopische Ritzen. Das Gepolter nahm zu; ein gewaltiges Dehnen unermeßlicher Anstrengung in einem gewaltigen Machtkampf. Und mit einem seismischen Aufschrei einer Energieentladung verlor das granitene geothaumale Eindämmungsfeld.

Rutger zerrte an seinem Kristallgelenkband, verwünschte es, da es ihn gereizt anquäkte, und fluchte über die knisternd roten Störgeräusche. Blitzartig war es mit einer Tirade von Practzens Lieblingsflüchen wieder da.

»... ssiert? Was geht da vor?«

Rutger musterte Practz' kleines Bild und gab sich alle Mühe, seine Stimme trotz des Brüllens der Terrathaume ruhig zu halten. »Ha! Pratcz, Herr, ähm. Was würde zum Beispiel passieren, wenn es mir nicht gelingt, die, äh, sagen wir mal, Zwerge, aufzuhalten? Was würde passieren? Und würde es meine Aussichten auf eine Beförderung mindern?«

»Was ist da für ein Krach?« fragte Practz.

»Ohhh, Störgeräusche, nehme ich an. Nichts, worüber man sich Sorgen machen müßte. Nun, was würde passieren, wenn das Thaumafer *gerade* ein klitzekleines bißchen angeschlagen worden wäre, quasi, sozusagen?« sülzte Rutger und zog den Kopf ein.

»Na, das übliche. Was immer passiert, wenn zahllose Terrathaum absolut korrumpierender Macht auf eine ahnungslose Welt losgelassen werden. Warum fragt Ihr?«

»Ähem. Sähe es dann in etwa so aus wie das da? Eventuell?« Rutger hob den Arm. Er vernahm einen dünnen, entsetzten Aufschrei. Dann war Stille.

»Practz? Practz? Huhuu! Seid Ihr noch da?« winselte Rutger in der Höhle.

»Practz? Practz!« schrie Wat und zerrte an der Schulter des besinnungslosen Leibes des Thaumaturgiephysikers. Er schlug ihm aufgeregt auf die Wangen, um ihn zu wecken.

»Zurücktreten!« kommandierte Phlim und beschwor einige Gallonen kalten Wassers aus seinen Ärmeln. »Wie oft habe ich mir *das* schon gewünscht.« Er grinste und schaltete die Antischwerkraftformel mit einer Handgelenkdrehung aus.

Practz stieß eine Flut von Obszönitäten aus, sprang aus der größer werdenden Wasserlache und musterte ungläubig sein Handgelenk.

Phlim ergriff Wats Schulter und wirbelte ihn herum. »Kommt!« bellte er, und jede Spur von Leichtfertigkeit war aus ihm gewichen. »Auf uns wartet allerhand Arbeit.« Wie der Blitz waren sie weg, die Spur der nassen Fußabdrücke verblaßte auf dem Weg zur Tür.

»Thurgia! Bringt mir den Thaumafer-Lageplan!« krächzte Practz tropfend. »Schnell! Sofort!« befahl er bei jedem gefauchten Befehl zittrig lauter werdend. »Ach, und holt etwas Weidenborke. Ich kriege Migräne.«

»Seid gegrüßt, o Begrüßungskomitee Cranachans«, setzte General Zakkik an und trieb sein Roß mit den Sporen ein paar Schritte näher an die schäumende Meute der Anti-Drachentöter heran. Spruchbänder wurden heftig geschwenkt und sträubten sich wie ein wütendes, riesiges, dürres Stachelschwein. Eine Salve von Flüchen und ein paar Steine flogen ihm entgegen.

General Zakkik schielte über die Schulter. Er hatte zwar gewußt, daß die Cranachier ein paar merkwürdige Sitten hatten, aber hießen sie *so* Fremde willkommen? Sollte er etwa einen Stein zurückwerfen, um ihnen zu zeigen, daß er sie verstand? Oder hielte man dies für unhöflich?

Er musterte das lautstärkste Mitglied der Meute, erkannte anhand seines Gesichtsausdrucks, daß es äußerst ungehalten war, und stieg von seinem Roß. Mit dem Grinsen akuter Diplomatie ergriff er einen größeren Stein und schleuderte ihn auf die Frau mit der furchterregenden Wollmütze und der dazu passenden grünen Strickjacke. Das diplomatische Projektil flog mit einem leisen Pfeifen in einem hohen Bogen durch die dünne Bergluft und traf die Dame mit einem widerhallenden *Pflatsch* mitten auf die Stirn.

Und genau in diesem Augenblick bebte der Boden. Der Protestlermob schaute sich voller Panik um, schlotterte plötzlich, schien nicht mehr zu wissen, was er tun sollte. Frau Bidet, schäumend vor Empörung, sprang vom Boden auf, rieb sich die Stirn, schwenkte ihr ›Rettet den Drachen‹-Plakat und schrie: »Er erwacht! Er hat den Gewaltakt beobachtet und rührt sich! Er will, daß wir kämpfen!«

»Ähm, Verzeihung«, sagte ein Mann, der ein Schild mit der Aufschrift ›Stoppt das Sauriergemetzel!‹ trug, »aber ist Euch zufällig entgangen, daß wir hier einem Heer gegenüberstehen?«

»Parolen sind mächtiger als das Schwert!« kreischte Frau Bidet in hochoktaniger Rechtschaffenheit. »Das Recht wird sich durchsetzen!«

»Wißt Ihr genau, daß sie gekommen sind, um den Drachen zu töten?« fragte der Mann zitternd und betrachtete das aufmarschierte Heer. »Ich meine … *ganz* genau?«

»Natürlich, es sind Murrhaner!« schrie sie, als sei dies an sich schon ein Verbrechen. Sie spuckte die Worte mit scharfer Abneigung aus.

»Na und?«

»Habt Ihr denn noch nie von den Dingen gehört, die sie aus Drachenzähnen machen?« schrillte Frau Bidet und umrundete den Mann mit flammenden Augen. »Aphrodisiaka, erotische Salben und Tropfen, die dem Wort ›Sex‹ ganz neue Dimensionen verleihen! Es ist *abscheulich!*«

»Was denn für neue Dimensionen?« fragte der Mann und hob mit steigendem Interesse die Brauen.

Er brachte es nie in Erfahrung, denn in dem Moment, als er gerade im Begriff war, in seine Einzelteile zerlegt zu werden, weil er ›in einem Augenblick wie diesem nur an Sex dachte‹, erbebte die Flanke des Tortellini. Eine Reihe blutroter Risse tauchte auf, sie breiteten sich aus und weiteten sich wie eine gewaltiges blutunterlaufenes Auge am Morgen.

Terrathaume eruptierten himmelwärts, entströmten strudelnden Strudeln der Macht, sprengten ein Zehn-Fuß-Loch durch die Flanke des Berges und wurden zum ersten Mal seit 85 000 Jahrhunderten des Sonnenlichts gewahr. Eine blutrote Fontäne spuckte Tausende von Fuß hoch in die Luft.

Die große Mehrheit der Spruchbandträger schrie auf und rannte davon.

»Man hat den Drachen gestört! Ein Hilferuf!« schrillte Frau Bidet freudig.

»Ein Hilferuf?« fragte der Mann zitternd. »Ich weiß zwar, daß es jetzt vielleicht feige oder nach einer Ausrede klingt, aber … Glaubt Ihr *wirklich*, daß jemand, der *soviel* Feuer spucken kann, ausgerechnet *unserer* Hilfe bedarf?«

Die Frau wandte sich zu ihm um. »Auch das stärkste Tier«, kreischte sie, »hat eine schwache Stelle! Wir müssen ihn beschützen!« Und damit löste sie sich aus seinem Griff und stürmte auf den Höhleneingang zu, wobei sie sich zwischen den ›Drachen‹ und das murrhanische Heer stellte.

Im Inneren der Höhle konnte die Verdammnis ihre Erregung kaum zügeln. Sie sprang und tollte in der Enge ihres Käfigs umher, aufgeregt, als die Energie um sie herum wogte, an ihrem Fell knisterte und es bis in die Knochen erwärmte.

Mancini, beobachtet von einem verschreckten Zwergenhaufen, der sich hinter einem großen Stapel Granitsplitter versteckt hielt, sowie dem ebenso versteinerten Knapp, der den Versuch machte, in seinen Sack zu steigen, zerrte ein langes Tuch von einer in der Ecke hockenden Vorrichtung, deren vier Beine mit kurzen Stricken an flache Holzschier gebunden waren und wie ein Gartengrill aufragten. An dieser Vorrichtung hingen in einem einstellbaren Geschirr zwei große rosafarbene Kristalle herab.

Mancini – der Gedanke an nie dagewesene Macht strömte schneller durch sein Hirn als der schlimmste Anfall akuten Goldfiebers – packte aufgeregt den Käfig der Verdammnis, schleuderte ihn auf die Vorrichtung und duckte sich nur leicht, als sie gefährlich erbebte. Dann schob er das ganze Ding langsam auf die schlagenden Eruptionen der Energie zu, die dem Grubenschacht entströmten. Ob es nur reflektiertes Licht oder etwas weitaus grundlegender Fundamentales war, war Mancini schnurz, aber die rosafarbenen psychoterrinen Kristalle fingen an zu glühen, und je näher sie der Schachtmündung kamen, desto heftiger pulsierten sie.

Knapp lugte aus seinem Sack hervor und wünschte sich ein großes Sofa, hinter dem er sich verstecken konnte.

Mancinis Gesicht verzog sich zu einem breiten Grinsen, als die Verdammnis schrill winselte. »Ha! Du hast es geahnt, was?« rief er. »Du bist meine Eintrittskarte zur Macht!«

Seine Gedanken rollten zurück, und er sang mit boshafter Stimme:

»Kraft aus den Felsen,
gebündelt durchs Gestein,
ballert heute
auf dein verdammtes Körperschaftsgebein.«

»Mach dir keine Sorgen, schnüffelnde Kreatur!« rief er, als er die Plattform voranschob. »Es tut überhaupt nicht weh!«

Trotz der Prophezeiung des Glotzorakels, er sei der Verdammnis nahe und werde sie finden, hatte Ittos Großvater einen *solchen* Hinweis auf ihren Standort nicht erwartet. Scheckige Flaumbällchen unter Massen von Vegetation – vielleicht; achtkrallige Fußabdrücke, die in winzigen Ecken weichen Bodens leuchteten – mag sein; aber kontinenterschütternde Ausbrüche blutroter geothaumaler Energie, die so erhellend dem Himmel entgegenstrebten und die Stelle wie eine Neonlampe der Götter bestimmten – tja, nein.

Er erinnerte sich an ein altes murrhanisches Sprichwort, das davon handelte, niemals in die Futterluke von Rossen zu lugen, die man geschenkt bekam, riß sein Gewand an der Taille auf und eilte mit einem Wogen von Adrenalin dem zuvor unbedeutenden Höhleneingang an der Flanke des Tortellini entgegen.

Ein gedrungener Zeigefinger folgte im *Thaumaferen-Führer* den schwachen Spuren des Thaumafer-Irrgartens, dem anderen wurde in rasender Nervosität der Nagel abgebissen. Der Finger fuhr verzweifelt über die Molluske und suchte das östliche Netz um den Tortellini mit der Begierde eines Falschmünzers ab.

Plötzlich hielt er inne. Ein einzelnes Thaumafer schlängelte sich unter der Erde her und lief genau unter dem Vulkan.

Practz ließ den Finger dort, wo er war, nahm den zweiten aus dem Mund und verfolgte die Thaumafere von Westen her. Dabei spuckte er einen Mundvoll Fingernägel durch die Höhle.

Sekunden später traf seine Fingerspitze den Vulkan. Er sprang mit einem Quäken auf, riß die Molluske an sich und jagte hinaus, um Phlim zu suchen. Ein Glimmer der Hoffnung flackerte in seinen Nieren auf.

In einer Höhle, die nur ein paar Minuten von Practz' wildem Gerenne entfernt war, schwärmten die industriellen Bienen aus. Psychoschraubenzieher schnurrten fleißig; lange metallische Stangen ließen große Pilze silberner Funken kreisen; Beschwörungen und Zauberformeln verschmolzen eine Mischung aus Bestandteilen und Riemen ans Fahrgestell. Phlim dirigierte drei Techniker und schrie ungeduldig auf, wenn ihm ein falscher Wert-Divinator gebracht wurde oder ein Hypertaurusbeschleuniger hinfiel. Schweiß troff ihm bei der anstrengenden Konzentration von der Stirn. Niemand hatte je versucht, zwei Rucksack-Thaumatrone gleichzeitig herzustellen. Und genau in diesem Moment wünschte sich Wat, es wäre auch dabei geblieben.

»Nein! Blau an Grün, *Gelb* an Mauve!« schrie Phlim und glättete mit gespannter Verzweiflung sein Haar. »Habt ihr denn alles vergessen, was ich euch über Quantenthaumatik beigebracht habe? Polarität ist lebenswichtig! Eine Drehung am Schicksalswebstuhl, und alle eure Gluonen lösen sich ab«, fauchte er. Er nahm drei Schrauben aus einer emotionsdichten Schachtel und zwang sich, ruhig zu bleiben.

Wat hielt sich fluchend das dunkle Visier vor die Augen, hob eine thaumische Lanze und befestige die Drähte in einem Gestöber von Funken neu.

Plötzlich flog die Tür der Werkstatt auf. Practz stürmte keuchend und molluskenschwenkend herein. »Ich hab's, ich hab's!« schrie er atemlos und hielt quietschend vor Phlim an. »Ein Thaumafer ... nur eins, mehr nicht. Mancini hatte alle seine Eier in eine Pfanne gelegt. Hört Ihr mir zu? Ich weiß jetzt alles! Phlim. Phlim? Hallo, hört Ihr mich?«

Der Technozauberer nahm die drei Kreuzschrauben aus dem Mund und schaute den rotgesichtigen Leiter von Losa Llamas an. »Ja, hab jedes Wort ganz deutlich gehört«, sagte er gelassen, schob zwei Schrauben wieder in den Mund und kehrte zur Masse der unordentlichen Hochenergiethaumodynamik auf dem Tisch zurück. In einem Anfall von Arbeitswut zurrte ein schnurrender Psychoschraubenzieher die Schraube fest.

»Nun?« quäkte Practz, der ungeduldig auf und nieder sprang. »Was haltet Ihr davon?«

Phlim zuckte mit hochkonzentrierter Nonchalance die Achseln und schraubte eine weitere Schraube ein.

»Wir können ihn aufhalten!« krakeelte Practz. Er zerrte an Phlims Ärmel, während dieser die letzte Schraube eindrehte.

»Ja, ich weiß, daß wir ihn aufhalten können. Wenn wir Rückenwind und eine Menge Glück haben und sich niemand einmischt, kriegen wir es hin«, fauchte der Technozauberer plötzlich, und die gelassene Aura zerbrach. Der Schraube fiel die Veränderung der Stimmung auf, sie wurde rot, flog aus dem Loch und katapultierte wie verrückt durch die Höhle.

»Ducken!« rief Phlim, als sie von der gegenüberliegenden Wand abprallte, gegen den Türrahmen knallte und in einem Funkenwirbel unter einem Tisch verschwand.

»Was, zum ...?« jammerte Practz und hielt sich den Kopf mit den Händen fest.

»Psychoschrauben«, raunzte Phlim. »Ein verdammt empfindliches Völkchen. Der da wird eine Woche brauchen, bis er sich wieder abgeregt hat. Ich kann Kreuzschrauben nicht ausstehen. Ich hoffe nur, es sind noch genug da, um fertig zu werden.«

»Um womit fertig zu werden?« brauste Practz auf.

»Mit den Rucksack-Thaumatronen. Wir brauchen sie für den Bergbau.«

»Bergbau?« schrillte Practz, der seinen Ohren nicht traute. Keiner von ihnen wußte, wieviel Zeit sie noch hatten, bis die schweinischste Heerschar seit 85 000 Jahrhunderten auf sie losgelassen wurde, und Phlim schlug eine Grubenexpedition vor, als wäre sonniger Nachmittag.

»Habt Ihr nun auch noch den winzigen Rest Eures Verstandes verloren?« quäkte Practz und wurde rot. »Ihr habt jetzt keine Zeit, Euch um Eure privaten Projekte zu kümmern. Während Ihr hier Eure Zeit vergeudet, habe *ich* einen Plan ausgearbeitet, um diesen Irren aufzuhalten!«

Auf dem Tisch fing eine Schachtel Schrauben an zu vibrieren.

»Ich habe einen Plan ausgearbeitet«, erklärte Practz. »Wir müssen nur ...«

»... den Stecker rausziehen«, fiel Phlim ihm ins Wort.

»Ah, Ihr wißt es!« stieß Practz hervor und regte sich flink ab.

»Ja«, fauchte Phlim. Er konnte seine Verärgerung kaum verbergen und wandte sich wieder dem Thaumatron zu.

Es kam zu einer kurzen Pause, in der nur die industriellen Geräusche und das Surren von Practz' Hirn zu hören waren.

»Und warum macht Ihr dann mit diesen Dingen rum, statt die Rosse zu satteln und die Kutsche zu beschlagen oder was immer Ihr jetzt tun solltet?« fragte er.

Phlim drehte sich um und blickte Practz an. »Wie zieht man einem Thaumafer den Stecker raus?«

»Ich ... ähm ...«

»Wo findet man Thaumafere?«

»Nun ...«

»Wieviel Magie enthalten sie?«

»Ich weiß nicht«, brummte Practz. »Ihr seid doch der Technozauberer. Ihr müßtet solche Dinge doch wissen.«

»Weiß ich auch. Mit einer Stabbremse. Die man in einige hundert Fuß Granit hineinbohrt. Ich hab keine Ahnung«, schnaubte Phlim verächtlich. »In dieser Reihenfolge.«

»Ich glaube, das hier ist versuchsbereit«, sagte Wat und schraubte mit einem heulenden Psychoschraubenzieher das Rückgehäuse eines Thaumatrons fest.

»Aber klar«, grunzte Phlim geistesabwesend, da sein Hirn von Practzens lächerlicher Naivität geradezu vernebelt war. Manchmal fragte er sich, wie es um die geistigen Fähigkeiten des alten Knaben stand ...

Wat schulterte das Thaumatron, aktivierte das magikinetische Feld und erhöhte das Fluxpotential. Er empfand Aufregung als es in blassem Aquamarin erstrahlte.

»Aber was hat es mit Thaumatronen zu tun?« stotterte Practz.

Der Ton von Wats Thaumatron wurde von einem Summen zu einem dumpfen Pulsieren, das Aquamarin wurde Blau, dann Purpurn wie Frühlingstageslicht, das sich in eine unzufriedene Winternacht auflöst.

Phlim wurde sich alarmierend des Lärms und des verängstigten pulsierenden Klopfens der eingedämmten Magie bewußt, die sich in einem geschlossenen Raum aufbaute.

»Was tut Ihr denn da?« schrillte er. »Ihr werdet es noch überladen!«

Wat warf einen Hagel von Unterbefehlen und Kaskaden von handgelenkflackernden Hokuspokussierungen um sich, und die Panik stieg mit den Dezibels an. Phlim blickte von Grauen erfüllt auf den Raum über seinem Kopf. Dort hätten inzwischen Schwärme erregter Purpurhornissen in einer Wolke aus Magie schweben müssen, bereit dazu, sich für eine Vielzahl thaumischer Zwecke steuern zu lassen. Aber nichts dergleichen war da, nur klare Luft.

Fünfzehn Kilothaum schwirrten schnurrend im Inneren des Thaumatrons herum und kämpften um Freilassung. Sie waren nur noch Sekunden entfernt von der kritischen …

Schweißperlen der Verzweiflung flossen über Wats Stirn, sein Entsetzen nahm zu, der schwache Geruch von brennendem Gummi und schwelendem Ozon erfüllte die Luft. Er nahm wild und mit wirbelnden Armen alle Vorformelprüfungen vor. Phlim fuhr herum und gab allen aufgeregt zu verstehen, daß sie in Deckung gehen sollten. Aber das hatten längst alle getan.

Wats Linke sank an die Taille, ergriff geistig einen Hebel, und sein Daumen kreiste über den Psychoknopf an seinem Ende. Purpurfeuer wurde zu flammender Mitternacht … Sein Daumen machte eine Drückbewegung, und seine Psyche ließ den Hebel los. Achtzehn Kilothaum purpurner Wut krachten aus dem Thaumatron, drehten eine Schleife über seinem Kopf und explodierten mit ohrenbetäubendem Krachen aus seinem abgespreizten rechten Finger. Eine wirbelnde Staubwolke erfüllte den Raum.

Noch bevor sich der Schneesturm aus staubfeinem Granit gesetzt hatte, zog Phlim Wat den Stecker raus.

»Ihr hättet es überprüfen sollen …«, schrillte er.

»Ich …«

»… einen diagnostischen Nano-Koboldtest laufen lassen sollen …«

»Es …«

»… hättet Euch wenigstens versichern sollen, daß …«

»Es war ein Bedienungsfehler!« schrie Wat. »Ich habe mich verdrückt, klar? Tut mir leid!«

»Leid? *Leid?* Ihr hättet uns fast *alle* umgebracht!« schrie Phlim und deutete auf das zehn Fuß tiefe Loch im Boden. »Was, zum Henker, habt Ihr getan?«

Wat schaute äußerst verlegen drein und kreuzte die Zehen, weil er so tun wollte, als hätte er Phlims Frage nicht gehört.

»Was, zum Henker, habt Ihr getan?!« schrie der Technozauberer erneut.

»Ich habe vergessen …«, winselte Wat.

»Was habt Ihr vergessen?!«

»Ich hab vergessen, die Stabbremse loszulassen«, schrie Wat zurück. »Zufrieden?« Er ärgerte sich über seine eigene Dummheit, die er so öffentlich und dramatisch bewiesen hatte, noch dazu vor dem Leiter von Losa Llamas. »Sowas kann doch mal passieren …«

Practzens Gesicht erfuhr eine Veränderung, die Wat nie im Leben zu sehen erwartet hatte. Es war dunkelrot vor Wut, schäumte vor wilder Beunruhigung, Dampf explodierte fast aus seinen Ohren und Nasenlöchern, aber dann warf er einen Blick auf das Loch, schaute Wat an und grinste. Alle Spuren seines Zorns waren im Nu weg.

»Ach so«, sagte er zu Phlim und schaute von dem dampfenden Loch auf.

»Bergbau«, fügte er dann hinzu. »Ja. Ähm. Weitermachen.« Und er rannte zur Tür hinaus.

»Nein! Nein! Ihr habt es völlig falsch verstanden!« rief General Zakkik der kleinen Horde mörderisch-fanatischer Protestler zu, die vor dem Höhleneingang saßen und heftig Spruchbänder schwenkten. »Sag ihnen, daß wir *überhaupt nichts* mehr mit Drachenzähnen machen!« fauchte er einen Soldaten an, den er aus Mangel an einem Dolmetscher als Notbehelf hastig ausgewählt hatte. Der Mann schrie ein paar unsichere cranachische Phrasen, untermalte sie mit einer Reihe maßlos übertriebener Gesten und hoffte, seines Halses wegen, auf das Beste.

Eine schrille Erwiderung flog trotzig von der Frau in Grün durch das Tal. Für den Dolmetscher bedeutete sie alles mögliche, angefangen von ›Wir sind bereit, die Bedingungen eures Rückzuges aus dem cranachischen Territorium aus Gründen der Sicherheit des Drachen zu diskutieren‹ bis ›Du mich auch, Schweinetitte‹ oder ›Deine Mutter hat's mit einem Rammler getrieben‹. Es war dann jedoch der ihre Worte begleitende Hagel an obszönen Handbewegungen, die es dem Soldaten gestatteten, sich für die zweite Möglichkeit zu entscheiden.

Zakkik wurde rot vor Zorn, als sich der letzte Strang der Diplomatie so stark dehnte, daß die Eruption eines interkönigreichischen Zwischenfalls kaum noch zu verhindern war. »Wir wollen nur Mancini und die Verdammnis!« rief er.

Es war wirklich der Höhepunkt des Pechs. Der Dolmetscher gab sein Bestes, aber da er nur mit einer Reihe fließend hervorgestoßener Fragen wie »Wie komme ich zum Freibad?« und »Zwei Pils und drei Korn?« bewaffnet war, wurde aus General Zakkiks letztem Satz »Ich brate deine Leber persönlich auf dem Höllengrill, wetten?«

Ein unartikulierter Wutschrei erklang der einem das Blut in den Adern gefrieren ließ, dann stürzten sich die regengebogten Krieger, die angespitzten Spruchbandstangen geschultert und ausgerichtet, auf sein Heer.

»Rutger! Rutger, meldet Euch!« rief Practz und funkelte den sturen, von Störgeräuschen heimgesuchten, an seinem Handgelenk befestigten Kristall an. Mit jeder weiteren Minute wurde klarer, daß die Verbindung mit dem Undercover-Zwerg abgebrochen war. Laut Phlim war ›eine Reihe von starken, willkürlichen Fluktuationen im geothaumalen Niederschlag, die der übermäßigen Produktion von empfangsmindernden Simsalabimpartikeln Vorschub leisteten‹, daran schuld. Practz war das kürzere, doch weniger präzise Wort ›Störung‹ lieber.

»Rutger!« schrillte Practz und knallte das Armband auf den Tisch. Was ging da vor? Er mußte es wissen. Wenn er doch nur hätte sehen können, was dort los war.

Plötzlich schnippte er mit den Fingern und wetzte durch die Gänge von Losa Llamas. Er folgte allen ihren Kurven mit fachmännischem Geschick und hielt quietschend vor dem Wantzenkontrollraum an. *Dies* war eine Thaumatronik, die er verstand.

Sekunden später hatte er die Empfänger aktiviert, genoß gespannt den zusätzlichen Spaß des Doppelbildes, ließ die Wantze durch das Talpa-Gebirge jagen und steuerte sie zum Tortellini. Unvertrautes Gelände jagte vorbei, Erika wechselte sich mit sanfter Niedrigflora, talpinen Krokussen und Eitelweißen ab. Dann war er in einem geographischen Blitz im Tal, und sein Herz wogte, als er den knallroten Energiepilz himmelwärts steigen sah und den Höhleneingang erblickte. Der schreckliche Anblick ließ ihn für eine Sekunde seine Schwindelgefühle vergessen.

Aber nur für eine Sekunde.

Er ging schlagartig hoch, unternahm einen Sturzflug und raste in einem minimalen statischen Schneesturm über ein Gebilde hinweg, das wie eine riesiges, von einer Meute spruchbandschwenkender Protestler angegriffenes Heer aussah, und stürzte sich in die kuschelige Finsternis der Höhle.

Rutger hockte hinter einem Granitsplitterstapel, verwünschte sein nicht funktionierendes Gelenkband und schrie Practz Flüche entgegen, da dieser nicht antwortete. Rings um ihn her spritzte geothaumaler Niederschlag Stalagmitensämlinge auf den Höhlenboden. Winzige Steinsäulen schoben sich hoch und spiralierten mit unsicher wackelnden Spitzen. Rutger fluchte hemmungslos und drosch auf das Gelenkband ein, das er für den plötzlichen Abbruch der Verbindung verantwortlich machte. Und wischte sich geistesabwesend ein Insekt vom Gesicht.

Cheiro Mancini stand in der Mitte der Höhle, das Ende seiner selbstgebastelten Opferplattform lag nur wenige Zoll von der schäumenden Flut des aus dem Boden kommenden Energieausbruchs entfernt. Die Luft war mit Magie gesättigt, und jede Bewegung ließ aufblitzende statische Funken frei. Er brauchte die Verdammnis jetzt nur noch in den Tumult hineinzuschieben, die Energie auf ihren Körper zu fokussieren, und... Sieg! Die Molluske telepathierte ihm aus sicherer Entfernung Ermutigung zu und floppte und krümmte sich in ihrer Wanne. Knapp war es schließlich irgendwie doch noch gelungen, den Verschluß seines Sackes zu schließen. Er lugte in winselndem Entsetzen ins Freie.

Rutger wischte das Insekt erneut fort und kniff gereizt in die Rückseite des Gelenkbandes. Ein dünnes, alarmiertes Quäken ertönte, ein Summen, dann war das Insekt wieder da. Es glotzte Rutger mir schiefgelegtem Kopf an und winselte um Beachtung. Ein Gewirr unidentifizierbarer Bauteile wölbte sich beunruhigend auf der Rückseite des Gelenkkristallgeräts, die sich jedoch arrogant jeder Interpretation und – für Rutger – leider auch jeder Reparaturmöglichkeit entzogen. Er sah nichts, was an dem Ding kaputt gewesen wäre, es sah alles prima aus. Und das war es auch. Rutger, auch das soll nicht unerwähnt bleiben, hatte nämlich nicht die geringste Ahnung, welche Wirkung Hochgeschwindigkeitssimsalabimpartikel auf den Empfang von Engstrahl-Signalgeräten ausübten. Das Insekt summte schon wieder vor seinem Gesicht herum und schien ihn mit seinen Glubschaugen anzusehen. »Hau ab!« grunzte er. »Kschsch!«

Dutzende von Meilen entfernt ließ Practz die Hände noch schneller über das Steuerpentagramm fliegen. Das Insekt schüttelte den Kopf. Eine Stereoaufnahme Rutgerscher Verdatterung wurde in Losa Llamas sichtbar. Wie konnte er zu dem Laterna-Magica-besessenen Schwachkopf durchdringen?

Practz schnippte blitzschnell mit den Fingern, er hokuspokussierte heftig, und irgendwie gelang es ihm, daß die Wantze Rutger flehend anstarrte. Sie wich vor ihm zurück, wackelte mit den Antennen und winselte mitleiderregend.

Plötzlich wurde das Insekt in Rutgers Verstand etwas anderes: Ihm wuchsen Ohren und eine glänzende schwarze Nase, und ... Oh! Dieser erwartungsvolle Blick ... Im Nu war Bello der Wunderhund aus ihr geworden. Es lag an ihrem flehenden Blick.

Der winzige Losa Llamaner folgte ihr. Er krabbelte eifrig ein paar Schritte voran. Dann runzelte er die Stirn, hielt inne, maß das intelligente Insekt mit einem finsteren Blick, erinnerte sich an eine spannende Episode, in der Bello vom bösen Grafen Schwarzfinger entführt worden war, der ihn hypnotisiert und ihm befohlen hatte, sein Herrchen zu verraten ...

»Stehenbleiben«, fauchte Rutger argwöhnisch. »Freund oder Feind?« Es konnte eine böse Falle sein, um ihn hereinzulegen!

Practz schlug sich verzweifelt gegen die Stirn und schwor sich ernsthaft, Rutgers Zeit in der Laterna Magica in Zukunft zu begrenzen. Er lugte nervös über die Schulter, da er sich nicht zuzugeben traute, daß er die Entführungsepisode auch gesehen hatte. Er gab eine Reihe kehliger Kommandos, ließ die Wantze auf dem

Rücken fliegen und gewinnend die Beine schwenken. Rutgers Augen erhellten sich und wurden feucht. »Ich mußte sichergehen, Bello«, sagte er leise vor sich hin. »War nicht persönlich gemeint.« Er folgte der Wantze weiter, obwohl er nicht die Bohne Ahnung hatte, wohin sie ihn führte. Vielleicht mußte jemand gerettet werden, der unter einer Schnee- oder Steinlawine begraben war...

Ein Schrei aufgestauter Erregung kam über Mancinis Lippen, als er die Verdammnis näher an den Grubenschacht heranschob.

Hinter einem anderen Granitsplitterstapel schlotterte das Zwergenseptett in ungewissem Entsetzen. »Geh schon!« schrie Dimpelskotsch furchtsam.

»Warum ich?« übertönte Proph über die aufbrüllende Energie.

»Du hast den Vertrag gemacht, verdammich! Bevor's zu spät is!«

Mit einer scharfen Tirade auf Zwergisch eilte Proph unglücklich zu den blutroten Silhouettengestalten Mancinis und der heulenden Verdammnis hin. Er schlotterte auf eine Weise, die für einen Zwerg mit seinen Erfahrungen völlig unpassend war, und hüstelte zweimal, um Mancini auf sich aufmerksam zu machen. Dann fluchte er, streckte die Hand aus und zog an seinem Umhang.

Mancinis Augen brannten und schwelten im Feuer der Gier. Wie nahe er seinem Ziel doch war! Ohne die Spur eines Gefühls, das auch nur im entferntesten einem Bedauern nahekam, warf er einen verächtlichen Blick auf seine miese Vergangenheit. Er hatte seinen Lebensunterhalt aus Zusammengeschrapptem der Trans-Talpino-Handelsstraße bestritten und von der Hand in den Mund gelebt. Nun, in Zukunft würde er von Tieren die Finger lassen. Noch ein letzter Griff, dann sah die Zukunft so rosig aus, wie er es ihr befahl.

Er packte den Rahmen und warf der Verdammnis einen höhnischen Blick zu.

Plötzlich fuhren rote Ockerfarben zwischen eine zwergenhafte Hand und seinen Umhang und stachen Mancini in den Oberschenkel. Er fuhr wimmernd herum und ragte über dem rothaarigen Wicht auf.

»Du verdammter Maulwurf! Hinfort aus meinem Blickfeld!« schrie Mancini, dem die Macht schon das Hirn verdrehte.

Proph blickte zu ihm auf und streckte die Hand aus. »Unser Lohn!«

Mancini, von einer blutroten Korona umwabert, warf den Kopf in den Nacken und stieß das schrille Hyänenlachen eines Größenwahnsinnigen Irren aus. »Komm mir jetzt nicht mit solchem Kappes! Ihr wart mir nützlich, jetzt haut ab, bevor ihr mich langweilt!« Er versetzte Proph eine Ohrfeige, so daß dieser wirbelnd über den Granitsplitter flog und mit einem Grunzen auf Rutger landete.

Die Wantze wirbelte und summte aufgeregt, richtete ihre Aufmerksamkeit von Rutger auf die Zwergen und deutete mit ihren Antennen ins Freie. Erstaunlicherweise verstand Rutger beinahe sofort, und als die Wantze heftig wedelte, grinste er freudig. Tja, er wußte *immer*, was Bello einem sagen wollte.

»Ich verdopple euren Lohn, wenn ihr mit mir kommt!« rief Rutger Proph zu und bemühte sich, sich trotz des tosenden Lärms des geothaumalen Ausströmens hörbar zu machen. Sieben Köpfe nickten und jagten, der Wantze auf den Schwingen folgend, hinter ihm her aus der Höhle.

Mancini schob die Vorrichtung voran. Das vordere Ende berührte den Turm der Macht und verschwand für eine Sekunde im blutroten Vergessen, bevor es gewaltig aufflammte und sich blitzesschnell zu Grillholzkohle entzündete. Eine Sekunde später stand der ganze Rahmen in Flammen.

»Rette sie!« schrie die Molluske in Mancinis Kopf. Er schrie auf, verfiel in Panik, riß die Verdammnis vom Zundertisch und griff wild nach den beiden schwelenden psychoterrinen Kristallen. Mit einem Aufschrei schleuderte er die brennenden Steine zu Boden, stürmte durch die Höhle und schob die Finger in die Wanne. Rauchwölkchen stiegen aus dem Wasser auf.

»Warum hast du das gesagt?« schrie er die Molluske an.

»Kraft aus den Felsen!« kam die Antwort in seinem Geist. »*Kraft!* Weißt du noch? Nicht das Ding in die Flammen werfen und hoffen!«

Mancini knallte die Faust an den Wannenboden und stieß eine Reihe von Verwünschungen aus.

Tat das weh! Welch schmerzhaft triviale Frustration. Er kam nicht an die ultimate Macht heran, weil es ihm an einem feuerfesten Bollerwagen mangelte.

Bei Phlims verzweifelter Suche im Losa Llamas-Projektschrank – dem thaumischen Äquivalent jenes Pappkartons, der von alten Schaltern und kaputten Elektromotoren wimmelt, der längst vergessen im Schuppen liegt – war ihm ein riesiger Schlackehaufen aus unkenntlichen Ventilfragmenten, Skandierleisten, Wicklungen und Hochgeschwindigkeitssimsalabimpartikelbeschleunigometern über die Schulter geflogen. Eineinhalb halbfertige Apparaturen, denen fröhliche Wedel sich kräuselnden Gekabels wuchsen, lagen elend auf der Werkbank darnieder. Daneben lagen, in einem ähnlichen Stadium der Nichtbeachtung, meterweise auf Pergament gekritzelte, durchgestrichene, übermalte, neubearbeitete und schließlich aufgegebene Berechnungen.

»Es haut nicht hin!« schmollte Phlim unter einer einsam blakenden Talgkerze, als Wat eintrat und in das Chaos blinzelte. »Es haut nicht hin!«

»Hä?« erwiderte Wat. »Natürlich haut es hin. Das Loch ist schon längst wieder zu!«

Phlim fuhr auf seinem Hocker herum und schaute den Techniker an. »Siebeneinhalb Dutzend Terrathaum! Ja, ist es denn möglich?« klagte er.

Wat runzelte die Stirn, zählte es an den Fingern ab und bewegte dabei die Lippen. »Nein. Nur sechs und ein paar (Reserve-)Gigathaum und drei Eimer Zement. Es war gar nicht so tief, wie es aussah. Natürlich ist der Boden noch nicht ganz verputzt.«

»Es ist zu groß. Acht Größenordnungen größer als alles, was ich aus dem Schrott machen kann!« klagte Phlim, der sich in seiner Niederlage suhlte.

Wat dämmerte allmählich, daß er möglicherweise gar nicht die Bodenreparatur meinte.

»Ihr seid der Technozauberer!« ahmte Phlim Practz recht ordentlich nach. »Denkt Euch etwas aus! – Ich habe gesagt, laßt uns keine Miniaturisierung vornehmen. Schaut doch, wie weit wir damit gekommen sind! Ich kann nicht mal siebeneinhalb Dutzend Terrathaum tobender Energie abschalten. Nicht mit einer Rucksack-Stabbremse!«

»Ach!«

»Ich brauche wenigstens die beiden aus der Hauptthaumatronwicklung, damit eine Hoffnung besteht, und selbst dann... Wenn ich mich *verschätzt* habe...«

»Ähm«, grunzte Wat hilfreich.

»Und wenn das Thaumafer eine Selbstwählumleitung für Notfälle hat?« jammerte Phlim, in einen tiefen internen Disput verstrickt. »Es wäre Wahnsinn, es abzuschalten...!«

»Warum?« fragte Wat.

Phlim musterte ihn mit einem wilden Funkeln. »Die Abschaltstellen sind meilenweit entfernt! Wie wollt Ihr Hunderte von Thaumatronikpfunden über das Talpa-Gebirge schleppen, ohne es zu vermasseln? Vergeßt nicht, ich könnte das verdammte Ding nicht mal heben!«

»Wir könnten eine Kutsche nehmen«, schlug War vor, »und sie mit Flaschenzügen beladen...«

»Könnte nicht mal das verdammte …«

»Wenn wir sie sorgfältig einpacken, müßte es klappen… Fühlt Ihr Euch in Ordnung?«

Phlim musterte Wat abschätzend, und sein Geist schnurrte in die Zeit vor seinen Urlaub zurück, zu seiner Arbeit, zu der Anstrengung, Tonnen von Thaumatronik in eine genaue Position zu hieven und das Thaumatron abzuschalten… Plötzlich, mit dem Blitz eines leuchtenden Auges, packte er ein Pergamentblatt, ergriff einen Federkiel, steckte ihn mit tödlicher Genauigkeit ins Tintenfaß und fing wie besessen an zu kritzeln. Zahlen entströmten der kratzenden Feder… Lademasse… Beschleunigung laut Schwerkraft… thaumischer Ausstoßkoeffizient… Energieumwandlung… Windkältefaktor… Freibordmarke. Er hielt nur inne, um sich zwei Folianten aus dem Regal zu holen und fieberhaft den Querverweis der Foh-Paß-Scheitelhöhe mit einer Sauerstoffverringerungstabelle bezüglich derselben zu vergleichen. Im Nu rechnete er die Kolumnen zusammen, fügte zehn Prozent hinzu und schaute sich das Ergebnis an. »Ja!« schrie er, fuhr auf dem Hocker herum und eilte davon.

»Sagt Practz, er soll in den Thaumatronraum kommen!« schrillte er über die Schulter und das Klopfen seiner verzweifelten Füße hinweg.

Was? dachte Wat. Niemand sagt Practz, was er tun soll. Man bittet ihn darum. Also bitte ich ihn!

Die Wantze fegte Millisekunden vor Rutgers rasender Gestalt aus dem Höhleneingang. Rutger hatte seinen Bart über die Schulter geworfen, und sein Pferdeschwanz flog hinter ihm her wie ein Windsockengewirr in einem Hurrikan. Eine Sekunde später stürmten mit scheppperndem Grubenwerkzeug sieben Zwerge ins Tageslicht, blinzelten und wären beinahe mit dem Mittelteil dessen zusammengeprallt, was nach einem äußerst häßlichen Zermürbungskrieg aussah.

Das riesige Heer kämpfte noch immer gegen eine

kleine Meute grüngekleideter Verteidiger, die eigenartige Waffen schwenkten. Angespitzte Holzbretter, an denen mit Flüchen verzierte Tafeln befestigt waren, rannten tapfer gegen eine heftige Attacke wirbelnder Katanas an. Es war ein Krieg der Petitionen. Rutger konnte sich nicht daran erinnern, *dies* bei seiner Ankunft gesehen zu haben.

Plötzlich ertönte ein Schrei. Ein Finger deutete irgendwohin, der Kampf endete, und zahllose Augen glotzen ungläubig die acht Gestalten an.

General Zakkik spornte sein Roß an, hob die Hand zum Gruße, unsicher, ob er zur Begrüßung einen Stein werfen sollte oder nicht. Er zügelte sein Reittier, stieg mit einer flüssigen Bewegung ab und sprach: »Ich grüße euch, o Wichte ...« Doch weiter kam er nicht, denn nun tauchte keuchend und rasselnd Frau Brigitte Bidet hinter ihm auf.

»Das ist hier ein Naturschutzgebiet!« schrie sie entrüstet. »Ihr dürft gar nicht hier sein!«

»Habt Ihr diesen Mann schon mal gesehen?« rief General Zakkik und faltete eine pergamentene Zeichnung auseinander.

»Habt Ihr einen Drachen gesehen?« rief Frau Bidet eilig und blickte finster unter ihrer Wollmütze hervor.

»Ja«, krächzte Rutger unter den Zwillingsscheinwerfern der entrüsteten Inquisition. Die Wantze summte in winzigen Kreisen und winselte ungeduldig. »Nett von Euch, daß Ihr Interesse zeigt, aber wir müssen nun wirklich abhauen!« Und damit war er weg, heiß verfolgt vom klappernden Septett der Kleinkaliber-Entwässerungsgesellschaft.

»Noch in der Höhle?« riefen General Zakkik und Frau Bidet wie aus einem Munde.

»Ja und nein!« rief Rutger über die bärtige Schulter hinweg und behielt, als er über der Spitze des Hügels verschwand, die Wantze fest im Blick.

»Na bitte!« raunzte General Zakkik und funkelte Frau Bidet mit militärischer Selbstgefälligkeit an. »Kein Drache! Geht nach Hause!«

»Ha!« kam die entrüstete Antwort. »Er war ein Herr! Er hat *mir* zuerst geantwortet!«

»Und *ich* bin General! Er hat mir geantwortet!«

»Es ist *doch* ein Drache da!«

»Ist er nicht!«

»Und solange noch ein Drache in der Höhle ist, geht Ihr nicht dort rein!«

»Auch dann, wenn er tot ist!« schrie General Zakkik und zückte drohend sein Katana.

Frau Bidet quiekte mehrere undruckbare Sowiesos und warf sich auf den bambusgerüsteten General, dessen Rang ihn angesichts ihrer Wut jeglichen Schutzes beraubte.

Sekunden später war die Prügelpause vergessen. Die Waffen schepperten wieder aufeinander. Erschütterungen hallten durch das Tal.

Die von Practz gesteuerte Wantze tauchte unter, schraubte sich durchs Gestrüpp und schwebte gelegentlich ungeduldig auf der Stelle, bis die Zwerge aufholten. Kurze Beine, steiles Gelände und Massen erdbewegender Ausrüstung sind eben nicht für die schnelle Fortbewegung geeignet.

Als Rutger weiterlief und das keuchende Knurren hinter ihm zunehmend bockiger wurde, fragte er sich allmählich, wohin die Wantze sie führte.

Er würde es bald herauskriegen.

Plötzlich hielt sie inne. In der Mitte eines unbedeutenden Nirgendwos flitzte sie über den felsigen Boden und machte eigenartig Sturzflugbewegungen.

Proph stierte Rutgers schnaufende Gestalt mit zunehmender Skepsis an.

»Und getz?« fragte er, stützte die Hände auf die Knie und schnappte nach Luft. Dimpelskotsch ließ seine Schaufeln, Dachbalken und ein halbes Dutzend Leitern fallen, knurrte lärmend und spuckte einen verächtlichen Rotzklumpen aufs Gestein.

Rutger zuckte die Achseln und bemühte sich zu ergründen, was die Wantze ihm mitteilen wollte. Dabei kratzte er gereizt den Bart, und ein Schweißtropfen erkämpfte sich den Weg in die Freiheit. In zahllosen Episoden hatte er Bello den Wunderhund nie etwas Derartiges tun sehen. Und leider war er bei Farcen nie sehr gut gewesen.

Practz schluchzte in Losa Llamas auf und wiegte den Kopf in den Händen. Er war so nahe dran! Welch ein Döskopf!

Die Wantze fiel vor Rutgers Augen aus der Luft und landete auf felsigem Staub. Dann fing sie, begleitet von einem Gewinselcrescendo, mit spindeldürren Insektenbeinen an, verzweifelt am Boden zu kratzen.

Rutger glotzte. Das sah der Sache schon ähnlicher. Das kam ihm bekannt vor …

»Nun mach schon!« quäkte Practz das dämliche Doppelbild in den kugelrunden Monitoren an. Mit flinken Fingerbewegungen ließ er die Wantze schneller buddeln.

Rutgers Nase wölbte sich in den Fischaugenmonitoren, als er sich hinkniete und das eigenartige Verhalten der Wantze genauer betrachtete.

»Mach schon! Du *schaffst* es!« Practz stieß ein erneutes Gewinsel aus.

Und dann sah Rutger durch feuchte Augen nicht mehr die einen Zoll lange Wantze vor sich, sondern den zottigen, reizenden Wunderhund Bello – in der Episode mit dem Titel ›Der Goldraub in der Koboldbucht‹. Und er verstand sofort. Seine Reise war *vorbei. Hier* war die Stelle – der Schatz lag genau vor seinen Füßen.

»Grabt!« schrie er und schoß in die Luft. »Grabt! Genau hier! Los!«

Mehrere Dutzend Meilen entfernt sprang Practz auf die Beine. Er riß in einer siegreichen Bewegung den

Arm in die Luft, als er sah, daß die Zwerge die Schaufeln von den Schultern rissen, um den Boden aufzubuddeln.

Jetzt brauchte er nur noch zuzuschauen, wie sie sich durch den Boden wühlten, um zum Thaumaf...

Plötzlich summten die Monitore und erloschen.

»Phlim, eine Katastrophe!« schrillte Practz. Er stürzte in den Thaumatonraum und durcheilte ihn, um zwei Füße anzusprechen, die aus einer kleinen Luke in der Flanke des gewaltigen Berges kalter Thaumatronik heraushingen. »Eine Katastrophe!« wiederholte er und sprang, um seinen Worten gehörigen Nachdruck zu verleihen, wie ein Dilldopp in die Luft. »Wir haben keine Verbindung mehr mit Rutger! Die Bildschirme sind erloschen.« In seinem aufgeregten Zustand fiel ihm der vollständige Mangel an allem, das auch nur entfernt einem geladenen thaumischen, aus dem Thaumatron kommenden Partikel ähnelte, gar nicht auf.

»Sind einfach erloschen«, salbaderte er weiter. »Als hätte jemand den Stecker rausgezogen.«

»Ja, das war ich«, erwiderte Phlims Stimme aus den Tiefen des Thaumatrons.

»Zuerst waren sie an, dann sind sie ausgegangen... Ihr habt *was* getan?« schrie Practz, dem plötzlich aufging, was Phlim gesagt hatte. »Habt Ihr nun völlig den Verstand verloren?«

»Nein, ich...«

»Ihr seid irre! Eine 85000 Jahrhunderte alte Heerschar kann jeden Moment wiederbelebt werden! Jetzt werden wir nicht nur nicht erfahren, wann es soweit ist, wir können auch nichts mehr dagegen unternehmen. Großartig! Schlichtweg großartig!«

Die Füße zuckten; aus der Luke ertönte das ungeduldige Geräusch von scheppernden Metall.

»Wenn Ihr glaubt, ich ließe Euch so einfach den Stecker rausziehen...«, schäumte Practz.

»Hört zu«, erwiderte Phlims Stimme, »wenn Ihr *wollt,* daß die Stabbremse wieder funktioniert, dann macht nur so weiter! Macht so weiter, dann sind wir bald wirklich machtlos!«

»Ihr kommt jetzt da raus!« schrie Practz, packte Phlims Füße und zog daran.

Ein rußgesichtiger Techniker in einem fleckigen Laborumhang tauchte auf, deutete mit dem Daumen über den strippen- und hyperhokuspokussierten Dampfrohrhorizont, zog sich grunzend wieder in das Thaumatron hinein und sagte: »Er ist da drüben.«

»Ihr habt es selbst gesagt!« kam Phlims Stimme, vom anstrengenden Einsatz eines Psychoschraubenziehers verzerrt, aus dem Inneren des Thaumatrongehäuses. »Schaltet die Thaumafere ab, und Mancini ist hilflos!«

»Und ohne Thaumatron sind wir es auch!« schrillte Practz und wischte sich den Ruß von den Händen. »Das solltet Ihr doch wissen!« Er bebte in einer Mischung aus äußerster Verärgerung und Grauen.

»Ach, wirklich?« erwiderte Phlim frech. Ein brausendes Knistern ertönte, und ein saphirblaues Glühen leuchtete hinter dem Thaumatrongehäuse auf. Phlim tauchte im Nu zehn Fuß über dem Gehäuse auf. Er schwebte an zwei Düsen, die aquamarine Stöße aus seinen fest geballten Fäusten sprühten. Zwei gewaltige Taue hingen vom Gürtel an seiner Taille herab und bebten wie unter extremer Spannung. Sein Mund arbeitete rasch und justierte die Beschwörungssteuersparameter neu. Dann stieg wie eine massige, blaßblau koronierte Sonne über dem Horizont die zusammengebunde Verdrahtung einer zwanzig Fuß hohen Stabbremse auf, schwebte einen Augenblick lang auf der Stelle und bewegte sich dann langsam in die Höhlenmitte. Der breit grinsende Phlim, dessen Rucksack-Thaumatron Giga Energie in die Luft unter seinen Füßen spie, schwebte fast beiläufig in sein Blickfeld.

»Was, zum ...?« begann Practz.

»Das Dädalus-Hebegeschirr!« rief Phlim, um das Brausen der Stöße zu übertönen, wobei er die Aufwärtsenergievektoren sorgfältig mit kleinen rotierenden Gelenkbewegungen ausglich. »Ich habe es seit der Thaumatronüberholung ein bißchen frisiert.«

»Ja, ja, *sehr* gut, glaube ich«, antwortete Practz schäumend, während er nervös unter dem massiven Krapfen der schwebenden Thaumatronik verschwand. »Und nun stellt es zurück und bringt das Thaumatron wieder auf Vordermann!«

»Pssst, einen Moment! Es ist nicht einfach, das Ding zu landen. Bin nicht besonders daran gewöh ... Ohhh!« Phlim und die Stabbremse rutschten gewaltig zur Seite, als er den linken Strahl etwas zu schnell unterbrach. Doch im Nu hatte er die Steuerung wieder unter Kontrolle. »Beinahe ...! Hoppla, hätte ihn fast schon wieder verloren ... Ähem ...« Er nahm die Energie zurück, setzte die Stabbremse vorsichtig am Boden auf und landete genau vor ihr.

»Na, das ist ja großartig!« rief Practz schäumend und funkelte den Ring der sich hinter Phlims Grinsen auftürmenden Stabbremse an. »Ich hoffe, Ihr habt Spaß!« krakeelte er weiter. »Einige von uns machen sich Sorgen über Mancinis Pläne. Einige von uns tun sogar etwas dagegen! Im Gegensatz zu gewissen Technozauberern, die so aussehen, als gingen sie völlig in Technokrimskramsmagie auf, habe ich versucht, Mancini das Handwerk zu legen! Während wir uns hier unterhalten, gräbt Rutger sich zum Thaumafer durch! Zumindest war er gerade damit beschäftigt, als die Verbindung abbrach!« Er funkelte Phlim erneut an – für den Fall, daß der es noch immer nicht kapiert hatte.

»Wie denn?« fragte Phlim. »Das Kristallarmband müßte doch bei dem Niederschlag nutzlos geworden sein ...«

»Ich habe die Wantze eingesetzt!«

»Ach! *Ihr* setzt wohl auch gern Krimskramsmagie ein, was?« fauchte der Technozauberer.

Practz öffnete den Mund und hob protestierend einen Finger. Dann überlegte er es sich anders und schrie: »Ja, ja, ja. Ich hatte doch keine andere Wahl!«

»Sagt mir«, brummte Phlim, der natürlich wußte, daß Practz wußte, daß *er* wußte, daß es nun fünfzehn zu null stand – ebenso, wie er wußte, daß Practz *nicht* wußte, daß es bald dreißig zu null stehen würde, »was wird Rutger tun, wenn er das Thaumafer erreicht?«

»Er wird es natürlich abschalten! Er wird dem irren Mancini den Stecker herausziehen!«

»Und wie?« drängte Phlim. Die Frage fegte wie ein raketenbetriebener Hieb über das Netz.

»Ahhhhh.«

Dreißig zu null. Die Massen drehten durch!

»Ohne die größten Stabbremsen, die wir in die Finger kriegen können, hat er keine Chance«, sagte Phlim. »Ohne die hier und die andere, die in einer Minute fertig ist. – Schafft sie zu ihm und werft sie ins Loch, dann kommen wir vielleicht mit einem blauen Auge aus der Sache raus! Noch was?«

Practzens Gesicht war knallrot, seine Lippen arbeiteten in stummer Wut, als er versuchte, sein kochendes Temperament zu zügeln. »Ihr Idiot! Es ist unglaublich! *Schafft sie zu ihm?* Ein Maulheld seid Ihr! Ja, was glaubt Ihr denn? Sollen wir sie etwa hinrollen? Die verdammten Dinger einfach übers Talpa-Gebirge schibbeln? Es ist ein schöner Tag. Warum eigentlich nicht?«

»Ihr habt doch gerade gesehen ...«, protestierte Phlim.

»Ihr wart kaum fünfzehn Fuß Metall mit dem da hoch. Es ist Eurer Aufmerksamkeit vielleicht entgangen, aber das Talpa-Gebirge ist *viel* höher. Bei zwei Stabbremsen braucht man mindestens ...«

»... drei zusätzliche Rucksäcke!« beendete Phlim den Satz.

»Und wo, im Namen aller Götter, wollt Ihr welche finden? In welchem Zylinder verstecken sich denn die kleinen Häschen, he?«

Phlim, der sich kaum noch beherrschen konnte, deutete beiläufig auf den Karren, den Thurgia durch die Tür schob. Practz fuhr herum und stierte ungläubig auf ein Trio leuchtender, glühender, sanft schnurrender Thaumatrone. Sein Mund öffnete und schloß sich, als der Leiter der Dämonischen Besessenheit ein Rucksack-Thaumatron anlegte, den Taillengürtel festzog und die Energie erhöhte.

»Für jeden einen«, sagte Phlim. »Für Wat, Thurgia, und – ähm – für Euch.«

»Moment mal! Moment mal!« rief Practz und warf entsetzt die Arme in die Luft. »Wenn Ihr glaubt, ich lege eins dieser Dinger an und trampe über die Berge ...«

»Wer hat denn was von Trampen gesagt?« fragte Phlim, als Thurgia und er den Energieausstoß aktivierten, die Fäuste ballten, den Druck gegen den Boden richteten und sich in die Lüfte erhoben.

»Natürlich«, sagte Phlim. Er schaute in die Tiefe und grinste, als Practz erneut den Mund zu schließen vergaß. »Falls Ihr darauf *besteht*, könnt Ihr natürlich auch trampen!«

Die Zwerge hatten nicht lange gebraucht, um ihre Grabgeräte abzuwerfen und den Boden mit hektischen geozidalen Neigungen zu attackieren. Zu Rutgers Erstaunen schien der Mangel an Spitzhacken ihr rasches Vorankommen nicht zu behindern. Tatsächlich sah er Minuten nach dem ersten fußbetriebenen Schaufelblatt, das sich in den entsetzten Oberboden fraß, nur noch einen konstanten Schauer aufgewirbelter Erde, Kiesel und einen gelegentlich erschreckten Maulwurf. Nun, nach einstündiger Arbeit, war selbst dies unter dem Lochrand verschwunden.

Proph kämpfte sich mit einem Berg von Ledereimern

ans Tageslicht, leerte sie auf einen Haufen und raste zu Rutger hin.

»He, Köttel, wonach gra'm wir übahaupt?«

»Das Doppelte von dem, was Mancini euch gegeben hat«, antwortete Rutger und musterte besorgt den Tortellini und die dunkelrote Wolkenbank, die sich über dem konstanten Schwall geothaumaler Energie aufbaute.

»Mann! Dat is verdammt großzügich! Dat Doppelte is kaum mehr als 'n Stich ins Auge mit'm Stock!« sagte Proph verächtlich, als ihm Mancinis großzügiges nichtexistentes Thaum-Share-Angebot einfiel.

»He, ich bezahl schon! Nenn mir die Währung! Kröten, Gold, Diamanten?« Es war Rutger schnurz – man würde ohnehin nur in Bleirohren blechen. Es wäre kein Problem gewesen, den Zwergen eine dicke Prämie zu zahlen, sobald er wieder in Losa Llamas war. *Falls* er je wieder nach Losa Llamas kam. Er warf einen nervösen Blick auf die nun reglose Wantze auf dem Boden; ihre Augen waren seltsam leblos. Er schüttelte sich und erinnerte sich an den Schock, als sie vor ihm vom Himmel gefallen war und die Illusion vom Wunderhund Bello und die Verbindung mit Losa Llamas im Nu zerschmettert hatte.

»Gold is gut«, meinte Proph. »Da weiß man, wat man hat!« Er grinste, ging fort, drehte sich um und kam zurück. »He, Köttel, wonach graben wir überhaupt?« fragte er.

Der Schock des *Déjà vu* brachte Rutger wieder zu Sinnen. Er wußte genau, wie man Magie dazu verwenden konnte, die Zeit zu verwerfen, Kontinuität im Nu zerschlagen, Ursache und Wirkung zu vertauschen und alles in einen kleinen Raffiabastkorb zu werfen. Und wenn Mancini *das* vorhatte …?

»Hast du das nicht schon mal gefragt?« fragte er, da er sich vor der Antwort reichlich fürchtete.

»Klar dat!« grinste der Zwerg. »Ich hab nur 'ne falsche Antwort gekricht! *Wonach* graben wir?«

Rutger errötete. »Ach, ich... Eigentlich weiß ich es auch nicht. Bist du eigentlich schon mit der Rute gegangen? Ich dachte, das tut ihr immer.«

Nun war Proph mit dem Erröten an der Reihe. »Hab gedacht, wär nich nötich, wo du doch so entschlossen auf'n Boden gezeigt hast...«

»Man hat mir gesagt, hier soll gegraben werden.«

»Hab keinen gesehen, der dat gesacht hat, Köttel.«

»Eine Wantze hat...«, begann Rutger. Dann erkannte er, in welche Richtung das Gespräch verlaufen würde. Er würde sagen, ein Insekt, dem er vertraute, weil es ihn an einen Hund erinnerte, habe ihm gesagt, wo sie graben sollten, und... Also endete er mit: »... hat mich gestochen, und da war mir sofort alles klar. Ha! Es sah einfach genau nach der richtigen Stelle aus. Wollte euch eigentlich bitten, alles zu überprüfen, aber in der Aufregung... Du weißt doch, wie so was ist.« Er bot Proph ein äußerst schwaches Lächeln an.

»Suchste wat Besonderes?«

»Ähm, nee. Sagt mir nur, was ihr findet«, sülzte Rutger und wünschte sich, wenigstens den Ansatz einer Ahnung zu haben.

Als Proph fuchtelnd seine Wünschelrute aus dem Gürtel zog und eifrig davonlatschte, schlichen sich Gedanken des Zweifels in Rutgers Geist. Warum war die Verbindung so plötzlich abgebrochen? War es richtig gewesen, auf die Wantze zu vertrauen? Was ging hier vor? Und wieso roch es plötzlich so verbrannt?

Rutger schaute auf. Der Geruch frisch versengter Schnurrbarthaare wehte ihm in die Nasenlöcher. Proph tauchte mit einem unverständlichen Quäken und dem Schrei »Nich schon wieda!« am Rand des Loches auf. Er war geschwärzt, und seinem Haupthaar mangelte es an mehreren Zoll. Er sah aus wie ein Kaninchen, das gerade eine unterirdische Gasleitung angenagt hat.

»Wenn ich wat mit Zauberbergbau zu tun haben will, sag ich's!« rief er. Kleine Rauchschwaden trieben von seiner Hutkrempe fort. Er warf Rutger eine verkohlte Wünschelrute zu und stieß eine Salve seiner zwergischen Lieblingsverwünschungen aus. »Meine beste Rute! Ruiniert! Kaputt!«

Er warf die Arme in die Luft, spuckte aus und verschwand im Loch, um sein Mütchen bei einer ehrlichen Plackerei zu kühlen. Er wollte Erde bewegen. Und er schwor sich: Wenn dies alles vorbei war, wollte er sich drei Wochen lang schön entspannen und nur noch vor sich hin buddeln.

Als die herrenlose Spitzhackenspitze Mancinis Zeh zum dritten Mal traf, füllte sich die Höhle mit einer neuen Tirade ausgewählter lästerlicher Flüche. Doch die Mehrheit zielte in seine eigene Richtung, weil er beim Knotenmachen bei den Pfadfindern nie richtig aufgepaßt hatte.

»Du mußt doch nur den Nippel durch die Lasche ziehen«, telepathierte die Molluske hilfreich. »Jetzt ziehen, dann hast du's!«

Mancini, der fast ebenso lautstark knurrte wie die frustrierte Verdammnis, zog, dann befestigte er die vierte Spitzhackenspitze. Er bastelte ein gebogenes Quadrat, das nur etwas kleiner als das Fundament des Käfigs war. Dann drehte er sich um, schwang eine intakte Spitzhacke über dem Kopf und zerschlug den Griff der drittletzten, die in der Ecke lag. Vor einer halben Stunde war ihm noch alles wie ein genialer Schachzug vorgekommen. Ein Wirtdraisine aus acht Gußeisenstücken mußte perfekt sein, absolut feuerfest!

Einige seiner wahrnehmungsfähigeren Neuronen hatten eine kleine Anfrage gestartet und das Hohe Haus zu dem Thema befragt, wozu sieben Zwerge, die alle über nur zwei obere Gliedmaßen verfügten, acht Spitzhakken benötigten – da man doch *sechzehn* Gliedmaßen brauchte, um selbige wirkungsvoll zu schwingen. Sei die augenscheinliche Gliedmaßendisparität etwa auf die

Tatsache zurückzuführen, daß ein Zwerg über vier Arme verfügte? Oder könne ein Zwerg zwei Spitzhacken schwingen? Könne es sein, daß die überzählige Spitzhacke nur eine Ersatzspitzhacke war? Diskussion.

Von der Flut strömender Langeweile ersäuft, gaben die Neuronen auf, lachten sich leise eins über ein paar sehr großen Dopaminhumpen und richteten ihr kritisches Augenmerk auf Mancinis schwache Versuche, sich an die Feinheiten eines Stekknotens zu erinnern.

Mancini nahm die Hackenspitze vom Boden auf, warf sie zum Rest der Vorrichtung und fluchte, als er sich den Daumen und linken Zeigefinger in einem Kordelgewirr zusammenband.

Sein Kopf fuhr herum. Machthungrige Augen funkelten die Verdammnis an. Lachte das Vieh ihn etwa aus? *Ihn?*

Tja, sie würde bald sehen, wer hier der Boß war. Bald würde es von der pulsierenden geothaumalen Freisetzung umhüllt sein.

Wer dann wohl lachen würde, he?

Aus der Ferne sah es so aus, als sei eine riesige Grinsekatze gerade in einem Schock saphirblauer Alarmiertheit verschwunden. Zwei schwarze Punkte zitterten über dem erschreckten Krapfen, sie schwebten fünfzig Fuß über dem Boden.

»Ich *will* gar nichts sehen!« schrie Practz. Seine Stirn zuckte konzentriert, als er sich bemühte, die Position als linkes Auge über der Zwanzig-Tonnen-Stabbremse beizubehalten. Er hätte als erster zugegeben, daß das Ausbalancieren der Schubvektoren über dem unvorhersehbar unebenen Gelände, das bei dem Versuch vorbeiblitzte, die empfindliche, an unkontrolliert herumschwingenden Thaumatronen baumelnde Thaumatronikmasse zu steuern, nicht das Leichteste war, was er in seinem Leben je getan hatte. Besonders nach nur zwei wackligen Übungsrundflügen im Thaumatronraum. Und zwar ganz besonders deswegen, da ihn schon das Treppensteigen schwindlig machte.

»Aber es macht Spaß!« rief Wat, um den kombinierten Lärm der beiden spuckenden und knisternden Rucksack-Thaumatrone und das Rauschen der dünnen talpinen Luft zu übertönen. »Ich hab noch nie Ziegen von oben gesehen!«

»Maul halten! Maul halten!« raunzte Practz. »Nehmt das Wort ›oben‹ bloß nicht noch mal in den Mund!« Er zog den Kopf ein, als ein Faustschubstrahl in ein Kaninchenloch krachte. »Wenn Zauberer fliegen sollten, würden sie nicht an Höhenangst leiden! Hättet Ihr dafür nicht ein paar Hexen auftreiben können?«

Wat schrie plötzlich freudig auf. »Da drüben!« rief er, und es gelang ihm in letzter Sekunde, die Faust *nicht* zu öffnen, um in die angegebene Richtung zu deuten. »Da ist die Stelle. Fertig zur ... ähm, zur Landung.«

»Was?« schrillte Practz. »Wir können doch noch nicht da sein! Oder doch?«

»Die Zeit entscheidet alles«, grinste Wat und suchte die Bodenvertiefungen sorgfältig nach irgendwelchen Hindernissen ab.

»Wie schnell sind wir denn ...«

»Fragt lieber nicht«, riet Wat ihm, der sich der Nervosität des neuen Flugzauberers bewußt war.

»Sagt es mir!« befahl Practz, während er seinen Dienstgrad und eine Reihe verängstigter Mienen zu fast gleichen Proportionen ausspielte.

»Ähm, etwa sechs FPS.«

»Was soll das denn bedeuten?«

»Die sechsfache Fluggeschwindigkeit eines unbeladenen Rosses. Hab ich mir ausgedacht! Huch, etwas rauf; der Hügel da ist höher, als ich dachte!« Practz erhöhte den Schub, er hatte die Augen noch immer fest geschlossen. »Langsam vorwärts«, sagte Wat, »und leicht zurück nach links. Und jetzt runter ... ähm ... tiefer.«

Die spuckenden Magieverbraucher sanken langsam

in ein winziges kesselförmiges Tal und verschwanden außer Sichtweite.

Practz öffnete plötzlich die Augen, als sich die ihn mit der Stabbremse verbindende Trosse lockerte. Er blickte mit Übelkeit im Magen auf das dreißig Fuß unter ihm liegende Nichts, wimmerte, schloß erneut die Augen und konzentrierte sich auf das Sinken der riesigen Thaumatronikmasse, die sich sanft einem Abhang von Adlerfarn näherte.

»Runter mit der Energie, runter!« schrie Wat zu seiner Linken. Er klang eigenartig leise.

»Ihr sollt nicht ›runter‹ sagen!« kreischte Practz, nahm Schub zurück und stieß einen überraschten Schrei aus, als sich ihm kleine Abschnitte des Talpa-Gebirges liebevoll an die Füße schmiegten. Mit einem noch lauteren Schrei schaltete er das Thaumatron ab, sprang auf eine weite Erika-Ausdehnung zu, drückte das Gesicht an ihre anschmiegsame Weiche und klammerte sich an ihre Festigkeit. »Hallo, Erika«, wimmerte er. »Oh, wie ich dich liebe! Ich werde dich nie mehr verlassen! O Scholle, Erde, schlammiger Boden!«

Wat schüttelte sein Haupt, löste die Trossen und schlug im *Thaumaferen-Führer* nach.

Dies war der Ort. Fünfundachtzig Zoll unter der Oberfläche befand sich das andere Ende des unter dem Tortellini herführenden Thaumafers.

Mit grimmiger Miene versuchte er ein Lächeln.

Sie waren an der richtigen Stelle und hatten die richtige Ausrüstung.

Jetzt brauchten sie nur noch genügend Zeit.

Er schüttelte sich nervös, als die Bilder der uralten randalierenden Heerscharen durch seinen Geist strömten. Dann wandte er sich seinem Rucksack-Thaumatron zu und nahm den nächsten Schritt in Angriff: Er hokuspokussierte den Gesamtgeländevertikaldisruptor, um ein zwanzig Fuß durchmessendes Loch mit einer Tiefe von fünfundachtzig Zoll auszuheben.

»Grube verlassen!« kam ein gedämpfter Schrei über die andere Seite des Talpa-Gebirges. Ihm folgten auf der Stelle sieben sich schnell bewegende Zwerge. Rutger schaute in entsetztem Grauen zu, als der Boden sich buckelte, zuckte und ein halbes Dutzend Tonnen Granit mehrere hundert Fuß in die Gebirgsluft kotzte. Augenblicke später strömte eine knallrote Säule geothaumaler Energie himmelwärts und gesellte sich zu der wachsenden Wolke, die sich über dem Tortellini ausbreitete.

Rutger schrie auf. Das war doch nicht vorgesehen! Bei Bello dem Wunderhund kam so was nie vor.

»Was habt ihr angestellt?« schrie er über den pulsierenden Energieschwall hinweg.

»Gegraben, wie du gesacht hast!« rief Proph. »Dafür kannste uns nich verantwortlich machen, Köttel!«

Rutger griff sich an den Kopf, rieb sich die Augen und bemühte sich verzweifelt, jenem Teil seines Ichs, das eine riesige Säule entweichender Energie zu sehen glaubte, einzureden, es sehe keine riesige Säule entweichender Energie. Erfolglos. Achtmal.

»Wat haste nu vor, hmmm?« rief Proph, der mit den Händen den Griff einer leicht angekokelten Schaufel umklammerte.

In Rutgers Verstand wirbelte alles durcheinander. Er war sich doch so sicher gewesen, daß das Graben ihnen helfen könne. Die Wantze hatte es doch behauptet. Oder nicht? Sie hatte genau an dieser Stelle Grabbewegungen gemacht. Oder nicht? Er wetzte zu dem winzigen, auf einem Grashalm hockenden Insekt hinüber und blickte flehentlich in dessen große Fischaugenlinsen. Keine Reaktion.

Hinter ihm schauten ihn die sieben Zwerge mitleidig an und schüttelten den Kopf. Erstaunlich, wie Druck auf Menschen einwirkte: Sie redeten mit Insekten. Traurig. Sehr traurig.

Rutger hockte sich auf den Boden und nahm den Kopf in die Hände. Eine Katastrophe. Er war hierhergekommen, um Informationen über Mancini zu sammeln und zurückzukehren – aber nicht, um zahllose Millionen Terrathaum in die Luft zu entlassen. Losa Llamas kam ihm plötzlich so fern vor wie ein Millionen-Dukaten-Lotterielos oder ein abendliches Rendezvous mit einer Göttin der Laterna Magica. Würde er den Ort je wiedersehen und je wieder das vertraute Pulsieren des Thaumatrons hören? Als wollten sie ihn trösten, fingen seine Ohren plötzlich blechern an zu klingeln und beschworen die dünne Imitation eines wütenden thaumischen Partikelstroms, der gegen das Gestein stieß. Er starrte elend seine Füße an, der Ton wurde lauter in seinem Kopf ... das Geräusch zweier Thaumatrone!

Er schaute zum Himmel hinauf und stierte verdattert. Hinter den zappeligen Zwergen schwangen zwei Punkte in sein Blickfeld. Dazwischen schwang ein riesiger Thaumatronikkrapfen. Verschleiert von einer Wolke aus saphirblauen Funken, rasten sie auf die sprudelnde Energiefontäne zu und fraßen mit mehr als acht FPPS die Distanz. Phlim rief Thurgia letzte Näherungskommandos zu, als sie im Sturzflug so nahe wie möglich an die Quelle herankamen. Staubwolken sprühten überall unter ihnen auf.

Die Zwerge spritzten auseinander.

Zwischen Phlim und Thurgia flogen kaum hörbare Kommandos hin und her, als sie sich zur Landung aufreihten. Zehn Fuß lange Trossen und vier Magiesäulen hielten als einziges die zwanzig Tonnen der Stabbremse in der Schwebe.

Plötzlich schlängelte sich ein anomaler Energieblitz seitlich aus der strömenden Fontäne der geothaumalen Quelle, traf Thurgias Thaumatron mit einem rasenden Schlag und brachte ihn ins Trudeln. Eine Millisekunde später waren die Hypertauruswicklungen eine Masse aus geschmolzener Magie und blutroten Funkenschauern. Der Leiter der Abteilung Dämonische Besessenheit fiel mit einem Aufschrei vom Himmel. Die Stabbremse schlingerte, die Trossen quietschten überlastet. Phlims Stirn war eine von starker Konzentration gefurchte Schweißfontäne, als er sich abplagte, die aus seinen Fäusten schießende Energie zu steuern, und sich bemühte, die Stabbremse und die zusätzliche verängstigte Gestalt zu tragen, die daran hing. Sein Bemühen wurde vom übelkeiterzeugenden Heulen eines Rucksack-Thaumatrons begleitet, das mehr Schub produzieren wollte, als seine Konstruktion erlaubte – und den Schreien eines Technozauberers, der unter weitaus mehr Streß stand, als *seine* Konstruktion erlaubte. Die Besten von Losa Llamas verschwanden hinter dem knallroten Auftrieb im Sturzflug außer Sichtweite.

Und warden nie wieder fliegend gesehen.

»Ja, ja, ich *weiß*, Ihr seid äußerst glücklich, endlich wieder Boden unter den Füßen zu haben«, raunzte Wat Practz an, »aber jetzt brauche ich wirklich Eure Hilfe!«

Er musterte den liegenden Zauberer, der in dem kleinen Hohltal heftig mit der Erika schmuste, und fluchte leise vor sich hin. »Wir haben keine Zeit mehr!« schrie er schließlich. »Hallo? Wat an Practz! Bitte melden!« Er tippte dem schnatternden Thaumaturgiephysiker fest auf den Kopf.

Practz schaute verdutzt auf, sah über sich den Himmel, verdrehte schwindlig die Augen, krallte sich wieder an Erika, vergrub das Gesicht in einem besonders tröstenden Wedel und stieß eine Reihe gurgelnder Geräusche aus.

»Ohne Eure Hilfe kann ich das Risiko nicht eingehen, die Stabbremse in den Boden zu senken!« schrie Wat. »Ein falscher Ruck, und sie ist hin! Ich habe das Loch ausgehoben! Kommt mit!« Er knirschte mit den Zähnen, packte Practzens Umhang mit fester Hand und riß ihn hoch. In Krisenzeiten war Schicklichkeit ihm schnurz.

Sekunden später schnallte er das Thaumatron an Practzens Rücken fest und riß ihn herum, um sich zu versichern, daß der Mann ihm auch zuhörte.

»Hört zu, nickt einfach nur, wenn Ihr noch wißt, wie man ein Eindämmungsfeld der Klasse drei bedient!« rief Wat.

Nick.

»Schön. Richtet es auf den Lochboden. Zwischen uns und dem Thaumafer ist nur noch ein Zoll Granit.« Wat aktivierte Practzens Thaumatron mit einem Fingerschnippen und schaute zu, als er eine schimmernde grüne Antimagiedecke ins Loch krachen ließ. Sekunden später hatte Wat auch sein Thaumatron geschultert. Er aktivierte es und hakte die Trossen an die Stabbremse. Er holte kurz Luft, drückte die Arme eng an den Körper, beugte die Ellbogen und tat so, als ergriffe er zwei unsichtbare Hebel. Angespornt von einem kaum hörbaren Befehlsgeflüster, wogte die schwärmende Wolke aus aquamarinen Staubteilchen über seinem Kopf fünf Faden tiefer, pulsierte und spuckte lauter. Mit einem Daumenschnippen überschlugen sich zwei magische Blitzgabeln, rasten durch seine Fäuste und krachten erdwärts. Eine Sekunde später war er fünfzehn Fuß über der Stabbremse, ließ mehr Schub ballern und kämpfte gegen das Eigengewicht von unten. Er knirschte mit den Zähnen und skandierte aufgeregt nach mehr Kraft, als er spürte, daß die Stabbremse sich bewegte. Funken sprühten willkürlich in alle Richtungen, verscheuchten streunende Insekten und kleine Schmetterlinge. Schweiß explodierte auf seiner Stirn, als er seinen Willen ganz und gar darauf konzentrierte, sich und die Stabbremse über dem Loch auszurichten.

Mit schmerzhafter Langsamkeit wurde der riesige Krapfen von den Feinheiten der Thaumodynamik an Ort und Stelle manövriert, senkte sich bleiern wie eine Riesenschmeißfliege und verschwand aus dem Blickfeld. Nach einer Zeit, die Wat wie ein Leben voller mentaler Plackerei erschien, verschwand auch er in der Lochöffnung.

»Seid Ihr bereit?« rief er zu Practz hinauf. »Wißt Ihr, was Ihr tun müßt?«

Practz nickte. Er bekämpfte Schwindelattacken, als er in das Loch schaute, holte tief Luft und löste das temporäre Eindämmungsfeld. Knallrote Funken sprühten in alle Richtungen, schwärmten aus und spuckten wild. Wat steigerte die Energie seines Thaumatrons mit einem lauten Schrei und sprengte eine saubere Zwanzig-Fuß-Rille in den Granit. Inzwischen war sein Körper schweißbedeckt. Er tröpfelte auf die zielstrebige Maschine und ließ Dampfwölkchen explodieren. Dann schraubte sich der Torus mit dem Geräusch einer Million Fingernägel, die über Schiefertafeln kratzten, in das wogende Thaumafer hinein und sank mit einem Rums an Ort und Stelle. Ein Technozaubereistopfen hinderte den terrathaumischen Energiefinger am weiteren Ausbruch.

Wat nahm sich kaum Zeit zum Atmen: Sturzflug nach unten, Landung auf dem Stabbremsengehäuse. Im Nu hatte er die Trossen gelöst. Die Hände zitterten ihm, als er spürte, daß die Energie einige Zoll unter ihm durchströmte. Er schnippte ein pentagrammiertes Schalttäfelchen auf und betete darum, daß er sich an alles erinnerte, was Phlim gesagt hatte. Heftige Handbewegungen und bedeutungsschwere, von Panik erzeugte semimantrische Gesänge wurden einige Augenblicke später vom Glühen der Kristalle tief im Inneren der Stabbremsenmatrix belohnt. Vibrationen pulsierten unter seinen Füßen, als ein ständiges, unglaublich starkes magikinetisches Feld erzeugt wurde und sich langsam schloß, wobei es gegen die riesigen Terrathaume wogenden Widerstands ankämpfte.

Felsen bebten, Erdschichten kämpften, seismisches Gekreisch brach ringsum aus, als der magische Machtkampf tobte. Kurz darauf später schnappte ein undurchdringliches Tourniquet zu und blockierte die geothaumale Strömung.

Die plötzliche Stille war betäubend. Die einzigen Geräusche, die Wat vernahm, waren das Summen seines Rucksack-Thaumatrons und das Pochen des Blutes in den Schläfen.

Mit einem Quietschen der Freude und Erleichterung warf er sich wieder in die Luft, sprang aus dem Loch und stürzte sich rücksichtslos in ein Erikafeld. Dort blieb er keuchend liegen – sicher in dem unerschütterlichen Wissen, daß Mancinis Plan zum Untergang verurteilt war, sobald die zweite Stabbremse an Ort und Stelle war.

»… verurteilt!« heulte Phlim auf und funkelte Thurgia vorwurfsvoll an. »Zum Untergang!«

»Es war doch nicht meine Schuld!« protestierte der Leiter der Dämonischen Besessenheit. »Ich kam aus dem Nichts! Ich habe es nicht gesehen!«

»Die Ausrede kenne ich schon!«

»Es stimmt aber …«

Rutger sprang auf und ab und schrie nach Beachtung. »Was geht hier vor? Warum seid Ihr hier? Und *was* ist das für ein Ding?«

»Nutzlos!« fauchte Phlim. »Ausgestopft! Wertlos! Zwanzig Tonnen Thaumatronikschrott!«

»Aber *was* war es vorher? Warum habe ich gegraben …?«

»Ähem«, hüstelte eine Stimme neben ihm und erinnerte ihn daran, wer wirklich gegraben hatte. Rutger zog den Kopf ein.

»Habt Ihr denn noch nie eine Stabbremse gesehen?« fauchte Phlim verächtlich. »Wahrscheinlich nicht. Nun, der Plan bestand darin, ein Loch zu graben, sie hineinzustecken und das Thaumafer aufzuhalten. 'ne Kleinigkeit! Aber unser Thurgia hat alles vermasselt.«

»Es war nicht meine Schuld«, behauptete Thurgia beharrlich und nachtragend.

»Soll das heißen, es funktioniert nicht?« fragte Rutger.

»Man kann doch keine zwanzig Tonnen kompliziertester Thaumatronik aus einer Höhe von zwanzig Fuß auf Felsboden stürzen lassen und dann damit rechnen, daß sie noch funktioniert!« schrie Phlim. »Sie wird nicht mal das primäre Eindämmungsfeld aktivieren. Ich habe es überprüft. Kein purpurnes Indikatorlicht. Nicht mal ein Glühen!«

»Und ...?«

»Aghhh! Erste Grundregel angewandter Thaumatronik: Wenn nichts glüht, läuft nichts.«

»Was ist das denn?« fragte Thurgia und hob einen neben ihm liegenden kleinen runden Kristall auf.

»Dann ist es also aus?« fragte Rutger. »Hat Mancini gewonnen?«

»Ja! Noch irgendwelche sensationellen Fragen, bevor die Ungeheuer der Hölle über die Bergspitze da oben stürmen?« fauchte Phlim.

»Ähm, ja. Warum kommt mir das so bekannt vor?« fragte Thurgia und drehte den Kristall in den Händen.

»Weil es ein primäres Eindämmungsfeld-Indikatorlicht ist, deswegen!« schrillte Phlim und riß die Arme in die Luft. »Götter, ich halte es nicht mehr aus. Ich bin vom Wahnsinn umzingelt!«

»Aber woher ist es gekommen?« fragte Thurgia. »Ich meine, solche Dinge findet man doch normalerweise nicht mitten im Nirgendwo ...«

»Ja, *ist* es denn zu fassen!« blökte Phlim, griff wütend nach dem Kristall, stampfte zur Stabbremse hinüber und schob sie in ein kleines Loch. »Da! Da kommt sie her! Seid Ihr nun glücklich?« Er drehte sich um und funkelte Thurgia an. Hinter ihm flackerte der Kristall in Abständen auf und erstrahlte dann in einem beruhigenden warmen ›Alle Systeme klar‹-Purpur.

Es war schon putzig, wie neun Augenpaare auf die

Stelle stierten, die einen Fuß von Phlims Schultern entfernt war. Und so kam er sich plötzlich ziemlich komisch vor. Irgend etwas war nicht so, wie es hätte sein sollen.

Phlim wandte sich zögernd um. Und schrieb auf der Stelle die erste Grundregel der Thaumatronik neu.

Wenn nichts leuchtet, ist keine Lampe da.

Eine Sekunde später pulsierte ein eifriges Rucksack-Thaumatron zwischen seinen Schulterblättern, und er schrie jedem, der sich im Umkreis einer halben Meile aufhielt, eine Flut verzweifelter Anweisungen zu.

Zweieinhalb Meilen weiter schrie der über und über in feuriges knallrotes Licht gebadete Cheiro Mancini in der Höhle am Fuße des Tortellini vor Freude auf, als er auf die improvisierte Spitzhackendraisine sprang und entdeckte, daß sie hielt. Die Verdammnis fletschte die Zähne. Winzige Funken knallroten Feuers schossen aus ihrem zottigen Fell, als sie aus ihrer Ecke arrogant zu dem herumtollenden KUT hochschaute.

In kürzerer Zeit als man zum Häuten eines Lemmings brauchte, hatte Mancini die Strecke zum Käfig hinter sich gebracht und schaute höhnisch in denselben hinein. »Zeit zum Grillen!« kicherte er und hob das Geschöpf auf die Draisine.

»Ja, in ein paar Minuten!« frohlockte die Verdammnis vor sich hin und fetzte eine tödliche Salve von acht Krallen gegen die Käfigmaschen.

Zweieinhalb Meilen weiter schrie Phlim verzweifelt auf Thurgia ein, als der riesige Thaumatronikkrapfen gefährlich unter zwei saphirblauen Funkenblitzen schwebte. Sie hatten noch immer eine Chance. Rutger und die Zwerge glotzen mit offenem Mund, als Phlim die Stabbremse fachmännisch in das spuckende Loch fallen ließ und versengende Pyrotechnik in alle Richtungen spritzte.

Mancini behielt die konstante Sintflut wilden Gemurmels bei; seine Gedanken surrten in der absoluten

Macht, die er erfahrungsgemäß in sehr wenigen Sekunden freisetzen würde. Die Zunge hing ihm in Krämpfen der Konzentration aus dem Mund, als er die Ausrichtung der psychoterrinen Kristalle grinsend im Geschirr unter dem Käfig überprüfte. Alles war da, wo es sein sollte – Kraft aus den Felsen, gebündelt durchs Gestein, auf dein verdammtes Körpergebein.

Er war nur noch Sekunden von allem entfernt, was er sich je erträumt hatte – der totalen, unendlichen Macht!

Als sich die Stabbremse in den spuckenden Tumult ausströmenden Thaumafers senkte, hüpfte Phlim hinter ihr her und betete darum, daß es noch nicht zu spät war. Im Geiste wiederholte er die Einleitungssequenz, als er auf die beiden hyperhokuspukussierten Dampfsäulen sprang.

Genau in diesem Moment spuckte Mancini in die feisten Hände, ließ die Finger laut knacken und schob die Verdammnis langsam und aufgeregt in die tosenden, strömenden Fluten der vor ihm eruptierenden geothaumalen Energie. Er spürte das Heraufdämmern einer bedeutsamen Angelegenheit.

Doch auch diesmal entging ihm die freudige Spannung in den Augen der Kreatur völlig.

Kreide quietschte kreischend über Schiefertafeln, als die eisernen Spitzhackenblätter ins Feuer glitten, winzige virtuelle Strudel drehten sich, warfen die Vergessenheit ab … Und Mancini schob weiter.

Phlim sprang sprüchemurmelnd und betend über das Stabbremsengehäuse. Massen winzigkleiner Purpurkristalle erstrahlten. Es würde funktionieren.

Risse knallroten Aufblitzens zuckten peitschend vom Fell der Verdammnis, deren uraltes, verwildertes Geheul zum betäubenden Energietumult in der Höhle beitrug … Und Mancini schob mit wahnsinnigem Gekicher immer weiter.

Phlim spürte Vibrationen unter den Füßen. Strömende magikinetische Felder wuchsen an, erblühten, bekämpften die Kräfte des Bösen, die aus den laichenden versponnenen Linien geothaumaler Energie hervorbrachen. Und mit stotterndem Husten erstarben.

Als der hängende psychoterrine Kristall unter der Verdammnis in den Sturm eintrat, fiel ruhiges, glattes Schweigen über das gesamte ausströmende Thaumafer. Krachende willkürliche Wellenlängen strömender Terrathaume justierten sich, fügten sich zusammen. Jede Kompression zog zahllose andere nach sich und formte einen riesigen Hieb der Macht, der in die gefangene Verdammnis krachte.

Die Stille dauerte vielleicht eine halbe Millisekunde lang.

Dann fing das Gebrüll an.

Mancini glotzte das Geschöpf im Käfig an. Seine Knie wurden zu Flammeri, als er rote, äußerst boshafte Augen sich zu einem Ultraviolett höchster Gier verändern sah. Sein entsetztes Kinn fiel lose herab, als die scheckige Verdammnis sich in der Beengtheit ihres schwachen Käfigs ausdehnte. Mancini schrie wie von Sinnen, als sich das zottige Hundefell in glitzerndes, rohes Leder verwandelte, auf denen stygische Schulterklappen leuchteten … Und als die verbogenen Trümmer des Käfigs von seiner Nase abprallten, fragte Mancini sich zum ersten Mal, ob er nicht doch einen klitzekleinen Fehler gemacht hatte.

Die Höhle erbebte, als der Altböse Feind sich lachend reckte und sich seit 85 000 Jahrhunderten in seinem ersten Augenblick der Freiheit suhlte.

»Ich nehme an, ich muß dir wirklich dankbar sein«, begann das seismische Gebell der alten Ex-Verdammnis, »aber Gier und Doofheit haben heutzutage *so* geringen Wert, daß ich es wohl lieber lasse. Wärst du *nur* gierig gewesen, hättest du vielleicht eine Chance gehabt – aber daß du auf den alten Witz mit der sprechenden Badematte reingefallen bist! Entsetzlich! Manche Dinge ändern sich eben nie! Allerdings verdient jede gute Tat eine andere, deswegen zähle ich bis zehn, bevor ich dich mir vornehme, einverstanden? Eins ... zwei ... Ich würd mich ja gern noch etwas unterhalten, aber ... drei ... Ich hab noch *soviel* vor ... vier ...«

In der gegenüberliegenden Ecke der Höhle wuchsen einem kleinen Sack plötzlich Hände. Sie öffneten ihn und spuckten einen entsetzten drahtigen Halbwüchsigen aus. Knapp schnappte sich blitzschnell seinen Sack, wetzte schneller als ein verbrühter Whippet aus der Höhle, bog links ab und rannte Cranachan entgegen.

Es lag nur am Rülpsen der überhitzten übelriechenden, liebevoll an seinem Kinn leckenden Gase, daß Mancini endlich einen Schrei ausstieß und sich rasend schnell einen Weg aus der Höhle bahnte. Er wetzte unter Volldampf in das gleißende Sonnenlicht und die wartende Schlange des kaiserlichen Heeres von Murrha hinein.

»Du!« schrie General Zakkik, und seine Finger deuteten wie Lanzen auf den gesuchten Verbrecher. »Packt ihn!« schrie er und stürmte auf den Höhleneingang zu.

»Ohne schriftliche Genehmigung eines Komiteemitglieds der Drachenrechte-Bewegung dürft Ihr da nicht rein!« schrie Frau Bidet aufgebracht, als fünf Züge Soldaten Mancini auf dem Fuße in die Höhle zurück folgten. »Wartet auf mich!« kreischte sie und beschleunigte ins Finstere.

Zweieinhalb Meilen weiter schleuderte Phlim Psychoschraubenzieher auf den untätigen Thaumatronikhaufen zu seinen Füßen, simsalabimte aus allen Rohren und schrie, da die Stabbremse sich weigerte, auch nur das geringste Zischen auszustoßen.

Da machte es nun auch nichts mehr aus, daß er nichts von den Vorgängen im Tal am Fuße des Tortellini wußte. Das Geräusch unnachgiebiger Krallen, die freudig über eine Menge murrhanischer Soldaten hinwegstampften, und etwas, das nach nassen Lappen klang, die in längst überfälliger Zerstörungsraserei gegen die

Höhlenwände klatschten, wurden von der Kakophonie der Überlebenden ersäuft, die aus der Höhle stürmten und Deckung suchten. Sekunden später war das murrhanische Heer in keinem Zustand mehr, der es ihm gestattet hätte, einen zusammenhängenden Satz zu bilden, geschweige denn zusammenhängend zu kämpfen.

General Zakkik schrie Frau Bidet an, als sie wieder ins Tageslicht zurückrannten. »Ist das etwa Eure Vorstellung von einem armen, hilflosen Geschöpf, dessen Rechte man schützen muß, he?«

»Ich hätte nicht gedacht, daß Drachen so *gemein* sind!« »Das ist doch kein Drache!« schrie General Zakkik, um das Gebrüll seines sich inzwischen dem Horizont nähernden Heers zu übertönen. »Jeder weiß doch, daß Drachen wie rotweiße Ziehharmonikas aussehen, lange Bärte haben, Feuerwerke machen und Sandalen tragen!«

»Und was nun ...?«

»Euer Problem. Ich will nur Mancini!«

Plötzlich erbebte der Boden. Felsen, die seit der letzten Eiszeit auf den Simsen an der Flanke des Tortellini verblieben waren, krachten wirbelnd in die Tiefe, nahmen Tempo auf und prallten unvorhersehbar irgendwo ab. Irgend etwas trat um sich.

Als die zahllosen Terrathaume in den Altbösen Feind strömten, ihm Kraft verliehen und sein schon jetzt ganz schön arrogantes Ich weiter aufbliesen, wuchs er an. Mit seismischen Rucken brach eine mehrere hundert Fuß durchmessende halbfertige Faust durch die Flanke des uralten Vulkans. Kurz darauf folgten ihr zwei gewaltige Schultern, die von der gehörnten Farce eines Kopfes gekrönt waren.

Nun wußte Thurgia, daß es zu spät war.

Doch *wofür* zu spät?

Statt den riesenhaften knallroten Qualen der Neugeburt mit einer rasenden sinnlosen Vernichtungsorgie, Gewalt und schweinischen Rüpeleien zu folgen, steckte der Altböse Feind vier Krallen in das riesige Maul, holte tief Luft und pfiff.

»Gassi!« schrie er, während es noch bis zu dem Körperteil, den man seine Taille hätte nennen können, in der Bergseite steckte. Dann pfiff es noch einmal. Es war ein tiefes, hartes, böses Geräusch. »Kommt her, Jungs, wir gehen Gassi!«

Fern im Osten hallte das turbulente Plätschern von vierhundert Pfoten in Ziegenmilch durch den kaiserlichen Palast Murrhas. Kaiserin Tau schwelgte in ihrem täglichen Verdammniskitzeln. Kaskaden emulsionierter Weiße liefen an ihrer Bambusrüstung herunter, als sie im Teich der Bestien rang und kämpfte, hier eins untertauchte, dort eins bespritzte. Aus dem Winkel eines milchgetrübten Auges spürte sie, daß drei ihrer Lieblinge sich auf einen Angriff vorbereiteten und sich in finsterer Deckung etwas zuknurrten. Sie tat so, als sähe sie nichts, und empfand große Spannung, als sie näher kamen, um sie in die Zange zu nehmen. Milch schäumte um ihre Beine, als sie durch das Gewimmel der gescheckten Kreaturen jagten... In letzter Minute duckte sie sich, verschwand unter der undurchsichtigen Oberfläche, hielt den Atem an und wartete. Und wartete.

War dies eine neue Angriffstaktik? Ihre Lungen schmerzten schon. Warum kamen sie nicht näher? Das taten sie doch sonst immer. Plötzlich, als ihr Blut nach Sauerstoff schrie, wurde der Schmerz in den Lungen zu groß.

Sie riß erschreckt die Augen auf und saugte den unglaublichen Anblick im Nu in sich hinein.

Der Teich war völlig leer.

Nichts als einige Bündel streunenden gescheckten Flaums, ein schnell trocknender Pfad milchgetränkter Pfotenabdrücke und das knarrende Wrack einer großen papierenen Patiotür zeigten an, daß die Verdammnisse hiergewesen waren.

Kaiserin Tau wimmerte, fauchte und kreischte schließlich, als sie die Schneise der Zerstörung erblickte, die durch das zertöpperte Portal nach Westen führte.

Hätte sie in ihrer üblichen schrillen Wut weniger laut Zeter & Mordio geschrien, hätte sie – möglicherweise – ein leises, von der Ferne gedämpftes Pfeifen und ein deutliches »Kommt her, Jungs, wir gehen Gassi!« vernommen.

Phlims rußgeschwärztes Gesicht erhob sich auf einer saphirblauen Säule über dem Lochrand, kippte ächzend vor Thurgia hin und landete, den Nacken dem Tortellini zugewandt, auf einem Haufen Niedergeschlagenheit. »Die verdammte Stabbremse ist völlig im Eimer! Wenn nicht, hat der Sekundärthaumostat abgedankt. Oder der Marvinsky-Antrieb ist durchgedreht! Ich kann es hier draußen nicht reparieren … Hallo? Hallo?«

Phlim schwenkte die rußige Hand vor Thurgias Nase, bekam aber keine Antwort. Acht kleine Gestalten standen in einer Reihe da und blickten in die gleiche Richtung, struppige Unterkiefer drückten, von Ehrfurcht ergriffen, gegen verängstigte Brustbeine. Mit einem gewaltigen Gefühl des Nichtwollens drehte Phlim sich um und warf einen Blick über die Schulter.

Ein Strom von Menschenleibern wälzte sich aus dem Tal heraus und floh vor der sich auftürmenden Gestalt des Altbösen Feindes. Ihre Arme wirbelten wie irre, die Ex-Spruchbandschwenker kraxelten auf Cranachan zu, während eine Staubwolke das einzige Überbleibsel des kaiserlichen Heeres von Murrha war. Und dort, in der Ferne, rannte eine einsame, bärtige Gestalt verzweifelt um ihr Leben: Cheiro Mancini.

Zorn strömte durch Phlims Geist, als er das Thaumatron zu voller Kraft zwang und wie von Sinnen auf einer Spur saphirblauen Dampfes in die Stratosphäre zischte. Knallrote Wolken flitzten vorbei, als er bei dreißigtausend Fuß einen sauberen Schwenk hinlegte (glücklicherweise ahnungslos, daß er dort oben Sauerstoff brauchte) und, Kopf nach unten, auf den fliehenden KUT zudüste. Wolken. Funken. Tundra. Ziel. Wenige Fuß über den Köpfen entsetzter Schneehühner stürzte er sich auf den Rücken der rennenden Gestalt, verklemmte sein Schuhwerk in Mancinis Gürtel, riß das Thaumatron himmelwärts, Mancini vom Boden hoch und warf ihn Augenblicke später vor Thurgias Füßen ab.

»Was habt Ihr getan?!« schrillte Phlim, der Mancini beinahe in einem Magiestoß röstete, als er seinen Umhangkragen packte.

»I … Ihr?« kam die schwach gekrächzte Antwort.

»Wißt Ihr, was *dieses* Ding ist? He?!« schmetterte Phlim, der die Gelegenheit kaum erwarten konnte, Mancini ein Glied nach dem anderen auszureißen … wobei er ein voll geladenes Thaumatron auf dem Rücken trug, das diese Arbeit und noch ein paar andere erledigen konnte.

»Was für ein lieber kleiner schnuckeliger …«, jammerte Mancini.

»… verfluchter Altböser Feind!« beendete Phlim. »Was wollt Ihr dagegen tun?«

Mancini schlang die Arme um die Knie, wiegte sich langsam auf dem Boden und wisperte: »Blah, blah, Blackout, seelenloser Hund … Zur Hölle, Mann, zur Hölle, Mann, ihr hundertund …« In den letzten Minuten war zuviel geschehen – ganz oben auf seinem Verstand saßen unverarbeitete Fakten wie die Ergebnisse einer sehr harten schnellen Flut.

»Oh, großartig!« rief Phlim. »Jetzt ist er auch noch Banane!« Er war der Panik nahe. »Was sollen wir jetzt machen? Lieder am Lagerfeuer singen, bis es zu spät ist?« Er deutete wütend auf das flammende Thaumafer hinter sich.

»Kraft aus den Felsen …«, murmelte Mancini und stierte gebannt seine Zehen an. Zehn Augenpaare musterten Phlim erwartungsvoll.

Das Pfeifen des Altbösen Feindes echote rufend durch das Tal.

»Was sollen wir denn nur tun?« kreischte Phlim ein Sperrfeuer stumpfsinniger Mienen an.

»Wartet noch ein paar Minuten«, sagte eine papierdünne Stimme. »Es eilt noch nicht!«

Thurgia und Rutger fuhren herum. »Wer seid Ihr denn?« raunzte Phlim. »Und woher kommt Ihr?« Er umrundete einen alten Mann in einem Kimono, der eine mit Schnitzereien verzierte dreieckige Kiste trug. »Kann ich davon ausgehen, daß Ihr Fachmann auf dem Gebiet achthundert Fuß großer Dämonen seid, die einfach so aus Bergflanken springen?«

»Fragen! Er ist kaum mehr als hundert Fuß groß. Und ja«, erwiderte der Mann geheimnisvoll. »Wartet auf die anderen«, fügte er hinzu und hockte sich auf den Boden.

»Andere? Welche anderen?« fragte Rutger voller Entsetzen, da die Wirklichkeit allmählich so wirkte, als wären ihre Ränder leicht ausgefranst.

Der Alte zog ein langes schlankes Hörrohr aus seinem Bündel, dann drückte er ein Ende gegen einen Felsen und das andere an sein Ohr. »In etwa fünf Minuten.«

»Die ganzen Heerscharen?« blabberte Rutger.

»Sie sind bald hier«, erklärte Ittos Großvater. »Dann sehen wir mal, was wir machen.« Er stocherte neugierig an Thurgias abgelegtem Rucksack herum. »Was ist das denn?«

»Wollt Ihr hier sitzenbleiben und zuschauen, wie …?« begann Phlim in einem Tonfall, der weitaus schriller war, als es sein Kehlkopf zuließ.

»Sieht es jetzt etwa gefährlich aus? In fünf Minuten wird es gefährlich«, sagte der Alte und funkelte Phlim ungeduldig an. »Ihr da! Was ist das?«

Phlim drehte sich zu Thurgia um. »Wir haben gesehen, wozu der Altböse Feind fähig ist. Die Molluske, die uralte Botschaft, wißt Ihr noch? Wir müssen ihn aufhalten!«

Etwas zupfte an seinem Ärmel. Er blickte in das verrußte Gesicht Prophs.

»Tschuldjung, dat ich mich einmisch, aber bei all dem Gerede über Heerscharen und so'n Zeug fragen die Jungs und ich uns natürlich, ob Ihr 'ne Möglichkeit seht, uns den Lohn zu zahlen, den Ihr uns schuldet.« Er grinste.

»Doch nicht jetzt!« knurrte Phlim und wandte sich wieder Thurgia zu.

»Dat is 'ne falsche Antwort«, knurrte Proph, der Phlims Ärmel nicht losließ. »Brummbär wird schon 'n bißken ungeduldig«, fügte er wichtigtuerisch hinzu. »Und wenn Brummbär ungeduldig wird, kann's sein, daß er auf jedes greifbare Ausrüstungsding springt, klar? Und es kaputttritt! Nee, ich sag ja nicht, daß er's tut, aber ...«

»Ja, ja!« knurrte Phlim. »Redet mit Rutger!«

»Wozu dient dieser Schalter?« fragte Ittos Großvater, der die Feinheiten des Rucksack-Thaumatrons ziemlich schnell gerafft hatte.

»Er ist gefährlich!« protestierte Rutger und entfernte die Finger des Alten von dem roten Knopf. »Es ist ein Phasenschalter. Manche Zauberformeln brauchen einen geringen Inversionsvektor, um einen stabilen Realitätsmöbius zu erschaffen. Das versteht Ihr doch sowieso nicht!«

»Und das hier?«

»Der Gigathaum-Selektor ...«

»Zahltag, Köttel!« knurrte Proph, der zu den beiden Gestalten hingeschlurft war, die sich über den silbergrau fluoreszierenden Thaumatronikhaufen beugten. »Wir sind feddich mitti Arbeit!«

Rutger zog den Kopf ein. Er hatte kein Blei. Als er die wimmelnde Zwergenmeute sah, zuckte er zusammen. Er hatte immer nur versucht, Blei in Gold zu verwandeln. Er feuerte das Thaumatron mit verzerrter Miene zu voller Leistung an, packte den surrenden Bogen der saphirblauen Funken, sprach ein stummes Gebet und schleuderte sie auf den Stein- und Erdhaufen neben dem Arbeitsgerätestapel. Ein schriller Schrei ertönte, und eine Masse von fünfundzwanzig Tonnen achtundzwanzigkarätigem Gold schillerte in die Existenz. Ein träger Maulwurf zuckte zusammen, als er sah, daß sich sein Fell in einen schicken Goldpelzmantel verwandelt hatte.

»Dat is für uns?« schrillte Proph.

Rutger öffnete die Augen. »Äh ... ähem, ja. Mit der Prämie für die Überstunden. Viel Spaß!«

»Potz! Wenn du mal wieder jemanden brauchst, sind wir sofort dabei!« Proph warf Rutger eine Visitenkarte zu und lief hinter seinen sechs Kollegen zu dem riesigen funkelnden Haufen hin. Er träumte von mehrmonatigem Gebuddel an sehr, sehr beengten Orten.

»Ich glaube, das habe ich verstanden«, sagte der Alte und trat hinter Rutger hervor. »Eine sehr gute Demonstration.«

»Ihr habt mir zugeschaut?«

»Natürlich ... Ähm ... Doch *jetzt* wird es sehr gefährlich. Schaut.«

Phlim und Thurgia standen mit offenem Mund da.

Auch auf der anderen Seite des Talpa-Gebirges, so gut sie auch in dem schalenförmigen Tal versteckt waren, zupfte Wat an Practzens Aufmerksamkeit, aktivierte sein Thaumatron und bereitete sich darauf vor, schnell von hier abzudampfen.

Selbst wenn irgendwelche von Frau Bidets Jagdsaboteuren das Pech gehabt hätten, sich in der Nähe des bellenden Tumults des rasenden gescheckten Wahnsinns zu befinden, der nun über den Horizont katapultierte und mit irrsinnigem Tempo dem Höhleneingang entgegenstrebte, ist es äußerst zweifelhaft, daß sie eine Chance gehabt hätten, mehr als einen protestierenden

Finger zu erheben. Krallen, Zähne und eine riesige Ansammlung springender Leiber schwärmten über den Berg und zerrissen und vernichteten alles, was auch nur ansatzweise einer Intelligenz glich, und verschwanden wie eine schwarze Flut in den stygischen Tiefen des Tortellini, wobei knallrote Funken aus ihren Leibern sprühten.

Wilde Freudenschreie wurden von den Höhlenwänden zurückgeworfen, als die Verdammnissen sich reihenweise in die unaufhaltbare aus der Grube ausbrechende Energieflut stürzten. Ihre Leiber verschmolzen einer nach dem anderen mit einem Blitz teuflischen Rots, der ihre scheckige Gefängniskleidung mit Freudenschreien abriß. Sabbernde Kiefer sprangen in die Energie, heulende, sabbernde Mäuler wurden sichtbar. Gekrümmte, funkelnde Krallen zerschlitzten den Vorhang der Macht und brachten zehn Fuß lange knallrote Sensen hervor. In der gesamten Höhle brachen die 85 000 Jahrhunderte alte Fesseln, die ihre Leiber in eine Ewigkeit des Leidens gezwungen hatten. Bösartig sturmlaufende Freiheit zerriß beengende Brustkörbe und befreite die uralten Heerscharen des Altbösen Feindes.

»Wißt Ihr genau, daß es eine gute Idee ist?« fragte Rutger Gott und alle Welt. »Ich möchte den Plan ja nun wirklich nicht miesmachen, aber... Tja, am liebsten wäre ich gar nicht hier!«

»Maul halten!« raunzte Wat, dessen Haar nach einem neuen Hochgeschwindigkeitssprung ein einziges Durcheinander war. Practz, normalerweise nicht gerade für seinen dunkle Hautfarbe bekannt, sah aus wie ein Eimer Kalk. Er hatte für seinen Geschmack heute *viel zuviel* Zeit oberhalb des Bodens verbracht, wenn auch nur als Passagier mit verbundenen Augen.

Phlim drehte sich um und funkelte Rutger an. Sein Kopf wurde von herumtollenden knallroten Feuerzungen umwabert, sein Blick war wild von purem Entsetzen und überwältigender Erregung. Eine Geste – und die drei thaumatronbewerten Physiker verschmolzen mit den Schatten. Practz war noch immer zu schlotterig, als daß man ihm auch eins hätte geben können.

Ittos Großvater schaute sorgfältig zu, versuchte das Wrack von Thurgias Thaumatron zusammenzubasteln und bemühte sich, sich an den schmalen Streifen einer Überlieferung zu erinnern, der nervtötend am Rand seines Bewußtseins zuckte.

Fünf weitere Verdammnisse sprangen Pfote in Pfote durch die geothaumale Energiefontäne und tauchten Augenblicke später mit wildem Blick, trötenden Hörnern, nadelspitzen Schwänzen und dazu passenden Schlitzkrallen wieder auf.

Rings um die Höhle hörte man die drei loslegenden Thaumatrone kaum. Hypertauruswicklungen glühten im knallroten Dunkel, die Thaumometer registrierten sechzehn Giga. Noch wenige Augenblicke, dann war die Zeit günstig.

Ein Dutzend Verdammnisse flog radschlagend durch die Säule, blitzte und funkte in den vollen zwanzigeinhalb Fuß langen tückischen schwarzen Leibern.

Neunzehnkommafünf Giga.

Die letzten drei flickflackten als Kaiserin Taus Haustiere hinein und eruptierten in einem letzten flammenden Stoß der Transmutation. Nun war die gesamte Heerschar frei. Niemand und nichts standen ihr im Wege. In wenigen Stunden würden Königreiche untergehen, Tage später waren Kontinente zerschmettert und Trümmer über Millionen Hektar Verwüstung verstreut. Wenn der Altböse Feind etwas ums Verrecken nicht ausstehen konnte, dann die Ordnung: höhere Tier- und Pflanzenarten, Artenbildung, Reglementierung. Ah, wie er sich danach sehnte, in seinem Lieblingsschlick zu waten. Und in ein paar Tagen würde es wieder so sein.

Der Altböse Feind breitete theatralisch die Arme um seine versammelten Heerscharen aus, bereitete sich auf die rasende Orgie des Gemetzels vor und trat einen großen Schritt voran.

»Nicht so schnell!« rief Phlim, der sich bemühte, seine Stimme groß, erwachsen und mehrere tausend Jahre alt klingen zu lassen. Er warf hastig ein 1-A-Leichtgläubigkeitsfeld in die allgemeine Richtung der Bestie.

Das Gesicht des Altbösen Feindes verdunkelte sich, dann warf er einen Blick auf die winzige, einsame Gestalt, die vor ihm stand. *»Wer wagt es, sich dem Unausweichlichen in den Weg zu stellen?«* bellte er, was ihm viel besser gelang als Phlim. Wahrscheinlich lag es an seinem sechsundzwanzig Fuß großen Kehlkopf.

»Na, wer wohl, ich natürlich!« schrie Phlim, vertraute auf das Leichtgläubigkeitsfeld und sprang mit beiden Beinen hinein. »Wenn du glaubst, du kannst hier so einfach aufkreuzen und wo du willst, die Sau rauslassen, bist du schief gewickelt!« Er wünschte sich fieberhaft, seine Stimme klänge etwas zuversichtlicher, als er sich fühlte. »Wir haben inzwischen Gesetze!«

»Gesetze?! Pah! Erspar mir diesen Krimskrams! Aus dem Weg!«

»Nein!« sagte Phlim und wünschte sich, er hätte es doch nicht gesagt. »Ähm … Verjag mich doch!« fügte er hinzu, und bemühte sich, seine Füße daran zu hindern, sich sehr, sehr schnell zu entfernen.

Die Höhle bebte, als der Altböse Feind neunkommafünf auf der Richter-Skala lachte. Nachbeben wilder Erheiterung kicherten bei den Verdammnissen.

»Das kannst du doch, oder nicht?« spöttelte Phlim.

»Ich könnte dich in wenigen Sekunden entfernen …«, knurrte der Altböse Feind.

»Kannste nicht!« stieß Phlim hervor. »Du glaubst vielleicht, daß du es kannst«, schnauzte er und klang (wie er hoffte) unglaublich schweinisch und wehedufaßtmichannig. Er tätschelte das Thaumatron. »Aber das hier hast du noch nicht gesehen, was?«

Drei gedämpfte Aufschreie wurden hinter einem Felsen hervorgehaucht, als Practz, Wat und Rutger Phlim mental abschrieben. Der Druck hatte ihn fertiggemacht... und das nach dem schönen Urlaub...

Phlim redete noch immer. »Tja, wenn man nicht mit dem aktuellen Trend geht, was hat man dann auch zu erwarten?«

»*Was ist es?*« fauchte eine seismische Frage von oben herab.

»Standardausgabe eines Söldner-matic-Trägers. Fünfhundertdreiundsechzig der tückischsten, härtesten Meuchelmörder, Killer und Halsabschneider in einem leicht transportierbaren, leicht zu öffnenden Einsatzbeutel. Die machen deine Bande in zwei Minuten ein!« Zwei Finger von Phlims Hand kreuzten sich unweigerlich, als er log, ohne rot zu werden.

»*Und die sind alle da drin?*« knurrte der Altböse Feind skeptisch.

»Jau! Ganze Kompanien. Zeitalter der Miniaturisierung, verstehste? Alles, was *wirklich* zählt, wird kleiner und kleiner. Armeen, Regierungen, alles!« schwadronierte Phlim. »Was nicht miniaturisiert werden kann, zählt nicht.«

»*Bis heute! Ich bin die größte böse Kraft, das das Angesicht des Universums je geschwärzt hat*«, fauchte der Altböse Feind.

»Erzähl noch einen«, rief Phlim. »Du kannst dich doch nicht mit Füßen wie denen da an jemanden ranschleichen, oder etwa doch? Wie willst du ohne das Element der Überraschung siegen?«

»*Mit brutaler Gewalt!*« krakeelte der Altböse Feind.

»Also wirklich! Mein Heer könnte dich allemachen, ohne nur darüber nachzudenken. Du würdest Blitze um dich werfen, dich sinnlos ermüden – und doch niemanden treffen. Ich sage dir, wenn du irgendwo einmarschieren willst, mußt du abnehmen!«

»*Was? Wie kannst du es wagen?!*« brüllte der Altböse

Feind und schaute an sich hinunter. *»Mit meiner Größe ist alles in Ordnung!«*

»Ach, wirklich? Wie viele Herrscher kennst du denn, deren Taille hundert Fuß umfaßt, he?« Hinter Phlims Rücken kreuzten sich drei weitere Fingerpaare.

»Ich könnte ein paar Fuß kleiner sein«, knurrte das Ungeheuer. *»Wenn ich wollte ...«*, fügte es zweifelnd hinzu und verglich die Größe seiner Heerscharen und sich selbst mit dem winzigen Rucksack auf Phlims Schultern.

»Das sagst du doch nur so«, höhnte Phlim. »Das tust du doch nie. Gesteh's dir ein: Du bist ein Dinosaurier! Ein Relikt der Vergangenheit!«

Die Höhle rumpelte, als die Stinkwut des Altbösen Feindes fauchte und spuckte.

»Du kriegst dich und deine Heerscharen nie dazu, soviel abzunehmen. Kriegst deine Wampe niemals hier rein!« hämte Phlim, ohne die sich neigende, unfertige Gestalt aus den Augen zu lassen, als er das Thaumatron ablegte und provokativ vor die dämonische Erscheinung legte.

Das Gesicht des Altbösen Feindes wurde zu einem bodenlosen Grubenschwarz, und er packte einen Haufen Verdammnisse, zermalmte sie gnadenlos zu einem mikroskopischen Blutfleck reiner Bosheit und warf diesen mit einem meckernden Lachen durch eine kleine Öffnung in das Thaumatron. *»Siehst du? Es ist ganz leicht!«* brüllte er mit einem Anflug von Stolz.

»Ich wette, den Rest kriegst du nicht hier rein.«

Ein gewaltiges frustriertes Brüllen explodierte aus den Lungenhöhlen des Altbösen Feindes, als er aus Dutzenden von Verdammnissen schmierige Blutflecke machte und sie in das Thaumatron quetschte.

Erst als er die achtundvierigste Verdammnis hineingerammt hatte, erkannte der Altböse Feind, was hier gespielt wurde. Mit einem wütenden Quietschen, das jede Audiofrequenz des Spektrums abdeckte und mehrere

Fledermäuse abstürzen ließ, richtete es seinen knallroten Blick auf Phlim, sprang vorwärts und packte das Thaumatron. Er schlitzte es mit einer Kralle auf und entließ mit einem Wutausbruch die gefangenen Verdammnisse.

»Ist in die Hose gegangen«, dröhnte der Altböse Feind, wobei sich sein Gesicht zu einem Grinsen verzog. *»Und nun bereite dich auf deinen Tod vor, Kakerlake!«*

»Feuer!« schrie Phlim und warf sich zu Boden. »Schießt aus allen Rohren! Immer voll drauf! Macht ihn alle!«

Rutger und Wat rollten aus ihrer Deckung hervor, legten an, verschossen rotzende Salven cerulischen Feuers und ballerten genau ins Zentrum der bösartigen Meute. Saphirblaue Kracher eruptierten in dichten Schauern aus Licht und trieben die tobenden Heerscharen des Altbösen Feindes ins Dunkel zurück.

Rutger ließ den Thaumisator auf seinem Rucksack rotieren und schickte den wirbelnden Energieausstoß in das Rot. Seine Nasenlöcher flammten, als er ein Sperrfeuer von etwa dreißig Giga auf die Meute losließ, ungefähr so, wie auch Clint Umleger es getan hätte. Hochenergiequerschläger fiepten durch die Luft und verpaßten Phlim gerade so eben, der sich sein Thaumatron schnappte und floh. Wat kreischte mit voller Lautstärke, nagelte ein Dutzend Verdammnisse in eine Ecke und bepflasterte sie mit zahllosen Giga. Millionen Kilowatt Pyrotechnikdisplays verbrannten krachend die Innenwände der Höhle, qualmende Krallen radierten uralte Neandertalerzeichnungen aus. Sie machten Mücke. Man trieb sie zusammen. Es roch zu gleicher Zeit nach Jagd und Grillfest.

Phlim stierte die Trümmer seines Thaumatrons an und wimmerte. Am liebsten hätte er bei dem Gemetzel mitgemacht.

Dann wurde ihm mit einem Frösteln klar, daß irgend etwas grauenhaft schiefgegangen war.

Der Rückzug der Verdammnisse hatte aufgehört. Sie sammelten sich in der Höhle und konterten die heftige thaumische Attacke. Fünfundzwanzig Giga thaumischer Lanzenschläge prallten harmlos gegen die Wände, das Viehzeug wich den Hochgeschwindigkeitssalven aus ... Und während der ganzen Zeit ernährte sich hinter ihnen der Altböse Feind vom konstanten Strom der Terrathaume, die aus der Grube hervorbrachen.

Aus der Höhle grinste die Niederlage die Thaumaturgiephysiker an.

Bei diesem Tempo würden die beiden noch verbliebenen Thaumatrone ausbrennen, bevor man einen echten Fortschritt gemacht hatte. Hätten sie doch nur mehr Feuerkraft gehabt!

»Braucht Ihr Hilfe?« flüsterte eine papiertrockene Stimme an Phlims Ohr. Phlim fuhr herum und stierte den Mann im Kimono an, der ein reichlich zertöppertes, aber offenbar funktionierendes Thaumatron auf dem Rücken trug – aktiviert und einsatzbereit.

»...?« wimmerte Phlim.

Ittos Großvater nickte weise und tätschelte einen kleinen dreieckigen Kasten – das Glotzorakel war ein sehr gutes Diagnosewerkzeug. Dann schob er die Hände in seine seidenen Ärmel, schloß die Augen und schlurfte vorwärts, während er eine komplizierte Reihe stark akzentuierter Mantras murmelte. Doch in dem Augenblick, als er den letzten Konsonanten intonierte, strömten keine fokussierten Magieschichten aus seinen Fingerspitzen, um zu formen oder zu vernichten, sondern flutete eine Stampede rasender Magie gegen ihn an. Riesige Erdmagiebolzen rummsten wie irre auf ihn zu, Erdgeister kreischten, wilde Beschwörungen und Flüche brandeten gegen ihn an, krallten sich an ihn und vereinigten sich mit dem prügelnden, säubernden, reinigenden Tun des geflickten Thaumatrons.

Und im wirbelnden Strudel der Vakuummagie wurde das ganze Heer der Verdammnisse gefangen. Ihre Beine traten um sich, sie krallten sich hilflos und hoffnungslos in dem gewaltigen Sog an die Wände. Hundert Verdammnisse flogen heulend und wild um sich schlagend an Phlim vorbei ins Vergessen und stürzten wild auf den kahlen Wächter zu. Dann, schrittweise, wie ein gewaltiger Erdrutsch, verlor der Griff des Altbösen Feindes allmählich an Kraft. Leviathankrallen verloren den Halt an den Felsen, tönten wie Gletscher, die sich darüber stritten, wer nach dem verhunzten Abbruch die Kälber behalten darf. Einige Sekunden herrschte stygische Finsternis, das Licht eine kurze Erinnerung, in dem der Altböse Feind tretend, rotierend und fluchend hinter seinen einstigen Heerscharen hergesaugt wurde.

Plötzlich strauchelte die knallrote Fontäne aus brüllender geothaumaler Energie, krümmte sich graziös zu den gewölbten Höhen der Kaverne hoch und stürzte auf Ittos Großvater und das rasch überfüllte Thaumatron auf dessen Rücken zu.

»Halt!« schrie Phlim verzweifelt. »Genug!«

»K-k-kann nicht!« kreischte der Alte. Er vibrierte heftig, als die Energie ihn durchströmte.

»Zwei Schuß in die Fontäne!« brüllte Rutger und zielte auf den Rand der Grube. Wat nickte, sehr unschlüssig.

»Feuer!«

Zwei Blitzschläge fegten lochwärts, stießen in die strömende Eruption vor und hielten die Fontäne in Schach, während Ittos Großvater auf den Thaumatronschellausstoß-Mechanismus drosch. Ein streunender Energiefunke hatte ihn verschmolzen und beide Hälften der Klammer verschweißt.

»Beeilung!« kreischte Rutger, dessen Thaumatronstrahl vibrierte und vor Anstrengung wild zischte. »Ich kann es nicht mehr lange halten...«

Phlim drosch, von Panik geleitet, mit einem Stein auf die Klammer des Alten ein.

»Seid Ihr fertig?« schrie Wat und wandte den Blick

vom Strahl ab. In diesem Moment zischte die Schlange der saphirblauen Funken, bog sich zur Seite, fiel durch Rutgers Strahl, flammte in einer cerulischen Korona und warf die Thaumaturgiephysiker in völlig verschiedene Richtungen.

Bevor das Thaumafer zündete, gelang es Phlim gerade noch, seine Schnellausstoß-Klammer zu öffnen und in Deckung zu gehen.

Wie lange Phlim unter dem Schutthaufen blieb, weil er auf das ausbleibende thaumische Bombardement wartete, konnte er nicht sagen. Aber es war wunderbar. Absolute wonnige Stille in der Dunkelheit. Es war möglicherweise das erste Mal, daß er die Vorteile des Winterschlafes wirklich zu schätzen lernte. Friede, der prächtige, absolute Mangel an Krach … Es sei denn, natürlich, die Detonation hatte irgend etwas Irreparables mit seinen Ohren angestellt.

Plötzlich wölbte sich unter ihm der Boden, und in absoluter Stille wurde ein Steinbrocken aus dem Weg gewälzt. Tageslicht blitzte in seine Augen, da Rutger aufgeregt auf und niedersprang, als er ihn gefunden hatte und sein Mund ein stimmliches Fragensperrfeuer abschoß.

Phlim setzte sich hin und schaute sich um. Seine Angst nahm zu, als er noch immer nichts von dem hörte, was hier vor sich ging. Die Detonation … O ihr Götter! Er würde nie wieder Euphonium spielen können.

Rutger beugte sich vor, zog Phlims Zeigefinger aus dessen Ohren und grinste. »Könnt Ihr mich jetzt hören?«

Phlim grinste närrisch.

»Wißt Ihr, wo das Thaumatron ist?« wiederholte Rutger.

»Oh, toll! Hallo, Phlim. Seid Ihr in Ordnung, Phlim?« knurrte Phlim.

»Hallo, Phlim. Seid Ihr in Ordnung, Phlim? Wo ist das Thaumatron?«

»Respekt! Pah!«

»Thaumatron?«

»Am Arsch!« fauchte Phlim.

»Hört zu, es ist wichtig ...«

»Irgend etwas Hartes und Metallisches drückt unbehaglich auf meine unteren Regionen«, sagte Phlim stirnrunzelnd. »Ich schätze, es ist das, was Ihr sucht!«

»Warum sagt Ihr das nicht gleich?« sagte Rutger finster.

»Hab ich doch!«

Rutger stand auf und machte in Richtung einiger zerzaust aussehender kaiserlicher murrhanischer Schläger einige Gesten. Sie standen eifrig auf und jagten heran. »Mancini? Mancini funden?« radebrechten sie und blickten äußerst traurig drein, als Phlim ihr Lächeln erwiderte. Kurz darauf säuberte er sich, peilte über die uralte Schulter von Ittos Großvater und schielte argwöhnisch das Thaumatron an.

»Sie sind da drin?« fragte Rutger verdattert. »Alle einhunderteins?«

»Glaub schon«, sagte die ältliche Gestalt grinsend und mit ziemlicher Erleichterung, als sie die Riemen festzurrte und sich zum Gehen fertig machte.

»Haltet ein!« rief Phlim. »Wo geht er damit hin? Ich habe das da gebaut!«

»Ich war's«, mischte Wat sich ein.

»Ja, ja! Es ist doch eins unserer Thaumatrone! Er kann es doch nicht einfach mitnehmen!«

»Wollt Ihr die Verdammnisse zurückhaben?« fragte der Alte über die Schulter hinweg.

»Ich ... äh ... nein ... aber ...«

»Na also!« sagte Ittos Großvater und schlenderte von dannen. Das Thaumatron schimmerte – und sein böser Inhalt piepste leise.

»Wer ist das überhaupt?« fragte der verblüffte Phlim

und fragte sich, wie lange er unter den Trümmern gelegen hatte.

»Ein toller Hecht!« sagte Wat. »Hat mir beigebracht, wie man das hier macht!« Er hielt ihm ein kleines Stück rotes Papier unter die Nase, das in der Form eines dreidimensionalen Drachen gefaltet war.

»Wer ist er?«

»Ein Wächter«, sagte Thurgia. »Der Letzte einer Reihe genetisch gleicher Nachfolger, die bis zu den ersten urzeitlichen Magiern zurückreichen!«

»Und Ihr habt ihm mal so eben sein eigenes Thaumatron voller Lumpenhunde gegeben? Oh, großartig!«

Die Gruppe der murrhanischen Schläger brach urplötzlich in einen schäumenden Anfall von Erregung aus, sprang von den Fersen auf und stürmte durch das kieselbestreute Tal. Eine winzige Gestalt am Horizont drehte sich um, quäkte und lief um ihr Leben. Mancini würde ihnen wohl kaum entkommen, denn er war ihre Rückfahrkarte zum Heer. Kaiserin Tau würde sich freuen, ihn an einem Stück zu sehen und ihm eine Menge ihrer frisch gewetzten Katanas vorstellen.

Erst in diesem Moment wurde Phlim das volle Ausmaß des Schadens bewußt.

Von dort aus, wo er stand, dehnte sich zwischen den beiden Stabbremsen schätzungsweise fünfundreißig Meilen weit in schnurgerader Linie ein Graben aus, der sich einen Weg durch das Talpa-Gebirge geschlagen hatte.

»Wie ich sehe, bewundert Ihr gerade den neuen Trans-Talpino Handelskanal«, sagte Practz grinsend. »In ein paar Monaten, wenn er voll Wasser ist, sieht er bestimmt toll aus. Wie wär's mit einer hübschen Kreuzfahrt?«

»Ich könnte im Urlaub eine machen.«

Eine Staubwolke wehte auf, als Rutger mit einem Thaumatron andampfte und eine sanfte Landung hinlegte. »Ich krieg's allmählich hin«, grinste er. Thurgia schnallte sich den anderen an und gab Gas.

»Wer zuletzt in Losa Llamas ist, holt die beiden ab!« rief Rutger, hielt sich fest und zischte zum Himmel hinauf.

»He, das ist unfair!« rief Thurgia. »Ich muß Wat noch mitnehmen!« Kurz darauf folgten Rutger zwei Punkte. Einer baumelte an einer Trosse. Sie verschwanden im Licht der untergehenden Sonne.

Zwei Gestalten, die in einer kleinen Rauchwolke in einem Feld sonderbar geformter Pflanzen saßen, schauten zu, als die drei Thaumaturgiephysiker in der Sonnenkorona verschwanden. Sie konnten ihren Augen kaum glauben.

»Der Stoff is echt gut«, grunzte der Kompottschaner durch den blauen Dunst.

»Is der beste überhaupt!« nuschelte Fettu Tschini mit einem schiefen Grinsen.

HEYNE BÜCHER

Terry Pratchett

Kultig, witzig, geistreich – »Terry Pratchett ist der Douglas Adams der Fantasy.«
The Guardian

Der Zauberhut
Die Farben der Magie
Zwei Scheibenweltromane
23/117

Trucker/Wühler/Flügel
Die Nomen-Trilogie – ungekürzt!
23/129

Das Licht der Phantasie
06/4583

Das Erbe des Zauberers
06/4584

Die dunkle Seite der Sonne
06/4639

Gevatter Tod
06/4706

Der Zauberhut
06/4715

Pyramiden
06/4764

Wachen! Wachen!
06/4805

Macbest
06/4863

Die Farben der Magie
06/4912

Eric
06/4953

Trucker
06/4970

Wühler
06/4971

Flügel
06/4972

Die Scheibenwelt
2 Romane in einem Band
06/5123

Die Teppichvölker
06/5124